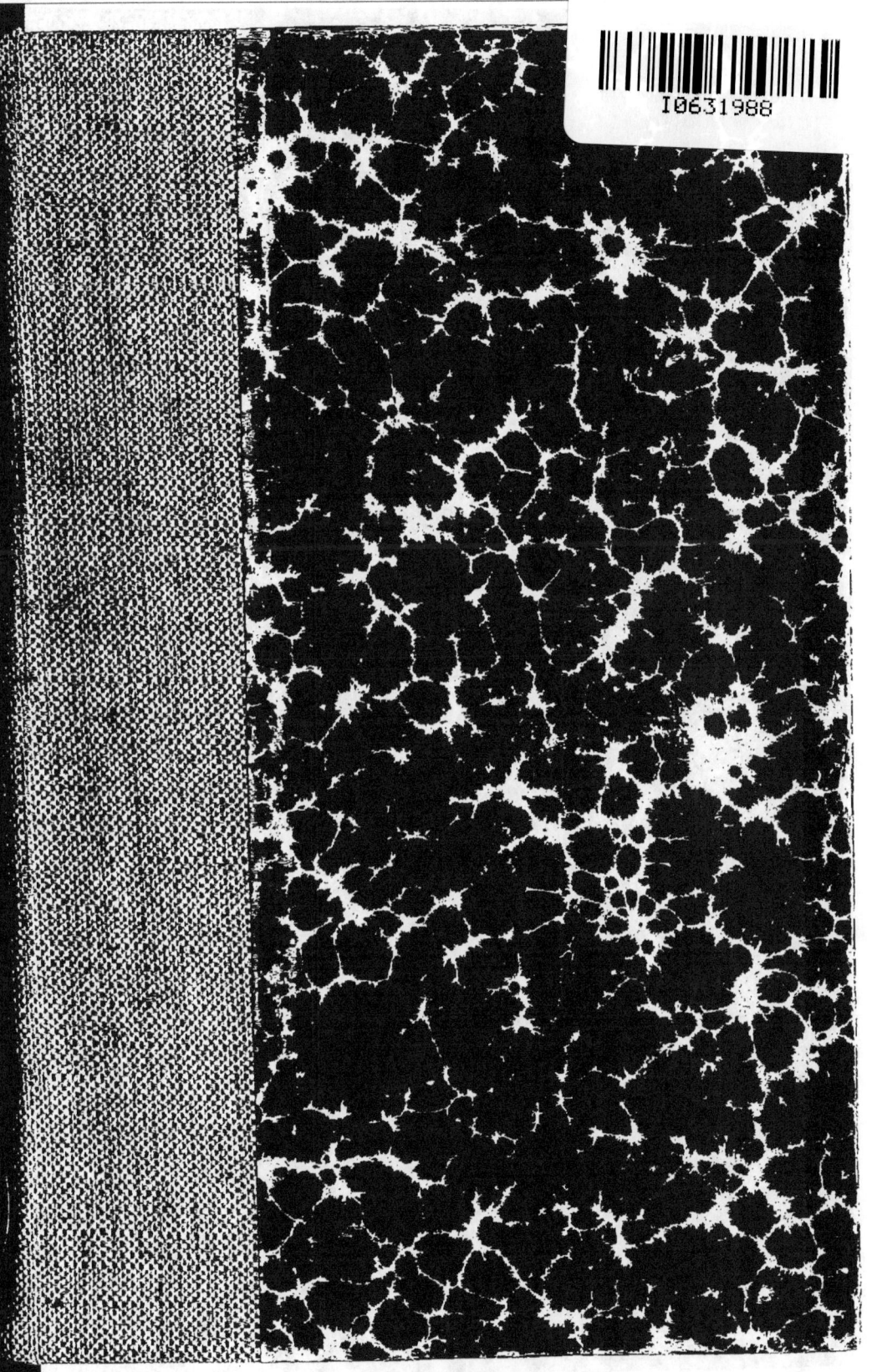

# UN AMOUR
# EN LAPONIE

PAR

LOUIS ÉNAULT

PARIS

LIBRAIRIE DE L. HACHETTE ET Cⁱᵉ

RUE PIERRE-SARRAZIN, N° 14

1861

PRIX : 2 FRANCS

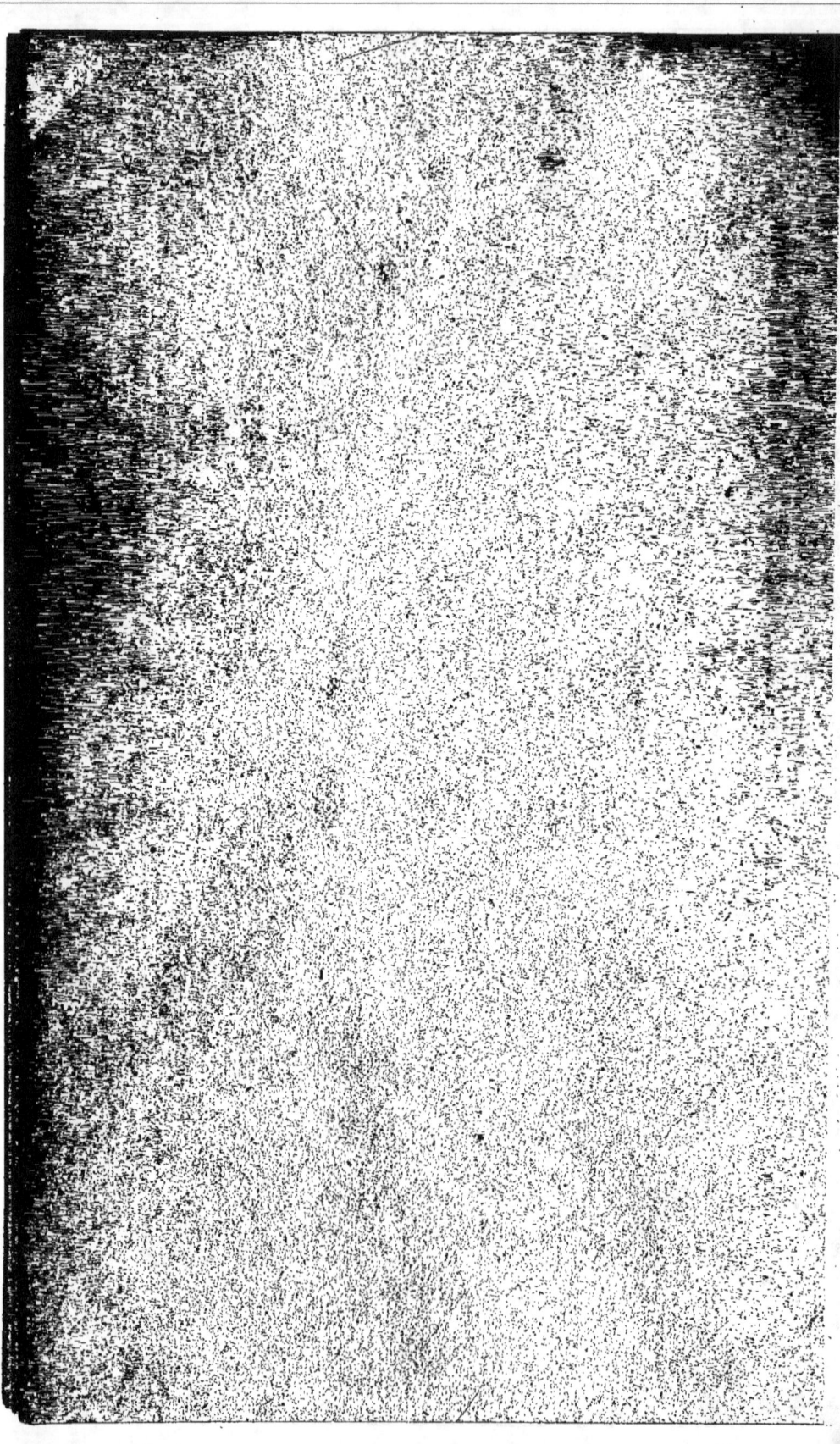

# UN AMOUR

# EN LAPONIE

PARIS. — IMPRIMERIE DE CH. LAHURE ET C<sup>ie</sup>

Rues de Fleurus, 9, et de l'Ouest, 21

# UN AMOUR
# EN LAPONIE

PAR

## LOUIS ÉNAULT

PARIS

LIBRAIRIE DE L. HACHETTE ET Cie

RUE PIERRE-SARRAZIN, Nº 14

—

1861

A

## MADAME LA COMTESSE

# LAURE  SWIEYKOWSKA.

MADAME,

Vous m'avez permis de vous dédier ce livre, esquissé à l'autre bout du monde dans un désert de neige, achevé sous un ciel plus clément, et non loin de vous.

Je vous en offre aujourd'hui l'hommage.

En rapprochant du vôtre le nom de ma modeste héroïne, il me semble que je noue dans la même gerbe un brin de thym sauvage né sous le pôle et la plus brillante de nos fleurs.

Que vos belles mains, cependant, ne dédaignent point de tourner quelques pages de cette histoire d'un cœur simple que l'amour a fait grand, parce qu'il aima beaucoup, et qu'il n'aima qu'une fois.

LOUIS ÉNAULT.

Trouville, 1ᵉʳ septembre 1860.

# PREMIÈRE PARTIE,

# I

« Elphége !

— Henrick !

— Est-ce que tu t'amuses beaucoup ici ? Moi, je m'ennuie à mourir !

— Je m'amuse toujours quand je travaille.

— Je t'en fais mon compliment : mais tu ne travailles pas toujours ! Décidément la Laponie n'est pas gaie, et tu m'as fait un grand sacrifice, en quittant Stockholm, pour me suivre au bout du monde.

— Pas si grand que tu veux bien le croire ! J'y ai trouvé mon compte ; mon dévouement n'est que de l'égoïsme bien entendu ! Après tout, qu'est-ce qu'il me faut à moi ? Des bonshommes drôles et un joli cadre pour les mettre : on est artiste ou on ne l'est pas ! peux-tu me plaindre, quand je vois en face de moi un spectacle comme celui-ci ? »

Tout en parlant, celui de nos deux interlocuteurs que son camarade venait d'appeler Elphége, fit quelques pas dans la tente de vadmel[1] qui les abritait tous deux, et,

1. Espèce de drap ou plutôt de feutre au tissu serré, fort en usage en Laponie.

posant une main sur l'épaule de Henrick, il étendit l'autre du côté de la portière relevée, comme pour lui montrer le paysage qui se déroulait devant eux.

C'était un site sauvage, mais qui ne manquait ni de beauté ni de grandeur. Le sol, renflé circulairement, formait à distance, par ses inégalités, une chaîne de petites collines assez basses, dont les unes étaient complétement dépouillées, et les autres, au contraire, parées d'une verdure épaisse et sombre; capricieusement soudées les unes aux autres, ces collines arrondissaient l'enceinte presque régulière d'un vaste cirque. De grandes roches grises, semées comme au hasard, tantôt nues, tantôt couvertes de lichens, dressaient leur masse rude au milieu des bouleaux nains, des myrtils, des airelles sauvages, des laryx et des noirs épicéas.

Le long d'un ruisseau qui roulait ses ondes argentées entre deux rives bordées de fontinales, de cressons et de mousses, sept ou huit tentes, dont l'architecte avait suivi un alignement de fantaisie, étaient groupées dans un désordre des plus pittoresques. Ces tentes n'avaient ni les dimensions ni la richesse de celles que le voyageur rencontre parfois dans les déserts de sable de l'Orient : elles étaient petites, simples de forme, de couleur terne. On voyait bien qu'elles n'avaient exigé ni beaucoup de matériaux ni beaucoup d'art. On n'avait eu besoin pour leur construction que de sept ou huit perches plantées en cercle, réunies en faisceau par leur extrémité, et retenues ensemble par des liens de cuir tordu et des chevilles, qui servaient en même temps à rattacher les draperies de la tente, d'une étoffe brune et grossière, que deux ou trois couches d'huile de poisson rendaient en même temps imperméable et brillante.

Autour de ces tentes, on voyait suspendus à des

pieux des ustensiles de toutes sortes, mais presque tous d'aspect assez bizarre, et dont l'usage ne se révélait pas toujours au premier coup d'œil : il y avait des instruments de chasse et de pêche, des filets, des arcs, des fusils, des arbalètes, mêlés à des vêtements en peau de renne, à des fourrures de loup, de renard ou d'ours marin, à des marmites de fer et à des écuelles de bois. Tout cela était arrangé, disposé, groupé dans une confusion charmante, à souhait pour le plaisir des yeux : le tableau était tout fait; il n'y avait plus qu'à le peindre.

Au milieu de ces tentes, on en distinguait une beaucoup plus grande, d'une construction plus savante, et qui semblait dominer toutes les autres. Pour celle-là, le bois était son principal élément; de grandes planches de sapin, assez mal rabotées, lui servaient de murailles; son toit était fait de branches d'arbre et d'écorces de bouleau, que l'on avait recouvertes sur les bords de cuirs tannés et de peaux d'animaux sauvages, et, au milieu, d'une couche légère de gazon sec. A chaque angle, une énorme pierre semblait posée là tout exprès pour retenir ce toit trop léger, que pouvait enlever le premier coup de vent.

De toutes ces tentes s'échappaient de grosses colonnes de fumée que sillonnaient çà et là des flammèches et des étincelles petillantes. Mais la hutte en bois, par un rare privilége, avait un tuyau de cheminée comme une maison de Christiana ou de Stockholm. On voyait même briller de loin les vitres de deux petites fenêtres, les seules peut-être qui existassent dans toute la Laponie : les tentes environnantes ne recevaient l'air et la lumière que par l'ouverture du toit, qui pouvait en même temps leur verser la pluie et le froid.

Çà et là, aux endroits où le cirque s'entr'ouvrait, on

apercevait de petits ravins pleins de fraîcheur et de verdure, avec de grands arbres, au pied desquels s'épa-
nouissaient de gros bouquets d'anémones et des touffes
de gentiane parfumée.

Il pouvait être dix heures du soir, et le soleil, encore
assez haut dans le ciel, frappait de ses rayons obliques
la cime des rochers qui fermaient le petit cirque, et les
illuminait de lueurs roses, rouges ou jaunes, qui avaient
l'éclat métallique des flammes du Bengale. Au loin,
majestueuse limite de l'horizon, le Kilpis, la plus
noble montagne de toute la Laponie, et que les Lapons
adorent comme le séjour sacré de leurs anciens dieux,
dressait ses immenses cônes de granit et de basalte.
Rien n'égale la grandeur et la beauté des aspects de
cette montagne. Tantôt ce sont des gorges âpres, rem-
plies de grands bois, avec des eaux bruyantes au fond,
tantôt des fentes nues, arides, désolées, sombres, presque noires, comme si la flamme dévorante les avait
touchées; tantôt des plateaux immenses, couverts de
pierres énormes, dont les teintes rouillées font songer
à de vieilles cuirasses de fer ; tantôt des masses gigantesques, jaillissant d'un océan de ruines et de dé-
combres.

Les neiges, en ce moment, couronnaient sa tête
d'un diadème d'argent, et les glaciers jetaient sur ses
brunes épaules leurs pierreries étincelantes. A l'arrière-
plan du tableau magique, la montagne développait ses
lignes sans fin, et, les uns au-dessus dès autres, à des
hauteurs inégales, où l'œil ne pouvait les suivre, ses
sommets, comme s'ils eussent voulu escalader le ciel,
disparaissaient dans les vapeurs et dans l'ombre.

« Oui, j'avoue que c'est beau ! dit Henrick, qui avait
suivi son ami jusque sur le seuil de la tente; mais c'est
toujours beau de la même manière, et, depuis deux

mois que je contemple les mêmes merveilles, j'ai eu le temps de m'en lasser, et je voudrais autre chose !

— La vie t'a gâté, dit Elphége, et je crois que tu auras maintenant bien de la peine à être heureux ! »

Tout en causant ainsi, les deux amis rentrèrent dans leur tente, dont le milieu était occupé par trois grandes planches de sapin, dégrossies tant bien que mal et posées sur deux troncs de bouleau, sciés à des hauteurs à peu près égales, qui servaient de pieds à cette table primitive. Elle était couverte de papiers épars, de cartes et de plans faits à la main, que Henrick consultait souvent, et qu'il semblait reporter et mettre au net avec un soin extrême sur une large feuille teintée de diverses couleurs.

Ce jeune homme, qui pouvait avoir de vingt-sept à vingt-huit ans, était grand, mince, élancé : il portait une petite moustache assez fièrement relevée; ses cheveux châtain clair, coupés court, bouclaient sur un front blanc comme celui d'une femme, où se retrouvaient tous les indices de l'intelligence et de la volonté; son œil, dont l'iris semblait flotter du bleu au gris, avait la flamme vive et l'ardent rayonnement qui semble particulier aux races scandinaves; ces yeux-là percent tout autant qu'ils regardent. Son costume était moitié civil et moitié militaire : une tunique verte, en drap de Lincoln, boutonnée jusqu'au menton, et fixée à la hanche par un ceinturon en peau de daim, où l'on voyait la boucle et l'agrafe, qui, d'ordinaire, retenaient son épée; il avait déposé sur la table, à côté de lui, une sorte de petit képi en cuir verni, orné d'une aigrette en plumes d'aigle : la plume d'aigle ne semblait pas d'ordonnance.

Henrick Steinborg, c'était le nom de notre héros, appartenait à cette partie très-instruite et très-distin-

guée de l'armée suédoise, qui correspond chez nous au
*Génie;* il passait pour un des officiers les plus capables
de son corps, et il avait été détaché en Laponie pour
faire des études topographiques qui pussent enfin permettre au gouvernement central de dresser la carte
officielle d'un pays jusqu'ici peu connu.

Il n'était pas besoin de regarder à deux fois son compagnon pour voir qu'il ne faisait pas partie du même
monde. La fantaisie, légèrement excentrique, qui régnait dans son costume, indiquait un artiste, aussi
clairement que la palette et les pinceaux placés tout
près de lui.

Elphége Sturlessen était peintre. Il donnait même
d'assez belles espérances. L'Académie royale de Stockholm l'avait envoyé à Düsseldorff, puis à Paris, où deux
expositions l'avaient fait remarquer. De retour dans son
pays, — il avait senti, et c'était la preuve de son intelligence, non moins que de son goût, — il avait senti
le besoin de retremper sa fibre aux sources de l'inspiration nationale.

Il s'était donc hâté d'oublier les Romains de Düsseldorff et les Grecs de Paris, pour ne plus peindre que
des Suédois ou des Norvégiens. Ami intime de Steinborg, il l'avait accompagné, autant pour ne pas lui
laisser entreprendre seul une expédition où il y avait
peut-être quelques dangers, et à coup sûr beaucoup
d'ennuis, que pour faire une excursion pleine d'intérêt.
Suivant en cela ses instincts d'artiste, il avait largement
sacrifié dans son costume à ce qu'il appelait les exigences de la couleur locale ; aussi, quoiqu'on fût alors
au cœur de l'été, sous prétexte qu'il se trouvait chez les
Lapons, il se donnait le luxe d'un large pantalon en
peau de renne et d'une veste de vadmel gris, avec un
parement de fourrure, large d'un revers de main, et

dont le poil se confondait avec sa barbe longue, rude
et hérissée.

' L'amour du beau, chez ce brave Elphége, ne pouvait
point passer pour de l'amour-propre ; s'il eût eu. la
moindre vanité masculine, les profils de l'Apollon et de
l'Antinoüs auraient dû le mortifier singulièrement, car
il avait bien les lignes les moins classiques qu'un cari-
caturiste en belle humeur ait jamais charbonnées sur
les murs pour faire grimacer un masque humain. Ses
oreilles de chauve-souris, grandes, épaisses, larges,
charnues, détachées de la tête, et son nez, qui se relevait
brusquement vers le ciel par une oblique provoquante,
excitaient généralement à la gaieté : une barbe touffue
comme celle de Polyphème cachait presque entièrement
son visage, et ne laissait voir, outre ce nez original,
que deux pommettes saillantes et hautes en couleur,
luisantes comme deux pommes d'api qui ont passé
l'hiver sur la paille. Elphége était, du reste, le meilleur et le plus joyeux compagnon du monde, bon
vivant, s'il en fut, obligeant comme pas un, riant de
lui-même tout le premier, avec autant de gaieté que
d'esprit, et faisant cordialement les honneurs de sa drô-
latique personne.

Au moment où Henrick se remit à ses cartes et à ses
plans, Elphége reprit sa palette et ses pinceaux, et continua de peindre un très-piquant tableau d'intérieur lapon, avec les mille objets plus ou moins jolis, mais assez
singuliers, qui constituent le bien-être ou le luxe de ces
naïfs enfants de la nature.

« Avances-tu ? dit Henrick en se penchant vers son ami.

— N'approche pas ! » répondit celui-ci.

Et, d'un geste rapide, il étendit entre eux deux son
appuie-mains comme un obstacle que le jeune officier
ne devait pas franchir.

« Oh ! quel mystère !

— Je t'ai dit que tu ne *la* verrais point avant qu'elle ne fût achevée....

— Et faudra-t-il attendre bien longtemps ?

— Jusqu'à demain.... si tu me laisses travailler.

— A Dieu ne plaise que je t'empêche de faire un chef-d'œuvre....

— Eh mais ! si la copie ressemble à l'original....

— Prends garde, Pygmalion !

— Ah ! si ma Galatée s'animait jamais, je craindrais fort que ce ne fût pas pour moi, » répondit l'artiste avec un demi-soupir....

Puis il recula de deux pas pour mieux juger de son œuvre, et, revenant à sa toile, du bout de son pinceau et par d'heureuses retouches, il caressa délicatement le seul personnage qui l'animât.

C'était une toute jeune fille, qu'il n'était pas nécessaire de regarder à deux fois pour reconnaître en elle tous les signes distinctifs de la race laponne.

Elle n'était pas grande ; mais sa taille semblait parfaitement prise, et l'on n'admirait pas moins sa cambrure hardie que la finesse de ses membres mignons et bien attachés. Sa tête eût paru trop petite, sans l'abondante chevelure, d'un noir à reflets, bleue comme l'aile du corbeau, dont elle s'efforçait en vain de coller à ses tempes les bandeaux rebelles, et qui se relevait sur sa nuque en deux longues nattes entrelacées d'une façon bizarre, et rattachées par un nœud de ruban d'un rouge vif.

Son visage n'avait pas l'ovale élégant de la beauté grecque ; les pommettes accentuaient trop fortement leur saillie sur les joues, et la courbe un peu brusque de son menton eût gagné peut-être à s'arrondir davantage ; mais le regard s'arrêtait avec plaisir sur son front

d'un modelé charmant, et sur ses yeux, dans lesquels
on devinait une grande douceur, au fond d'une grande
mélancolie. — J'ai rencontré plus d'une fois ces yeux-
là dans le Nord. — Chez une autre femme le bistre du
teint eût paru trop foncé ; mais on trouvait qu'il se ma-
riait bien chez la jeune Laponne au sombre éclat de ses
yeux, de ses cheveux et de ses sourcils ; aussi l'ensemble de cette petite personne formait un tout, à la fois
étrange et gracieux.

Le costume était digne par sa recherche et sa richesse
de celle qui le portait. Une robe de laine bleue, courte
comme une tunique, coquettement bordée d'incarnat,
serrait sa taille, dessinait le contour de ses épaules et
laissait deviner la perfection de ses formes naissantes ;
une écharpe rouge, légère comme un de ces nuages d'or
que traverse un rayon de soleil couchant, flottait autour
de son corps. La tunique s'arrêtait aux genoux ; mais
un pantalon blanc descendait jusqu'à ses chevilles, dé-
couvrant ses brodequins de cuir de renne, dont l'unique couture était placée sur le pied même — un pied
étroit, long, ne posant à terre que par l'orteil et le ta-
lon, comme il convenait à la fille d'une race voyageuse,
qui s'arrête parfois, mais ne se fixe jamais. Des cordons
de diverses couleurs rattachaient cette chaussure et la
maintenaient sur la jambe, comme les bandelettes du
cothurne antique ; un petit sac tout garni de plumes de
sarcelles, d'eiders et de canards sauvages, étincelantes
comme des émeraudes et des rubis, pendait de sa ceinture, à la place qu'occupe chez nous le tablier.

Sa tête était nue ; l'artiste avait compris qu'aucun or-
nement n'eût valu la parure que lui faisaient ses beaux
cheveux : mais elle portait au cou un collier de perles
de Laponie, trouvées dans certains coquillages que rou-
lent les ondes de ses rivières : elles n'avaient, sans

doute, ni l'eau ni l'orient des perles d'Asie, nées dans
une mer que le soleil échauffe, et toutes brillantes
du reflet de sa lumière; mais leur éclat humide et un
peu voilé allait bien à la peau brunie de celle qui s'en
était parée. De petites chaînes, qui s'entre-croisaient
sur sa poitrine comme les brandebourgs d'une redingote polonaise, étaient chargées de médailles de diverses époques, de topazes trop blanches, d'améthystes
trop pâles et d'autres pierres dures d'une jolie nuance
blond cendré, recueillies dans les cavernes du mont
Kilpis.

Notre peintre avait particulièrement soigné cette
partie de son tableau. Tout le personnage vivait. Il se
détachait du fond par un relief vigoureux, et semblait
prêt à sortir du cadre et à marcher. Ses grands yeux
bruns, qui avaient l'air de vous suivre partout, éclai-
raient autour d'elle.

Il était impossible, quand on avait vu cette tête, de
ne pas la regarder pour la voir encore.

« Je crois que c'est cela! » fit Elphége tout pensif.

Henrick quitta sa carte, déposa sur un bout de la
table l'encre de Chine et la sépia, et alla se poser devant
la toile de son ami.

« Voilà ton chef-d'œuvre! lui dit-il au bout d'un
instant de muette contemplation; ce tableau te fera
honneur, ou je ne m'y connais pas.... Elle est vraiment
charmante, cette petite Norra! Et dire que la Laponie
cache un pareil trésor, et que sans nous il eût été perdu
pour le monde!... car enfin, c'est nous, Elphége, qui
l'avons découverte.

— Elle est encore meilleure qu'elle n'est belle, répondit l'artiste; sais-tu vraiment tout ce qu'elle vaut?

— J'ose le croire, dit l'officier, et il n'y a pas grand
mérite à cela. »

Elphége regarda Henrick, et un nuage qui passa sur son front l'assombrit un instant.

« Pauvre fille! murmura-t-il entre ses dents, mais de manière toutefois à ce que son ami ne pût l'entendre.

— Voilà les rennes qui reviennent! » fit Henrick en s'avançant jusqu'au seuil de la tente.

On entendait au loin le tintement des clochettes mélodieuses, et les aboiements sonores des chiens, auxquels se mêlaient des rires et des chansons, de temps en temps entrecoupés par de plaintifs bramements.

C'étaient les rennes de la tribu, qui revenaient en effet du pâturage.

Chaque bande d'environ soixante était conduite par trois ou quatre hommes. Les rennes marchaient assez lentement, comme nos bœufs quand ils regagnent l'étable à regret; les uns s'attardaient pour brouter les jeunes pousses des bouleaux; les autres s'écartaient pour vagabonder dans les rochers. Mais, au coup de sifflet des bergers, de grands chiens bruns, à la peau fourrée comme des ours, au long museau, fin et pointu comme des renards, s'élançaient derrière les fugitifs et les ramenaient à leur rang par un vigoureux coup de dent.

Bientôt le troupeau tout entier se précipita dans l'étroit ravin qui conduisait au camp. Ils se pressaient les uns contre les autres, se culbutant, se serrant, se montant sur les épaules; par moments on ne voyait plus qu'une forêt de cornes mouvantes. Quelques minutes après, ils passaient devant les jeunes gens, faisant craquer sous leur trot sec et brusque les osselets de leurs pieds et les articulations de leurs jarrets, comme si leurs jointures se fussent déboîtées à chaque mouvement. Un de ceux qui conduisaient le troupeau poussa un cri aigu; les enfants et les femmes sortirent des tentes et ouvrirent les barrières de l'enclos, dont le pourtour était fait de branchages et de planches de sapin.

Bien qu'ils eussent vu ce spectacle vingt fois, les deux amis s'approchèrent pour contempler de plus près la scène animée. Les jeunes bêtes bondissaient joyeusement autour de leurs mères; les anciens, plus sérieux, grattaient la terre du pied et cherchaient la place favorable au repos de la nuit. Tantôt les femelles venaient complaisamment au-devant des mains qui devaient les traire; d'autres, plus farouches, échappaient par une fuite rapide, jusqu'à ce que les pasteurs eussent jeté, d'un bras sûr, la corde à nœud coulant qui s'embarrassait dans leur bois : l'animal était pris; on passait cette corde deux fois autour de son mufle et on la rattachait à son jarret; — alors il restait paisible; — bientôt le lait épais tombait, fumant et retentissant, dans des marmites de fer ou des jattes de bois. Dès qu'on sentait la mamelle prête à tarir, on enlevait prestement la corde, et l'animal délivré s'éloignait d'un bond sauvage au milieu des rires et des cris des femmes, des enfants et des hommes.

« Et voilà à quoi se passe l'existence de ces malheureux! fit Henrick, en haussant les épaules assez dédaigneusement.

— Crois-tu qu'il y en ait beaucoup chez nous qui vivent mieux? reprit Elphége, non sans quelque vivacité. Ils demeurent sur de durs rochers, souvent au milieu de la neige; mais ils ne sont point amollis par nos fausses jouissances; ils trouvent le vrai bonheur dans la satisfaction des vrais besoins, et ce qui nous semblerait la misère à nous autres, qu'on élève dans du coton, leur paraît le comble de la félicité. Tâchons seulement de ne pas leur donner des idées au-dessus de leur position, et sous prétexte de leur faire connaître un bonheur chimérique, ne les privons pas du bonheur réel que la destinée leur accorde. Crois-tu, d'ailleurs, qu'ils soient si à plaindre, et que j'aie grande pitié de cette existence, qui s'écoule paisiblement sous l'œil de Dieu, n'attendant rien des hommes, et ne leur demandant rien? Ils simplifient leurs besoins; c'est autant de tourments qu'ils s'épargnent. Ils sont heureux du strict nécessaire qu'ils ont, tandis que nous souffrons du superflu qui nous manque. Au lieu de s'enfermer comme nous dans l'enceinte de maisons étroites, ils voient se dérouler devant eux les changeantes perspectives, le vaste horizon et l'espace infini. Leur part vaut bien la nôtre !

— Et cette part-là, tu ne demanderais pas mieux que de la partager avec le modèle qui t'a inspiré ce joli tableau?

— Avec elle, dit Elphége, — et un éclair d'enthousiasme illuminant tout à coup son visage sembla le transfigurer; — avec elle je partagerais tout, richesse ou pauvreté, palais ou chaumière.... et, en donnant tout je croirais encore recevoir !

— Bonsoir, petits pères ! fit tout à coup derrière les deux jeunes gens une voix d'un timbre étrange, et dont il était difficile de dire si son accent exprimait le respect ou l'ironie; bonsoir, petits pères.... vous voilà encore dehors, à cette heure?

— Ah ! c'est toi, vieux Peckel? dit Henrick en se retournant du côté de celui qui leur parlait; attends donc, pour nous envoyer dormir, que le soleil soit couché....

— La veillée sera longue ! riposta le nouveau venu

avec un ricanement moqueur ; le soleil ne tombera pas derrière le Kilpis avant trente-trois jours d'ici. Attendez-le, si vous voulez.... à votre aise, mes jeunes coqs de bruyère ! Pour moi, sans m'occuper de celui qui se promène là-haut, il faut qu'au moins une fois en vingt-quatre heures, j'étende mes vieux os sur la mousse.... »

Peckel, que la tribu des Kilpis reconnaissait pour chef, était un vert et vigoureux vieillard de soixante-quinze ans dont l'âge n'avait pas courbé la taille : il se tenait droit comme le tronc d'un jeune sapin né dans un repli de la montagne et qu'aucun vent n'a ployé. Planté devant les deux jeunes gens, il appuyait ses deux mains fortes et noueuses sur la poignée en bec de corbin, taillée dans l'ivoire d'un morse, de son long bâton de frêne : trois grandes rides verticales sillonnaient son front, de la racine des cheveux jusqu'à la naissance du nez, et un réseau de plis fins entourait ses petits yeux rougis, clignotants, mobiles, à demi cachés sous d'épais sourcils ; la vieillesse, si vaillamment portée, n'avait ni éclairci, ni blanchi ses cheveux. Ils s'étaient seulement décolorés, et, comme il arrive chez nous aux ci-devant jeunes gens qui se servent de mauvaise teinture, de noirs ils étaient devenus roux : il les portait longs, et ils s'échappaient en mèches irrégulières de dessous sa coiffure, et flottaient sur ses épaules. Cette coiffure était du reste la chose la plus singulière qui se pût voir : elle était formée de la peau, assez artistement préparée, d'une sorte de canard-eider, nommé *loom*, auquel on avait laissé la tête, les ailes et la queue. Cette queue descendait sur son cou, et s'y étalait en éventail, tandis que les ailes battaient sur ses deux larges oreilles, et que la tête, armée du bec, se balançait sur le front du vieillard. Sa robe de vadmel bleu, bordée d'une frange grise, et son manteau de peau de renne qu'il portait à demi replié sur son bras, indiquaient un soin d'ajustement et une recherche de toilette qu'on était loin de retrouver chez les autres Lapons de la tribu.

Sans l'expression par trop rusée de son sourire, par trop astucieuse de son regard, on eût aimé ce visage, qui ne manquait ni d'énergie ni d'intelligence. Il n'y avait pas besoin d'un long examen pour deviner que Peckel devait être un des premiers parmi les siens. On voyait qu'il avait l'habitude du commandement, et que, s'il ployait devant le Suédois, c'était pour se relever bientôt devant les Lapons.

« Il faut avouer, reprit Henrick en le regardant d'un air qui ne dissimulait peut-être point assez la conscience superbe qu'il avait de sa propre supériorité, et cet orgueil de la race, toujours si prompt à s'éveiller au milieu d'une population étrangère, il faut avouer que vous êtes de singulières gens et que vous habitez un singulier pays.

— Cependant, fit le Lapon, tel qu'il est, ce pays nous convient. Nous n'en sortons point pour en voir de plus beaux ; nous n'allons point chez les autres, et les autres viennent chez nous.

— Eh mais ! voilà qui n'est pas trop mal répondu, dit Elphége, en riant et à demi-voix. Il t'a rivé ton clou, ou je ne m'y connais pas !

— Oh ! j'ai toujours pensé que le vieux singe était moins bête que méchant, mais je donnerais assez volontiers tous ses traits d'esprit pour un bon souper.

— Tu n'es pas difficile ! mais nous ne sommes pas ici à Stockholm, chez Hans-Bamberg, dans la rue de la Reine. A la guerre comme à la guerre ! Voyons ce que Merlingue nous aura fricassé.... »

Les deux jeunes gens rentrèrent dans leur tente, où nul préparatif n'indiquait que l'on se fût le moins du monde préoccupé de leur repas. Henrick, que la faim rendait impatient, prit son bâton et frappa à coups redoublés sur une grappe de gâteaux secs, enfilés à une corde et suspendus aux piquets qui soutenaient leurs murailles d'étoffe.

« Voilà une manière de couper son pain ! » fit gaiement le jeune peintre en ramassant les morceaux tombés à terre.

Il parlait encore, quand on entendit comme un léger grattement sur le seuil de la tente.

Bientôt la portière s'entr'ouvrit ; une tête cornue apparut ; deux grands yeux bruns, intelligents et doux, qui brillaient dans l'ombre, allèrent de l'un des jeunes gens à l'autre ; puis, tout à coup, la tête s'abaissa ; les longues ramures s'infléchirent sur les épaules, et un beau renne, blanc comme la neige, marchant lentement et posant ses pieds avec précaution sur le sol, entra dans la tente.

« Ici, Snalla ! » fit le peintre en étendant sa main, que le nouvel arrivant vint lécher avec l'empressement affectueux d'un animal familier.

Le renne joue plus d'un rôle dans l'économie domestique du Lapon. C'est le chameau du Nord. Il est même pour son maître plus encore que le chameau pour l'Arabe : il est sa vache, son mouton, son cheval ; il le nourrit de sa chair et de son lait ; il l'habille de sa peau ; il le porte ou le traîne ; on coud avec ses tendons, comme avec un fil solide ; on façonne avec son bois toutes sortes de petits objets utiles ou précieux. Mais si le renne est bon, il n'est pas beau : on ne peut pas tout avoir ! Le renne est au cerf ce qu'est un lourd paysan à un homme de race : il a le corps gros, bas et trapu ; ses jambes sont courtes et massives, ses pieds larges, son poil épais, fauve et rude.

Snalla, au contraire, était d'une entière blancheur ; ses formes étaient élégantes, ses mouvements gracieux, et il y avait dans tout son être je ne sais quoi de mignon, de délicat et de charmant ; comme tous les animaux qui se sentent aimés, choyés, gâtés, il ne craignait pas l'homme avec lequel il se montrait doux et câlin. Cependant, au fond de sa douceur même, on devinait encore je ne sais quoi de sauvage et d'effarouché, comme s'il se fût toujours souvenu des grands bois dans lesquels il était né, et où il avait longtemps vécu. Il portait à son cou un large collier en cuir rouge, brodé de dessins et de passe-poils en fil d'étain de diverses couleurs, et formant des dessins capricieux ; une grappe de clochettes pendait sur sa poitrine, et, s'agitant à chaque mouvement qu'il faisait, rendait un son argentin et mélodieux.

Snalla, — c'était, nous l'avons dit, le nom du renne blanc, — promena un moment sur les deux amis ses grands yeux calmes, mélancoliques et rêveurs, qu'on eût dit humides de larmes comme des yeux humains ; puis, après quelques secondes de réflexion, ce fut vers le peintre qu'il se dirigea.

« Qui m'aime, mon renne le sait ! » dit en riant le jeune officier.

L'artiste haussa les épaules, et, sans rien répondre, tira d'un petit sac qu'il avait près de lui, un morceau de sucre qu'il présenta à l'intelligent animal. Celui-ci le prit délicatement du bout des lèvres, et sortit de la tente à reculons, comme eût fait dans un cirque un cheval dressé à la voltige en liberté. Une fois dehors, il s'élança dans l'espace avec un bond joyeux et disparut.

« Nous avons vu l'ambassadeur, fit Henrick, nous ne tarderons pas à voir la princesse. »

Il parlait encore, quand une jeune fille parut sur le seuil de la tente.

## II

Il suffisait d'un regard pour reconnaître dans cette jeune fille l'original du personnage que l'artiste achevait de peindre. C'est assez dire qu'elle était extrêmement jolie. A Paris, on l'eût peut-être trouvée un peu trop brune ; mais ce brun était mat, velouté, pour ainsi dire, et aussi doux au regard qu'au toucher ; comme chez tous les descendants des Mogols, les yeux se relevaient aux coins, par une oblique trop sensible ; mais ils étaient si grands, si noirs et si brillants, et ombragés de si longs cils, visiblement recourbés à leur l'extrémité, que l'on oubliait l'étrangeté de leur forme pour admirer leur éclat ; son front n'avait pas sans doute le développement que recherche la phrénologie moderne : mais il était modelé avec tant d'intelligence, qu'il semblait pétri de pensées ; ses sourcils, déliés, fins, presque droits, lui donnaient tout à la fois un air de fermeté et de mutinerie dont l'assemblage ne laissait point que d'être assez piquant. Une de ses mains, petite, mince, étroite, toute fluette, et trouée de légères fossettes, jouait avec le bout relevé de son tablier, tandis que l'autre s'enfonçait à demi dans sa poche, garnie d'une bordure de plumes aux vives couleurs. Sa toilette, sans être tout à

fait aussi recherchée que celle du portrait, n'en était
pas moins assez élégante, et surtout fort pittoresque :
quoiqu'au premier abord elle parût un peu théâtrale, la
jeune fille la portait avec une aisance et une grâce par-
faites. On eût dit une artiste pleine de goût qui avait
trouvé le costume le plus propre à faire valoir sa tournure et sa physionomie, et qui, après en avoir essayé
l'effet à la scène, le gardait à la ville. Mais cette aimable
créature n'attirait pas seulement, elle retenait. Pour
étrange qu'elle fût, sa beauté n'en était pas moins
sympathique.

En entrant dans la tente, elle fit aux deux jeunes
gens une révérence un peu moqueuse et leur souhaita
le bonsoir dans un suédois assez pur, bien qu'elle le
parlât avec une certaine lenteur qui ne laissait pas que
de faire contraste avec la vivacité de ses allures et de sa
personne.

« Bonsoir, seigneurs, dit-elle à nos amis ; prenez patience, on pense à vous. »

Et s'approchant de la table, en femme qui se sentait
chez elle, elle jeta un regard sur la grande carte étendue devant Henrick.

« J'aurai beau faire, dit-elle avec un léger mouvement d'épaules, je ne me reconnaîtrai jamais dans toutes ces lignes vertes, rouges et bleues.

— Je m'en doute bien répliqua l'officier : aussi je
suis sûr que tu préfères les jolis bonshommes de mon
ami Elphége. »

La jeune fille le regarda fixement, mais ne répondit
rien.

« Voyons, belle princesse, continua-t-il en pinçant
légèrement le bord nacré de son oreille rose et blanche, à demi cachée sous ses cheveux, ne te fâche point
d'une innocente plaisanterie, et surtout ne me con-

damne point à mourir de faim, parce que je n'aurai pas eu comme mon ami l'habileté de reproduire tes jolis traits sur la toile. Mais qu'importe, petite Norra, pourvu que je les aie gravés ici et là? continua-t-il, en portant l'index de sa main droite tour à tour à sa poitrine et à son front.

— Tais-toi, langue dorée! répondit la jeune fille, non, sans quelque vivacité; tu sais bien que je ne te crois pas! Vous autres, gens du Sud, vous n'êtes point avares de belles paroles, et vous savez mieux promettre que tenir.

— Ce que tu en dis n'est pas pour moi, j'imagine, reprit Henrick, car je ne me rappelle point t'avoir jamais rien promis.

— Tu t'en serais bien gardé! » dit Norra.

Et, dans cette simple réponse, elle mit je ne sais quel accent de fierté, de tristesse et de défi, qui fit relever la tête à l'artiste, toujours penché sur son tableau.

Pendant que Henrick cherchait sa réplique, Norra tira de la poche de son tablier et porta à ses lèvres un petit sifflet de plomb; puis, retournant au seuil de la tente, elle fit entendre un son prolongé, qu'elle modula sur les notes aiguës.

Au même instant, deux ou trois Lapons parurent, et déposèrent sur un coin de la table deux paniers en branches de bouleau, tellement bourrés de provisions, qu'ils menaçaient de rompre sous leur poids. Ces Lapons, qui n'occupaient dans la tribu qu'une place tout à fait inférieure, s'approchèrent des jeunes Suédois avec un air de feinte humilité, penchant la tête de côté, regardant de coin, timidement, et glissant l'œil en coulisse. Norra, dont ils semblaient attendre les ordres en silence, leur fit un signe de la main, et ils se retirèrent aussitôt. Les deux amis ne dédaignèrent point de mettre leur couvert, ce qu'ils firent même assez gaiement, et la jeune fille déposa successivement sur la table un rôt fumant de renne, un énorme brochet bouilli et une pleine jatte de lait, dont les gouttes épaisses comme de l'huile et légèrement bleuâtres, exhalaient une senteur aromatique et parfumée ; deux tiges d'angélique, de grosses mûres noires, des baies de myrtil et des airelles sauvages, à la fois piquantes et sucrées, renfermées dans un coffin de feuilles artistement enchevêtrées les unes dans les autres, de manière à former une sorte de corbeille flexible, complétèrent ce menu que l'on chercherait vainement sur la carte du *café Anglais.*

« Même du dessert ! Rien ne nous manque ! s'écria l'officier, rien qu'un verre de boisson potable, car sous ce rapport nous ne sommes pas gâtés, et avec toi, noble souveraine du Kilpis, nous n'avons guère que de l'eau à boire !

— C'est ce qui te trompe, dit la jeune fille en retirant des profondeurs de son panier un flacon au ventre rebondi, et voici une bouteille de *mjod* [1] comme la meilleure hôtesse d'Upsala n'en a jamais préparé pour fêter le retour de ses étudiants.

— Alors, dit Elphége, nous boirons le premier verre à ta santé. »

Et faisant légèrement sauter le bouchon du breuvage écumant, il en remplit un gobelet de corne, cerclé d'argent, qu'il présenta à la jeune Laponne. Celle-ci le porta à peine à ses lèvres et le replaça sur la table à côté d'un gâteau chaud et doré, à la confection

---

1. Sorte d'hydromel, composé de beurre et de miel, fort en usage en Suède.

duquel il était permis de supposer que ses mains
habiles n'étaient point restées étrangères, car il dépassait de beaucoup la capacité culinaire des artistes
de Laponie.

Les deux jeunes amis s'assirent en face l'un de l'autre,
sur deux billots de sapin, coupés à la hauteur convenable, et qui étaient les seuls siéges de cette demeure
primitive. Pendant qu'ils soupaient du meilleur appétit, — l'appétit de la jeunesse, du travail et de la gaieté,
— Norra allait et venait autour d'eux, se glissant à
travers la tente, avec l'indolente souplesse et le vif fré-
tillement de la couleuvre. C'est à peine si l'on entendait sous ses pieds légers l'imperceptible craquement
des tiges de lavande et des rameaux de sapin semés çà
et là sur le sol. Elle allait et venait, s'occupant de tout,
touchant à tout, remettant chaque chose à sa place, —
malgré les recommandations de ne pas trop ranger, —
qu'on avait grand soin de lui faire, causant familièrement avec ses hôtes, vive à l'attaque, prompte à la riposte, refusant de s'asseoir à table, mais grignotant du
bout des dents des miettes de gâteau; trempant un
morceau de biscuit dans une tasse de lait, ou picorant
des airelles et des myrtils dans un grand plat de terre
rouge qui occupait le milieu de leur surtout d'argile. Eux la regardaient et l'écoutaient en riant, ap-
plaudissaient à ses saillies et la traitaient un peu
comme on traite un enfant que l'on aime.... et que l'on
gâte.

Bien que la jeune Laponne fût aussi prévenante pour
l'un des amis que pour l'autre, et pour tous les deux
également attentive, il était facile de s'apercevoir
qu'elle avait pour l'officier une secrète préférence.

L'artiste était trop fin observateur pour ne l'avoir
pas depuis longtemps remarqué; mais il en avait pris

son parti, et il était impossible d'observer entre les
deux compagnons la moindre nuance de jalousie.

« Qu'allons-nous faire à présent? demanda Henrick,
après avoir offert à la jeune fille un verre d'eau-de-vie
blanche, qu'elle repoussa avec un geste superbe.

— Pas possible d'aller se promener à Djurgaard [1],
répondit l'artiste.

— C'est malheureusement vrai! reprit Henrick en
allumant son cigare : en fait de plaisirs, nous n'avons
pas ici l'embarras du choix.

— Si nous allions voir traire les rennes?

— Voilà sans doute qui est du dernier galant! Mais
spectacle pour spectacle, j'avoue que j'aimerais mieux
une stalle à l'Opéra.

— Le soir où Jenny Lind chanterait? fit l'espiègle
Norra qui s'était glissée entre les deux amis.

— Ah! friponne, tu es partout, tu entends tout, tu
vois tout. »

Norra ne répondit rien ; mais comme elle savait
qu'en toute saison les nuits de la Laponie sont assez
froides, elle prit dans un bahut une chaude et moel-
leuse pelisse de laine, et, sans mot dire, la jeta sur les
épaules du jeune officier.

« Bonne créature ! » fit Henrick en se retournant vers
elle ; et, avec une expression de reconnaissance et d'affectueuse tendresse, il effleura de la main la joue brune
de Norra.

La petite Laponne rejeta la tête en arrière assez vivement pour éviter le contact de cette main caressante;
on eût pu remarquer en même temps qu'elle pâlissait
sous le bistre. L'artiste se retourna ; il aperçut le geste
de son ami, et devina l'émotion de la jeune fille.

---

1. Le bois de Boulogne de Stockholm.

« Toi, dit-elle alors, il ne faut pas sortir la tête nue : il va tomber une petite rosée ; tu tousserais demain. »

Et, tout en parlant, elle lui tendit sa cape en peau de renard, qui se rabattait sur les oreilles et sur le cou. Elphége la prit, remercia d'un sourire, et passa son bras sous le bras de son ami.

Tous deux quittèrent la tente.

Norra, demeurée seule, souleva la portière qui venait de retomber, et tant qu'elle put les voir, suivit de l'œil les deux jeunes Suédois. Bientôt un détour de chemin les déroba ; pendant qu'ils gagnaient la lisière d'un bois de sapins, qui dominait le campement des Lapons, elle rentra dans la tente.

# III

L'histoire de Norra n'était pas moins singulière que sa personne.

Sa mère, restée veuve de bonne heure, en proie à cette incurable mélancolie qui parfois s'empare de l'âme rêveuse des races du Nord, avait touché par sa tristesse et charmé par sa grâce une noble famille suédoise, alors en voyage dans le Finmark.

M. et Mme de Bunsen lui avaient offert de l'emmener avec eux, et comme la pauvre créature se trouvait si malheureuse que pour elle tout changement devait être un bien, elle accepta et les suivit, emmenant avec elle la petite Norra, alors âgée de sept ans. Elles en passèrent huit à Stockholm. Puis tout à coup, la veuve inconsolée se sentit au cœur l'ardent amour et l'amer regret du pays qu'elle avait quitté. Elle se jeta en pleurant aux pieds de son protecteur.

« Pardonne-moi, lui dit-elle, tu as été bon comme un père ; tu m'as comblée de tes bienfaits ; jamais je ne les oublierai…. Mais il faut maintenant que je mange de la mousse et que je couche dans la neige. Adieu ! »

Et elle partit.

Norra suivit sa mère.

Mais le séjour de Stockholm devait laisser des traces
profondes dans l'âme de la jeune fille. Elle avait reçu
dans la capitale de la Suède une éducation qui ne se
pouvait en rien comparer à celle qui l'attendait en
Laponie, où, en général, on laisse pousser les enfants
comme les plantes. D'abord il n'y a point de maître, et
personne ne sait; puis, s'il faut tout dire, la science
qu'on leur donnerait ne leur servirait point à grand'-
chose : à quoi bon les charger d'un bagage inutile? Il
est plus simple de ne rien apprendre que d'avoir à
oublier. Norra, au contraire, dont les gentilles façons
et le vif esprit avaient plu à tout le monde, et qui avait
été élevée avec les filles de son généreux patron, douée
d'ailleurs de merveilleuses aptitudes, avait, sans peine
et sans effort, si bien profité des leçons des meilleurs
maîtres de Stockholm, que, lorsqu'elle reprit à quinze
ans le chemin de ses grands déserts, elle savait tout ce
que peut savoir une jeune Suédoise appartenant aux
premières familles de son pays. Sans doute elle n'aurait jamais l'occasion de tirer parti de tous ses talents ;
mais on ne peut point, du jour au lendemain, se débar-
rasser de ce que l'on a si péniblement acquis, et il
faut garder toujours l'éducation dont on ne profitera
jamais.

Norra, qui n'avait que sept ans au moment où elle
quittait son pays, n'en avait pu conserver un bien vif
souvenir; elle eût donc assez vivement regretté Stock-
kholm, si l'insouciante jeunesse n'était de sa nature
assez amie du changement, et toujours portée à croire
ce qu'elle aura meilleur que ce qu'elle a. Ce fut donc
le cœur joyeux et le pied léger qu'elle reprit le chemin
du fleuve Alten et des monts Kilpis.

Cependant une grande déception l'attendait parmi
les siens.

Le Lapon n'est point voyageur de sa nature; il ne quitte jamais son pays, et il ne comprend guère ceux qui agissent autrement. Comme tous les ignorants il est orgueilleux, et pense que ce qu'il fait est ce que l'on doit faire ! Dieu a voulu, d'ailleurs, que chacun aimât le pays où il est né, et ceux-là même qu'il a le moins bien partagés sont ceux qui s'attachent davantage à leur triste lot.

On avait donc vu d'assez mauvais œil le départ de la mère de Norra; son retour ne fut pas beaucoup mieux accueilli. Ce peuple, jaloux de son indépendance, ne pouvait se défendre d'une certaine rancune contre deux femmes qui venaient de vivre chez ses maîtres, — c'est-à-dire chez ses ennemis. Norra et sa mère leur furent bientôt suspectes. Il est vrai que la jeune fille ne faisait rien pour ramener à elle ceux qui croyaient avoir tant de raisons de s'éloigner. Tout, dans ses manières, dans ses allures, et jusque dans son costume, faisait trop clairement allusion à son séjour chez l'étranger; on eût dit qu'elle tenait à rappeler à chacun ce qu'elle eût dû, au contraire, s'efforcer de faire oublier à tous. Elle avait rapporté des livres de Stockholm, et elle lisait ! Depuis Torneo jusqu'à Hammerfest, jamais peut-être une Laponne n'avait lu et surtout n'avait lu de livres suédois : les plus savants se contentent d'épeler la Bible et l'Évangile traduits en leur langue. La jeune fille, chez laquelle un naïf instinct de coquetterie, encore développé par l'exemple des belles demoiselles de Stockholm, avait devancé les années, prenait un soin minutieux de sa toilette. Elle avait dû quitter, et elle avait, en effet, quitté les vêtements suédois; mais elle avait modifié pour son usage, et de la façon la plus heureuse, le costume pittoresque des femmes de sa nation, et elle en avait tiré un si habile parti, qu'il semblait vraiment fait pour rehausser toutes les grâces de sa gentille personne. Mais de tels soins et une si constante recherche étaient tellement opposés aux usages, aux mœurs et aux coutumes des gens au milieu de qui elle vivait, qu'elle se fût aliéné complétement leurs sentiments si la position de sa famille n'eût été pour elle une sauvegarde et une protection. Elle n'était point, du reste, de ces natures qui ploient et qui cèdent ; tout au contraire, elle se raidissait et résistait. Mais cette lutte sourde, cette hostilité latente lui faisaient une assez triste vie au milieu des siens. Aussi, de même que la mère, en Suède, avait eu la nostalgie de la Laponie, de même la fille eut-elle, en Laponie, la nostalgie de la Suède.

L'étrange maladie dura bien deux ans. La mère mourut. Il se fit alors un revirement dans l'esprit de Norra. L'orpheline fut obligée de quitter la tente vide et d'aller habiter près de son grand-père, qui, avec un cousin, plus âgé qu'elle de cinq ou six ans, était désormais le seul parent qui lui restât. Ce grand-père n'était autre que le vieux Peckel, le chef de la tribu laponne des Kilps, dans laquelle nous venons d'introduire le lecteur.

Les Lapons seront peut-être le dernier peuple de l'Europe chez lequel on retrouvera quelques vestiges de cette ancienne vie patriarcale qui fut, à un moment donné, la vie du monde, et qui, aujourd'hui encore, est restée pour quelques-uns un idéal de civilisation. La tribune laponne, en effet, est organisée comme le clan écossais : le chef est en quelque sorte le père de son peuple, et le lien du sang tempère et adoucit celui du pouvoir : la tendresse commande et l'amour obéit. Connaissez-vous des nœuds plus forts et une autorité à la fois plus puissante, plus respectable et plus sainte ? Les traditions de la tribu faisaient voir à tous ses membres, dans Peckel, le représentant en ligne très-directe d'une famille de ces chefs sous la conduite desquels leurs ancêtres étaient venus s'établir dans la partie septentrionale de la grande péninsule scandinave. Ces familles, chacune dans sa tribu, avaient conservé une autorité que ne leur donnait aucune loi écrite, mais que reconnaissait le consentement unanime de la nation, plus fort que toutes les lois. En l'absence de tout pouvoir régulier, de toute hiérarchie religieuse exerçant sur eux une influence directe, réelle et continue, les Kilps s'étaient accoutumés peu à peu à voir dans Peckel la réunion de tous les attributs qui composent ailleurs le formidable ensemble de l'autocratie la plus absolue. Il était tout à la fois pouvoir législatif, exécutif et judiciaire : rien ne lui manquait, pas même la suprématie religieuse ; il est vrai qu'au lieu de l'exercer d'une façon régulière, il faisait une large part à la fantaisie, car, sous le prétexte assez spécieux qu'autrefois, avant l'introduction du christianisme en Laponie, — qui ne remonte pas à plus de trois ou quatre siècles, — ses ancêtres avaient rempli des fonctions sacerdotales, au nombre desquelles il fallait placer le sortilége et la divination, Peckel était resté, parmi les Lapons, sorcier et diseur de bonne aventure, aussi bien gouverneur du spirituel que du temporel. Le pauvre ministre suédois qui, une ou deux fois par année, venait faire sa tournée dans la tribu, était loin de pouvoir balancer son influence.

Ce vieux Peckel, parmi d'assez nombreux défauts, avait du moins quelques qualités : le respect de la race et l'orgueil du sang, qui tiennent souvent lieu de vertus à ceux qui n'en ont pas d'autres, s'exaltaient singulièrement dans son âme ; il aimait ses enfants pour eux et pour lui. On le savait.

Bien accueillie sous sa tente, vivant près de lui, entourée des marques visibles de son affection, Norra reconquit bientôt dans la faveur de ce peuple mobile la place qu'elle avait perdue. On lui fit un mérite, après lui en avoir fait un crime, de la recherche de sa tenue et de l'élégance de sa mise ; ceux-là mêmes, ainsi qu'il arrive souvent, dit-on, qui l'avaient le plus amèrement critiquée, furent désormais les plus ardents à la louer. Elle ne regagna point seulement ce qu'elle avait perdu, elle se vit au contraire entourée d'un prestige qu'elle n'avait jamais ni espéré ni désiré. Le Lapon, toujours jeune comme les peuples qui vivent encore dans le sein de la nature, s'enthousiasme aisément. Norra devint en peu de temps l'idole de sa tribu : on s'accoutuma à voir en elle un être supérieur. Peckel ne demandait pas mieux que d'accréditer cette idée, qui donnait un nouvel éclat à la gloire de sa famille ; il disait à qui voulait l'entendre que la jeune fille lisait l'avenir aussi bien que lui dans les signes du tambour sacré, et qu'elle était capable de jeter un sort ou de conjurer un maléfice comme jamais homme ne l'avait su faire. Ainsi, jeune, jolie, relativement instruite, d'un esprit dont la vivacité eût été remarquée partout, Norra passait pour une créature supérieure, un être à part ; et à ceux mêmes auxquels sa jeunesse et sa bonté n'eussent pas inspiré l'affection, ses talents reconnus et proclamés par tous eussent du moins commandé le respect. Mais de tels sentiments ont-ils jamais suffi à faire le bonheur d'une femme ? On ne l'eût pas cru, sans doute, en regardant le front triste et l'œil rêveur de la jeune Laponne. Elle avait un cœur, et ce cœur s'ennuyait. Elle éprouvait un besoin que ne connaissent guère, dans ses exigences et sa délicatesse, les femmes de sa race : je veux dire le besoin d'aimer ; mais l'éducation qu'elle avait reçue jadis, trop supérieure à sa position présente, et les dangereuses comparaisons qu'elle pouvait faire entre ce qu'elle avait vu et ce qu'elle voyait, rendaient son choix exigeant et sa préférence difficile ; aussi n'avait-elle encore ni préféré ni choisi.

Il fallait bien, d'ailleurs, le dire à la louange des hommes de sa tribu : presque tous semblaient se rendre justice, et, satisfaits de conquêtes plus faciles, n'aspiraient point à la main de la petite-fille de leur chef.

Norra, en personne de bon sens qu'elle était, comprit bien que la Suède était désormais perdue pour elle, et qu'elle ne reverrait jamais Stockholm : après les premiers regrets passés, elle prit donc son parti de bonne grâce et songea bien moins à ce qu'elle avait perdu qu'à ce qu'elle allait retrouver. Sans doute, c'était là le parti le plus sage ; mais il est des résolutions plus difficiles à tenir qu'à prendre, et notre héroïne devait bientôt s'en apercevoir. De son séjour à Stockholm il lui était resté plus d'idées qu'il n'en tient d'ordinaire dans la tête d'une Laponne ; ce voyage en lointain pays avait été pour elle comme une fenêtre ouverte sur un monde inconnu aux siens ; elle en avait gardé pour toujours sur eux l'avantage qu'auront jusqu'à la fin des siècles ceux qui savent sur ceux qui ne savent point. Les Lapons sont, d'ordinaire, gens assez rusés, et l'on ne saurait sans injustice leur reprocher de manquer de finesse ; mais eurs finesses sont un peu de celles que le peuple a ugées et critiquées quand il a dit qu'elles sont *cousues e fil blanc*. Norra, au contraire, à la finesse qu'elle partageait avec eux, ajoutait cette habileté dans la conduite de la vie qui vient de la réflexion éclairée ; aussi elle exerça bientôt sur tout le monde autour d'elle un ascendant dont ne se doutaient même pas la plupart de ceux qui le subissaient.

Elle parvint donc en très-peu de temps à endormir toutes les défiances et à faire accepter son empire.

Mais le ciel a voulu que les femmes fussent plus heureuses par la fascination qu'elles subissent que par celle qu'elles exercent ; le prestige qui rayonnait autour de Norra ne pouvait rien pour son bonheur ; et quand, blasée sur ses triomphes faciles et sans prix, la pauvre créature rentrait en elle-même, elle n'y trouvait que la solitude, le vide et la tristesse.

# IV

Cependant on parlait beaucoup sous les tentes de ce cousin, petit-fils, comme elle, du chef de la tribu, et qu'elle n'avait point encore vu : il était absent lorsque Norra vint s'établir chez Peckel. Les uns disaient qu'il était allé faire une chasse jusque dans les forêts de la Suède ; les autres assuraient qu'il était sur les côtes du Nordland, où il s'était montré plus d'une fois à pareille époque pour trafiquer avec des matelots finlandais, auxquels il vendait les peaux et les fourrures des bêtes qu'il avait tuées.

On l'appelait Nepto, et on l'avait tant de fois vanté devant la jeune fille, qu'elle attendait son arrivée dans une préoccupation d'esprit singulière.

Soit qu'il eût un talent naturel de mise en scène, soit que le hasard l'eût servi, un soir qu'elle était seule sous la tente, Nepto se présenta devant elle comme une apparition. Plus grand que ne le sont d'ordinaire les Lapons, il portait une tunique courte qui s'arrêtait au-dessus du genou, et qui, serrée à la taille et prise juste aux épaules, laissait toute leur valeur à des formes annonçant la souplesse et la vigueur ; son cou, jeune, nerveux, plus blanc que son visage et soutenant une tête

élégamment attachée, n'était point emprisonné dans
une cravate : il restait toujours libre et nu. Le hâle
de la brise, le soleil et l'air des montagnes avaient
bronzé son teint ; mais ses dents blanches, tranchantes,
et qu'il montrait souvent, quand il mordait sa lèvre,
ainsi qu'il arrive aux gens naturellement impatients,
semblaient illuminer le bas de son visage, tandis que
l'ardent éclair de ses yeux noirs achevait l'expression
fière et hardie d'une physionomie originale. Une petite toque en peau de castor, sans aucune sorte de
visière, sur le bord de laquelle on avait planté en
aigrette deux plumes de héron, était, pour ainsi dire,
repoussée de sa tête, par une épaisse chevelure longue et noire. Ses bottes russes, collant sur le mollet,
montant jusqu'à mi-jambe et brodées de fils de couleur, formant des dessins capricieux, complétaient ce
costume, que le jeune homme portait avec une certaine
grâce. Il tenait d'une main un beau fusil à deux coups,
et de l'autre flattait un grand chien fauve qui était
entré dans la tente en montrant les crocs.

Le hardi chasseur regarda la jeune fille avec des
yeux qui ne prenaient point la peine de dissimuler leur
curiosité, et comme le cérémonial n'est pas encore fort
usité en Laponie et qu'il n'y avait là, du reste, personne
pour l'introduire :

« Je suis Nepto, dit-il, sans rien ajouter à ce nom,
qui, dans son orgueilleuse pensée, valait à lui seul tout
un long discours... Et toi, — car je connais toutes les
femmes qui habitent sous nos tentes et cependant je
suis certain de ne t'avoir jamais vue, — qui donc es-tu ?

— Moi, je suis Norra, la petite-fille de ton grand-père.

— Par Jubinal, notre dieu ! tu es ma cousine alors,
et, vrai, j'en suis bien aise, fit-il d'un air de franchise et
de bonne humeur. »

Et, s'approchant de la jeune fille, sans lui en demander la permission, et avant qu'elle eût le temps de
s'en défendre, il l'embrassa joyeusement sur les deux
joues.

« Très-bien, mes enfants, fit au même instant le vieux
Peckel qui paraissait à l'entrée de la tente; je vois que
vous n'avez pas été longtemps à faire connaissance, et,
par le diable ! tant mieux ! n'êtes-vous pas cousin cousine, après tout, et mieux encore quand vous voudrez? »

Norra, malgré ces paroles, ne regretta point la bienvenue qu'elle avait laissé prendre au nouvel arrivant :
il allait peut-être apporter dans sa vie ce qui lui avait
manqué jusque-là. Une sorte d'intimité s'établit bientôt
entre les deux jeunes gens. Nepto avait un entrain et
une verve qui faisaient faire à tout le monde les premiers pas, et s'il eût voulu rester, avec Norra, à l'amitié sans prétention, rien n'eût gâté la douceur de leur
commerce. Norra ne se faisait point scrupule de s'a-
vouer à elle-même que, depuis qu'il était là, sa vie
était moins monotone et plus gaie. Mais le bouillant
Nepto n'était point homme à se contenter de si peu : il
lui fallait des avantages marqués, et il lui semblait
n'avoir rien obtenu tant qu'il lui restait encore quelque
chose à souhaiter. L'amitié de Norra lui parut bientôt
trop ou trop peu, et il laissa parler clairement ses
désirs, en toute franchise d'ailleurs, et en tout honneur comme un homme qui sent son prix, qui sait
ce qu'il vaut, et qui ne demande beaucoup que parce
qu'il est certain de pouvoir aussi beaucoup donner. Il
voulait faire sa femme de Norra; et comme après tout
leur race et leur fortune étaient égales, son ambition
n'avait certes rien d'exagéré. Norra, en disant oui, eût
d'ailleurs comblé les vœux secrets de son grand-père,
qui ne désirait rien au monde plus que ce mariage.

Elle dit non.

Ce refus étonna tout le monde, et, plus que tout le monde, celui qui en était l'objet. Comme il ne pouvait supposer que Norra voulût épouser un autre homme qu'un Lapon, et qu'il se savait le plus riche, se croyait le plus spirituel et se jugeait le plus beau de sa tribu, il se déclara bientôt à lui-même que la résolution de sa cousine était inexplicable, et que les femmes étaient incompréhensibles : ce qui, pour un Lapon, ne me semble pas trop mal raisonné.

Il crut d'abord à un caprice de jeune fille, quoiqu'en général les jeunes filles eussent eu jusqu'ici des caprices plutôt pour lui que contre lui : « Cela se passera, dit-il; attendons ! » Il attendit, puis se lassa d'attendre. Il était de sa nature violent et mal endurant, et ne reculait d'ordinaire devant aucun moyen, si énergique qu'il fût, d'écarter l'obstacle qui le séparait du but. Mais ici, par malheur, l'obstacle se confondait tellement avec le but, que le pauvre Nepto se sentait fort empêché ; et, comme ces chevaux dressés que l'éperon tourmente et que la bride retient, il rongeait son frein sans se cabrer.

Une fille n'est jamais mieux gardée que par un amant malheureux. Nepto avait établi une sorte de blocus autour de sa cousine.

Du reste, cette surveillance active et inquiète était pour le moins inutile. Les hommes de la tribu, un peu effrayés de son esprit et découragés par ses airs superbes, ne songeaient guères à braver les dédains de Norra : pour eux, son voyage en avait fait une Suédoise.... et ils se tenaient respectueusement à distance. Il ne manquait point cependant de jolis garçons autour d'elle !... surtout l'été ! Je conviens que l'hiver, avec leurs habits de peaux de renne, leurs coiffures hérissées, leurs yeux rouges, leur face tannée et enfumée, les Lapons pou-

vaient bien manquer d'attrait pour une petite personne
aussi délicate que Norra. Mais ils prenaient leur revan-
che avec les beaux jours. L'été, ils portent de fines tu-
niques de laine grise ou bleue, avec d'éclatantes broderies et des ornements singuliers; l'été, ils se livrent
devant les femmes à toutes sortes d'exercices qui leur
permettent de montrer leur souplesse et leur force, et
ils déploient dans leurs chasses ce courage et cette audace qui partout charment et séduisent le cœur du sexe
faible. Je sais bien qu'ils ne sont pas grands, mais leur
taille est proportionnée à celle de leurs femmes : d'ailleurs on n'est grand ou petit que par comparaison, et
je suis bien certain que si les Patagons venaient à Paris pour écrire leurs impressions de voyages, ils nous
traiteraient, sans aucune révérence, d'avortons et de
pygmées. Quoi qu'il en soit, et si avantageuse opinion
qu'ils eussent d'eux-mêmes, les jeunes Lapons qui vivaient sous la houlette pastorale de Peckel regardaient
Norra de loin, comme Adam et Ève faisaient du fruit
défendu, avant les perfides conseils du serpent. Personne n'osa donc marcher sur les brisées de Nepto, et
il resta maître absolu du terrain; s'il ne fit point de
progrès dans le cœur de sa cousine, il ne put s'en prendre qu'à lui..., et peut-être à elle. Dans un cas comme
dans l'autre, la vengeance n'était pas possible; elle eût
frappé sur de trop chers objets pour qu'il se permît d'y
songer : il n'y songea point. Une fois passée la première
colère, comme sa passion était vraie, il résolut de prendre, pour atteindre son but, les seuls moyens qu'il crut
propres à l'y conduire. Il fit à Norra la cour à sa façon :
il essaya de la toucher par ses prévenances, ou de la
gagner par ses présents. Pour elle, il alla dénicher,
sur la cime escarpée des rocs, le fin duvet des eiders;
pour elle, il arracha à l'aigle marin les plus longues

pennes de ses ailes; il passa deux mois dans une forêt pour doubler sa pelisse d'une fourrure de petit gris; la peau d'un ours blanc, tué sur les îles de glace qui flottent autour du cap Nord, étendit sous ses pieds un tapis blanc et chaud, comme n'en foulent point toutes les reines. Il avait une adresse de mains singulière : personne ne savait mieux que lui broder avec des fils de cuivre ou d'étain, ceux-ci blancs comme l'argent et ceux-là jaunes comme l'or, des arabesques capricieuses et des dessins d'une bizarrerie charmante, pour égayer les tissus de vadmel dont elle faisait ses robes. Cet art sauvage a parfois des grâces singulières, et les machines les plus perfectionnées de notre civilisation ne produisent point de plus curieux effets que la main à demi-barbare de ces naïfs ouvriers perdus dans les dernières brumes du Nord, et qui n'ont même point conscience des merveilles qu'ils enfantent.

Norra était donc la plus belle à ces foires de septembre où se réunissent pour les approvisionnements de l'automne les Suédois, les Quènes, les Norvégiens, les Russes, les Finlandais et les Lapons ; elle se parait sans scrupule de tous les dons de son cousin : elle lui eût fait tant de peine en les refusant ! C'était Nepto qui avait façonné le beau collier rouge dont la nuance éclatante rehaussait si bien le cou de neige de Snalla; c'était lui qui avait brodé avec les plumes changeantes de tous les oiseaux de son pays le petit sac pendu à la ceinture de Norra, et dans lequel la jeune fille portait son argent, ses ciseaux et son couteau. Un marchand de Drontheim en avait offert deux cents francs.... Mais Nepto se trouvait mieux payé avec un sourire de sa cousine.

Cependant le pauvre garçon semblait jusqu'ici perdre ses soins et sa peine. Norra se montrait pour lui une sœur, une amie, une aimable et bonne camarade, rien

de plus. On eût dit qu'elle craignait surtout de s'engager vis-à-vis de lui et qu'elle saisissait précisément l'occasion de chaque nouveau présent qu'elle avait reçu
pour faire aussitôt preuve d'indépendance : elle ne voulait point qu'il pût jamais se croire aucun droit, et elle
s'arrangeait de façon à ne lui point laisser d'espérance ;
il fallait qu'il sût bien que ses présents ne tiraient point
à conséquence, et qu'elle ne les recevait pas comme les
arrhes d'un marché. Aussi, c'était précisément quand
il avait le plus donné que Nepto se voyait le moins bien
traité. Si, de la part de la jeune fille, cette conduite
était quelque peu cruelle, elle était du moins loyale et
franche, et elle ne modifiait en rien celle du jeune
homme. Sans avoir précisément la finesse d'un roué, et
elle est aussi inutile qu'impossible à celui qui a dans le
cœur un amour vrai, Nepto avait la perspicacité de tout
être qui aime. Rien de ce qui se passait dans l'âme de
Norra n'échappait à son clair regard ; mais comme c'é-
tait, après tout, un être plus passionné que sentimental,
et qu'il espérait bien, un jour ou l'autre, arracher à sa
cousine, par lassitude, sinon par tendresse, le mot qui
la ferait sienne, il s'exhortait au calme et se résignait à
l'attente ; plus tard, quand elle serait sa femme, si elle
l'avait fait par trop souffrir.... mais ce temps-là n'était
pas encore venu ; il ne fallait point prévoir les choses
de si loin ! se disait-il quelquefois, et alors un demi-
sourire, peu rassurant pour sa future, plissait ses lèvres
minces.

L'arrivée des deux jeunes Suédois au camp de son
grand-père donna un accès d'humeur à Nepto. Il avait
du sang mogol dans les veines, et il ne voyait point sans
une secrète et amère irritation l'influence toujours
croissante sur sa nation de celui qu'il appelait assez dé-

daigneusement le roi de Stockholm. Nepto était le dernier des patriotes lapons. Il s'indignait de la présence
des deux étrangers dans la tribu : ils n'y pouvaient venir, pensáit-il, qu'avec des intentions mauvaises ; jamais un Suédois ne s'était approché d'eux sans qu'il en
résultât aussitôt quelque malheur. Que leur voulait-on
encore ? N'étaient-ils point déjà trop esclaves ? pourquoi
cette surveillance continue ? A quoi bon ces nouveaux
plans que l'on se mettait en peine de dresser ? Qui donc
avait besoin d'une carte de Laponie ? Les Lapons la
connaissaient assez, et les autres n'avaient point besoin
de la connaître : il faudrait bientôt numéroter les arbres
de leurs forêts et marquer la croupe de leurs rennes !

Mais, au milieu de ces ennuis, Nepto avait du moins
le bonheur de n'être pas jaloux des nouveaux venus. Il
savait trop quelles haines profondes, des haines de
races, séparent les Suédois et les Lapons ; il connaissait trop ces antipathies séculaires, que rien n'a cal-
mées, pour ne point regarder comme une impossibilité
monstrueuse toute union de l'une avec l'autre. Cette
conviction, si sûre d'elle-même qu'elle pût être, ne le
dispensait point, d'ailleurs, d'une active surveillance :
« Qui bien se garde, bien se trouve !... » c'est là un
proverbe à l'usage des amoureux de tous les pays.

Pendant les premiers temps, Nepto n'avait donc
rien observé de suspect. Elphége s'occupait autant de
rennes que des femmes, et il était facile de voir que
Lapons et Laponnes n'étaient pour lui rien autre chose
que des modèles. D'ailleurs, ce garçon jovial et laid ne
semblait point avoir en lui l'étoffe d'un amoureux.
Depuis qu'il était triste, Nepto avait un profond mépris
pour les gens trop gais ; il ne s'imaginait pas qu'un
homme qui riait toujours pût jamais être un rival dangereux ; il regardait la passion comme chose plus sé-

rieuse que ne le font d'ordinaire les hommes de son âge et de son pays, et il ne pouvait point, sous son apparente légèreté, deviner l'âme de l'artiste.

Quant à Henrick, l'orgueil qu'il laissait voir, le sentiment de sa propre supériorité, qu'il ne prenait même pas la peine de cacher, son dédain pour la race si souvent humiliée des Lapons, ne lui semblaient point des moyens particulièrement propres à gagner au jeune officier le cœur d'une fille aussi fière que Norra. Le naïf enfant des déserts, qui n'avait étudié le monde que dans la tente de son grand-père ou sous les huttes de Kautokeino[1], ne savait point que les difficultés attirent souvent l'amour, qu'il aime les contrastes, et que les obstacles, par l'espérance qu'il a de les vaincre, ne font qu'irriter son ardeur. Nous devons cependant convenir que rien ne pouvait faire supposer chez Henrick la moindre arrière-pensée dont Norra fût l'objet. C'est à peine si, dans les premiers temps, il avait seulement pris garde à elle ; si plus tard il s'était montré envers la jeune fille poli, prévenant, presque affectueux, ces attentions n'avaient rien de compromettant — Nepto, d'ailleurs, n'en avait pas été témoin. Henrick était vis-à-vis d'elle absolument ce qu'il eût été pour une jolie enfant ou pour un bel animal, gracieux favori de son maître. Il n'y avait là rien qui fût de nature à troubler les plus délicates susceptibilités d'un rival éconduit. D'ailleurs, Nepto, qui avait pour principe que tout était de bonne guerre en amour, ne s'était pas privé du plaisir de jeter un coup d'œil plus ou moins discret dans les cartons de l'officier, et il y avait découvert, non sans un secret plaisir, un portrait de femme, ne ressemblant en rien à celui que l'ami Elphége fai-

---

1. L'unique ville de toute la Laponie, et quelle ville !

sait en ce moment de l'aimable Norra. Cette femme,
ou plutôt cette jeune fille, était aussi blonde que Norra
était brune; Norra avait des yeux noirs rayés de petites
fibrilles d'or qui leur donnaient un éclat superbe; l'autre,
au contraire, avait les prunelles de ce bleu délicat qui
semble refléter l'azur pâli des cieux du Nord. Le Lapon,
en rôdant autour de la tente des étrangers, avait plus
d'une fois aperçu Henrick qui jetait à la dérobée sur
ce portrait un regard à l'expression duquel un amoureux ne pouvait pas se méprendre. C'en était assez pour
le rassurer complétement.

Cependant il ne tarda point à remarquer dans sa cousine un changement bien fait pour le surprendre. La
jeune fille perdit tout à coup sa gaieté, cette gaieté d'oiseau qui se communiquait si aisément aux autres, qu'elle
semait, pour ainsi dire, autour d'elle, et qui faisait
retentir le voisinage comme les échos d'une chanson
joyeuse. Je ne dirai point qu'elle fût triste, — la tristesse n'est pas le propre du caractère lapon, quoique
une incurable mélancolie naisse parfois dans l'âme·
de ceux qui contemplent incessamment le spectacle
austère des grandes scènes du Nord, — elle n'en était
point arrivée à cette phase de la passion qui produit la
tristesse dans les jeunes âmes; mais elle était singulièrement préoccupée, et cette préoccupation était visible, même pour un homme moins attentif et moins
clairvoyant que Nepto. Seulement, il eût été difficile
au jeune Lapon de savoir quel en était le véritable
objet.

Les chagrins de Norra parlaient peu : elle avait la
douleur discrète.

Elle ne voyait guère les deux Suédois; si par hasard
elle les rencontrait, presque toujours ils se trouvaient
ensemble. Elle ne leur adressait jamais la parole; eux,

de leur côté, ne lui parlaient pas beaucoup, et il n'y avait dans leurs façons rien qui pût révéler chez l'un ou chez l'autre un sentiment sérieux.

Il faut bien l'avouer, cependant : les rapports entre eux n'étaient plus les mêmes qu'aux premiers jours : à l'indifférence, radieuse chez l'un, hautaine chez l'autre, avait succédé chez tous deux une bienveillance aimable et douce. Peu de gens dans la tribu connaissaient la langue suédoise ; personne ne la parlait aussi bien que Norra. Les lettres du gouvernement qu'ils avaient remises à Peckel lui enjoignaient de traiter l'officier et son compagnon avec toute sorte d'égards et d'obéir à leurs réquisitions. Le vieux patriarche des Kilps était un politique : sans aimer les gens de Stockholm, il tenait du moins à ne les point mécontenter trop ouvertement ; il avait cru ne pouvoir être plus agréable aux jeunes gens qu'en leur donnant sa petite-fille pour interprète. C'était Norra qu'il avait chargée de toutes les communications officielles entre les étrangers et la tribu : c'était elle qui veillait à tous leurs besoins, et qui transmettait leurs ordres aux serviteurs attachés à leurs personnes ; elle s'était acquittée de ces soins avec un zèle extrême et un empressement joyeux. Les deux amis n'avaient eu qu'à se louer de sa diligence et de son zèle. Norra, de son côté, semblait prendre un vif intérêt à la tâche qu'on lui confiait. On eût dit que cette activité nerveuse, un peu fébrile, qu'elle ne savait à quoi dépenser, avait enfin trouvé l'aliment qui lui convenait et qu'elle éprouvait une sorte de soulagement dans l'emploi même de ses facultés trop longtemps oisives. Les Suédois, à leur tour, se montrèrent reconnaissants — moins encore de ce qu'elle faisait pour eux que de la manière dont elle le faisait ; ce n'est pas toujours le don qui vaut : c'est la façon de donner. Chacun

d'eux lui témoigna, comme il put, sa reconnaissance :
Elphége, en la traitant avec la camaraderie familière
et *bon enfant* d'un artiste ; Henrick, au contraire,
par une bienveillance affectueuse et douce, presque
paternelle, qui pouvait paraître singulière venant d'un
homme aussi jeune et s'adressant à une créature
aussi jolie. Norra se montra sensible à ces égards
au moins autant qu'elle le devait ; elle se plaisait sous
la tente de ceux qu'elle appelait ses hôtes ; elle songeait
à tout pour qu'ils n'eussent à s'occuper de rien ; jamais
ils n'avaient été entourés de plus de prévenances et
d'attentions. Près d'eux, elle se croyait en Suède : il
lui semblait avoir tout à coup retrouvé cette bonne vie
de Stockholm, qu'elle ne cessait de regretter tout bas.
Bien plus facilement que les hommes, et bien plus
promptement aussi, les femmes s'habituent à de certaines façons qu'elles veulent ensuite retrouver toujours
autour d'elles, qu'elles cherchent quand elles ne les ont
plus, et dont la perte les fait souffrir. La gaieté, l'entrain, la franchise et la belle humeur d'Elphége plu-
rent beaucoup sans doute à la petite Laponne ; mais la
courtoisie et les procédés délicats de Henrick la touchèrent, et si elle se montrait plus confiante et plus
abandonnée avec l'un, la réserve contenue qu'elle s'imposait avec l'autre n'était pas la marque d'un intérêt moins sincère et moins vif. Les deux jeunes gens
s'y trompèrent-ils? C'est ce que, jusqu'ici, rien dans
leur conduite ni dans leurs paroles n'était venu confirmer ni démentir.

Mais rien n'est changeant comme le cœur d'une
femme ! A l'empressement, à l'activité, à la joie des
premiers jours, succéda bientôt je ne sais quelle vague
inquiétude ; puis ce furent des tristesses passagères, et
des abattements soudains. C'était bien l'état où elle s'é-

tait trouvée, quelques années auparavant, au moment
de son retour de Suède.

Nepto avait trop d'intérêt à observer sa cousine pour
ne point se rendre compte d'un pareil changement. Seulement, il n'en put pénétrer la cause, que Norra ne
s'avouait point encore à elle-même. Réduit à de simples conjectures, que rien ne venait ni confirmer, ni dé-
truire, il enchaînait ses transports, muselait sa colère,
et, selon la belle expression du poëte égyptien, mangeait son cœur.

Le malheureux vivait donc au milieu des plus folles
alternatives de crainte et d'espérance, tantôt se flattant
d'être aimé de Norra, parce qu'elle avait souri en ac-
ceptant de lui quelque nouveau présent, et se disant du
moins qu'elle n'en aimerait jamais un autre. D'autres
fois, au contraire, la voyant plus soucieuse, il se demandait s'il n'avait point un rival : ce rival, il le cherchait parmi ceux qui entouraient sa cousine et se promettait les joies d'une terrible vengeance.

Cette surexcitation douloureuse, maladive, n'était
guère propre à calmer ce qu'il y avait d'âpre et de sauvage dans l'âme ardente du Lapon; elle exaspérait plutôt
son effrayante énergie. Nepto avait toujours exagéré les
qualités et aussi les défauts de sa race. Plus qu'aucun
de ses compagnons il sentait maintenant le besoin d'aller longtemps devant lui, loin, toujours plus loin, fuyant
jusqu'à l'apparence d'une entrave ou d'une contrainte,
insupportable à son humeur indomptée. Le Lapon, par
nature, aime l'indépendance ; il lui faut le libre désert et le vaste espace, où il puisse errer sans rencontre, poussant ses troupeaux devant lui, et traînant derrière sa femme et ses enfants. Il semble prendre plaisir
à se perdre, lui si petit, dans un pays si grand. On ne
sait jamais où il est; il ne sera pas demain où il était

·hier; parfois il s'offre à vous quand vous ne l'attendez pas; souvent il faut le chercher longtemps avant de le rencontrer. D'ordinaire un certain nombre de familles, réunies entre elles par les liens d'une antique et commune origine, s'agglomèrent volontairement, forment des espèces de clans, dont le petit peuple associe ses destinées. C'est la tribu nomade, allant, venant, parcourant à son gré l'immense étendue depuis le cap Nord jusqu'au golfe de Bothnie, depuis les frontières de la Finlande russe, jusqu'aux marais de Drontheim et de Lavanger.

Mais si la tribu est voyageuse, l'individu ne l'est guères. Rien n'est plus rare qu'une excursion isolément entreprise par un Lapon seul : ils comprennent que l'union fait la force; ils sentent qu'ils ont besoin les uns des autres, et ils évitent de se quitter.

Ce fut donc pour tous un assez grand étonnement, lorsque l'on vit Nepto faire tout à coup de longues absences : le jeune homme prit des habitudes que personne n'avait autour de lui, et qui semblaient complétement étrangères aux hommes de sa race. Souvent, jetant son fusil sur son épaule, fourrant dans son sac une provision de poisson sec et une gourde d'eau-de-vie, il sifflait son chien, — le fidèle Sniff, qui n'obéissait qu'à lui, — et, sans mot dire, sortait du camp, à la pointe du jour. On restait parfois toute une semaine sans recevoir de ses nouvelles.

Il est bien vrai que, de temps en temps, les bergers qui gardaient les rennes dans les pâturages de la montagne affirmaient avoir aperçu là-haut, se glissant entre les rochers, une forme insaisissable qui ressemblait vaguement à Nepto. Parfois aussi, on avait vu le museau noir d'un chien tout pareil à celui du hardi chasseur. On avait bien essayé de l'appeler, mais il s'enfuyait

aussitôt, non moins sauvage que son maître, et disparaissait sans que l'on eût jamais entendu sa voix. Les
retours de Nepto étaient aussi soudains que ses départs
avaient été brusques, et il était également difficile de
savoir pourquoi il s'en allait et pourquoi il revenait : il
n'avait point de confidents, et peu d'hommes poussaient
plus loin la discrétion. Son grand-père, le vieux Peckel,
prenait parfois plaisir à l'en railler. «Nepto et son chien,
disait-il, ne prononcent pas quatre paroles par an! »

Le plus souvent la chasse était le prétexte, ou du
moins l'excuse de ces longues absences, qui devenaient
de plus en plus fréquentes. Il était rare, en effet, qu'il
revînt des grands marais ou des forêts profondes sans
rapporter la dépouille d'un jœrf [1], d'un renard bleu,
de cinq ou six martres ou d'une douzaine d'écureuils,
que sa balle, toujours sûre, n'avait frappés qu'à la tête,
pour ne point endommager leur précieuse fourrure.
Souvent, au retour, Nepto paraissait plus calme. Cette
agitation nerveuse, cette inquiétude sombre, ce fiévreux
tourment qui ne l'abandonnaient jamais tout à fait,
s'apaisaient du moins un peu, et, jusqu'à ce qu'un nouvel orage fût venu l'assaillir, il paraissait tranquille.
D'autres fois, au contraire, il ne restait dehors qu'un
jour ou deux; il revenait sans avoir rien tué, et il était
plus sombre et plus farouche que jamais : son chien,
craintif, la queue basse et le nez à terre, marchait sur ses
pas. Si, dans ces moments-là, Nepto apercevait la jeune
fille sur le seuil de sa tente, il passait rapidement à
côté d'elle, sans lui adresser une parole, tandis que le
pauvre Sniff, moins fier, tournait vers elle la lueur humide de ses grands yeux tristes qui semblaient lui
dire : « Pourquoi fais-tu tant de peine à mon maître ? »

1. Espèce de glouton, fort carnassier.

Bientôt Nepto sortit moins encore ; jamais ses absences ne se prolongèrent plus d'un jour ; il partait le matin ; mais, comme s'il eût voulu incessament avertir de sa présence les membres de la tribu, il tirait toute la journée des coups de fusil qui ne coûtaient la vie à personne, et qui n'avaient d'autre effet dans sa pensée que de faire savoir qu'il était là à ceux qui eussent été tentés de l'oublier.

Le vieux Peckel était loin d'approuver ce genre de vie si fort éloigné du sien : l'aïeul de Nepto avait depuis longtemps passé l'âge des folies amoureuses, et il n'avait d'ailleurs jamais beaucoup sacrifié à la déesse Sarakka, qui préside, chez les Lapons, aux tendres faiblesses du cœur : c'était ce que l'on appelle un homme sérieux et positif ; travailleur au besoin, fin marchand, et qui semblait tourmenté de cette soif d'avoir, dont les hommes n'ont pas encore trouvé le moyen de s'affranchir, et qui sévit avec une égale cruauté sous les rayons torrides de l'équateur et sous les glaces du pôle. Il allait lui-même conduire ses rennes aux foires de Suède et de Norvége ; il surveillait les travaux des femmes de sa tente qui tissaient pour lui des étoffes grossières, mais solides et chaudes, et ceux des hommes qui préparaient les peaux et les fourrures ; malgré son grand âge, il organisait des chasses à l'ours, auxquelles il conduisait les jeunes gens, et dirigeait encore ses nombreuses pêcheries qui lui rapportaient d'assez beaux bénéfices, quand les marchands finnois arrivaient dans ses parages avec leurs provisions de farines et de liqueurs fermentées.

On le comprend, aux yeux d'un pareil homme la conduite de Nepto devait paraître sans excuse ; aussi, en sa double qualité d'aïeul et de chef de tribu, il usa tour à tour de l'autorité et de l'influence pour amener son petit-fils à changer de vie.

Mais les exhortations et les prières semblaient également impuissantes sur cette âme de bronze, obstinée en ses desseins muets.

Le portefeuille du jeune Lapon ne valait point sans doute celui de M. de Rothschild, et sa signature n'eût pas eu grand crédit, même à la banque de Drontheim. Mais ce qui fait la véritable fortune, n'est-ce point le juste rapport des moyens et des besoins? A ce compte-là, Nepto était trois ou quatre fois millionnaire! Orphelin comme Norra, il avait de vastes tentes garnies d'un mobilier qui ferait sourire un paysan de Normandie, mais qui, sous le 70e degré de latitude n'était rien moins qu'une véritable fortune. Ses deux troupeaux de rennes, que son grand-père avait très-habilement administrés, avaient cru et multiplié selon les antiques lois de la Genèse, et maintenant ils suffisaient abondamment, et sans qu'il eût même à s'en occuper, à toutes les nécessités de sa vie.

Le renne est peut-être de tous les animaux celui qui exige le moins de soins. En été, il trouve partout sa pâture : il la prend aux arbres, il la dérobe aux rochers ; en hiver, avec un instinct merveilleux, il la devine sous la neige, et va la chercher jusqu'à des profondeurs incroyables, en creusant avec sa pince. C'est cette facilité même d'une vie s'arrangeant en quelque sorte toute seule, et sans que l'on s'en mêle, qui rend le Lapon si paresseux. A quoi bon travailler quand tout vous arrive à point, et que vous n'avez plus que la peine de vivre ?

Une seule personne eût eu assez de crédit sur Nepto pour opérer l'heureuse révolution que son grand-père appelait inutilement de tous ses vœux. Cette personne, nous n'avons pas besoin de la nommer, c'était Norra. Mais Norra, par une exagération de délicatesse dont nous ne saurions la blâmer, se refusa désormais à prendre aucune part à cette vie, qui s'était offerte, et dont elle n'avait pas voulu. Elle repoussait, dans sa loyale franchise, tout sacrifice dont, plus tard, Nepto eût pu se faire un droit contre elle, et, déterminée à ne rien rendre, elle était aussi résolue à ne plus rien accepter. Peckel, qui ne comprenait guères toutes ces subtilités, était au fond de l'âme assez mécontent de ses deux petits-enfants, et il ne savait trop lequel gourmander davantage, car il n'ignorait point que les inexplicables refus de la jeune fille avaient amené les écarts du jeune homme. Il le dit très-nettement à Norra, qui se contenta de lever les épaules en répondant qu'elle n'y pouvait rien.

De guerre lasse, il prit enfin le parti le plus sage, c'est-à-dire qu'il les abandonna à eux-mêmes et laissa les choses aller leur train. Il faut bien le dire : elles allaient assez mal.

Le vieux patriarche, sans soupçonner encore la part qu'il devait attribuer dans ses malheurs de famille aux deux jeunes Suédois, n'avait pu voir d'un bon œil leur arrivée dans son camp.

Comme tous les persécutés, comme tous les vaincus, les Lapons haïssent d'une haine vigoureuse les Norvégiens et les Suédois : ils les haïssent et ils les méprisent : ils les haïssent, parce qu'ils se sentent les moins forts ; ils les méprisent, parce qu'ils se croient les plus nobles et les meilleurs. Cette prétention à l'aristocratie est même assez singulièrement justifiée chez les Lapons : ils montrent sur une de leurs montagnes (le mont Uma) l'endroit où, selon les traditions nationales, l'arche qui portait avec Noé la fortune du genre humain, aborda, il y a cinquante siècles, après les diverses péripéties du Déluge. Noé, l'antique aïeul du genre humain, après son heureuse délivrance, aurait d'abord enfanté

les Lapons, qui seraient ainsi le peuple le plus ancien
du monde renouvelé. Quand on a tant de droits à com-
mander, il est vraiment dur d'obéir ; on obéit pourtant :
ainsi le veut la cruelle nécessité ; mais on obéit en frémissant, et les ferments de la révolte couvent toujours
secrètement quelque part. Cependant, il faut être
juste, le joug des Suédois est assez léger; il ne se fait
jamais cruellement sentir. Les Lapons sont peut-être le
peuple le moins gouverné du monde. Le tribut qu'ils
payent à leurs maîtres est une sorte de capitation qui a
bien moins pour but l'intérêt matériel du budget que
la reconnaissance de la suzeraineté de la race et des
droits de la couronne. Cela même est assez pour humi-
lier et indigner ces irascibles petits hommes. Aussi,
moins ils voient leurs souverains et plus ils sont heureux.

L'arrivée de Henrick et de son compagnon ne fut
donc point saluée par l'universelle allégresse de la tribu
que gouvernait Peckel ; lui se taisait, parce qu'il était
prudent ; mais les vieux compagnons de son âge se rappelaient et disaient aux autres que jamais un Suédois
n'était venu chez eux sans qu'il en résultât aussitôt
quelque malheur.

Ils n'eussent donc point demandé mieux que de renvoyer nos deux héros de leur territoire, avec ou sans les
honneurs de la guerre. Mais ils se souvinrent à temps
qu'une fois déjà, et dans une circonstance pareille, ils
avaient eu à se repentir d'une conduite imprudente. La
Suède avait pris en main la défense de ses représentants ; elle avait considéré comme acte de rébellion les
mauvais traitements qu'on leur avait fait subir ; l'affaire
avait été chaudement menée. Les gouverneurs des districts voisins avaient reçu des ordres sévères, et l'on
avait tiré une vengeance éclatante des insultes faites aux

représentants du roi. Les Lapons comprirent qu'ils ne devaient plus s'attaquer à leurs maîtres. Mais, pour être contenue en eux-mêmes, leur rancune n'en fut pas moins vive, leur mauvaise volonté moins tenace. Henrick et son ami se virent donc l'objet d'une défiance profonde ; on les souffrit : on ne les accepta point.

Cependant le jeune officier, par la réserve de sa conduite, que tout le monde pouvait apprécier ; l'artiste, par son entrain, sa gaieté et sa belle humeur, désarmèrent peu à peu toutes ces colères injustes, et finirent même par exciter chez leurs hôtes une sorte de sympathie bienveillante.

D'ailleurs, s'il faut tout dire, ils vivaient assez largement, ne regardaient jamais à la dépense et payaient rubis sur l'ongle, chose à considérer partout, mais cent fois plus encore dans un pays où la monnaie courante est rare, et où quatre-vingt-quinze personnes sur cent n'ont jamais possédé une pièce d'or. Le Lapon est, de sa nature, assez ami des petits profits ; le gain qu'il peut faire sur l'étranger lui est deux fois précieux. C'est assez dire que la façon dont nos héros traitaient les questions de finances eut bientôt réconcilié avec eux les susceptibilités plus ou moins jalouses de la tribu.

Après avoir commencé par maudire leur arrivée, on finit par craindre leur départ. Du reste, ils étaient depuis bientôt trois mois dans la tribu et ils ne parlaient point de la quitter. Sans y prendre un plaisir démesuré, ils avaient fini par s'habituer assez à la vie qu'ils menaient chez les Lapons. Ils travaillaient, pêchaient, chassaient, se promenaient, étudiaient ces mœurs si nouvelles pour eux, et ne s'ennuyaient que par accident, les jours de pluie, ou quand ils étaient restés trop longtemps sans recevoir des nouvelles de Stockholm. Ce qui leur manquait davantage, c'était assurément cet

aimable commerce des femmes dont certaines natures
ont un si vif besoin, qu'il devient comme une des nécessités de leur vie. Mais entre eux et les créatures à deux
pieds, sans plumes et sans barbe, qui les entouraient,
la distance était si grande qu'ils n'avaient pas même eu
la pensée de la franchir. A vrai dire, il n'y avait, dans
toute la tribu, que Norra qui pût mériter ce nom de
femme et qui rappelât, en effet, les idées de grâce, de
charme ou de passion que nous avons l'habitude d'attacher à ce nom.

Si Norra n'eût jamais quitté les déserts de Laponie, il en eût été d'elle comme des autres, et, malgré
son élégance native, son esprit et sa gentillesse, elle
n'eût jamais songé que les hôtes de son grand-père
fussent des hommes pour elle et qu'elle fût une femme
pour eux. Mais Norra, nous l'avons dit, avait été élevée à Stockholm, et elle avait sur une foule de choses
des idées qui n'entrent point d'ordinaire dans la tête
d'une Laponne. On lui avait ouvert les yeux; on lui
avait laissé voir tout ce qu'elle valait; elle avait compris qu'il n'y avait point de nationalité pour une jolie
femme, et qu'elle trouve une patrie partout où on
l'aime....

L'arrivée soudaine, inattendue, des deux Suédois
fut un grand événement, ou, pour mieux dire, le seul
événement de cette vie calme, monotone et dévorée par
le cruel ennui. Du premier coup d'œil, en apercevant
Henrick, elle reconnut son maître : c'était sa destinée
qui s'accomplissait; avant de savoir s'il en voudrait, elle
lui donnait son cœur, ou, pour mieux dire, c'était son
cœur qui allait à lui et qui se donnait. Il est vrai qu'elle
ne le retenait point. Henrick était pour elle l'idéal longtemps et vainement rêvé; cet idéal qui se retrouve au
fond de l'âme des jeunes filles, comme la perle au fond

des mers. Elle y peut rester à tout jamais sans que le hardi pêcheur la rapporte au rivage et la fasse briller aux yeux; mais, pour être inconnue, en a-t-elle moins de prix? Henrick apparut à Norra, semblable à ces beaux princes, fils des fées et des génies, qui viennent, on ne sait d'où, pour consoler et délivrer les belles héroïnes abandonnées ou captives. Jamais cette fascination exercée par les enchanteurs, et si bien dépeinte dans les contes du poétique Orient, ne s'était plus complétement réalisée. Il ouvrait la bouche : c'étaient des fleurs et des pierreries qui tombaient de ses lèvres. Il la regardait : la lumière de ses yeux éclairait tout autour d'elle. Il lui tendait la main : c'était pour la prendre et l'emmener avec lui, bien loin, dans son beau royaume. On ne saura jamais tout ce qu'il y a de poésie dans le cœur des femmes qui vont aimer pour la première fois. A côté des trésors de leur imagination pâlissent ceux de Golconde et d'Haïdérabad. Ce fut comme une éclosion soudaine de toutes les fleurs de cette âme naïve. Comment la réalité devait-elle traiter cette rêverie idéale? Hélas! cette vieille histoire, toujours la même malgré ses variantes, a été plus d'une fois racontée !

# V

L'âme, chez notre petite Laponne, valait encore mieux que le reste, et, auprès de ce que l'on devinait, ce que l'on voyait n'était rien. Sans doute, elle avait déjà beaucoup oublié de ce qu'elle avait appris à Stockholm; mais, de son éducation brillante, il lui était du moins resté une certaine tournure d'esprit poétique, et, avec un goût plus délicat, ce tact féminin qui s'apprend comme le reste et que personne en Laponie ne lui eût jamais enseigné. Mais, grâce à Dieu, elle était revenue de l'étranger assez tôt pour n'y avoir point laissé cette fleur de jeunesse et de naïveté qui n'éclôt guère aujourd'hui que dans la solitude et que rien ne remplace quand elle est une fois cueillie. Ainsi placée sur les confins du bien et du mal, sachant déjà beaucoup, ignorant encore assez, pour un appréciateur tant soit peu raffiné du mérite des femmes, Norra devait avoir un charme profond et une irrésistible attraction.

Peut-être, malgré sa sincère modestie, l'aimable enfant avait-elle comme une vague conscience du trésor de tendresse et de passion que Dieu avait mis dans son sein; peut-être aussi sa fière et droite nature jugeait-elle assez sévèrement les hommes qui l'entouraient pour se

dire qu'aucun n'était capable de la comprendre ni digne
de la posséder. La passion de Nepto, faite de désir et
de vanité, égoïste comme le sont trop souvent, hélas!
les passions des hommes, n'avait rien qui pût flatter
beaucoup une nature comme la sienne.

On comprendra maintenant l'effet que dut produire
l'arrivée de Henrick sur ce cœur de seize ans, plein de
trouble, et vivant, comme tant de cœurs de jeunes filles,
dans l'attente émue de l'inconnu !

Henrick devait plaire à une âme jeune et romanesque
encore ignorante de la vie.

Steinborg était, en effet, un des échantillons les
mieux réussis de cette race suédoise qui restera comme
le type parfait de la beauté du Nord. Il avait le teint
blanc et délicat d'une femme, une taille élevée, svelte
et flexible, des yeux changeants comme l'aigue marine,
tantôt d'un bleu foncé, tantôt d'un vert à reflets d'or.
On voyait bien qu'un tel homme devait être né dans
l'aisance de la vie riche; tout en lui annonçait les habitudes de l'élégance native et ses moindres actions révélaient cette insouciance dédaigneuse et superbe, et
cette supériorité, affichant audacieusement la conscience
d'elle-même à laquelle les femmes ne sont que trop su-
jettes à se laisser prendre. Les femmes ne sont-elles
pas toujours un peu victimes de leurs yeux, tout aussi
bien que de leur cœur?

Si le bonheur fut grand, il fut court, et l'illusion se
dissipa promptement.

Norra comprit bientôt où devait la conduire un tel
amour, un amour sans avenir et sans espérance; mais
elle n'en marcha pas moins résolûment, et avec une
sorte de parti pris, héroïque dans son insouciance, au-
devant de ce qu'elle appelait elle-même sa destinée.
Elle ne savait point faire les choses à demi : lorsqu'elle

se fut persuadé qu'elle devait aimer Henrick, elle l'aima comme il faut aimer, quand on s'en donne la peine, de toute son âme et de toutes ses forces.

Mais, comme la femme est toujours femme, c'est-à-dire pleine de pudique réserve au commencement de tout amour vrai, elle enferma dans son cœur le secret de sa tendresse, avec un soin si jaloux, que celui-là même qui en était l'objet devait l'ignorer longtemps.

Henrick, de son côté, ne restait point insensible aux aimables qualités de Norra : il s'attachait à elle peu à peu, mais cet attachement, au lieu de causer à la jeune fille les joies profondes de l'amour partagé, lui était amer comme une déception. Elle voyait trop bien, en effet, que l'affection de Henrick avait quelque chose de protecteur et, pour ainsi dire, de paternel, qui n'était pas précisément ce qu'elle eût désiré rencontrer chez lui.

Quand il la regardait, allant et venant autour de lui, sous la tente, touchant à ses livres, rangeant ses papiers; quand, au matin, elle venait lui apporter un bouquet de fleurs de montagne, encore humide de rosée, il lui rendait en échange un regard tendre, un remercîment affectueux: mais ce n'était ni la parole, ni le regard, ni la tendresse de l'amant.

La pauvre Norra était cependant assez facile à tromper, ou plutôt elle prenait comme un secret plaisir à se tromper elle-même. C'était bien d'elle qu'il eût été vrai de dire que l'on se persuade aisément ce que l'on désire, et que l'on croit volontiers ce que l'on espère : les moindres attentions du jeune officier étaient interprétées par elle dans le sens le plus favorable à l'erreur qui lui était chère.

Disons-le, toutefois : vivant au milieu d'hommes assez

grossiers, parfaitement étrangers à tous les raffinements
de la civilisation et à toutes les délicatesses de la galanterie, et dont la première parole dite à une femme était
une demande en mariage, il n'était pas étonnant que la
politesse, les égards et les attentions d'un homme bien
élevé eussent sur elle une influence contre laquelle se
serait bien autrement gardée une Parisienne née dans
le monde et instruite au Sacré-Cœur.

Ah! si quelque hasard, que je n'eusse point osé lui
souhaiter, eût fait tomber sous ses yeux une lettre que
Henrick avait envoyée à Stockholm, le matin même
du jour où commence cette histoire, la pauvre enfant
n'eût que trop compris combien ses espérances étaient
vaines.

« Tu me demandes, ma chère Edwina, écrivait Henrick, comment je me trouve en Laponie? aussi bien,
mon cœur, que je puisse être à trois cents lieues de toi.
Sans toi, belle, Paris ou Kautokeino, cela m'est tout
un! Les gens du pays sont des sauvages assez mal intentionnés; pour tout dire, de rusés coquins dont il faut
se défier toujours, avides comme des loups et rusés
comme des renards; il ne leur manque que la force
pour être dangereux. Grâce à Dieu, nous n'en avons
pas peur : nous avons commencé par leur montrer les
dents à l'arrivée, et, depuis, nous les avons trouvés
doux comme des moutons et souples comme des gants.
Ils savent que nous avons derrière nous la police du bailli,
et je crois que cela les aide à se tenir tranquilles. Ne
crains donc rien pour mes jours précieux, chère aimée.
Elphége, d'ailleurs, me veille comme un chien de garde.
Je l'aide un peu dans cette besogne : il faut bien que je
tienne à moi, puisque tu m'aimes! Je travaille tant que
les jours sont longs, et tu peux être certaine que, dans

ce pays-ci, ce n'est pas peu dire ; depuis que nous sommes en Laponie, le soleil n'a pas encore eu le temps
de se coucher. Ma tâche n'est pas des plus faciles ; mais
ta pensée me soutient, et je ne la crois pas au-dessus
de mes forces. Si je réussis, j'ai parole pour la place
que tu sais ; ton père n'attend que cela pour me nommer son fils. Je réussirai ! Ne me souhaite donc pas de
courage : j'en ai ; souhaite-moi seulement que tu m'aimes toujours, et que je te retrouve bientôt.

« Elphége va bien : il te baise les mains, et prétend
qu'il s'ennuie autant de ne pas te voir que de ne plus
manger de pain. Ne nous plains pas trop cependant, à
propos de ce dernier détail, car, à cela près, nous faisons bonne chère. On nous soigne assez bien pour notre
argent. Il y a parmi ces brutes une sorte de petite fée
grosse comme le poing ; c'est certainement une des
plus singulières et des plus jolies miniatures de femmes
qui se puissent rencontrer ; bonne âme du reste, et la
seule ici qui veuille un peu de bien à ton pauvre amoureux. Elle va, vient, s'agite et tourne autour de nous
comme un véritable feu-follet. Elle ressemble assez aux
jolies poupées que l'on voit, aux environs de Noël, dans
les boutiques de la place *Brunkbergs Tog* ; ajoute qu'elle
a des costumes comme on n'en montre que dans les
opéras. Tout ceci n'empêche point que la petite sorcière, — il paraît qu'elle dit la bonne aventure et
qu'elle a cent fois plus de talents qu'il n'en aurait fallu
à son grand-père pour se faire rôtir par le bourreau, —
tout cela, dis-je, n'empêche point que la petite sorcière ne soit une excellente personne, qui nous choie de
son mieux, et dont nous sommes très-contents, Elphége
et moi. Ces artistes sont de si drôles de gens, que je ne
jurerais point que notre ami n'ait dans la tête, pour
cette singulière créature, un grain de quelque chose qui

pourrait bien s'appeler de l'amour. Que veux-tu ? Tout le monde ne peut pas aimer, comme moi, la plus jolie fille de Stockholm. J'envoie à ton album un croquis de cette petite Norra, — elle s'appelle Norra. Je t'expédierais la fillette elle-même, si la poste voulait s'en charger : je suis certain qu'avec ses plumes, ses fourrures et tout son attirail, elle ferait fureur au Parc et chez les habitués du café *Bairn*, et que l'on en parlerait dans les journaux.

« Adieu, Edwina aux blanches mains ; plains-moi de t'aimer tant et de si loin.

« HENRICK. »

Henrick était beau ; c'était là peut-être la première de ses vertus ; c'est parfois la seule qualité que l'on demande à un héros de roman. Sixième fils d'un industriel riche, qui avait des capitaux considérables engagés dans les mines de fer de la Suède, millionnaire s'il eût été fils unique, réduit à la portion congrue par la présence de cinq frères et de trois sœurs, élevé dans une aisance que la Suède prend pour du luxe, il n'avait guère, comme la plupart des jeunes gens de ce siècle, qu'un seul but : c'était d'arriver le plus promptement possible à une position large et indépendante. Après avoir servi l'État, il comptait ne plus servir bientôt que lui-même, et, saisissant l'occasion par son unique mais solide cheveu, il espérait se faire traîner par elle à la fortune. Le talent qu'il aurait l'occasion de déployer dans ses difficiles études en Laponie, serait pour lui la meilleure de toutes les notes auprès des grands capitalistes, qui pourraient par la suite lui confier la direction de leurs intérêts. Ce programme, sérieusement arrêté dans sa tête, Henrick était disposé à le suivre avec une obstination et une fermeté que rien désormais

379                                        5

ne devait détourner du but. Ajoutons que Henrick avait
rencontré, l'hiver précédent, une certaine Edwina, à
laquelle était adressée la lettre qui précède, et dont le
père possédait deux ou trois gaards dans la Dalécarlie
et une carrière de porphyre auprès d'Elfsdale : Edwina
passait pour une des plus jolies filles de Stockholm.

Il l'avait d'autant mieux aimée, que cet amour était
raisonnable, que le mariage consoliderait sa position,
et que sa fortune et son cœur y trouvaient leur compte
en même temps. Il ferait un mariage d'inclination avec
une femme riche. N'est-ce point là le vœu secret des
meilleurs d'entre nous?

Tel était le héros de Norra, son idéal, l'homme
autour duquel allaient désormais graviter, comme
des satellites autour de leur planète, tous les rêves,
toute la passion, toute la tendresse de la pauvre
enfant. Cette tendresse demeura longtemps silencieuse, et cette passion muette : les jeunes âmes sont
pudiques! C'est à peine si Norra osait s'avouer à elle-
même un secret que sa bouche n'eût jamais trahi. Mais
mille choses parlaient pour elle. Il y a longtemps qu'on
l'a dit : On n'est bien servi que par les mains qui aiment! Jamais despote oriental n'eut d'esclave plus attentive que notre petite Laponne; elle s'ingéniait de
mille façons pour rendre aimable et doux à Henrick et
à Elphége, car il ne lui était pas possible de séparer
l'un de l'autre, le séjour de son pays. Leur petite tente,
placée aux limites mêmes du campement d'été de la tribu
des Kilps, au bord d'un ruisseau et sous l'abri d'un
grand sapin, qui lui servait de pilier central, était pour-
vue de ces mille objets qui peuvent servir à la commodité
et à l'agrément de la vie. Il est vrai que les jeunes gens
les avaient apportés de Suède avec eux ; mais c'étaient
les mains mignonnes de Norra qui les avaient disposés

avec un goût vraiment exquis; jamais la tente d'un Lapon n'avait eu cet air riant, propre et coquet qui, aux
yeux mêmes des deux Suédois, faisait d'elle le plus
agréable séjour. Quand ils y rentrèrent, après une
longue course, le lendemain de leur arrivée, en la trouvant si parfaitement arrangée, chaque chose à sa place,
et précisément à la place qui lui convenait; quand ils
virent que l'on avait semé le sol nu de feuillages, et
mis des fleurs partout, ils furent vraiment touchés de
ces aimables attentions, et Norra fut récompensée de
sa peine par le plaisir et la surprise qu'elle vit se peindre sur leur visage.

« C'est un palais ici! s'écria Elphége d'un ton joyeux :
un palais dans un désert; c'est à toi que nous le devons,
belle princesse! ajouta-t-il, en se tournant vers Norra.

— J'ai fait de mon mieux, répondit simplement la
petite-fille de Peckel.

— Eh! ton mieux est très-bien, » répliqua Henrick,
en prenant le menton de Norra par un geste familier.

La jeune fille baissa la tête et devint toute pâle.

« C'est la plus jolie tente que j'aie jamais vue, continua Henrick, qui n'avait pas même remarqué son
émotion.

— Eh bien! tâche de t'y plaire.... et d'y rester longtemps! ajouta-t-elle plus bas.

— Il faudrait être bien difficile pour ne pas s'y
plaire, dit Elphége à son tour, et je suis sûr qu'il n'y
a rien de pareil de Drontheim au cap Nord. Elle a donc
des doigts de fée, cette petite, » ajouta-t-il en prenant
Norra par la main et en l'amenant jusqu'au milieu de
la tente, devant Henrick Steinborg, qui, tout occupé de
classer ses livres et ses papiers sur la table du milieu,
ne songeait guère à l'examiner. Il releva pourtant la tête
et arrêta une seconde fois ses yeux sur Norra.

On eût été assez embarrassé pour dire quel était le sentiment prédominant qui se peignait en ce moment sur le visage du jeune Suédois. Était-ce la surprise ou l'admiration, le plaisir ou l'étonnement? Il y avait, en tout cas, dans son regard, une curiosité vive, et qu'il ne songeait pas le moins du monde à cacher. Il était assez bon physionomiste pour deviner tout ce que révélait d'intelligence ce front bombé aux tempes, tout ce que promettait d'énergie cette petite bouche aux lèvres fièrement arquées. Sans être aussi brune que le reste de sa tribu, pour qui venait de Suède, où les femmes semblent pétries dans la neige, Norra n'était pas une rose blanche. Mais on avait bientôt oublié la couleur pour la forme. Elphége, qui avait fait ses académies et longtemps étudié la statuaire chez le vieux sculpteur Fogelberg, déclarait que ses bras étaient de la plus classique élégance; Henrick trouvait lui-même qu'elle avait des mains d'enfant. Cependant tout chez elle annonçait une nature riche et généreuse. Son abondante chevelure, partagée d'ordinaire en deux tresses égales qui descendaient jusqu'à ses talons; ses hanches accusées comme celles des Espagnoles et des Bohêmes; ses reins aussi hardiment cambrés que ceux des plus audacieuses bayadères qui aient jamais bondi sur les mosaïques des palais indiens; le feu et l'animation de son regard. Ajoutez le prestige saisissant de l'étrangeté et de la jeunesse, et vous comprendrez que, telle qu'elle était, Norra dut finir par sembler à nos deux amis une petite créature tout à fait à part. Ils n'eussent pas eu besoin de venir en Laponie pour lui rendre justice : on l'eût remarquée partout.

# VI

Il y a maintenant quatre mois que l'artiste et l'officier vivent parmi les Lapons. Henrick a levé assez de plans pour occuper tout un état-major pendant deux hivers; Elphége, de son côté, a rempli ses cartons de croquis; il ne reste point, dans tous les environs, un arbre, une femme, un renne ou un chien qui n'ait posé devant lui, et il commence à faire des doubles, pendant que Steinborg met au net ses dernières épures.

# VII

Rien n'était changé dans la vie d'aucun de nos personnages : Elphége était toujours gai, Henrick toujours galant, et Norra, plus sérieuse encore, s'il est possible, vivait en elle-même plus que jamais. Les fossettes devenaient plus grandes dans ses joues fermes et rebondies, que l'on voyait pâlir sous leur légère teinte de bistre. Le corail des lèvres passait du rouge vif au rosé pâle, et son grand œil, plus souvent voilé sous les longs cils, était presque toujours abaissé vers la terre.

Un jour, Elphége, qui était allé prendre des points de vue dans la montagne, s'attarda plus que de coutume; Henrick avait assidûment travaillé depuis le matin, et, en attendant son compagnon, ne sachant que faire, il sortit pour jouir du calme et de la beauté d'une soirée incomparable. Il faut avoir passé un automne dans l'extrême Nord pour savoir quel peut être le charme de ces crépuscules radieux, qui prolongent la veille jusqu'au lendemain, et remplacent les ténèbres de nos nuits épaisses par des splendeurs qui feraient pâlir les plus beaux jours.

La pensée du jeune officier retournait d'elle-même à Stockholm, où il avait laissé sa bien-aimée, et c'était sans trop savoir où ses pieds le portaient qu'il remontait le cours d'un petit ruisseau descendant d'un lac, dont le lit se creusait à mi-côte dans la montagne en face de lui. Comme le jour où commence cette histoire, les troupeaux rentraient du pâturage ; on entendait dans la distance les appels des trompes qui les rassemblaient. Çà et là, sur les pentes, par longues files ou par groupes pressés, on voyait descendre les rennes autour desquels bondissaient de grands chiens au poil rude. Henrick se détourna quelque peu du sentier trop étroit, et il s'appuya, pour les voir passer, contre un jeune bouleau à l'écorce blanche et lisse, dont les feuilles tremblaient sur sa tête avec un doux murmure.

Le défilé dura bien huit ou dix minutes, pendant lesquelles le jeune homme, si peu poëte que l'eût fait son astre en naissant, se laissa cependant entraîner aux contemplations vagues et rêveuses, dont il était difficile de se défendre en face de cette belle scène de la nature. La Laponie est, en effet, un des pays du monde où les lignes du paysage, malgré l'ordinaire âpreté du climat, ont le plus de calme, de grandeur et de sérénité. Devant lui, la montagne ondulait mollement, et s'élevait par vastes étages superposés, que couvraient de belles forêts, entrecoupées çà et là de vastes espaces, tout remplis de mousses jaunâtres et de lichens, et dont les essences variées ajoutaient à la beauté du paysage la variété presque infinie de leurs teintes.

A moitié perdu dans sa contemplation et dans son rêve, Henrick attendit patiemment.

Le grand troupeau, selon l'usage, était séparé en plusieurs bandes.

Peckel, dont nous n'avons point parlé depuis longtemps, venait à la suite de la dernière.

Nous l'avons dit : le patriarche des monts Kilpis avait soixante-quinze ans sonnés et révolus. Mais, quoique ses années eussent eu chacune six mois d'hiver, le vieillard était encore plein de séve et de verdeur.

Si la haute taille élancée donne à la jeunesse plus d'élégance, à l'âge mûr plus de majesté, la vieillesse, au contraire, moins forte pour la porter, s'accommode assez bien d'une stature médiocre. Peckel, qui n'était pas grand, avait du moins l'avantage de se tenir ferme et droit, solidement campé sur ses reins, qui semblaient n'avoir jamais ployé. C'était sans doute pour la forme et comme marque de son pouvoir patriarcal et de sa suprême autorité, qu'il portait à la main un long bâton fait du tronc d'un jeune sapin qu'il jetait devant lui de deux en deux pas, comme s'il eût voulu mesurer sa route, mais sans jamais s'en servir comme d'un appui ou d'un soutien. Le vieux pasteur, dont l'œil perçant projetait son regard au loin rapidement, et bientôt se reportait vers la terre, arriva tout près du jeune homme sans paraître l'avoir remarqué. Il le dépassa même de trois ou quatre enjambées ; puis, revenant tout à coup sur ses pas, il se planta résolûment devant lui, enfonça par un bout son long bâton dans le sol et s'appuya sur son autre extrémité.

« Petit père, lui dit-il, avec cette familiarité qui n'est point sans grâce, et que le Lapon sait si bien prendre au besoin, petit père, est-ce que je puis te parler ?

— Sans doute, » répondit le jeune homme, qui ne savait pas où ce début voulait en venir.

Peckel ne semblait point maintenant disposé à profiter de la permission qu'il venait d'obtenir, car il garda un moment le silence.

« Eh bien ! que me veux-tu ? je t'écoute !

— C'est que, continua le Lapon en paraissant réfléchir,.... cela n'est pas très-facile à dire.

— Alors, ne le dis point.

— Il faut cependant que je le dise.

— Dis-le donc !

— Au moins tu me promets de ne jamais répéter ?...

— T'ai-je demandé tes confidences ? fit Henrick, non
point peut-être cette fois sans une nuance d'impatience ;
parle ou tais-toi : la chose m'est égale. Mais fais vite !

— Eh bien ! je parlerai, dit Peckel, en paraissant
s'armer d'une résolution subite. Je sais bien que tu es
bon et que tu ne voudrais jamais faire de peine à un
pauvre homme, à un pauvre père.

— Ah ! fit le Suédois, non sans quelque vivacité, c'est
de ta fille qu'il s'agit ? »

L'accent avec lequel Henrick avait prononcé ces
paroles n'échappa point à l'oreille fine du vieux Lapon.
Il s'arrêta tout à coup comme s'il se fût repenti d'avoir
amené l'entretien sur ce sujet délicat, et ses petits yeux
clignotants se portèrent trois ou quatre fois sur le jeune
homme, et s'en détournèrent tout aussitôt avec une
promptitude sans pareille. Henrick comprit sans doute
ce qui se passait en lui, car, avec une diplomatie non
moins grande, il affecta tout à coup une profonde indifférence et allumant un cigare qu'il ne se sentait point
la moindre envie de fumer :

« Comme tu voudras ! dit-il au Lapon ; ce sont tes
affaires et non pas les miennes.

— Tu te fâches, petit père, reprit Peckel ; ce n'est
pas bien ! tu devrais plutôt prendre pitié d'un vieillard
qui n'a plus d'espoir qu'en toi.

— Que n'as-tu commencé comme tu finis ? reprit le
Suédois, mais cette fois avec un sincère intérêt : est-ce

un service que tu réclames de moi? que puis-je faire?

— Tu es donc bon, toi? dit Peckel en le regardant avec une expression singulière, à la fois rusée, défiante et cependant admirative, tu es donc bon! répéta-t-il encore.

— Quand je puis! répondit le jeune homme....

— Oh! cette fois, tu peux.

— Parle donc, que je sache au moins ce que tu désires.

— Eh bien, dit Peckel avec une certaine vivacité, je désire marier ma fille.

— Et tu crois que cela me regarde, dit l'officier; je n'ai pas de mari dans ma poche!

— Aurais-tu le fils du roi, repartit le vieillard, non sans quelque orgueil, tu peux être tranquille, je ne te le demanderais point.

— Il n'est peut-être pas d'assez bonne maison pour toi! »

Et l'officier se prit à rire.

« Tu dis mieux que tu ne crois, répliqua le vieillard. La fille d'un Kilp ne doit épouser qu'un homme de sa race.

— Et c'est à moi que tu viens le demander! reprit Henrick.

— Je ne sais ce que tu as fait à l'enfant, elle n'écoute personne plus que toi; ce que tu lui diras de faire, elle le fera. Maintenant, comprends-tu?

— Je commence.

— Eh bien! oui, je veux marier ma fille. Il y a long-temps que je pense à une union qui *doit* se faire.... Et elle refuse, la folle enfant! Elle fait ce que jamais n'a fait une Laponne, depuis le jour où l'arche de Noé s'arrêta sur les montagnes d'Uma. « Elle a dit NON à son père! que Dieu l'ignore, pour ne pas être obligé de trop la punir. »

Henrick était devenu tout à fait grave : il se voyait en face d'un sentiment sérieux, et il respectait les droits de la famille ; il avait lui-même un père qu'il adorait ; un père ne devait pas l'implorer en vain. Il fit en ce moment ce qu'un Suédois a fait bien rarement, ce qu'un Norvégien n'a peut-être jamais fait : il prit la main du vieux Lapon dans les siennes, et la serrant avec une émotion véritable :

« S'il en est ainsi, Peckel, tu peux compter sur moi, lui dit-il ; ce qu'il me sera possible de faire, je le ferai. Mais ne t'y trompe pas, continua-t-il en lui souriant doucement : Norra est ta fille ! c'est assez dire qu'elle sait vouloir.... Enfin, si elle m'écoute, elle t'obéira.

— Merci, petit père, reprit le vieillard en s'inclinant vers la main du jeune homme, comme s'il eût voulu la porter à ses lèvres.

— Maintenant, dépêche-toi de tout me dire.... il est inutile à tes desseins, je suppose, que l'on nous voie en plus longue conférence.

— Eh bien ! je voudrais marier ma petite-fille à son cousin Nepto, fit le vieillard d'une voix rapide et saccadée, en dardant ses yeux dans les yeux du jeune homme.

— Tu as raison, répondit froidement le Suédois ; c'est le plus joli garçon de la tribu, et le plus riche, puisque c'est ton petit-fils. »

Peckel se rengorgea, évidemment charmé de l'éloge indirect que lui adressait le jeune homme. Le poison de la flatterie ne perd point sa force à voyager : il est également bon sous l'équateur et sous le pôle.

« Ainsi, reprit le vieillard, revenant obstinément à sa pensée, tu ne t'opposeras point à ce mariage ?

— Eh ! pourquoi m'y opposerais-je ? est-ce que ce

sont là mes affaires? Marie tes enfants à ta guise; je n'ai rien à y voir !

— Mais, que penses-tu de Nepto?

— Est-ce mon avis que tu veux avoir ?

— Puisque je te le demande !

— Eh bien ! il a de grandes qualités.... et de grands défauts !

— Quels sont ses défauts ?

— Il est jaloux.

— Il ne le sera plus quand on l'aimera.

— Il est querelleur....

— On fera toutes ses volontés.

— Il est violent.

— Norra est si douce !

— Alors, marie-les, et qu'on n'en parle plus ! Au fait, je ne vois pas trop pourquoi tu tenais tant à me consulter pour ne faire qu'à ta tête.

— Aussi, petit père, je ne te consulte pas, reprit Peckel en clignant de l'œil plus que jamais, et en frottant son nez avec son index; je te demande un service !

— Va pour le service !

— Eh bien ! voilà : Nepto veut épouser Norra ; mais Norra ne veut pas épouser Nepto. Je sais que ma petite-fille t'écoute.... comme elle devrait m'écouter. Dis-lui donc que Nepto a raison et qu'elle a tort.

— Mais....

— Il le faut, je le veux.... je t'en prie !... »

Et Peckel joignit ses deux mains sur le bout de son bâton, dans l'attitude de la prière.

« Pas un mot de plus, continua-t-il en mettant un doigt sur ses lèvres. J'entends tinter là-bas, derrière les bouleaux, les grelots d'argent de Snalla ; ma fille n'est pas loin, elle vient.... tu l'as dit toi-même : il ne faut pas qu'elle nous voie ensemble !... continue ta promenade ; suis toujours ton sentier.... A trois fois la distance où la balle de Nepto casse l'épaule d'un daim sauvage, derrière cette enceinte de grands rochers, il y a, auprès de l'étang des Cygnes, un petit coin où l'on est bien pour causer.... j'y vais envoyer Norra ; elle te rencontrera par hasard ; tu sauras bien la retenir un instant. Le reste te regarde. Tu as la langue dorée ; c'est le cas de t'en servir. N'oublie pas que de toi dépend le bonheur de Nepto.... non, fit-il en se reprenant, le bonheur de Norra, et la joie et la paix de ma vieillesse. Adieu, petit père, s'il m'est donné de goûter encore quelques années de bonheur sur cette terre, je n'oublierai jamais que ce sera grâce à toi.... »

Et, sans donner au jeune homme le temps de lui répondre, Peckel regagna le sentier, et, avec une légèreté que l'on n'avait peut-être pas le droit d'attendre de ses soixante-quinze ans, il s'élança sur la pente rapide.

Il n'avait pas fait vingt pas qu'il se retournait pour crier au Suédois :

« Prêche comme le pasteur ; n'oublie rien de ce qu'il faut dire.... J'irai à minuit sous ta tente savoir ce qu'elle t'aura répondu. »

Peckel parlait encore, et déjà Henrick apercevait la jeune fille, qui apparaissait sur la lisière du petit bois, dans les éclaircies des sapins. Elle s'avançait lentement, la tête légèrement penchée sur une épaule, les yeux au ciel, ses deux mains badinant avec un rameau de genévrier. Derrière elle, comptant ses pas, et aussi lentement que sa maîtresse, Snalla marchait, flairant la trace de ses petits pieds sur la mousse.

Tout à coup, comme s'il eût compris qu'il devait la distraire de sa triste ensée, le charmant animal fit

un détour, et, avançant sournoisement la tête, prit délicatement du bout des lèvres le rameau parfumé.

La jeune fille ne put s'empêcher de sourire en le
voyant bondir et folâtrer autour d'elle, tenant toujours
entre les dents la branche qu'il secouait.

« Ici, Snalla! s'écriai-t-elle, en frappant dans ses
mains et en faisant le geste de courir après lui, ici
donc!... » Mais plus elle l'appelait, et plus l'autre s'enfuyait, l'enlaçant comme eût fait un chien, dans mille
cercles bondissants, s'approchant d'elle quand elle
semblait s'arrêter, et, lorsqu'elle croyait l'avoir atteint,
repartant tout aussitôt.

Il était bien évident que Norra se croyait seule,
échappée à tous les yeux indiscrets, aussi libre dans
la solitude de sa montagne que le beau renne qui se
jouait autour d'elle, — et c'était cette liberté même qui
donnait tant de charme et tant de grâce à cette fille
naïve de la nature. En ce moment d'ailleurs, elle était
plus heureuse qu'elle ne l'avait été depuis longtemps ;
il lui semblait que Henrick était avec elle plus doucement familier, Nepto moins tyrannique, son grand-
père moins exigeant. Et puis, sans chercher tant de
raisons, dans la vie des femmes, ces natures nerveuses,
mobiles, impressionnables, n'y a-t-il point des moments
où, sans aucune cause apparente, elles se sentent gaies
ou tristes, sans savoir pourquoi elles sont tristes ou
gaies ! Norra se trouvait précisément dans une de ces
crises d'inexplicable surexcitation ; mais c'était une
crise heureuse, et le bonheur n'éclatait point seulement
sur son visage, il se laissait voir encore dans chacun de
ses mouvements et de ses gestes. Le bonheur lui allait
bien, et c'était plaisir vraiment de contempler ses joyeux
ébats avec son renne, moins folâtre qu'elle : à eux deux
ils faisaient un ravissant tableau. Comme elle s'avançait

précisément dans la direction du chemin que suivait son grand-père, celui-ci crut à propos de se point montrer et de la laisser arriver jusqu'à lui.

Il se tint donc immobile, abrité par un pli de terrain. Il n'est pas besoin d'une montagne pour cacher un Lapon : un lièvre est à son aise dans une touffe de bruyère. Peckel s'assit donc, ou plutôt s'étendit sur l'herbe molle derrière une motte de terre, au pied d'un mélèze, et il attendit.

Il n'attendit point longtemps, car bientôt, au-dessus de sa tête, un craquement sec se fit entendre, et les rameaux s'agitèrent confusément. Le bonhomme leva les yeux, et il aperçut au-dessus de lui le front de Snalla inclinant sa forêt d'andouillers. Il étendit la main pour caresser l'intelligent animal; mais comme, quelque temps auparavant, il lui avait administré une correction que Snalla, dans sa conscience de bête, ne croyait point avoir méritée, il retira assez vivement la tête, et malgré les deux ou trois petits cris rauques et gutturaux du vieux, qui lui disait d'une voix fausse : « Viens, bijou; viens, mignon, » le bijou fit la sourde oreille, et le mignon tourna bride; puis, satisfait du renseignement qu'il venait de prendre sur la cause qui tout à coup avait inquiété ses sens subtils, il retourna vers sa maîtresse. La jeune fille suivait de près sa trace; elle arrivait déjà au bord du chemin creux après lui, et du bout de son rameau le poussant devant elle.

« Eh bien! Snalla, qu'as-tu donc et qui t'arrête? »

Au même moment, le vieux Lapon, en entendant la voix de Norra, se remit assez lentement sur ses ergots, et se dressa devant elle comme une apparition :

« Ah! grand-père, vous m'avez fait peur!...

— Eh! eh! fit Peckel, avec le ricanement qui ne

l'abandonnait guère, ce n'est peut-être pas moi que l'on s'attendait à rencontrer ici. »

Norra rougit imperceptiblement, et, pour se donner une contenance, entoura de ses deux bras le col blanc de son renne.

« Je ne cherche personne, répondit-elle avec assez de fermeté; je viens de cueillir des myrtils et des airelles, et je retourne au camp.

— Possible, mais si tu ne cherches personne, il y a quelqu'un qui te cherche, toi. »

Norra regarda son grand-père dans les yeux, bien en face, comme pour lire jusqu'au fond de sa pensée.

« C'est Nepto, sans doute? dit-elle, en laissant tomber lentement ses paroles.... ou plutôt ce n'est personne.... vous me trompez toujours.

— Ce serait difficile; tu es plus fûtée qu'un écureuil, et plus maligne qu'un renard bleu! celui qui voudra te prendre au nid fera bien de se lever matin.

— Tout cela ne me dit pas le nom de celui qui m'attend. »

Et le petit pied de Norra semblait s'incruster dans le sol sur lequel elle appuyait avec un visible effort.

« Non! reprit le grand-père avec une certaine solennité : non, celui qui t'attend, ce n'est pas Nepto, ce n'est pas mon petit-fils; ce n'est pas ton cousin, celui qui t'aime plus que le soleil d'été et la neige d'hiver, celui qui boirait la rosée sur la mousse où tu as marché... Non, si celui-là t'attendait, tu n'irais pas! continua le vieillard, en hochant la tête avec un peu de tristesse; c'est l'étranger, c'est le Suédois qui t'appelle !

— Ah! fit Norra, qui voulut, mais en vain, cacher sa joie sous un masque d'indifférence, c'est Elphége?

— Que Jubinal te décoche la plus lourde de ses

flèches de pierre, créature traîtresse! tu te soucies
d'Elphége comme d'une feuille de bouleau arrachée
par le vent. Crois-tu que mes yeux ne sachent plus
voir? C'est l'autre, c'est Henrick qui t'appelle, qui t'attend.

— Eh bien! père, fit la jeune fille toute déconte-
nancée, et dont le sein battait avec force, qu'il attende,
je n'ai que faire à lui.

— Il n'y aura donc jamais un grain de bon sens
dans ta tête? puisque c'est moi qui te dis d'aller le rejoindre!

— Ah! c'est différent, grand-père, et si c'est pour te
faire plaisir...

— Va! va toujours! murmura le vieux Peckel à part
lui, te voilà bien joyeuse à présent... Attendons le retour!

— Et où donc est-il le seigneur Henrick? demanda
la petite Laponne, dont le cœur battait si fort qu'il
soulevait visiblement sa tunique de vadmel, et que l'on
eût pu compter ses pulsations folles.

— Là-bas, derrière les rochers... Va vite!...

— Au revoir, grand-père : ici Snalla! »

Et la jeune fille fit un signe à son renne, qui broutait
le lichen entre les pierres, et pendant que Peckel rega-
gnait les tentes, elle prit avec lui le chemin des rochers.

Elle marchait lentement et toute pensive.

Elle n'avait presque jamais vu Henrick seul; elle ne
lui avait guère parlé qu'en présence d'Elphége, et bien
qu'elle eût souvent désiré, sans l'obtenir, l'occasion qui
s'offrait maintenant à elle, ce n'était pas sans un certain trouble qu'elle allait aborder un entretien auquel
son grand-père la conviait lui-même.

Le sentier légèrement tournant qu'elle suivait la

conduisit bientôt à l'entrée d'un hémicycle de rochers, au fond duquel elle aperçut Henrick, qui se promenait à grands pas en fouettant de sa badine les basses branches des sapins. Il commençait à se dire qu'il avait accepté peut-être un peu étourdiment la mission au moins bizarre dont Peckel l'avait chargé; il se mêlait de ce qui ne le regardait point; les Laponnes pouvaient se marier ou rester filles à leur gré : c'était leur affaire et non la sienne.... Enfin, puisqu'il avait promis, il fallait bien s'exécuter; mais il s'avouait à lui-même que ce qu'il savait le moins, c'était son commencement.

Norra, en vraie fille de la nature, qui ne songe guère à réprimer ses mouvements impétueux, et qui va où son cœur la porte, n'eut pas plus tôt aperçu le jeune homme qu'elle s'élança vers lui : il la croyait encore loin que déjà elle était à ses côtés.

« C'est toi, Norra! quel hasard?

— Ne m'attendais-tu point?

— Moi? non.... C'est-à-dire....

— Qu'est-ce donc? reprit la jeune fille avec un peu d'inquiétude, mon grand-père, là-bas sous les bouleaux, dans le chemin creux, il y a cinq minutes à peine, ne m'a-t-il pas dit que tu voulais me parler?

— Que je voulais te parler, moi? ton grand-père!... Ah! c'est vrai, tout à l'heure....

— Eh quoi! l'aurais-tu donc oublié?

— Non, sans doute; assieds-toi sur cette pierre, là, en face de moi, et causons.

— Comme tu dis tout cela! s'écria la jeune fille avec un étonnement naïf; tu as l'air tout singulier; est-ce que je te gêne? Veux-tu que je m'en aille? »

Elle fit le geste de se lever et de partir; mais elle tint fixés sur lui ses grands yeux noirs, tout brillants à travers des larmes.

« Non, ne t'en va pas ! dit Henrick  »

Et craignant de l'avoir blessée, involontairement touché d'une émotion si sincère : « Non ! répéta-t-il encore, ne t'en va pas, chère Norra ! reste près de moi.... toujours ! »

Et, pour la mieux retenir, il la prit par la main et la contraignit doucement.

Elle se rassit ; et comme il se taisait toujours :

« Eh bien ! j'écoute, lui dit-elle.

— Norra, fit le jeune homme en parlant avec une volubilité extrême, car les mots se pressaient sur ses lèvres, et semblaient se pousser les uns les autres, Norra, il faut te marier : tu vas avoir dix-sept ans ; c'est un âge, cela !

— Je le sais bien, mais ce n'est pas ma faute ! répondit Norra, en relevant le coin de son tablier, bordé de plumes, qu'elle roula machinalement entre ses doigts.

— Oh ! il n'y a pas encore de temps perdu ! continua le jeune homme en souriant ; on en a marié de plus jeunes, mais on en marie tous les jours de plus vieilles. »

Norra fit de la tête un signe d'assentiment, mais elle n'ajouta point une parole à cet acquiescement muet.

« Il faut donc te marier, reprit Henrick, avec une certaine fermeté.

— Je le veux bien ! répondit Norra en baissant la tête, et en parlant bas, si bas, que Henrick comprit plutôt le mouvement de ses lèvres qu'il n'entendit le son de sa voix.

— A la bonne heure ! et voilà qui est parler en fille raisonnable ; sais-tu pourtant que tu n'es guère curieuse ? Tu ne me demandes pas le nom de celui que tu épouses.

— Mais, répondit Norra, sans relever la tête, il me semble que tu m'as fait venir ici tout exprès pour me l'apprendre.

— C'est parbleu vrai! Ah ça, tu as donc toujours raison, petite Norra, continua le Suédois, qui s'amusait de l'embarras, non moins que de la gentillesse de la jeune Laponne. — Sais-tu, Norra, que tu as le droit d'être difficile? continua-t-il en reprenant sa main.

— Aussi, je le serai! répondit-elle en balançant par un mouvement gracieux sa jolie tête d'une épaule sur l'autre.

— Tu es jolie comme un petit renne apprivoisé.

— Oh! dis plutôt comme un renne sauvage; je ne mange pas dans la main de tout le monde.

— Je le sais, ma belle. Avec cela que tu es rusée comme une gelinotte blanche....

— Pourtant bien facile à prendre! murmura la jeune fille, en jetant à l'officier un doux et timide regard.

— On dit aussi que tu es riche, Norra; il paraît qu'après la mort ton grand-père....

— Que Dieu le conserve! Mais avec ce qu'il me laissera, j'aurai de quoi acheter la moitié de Stockholm.... »

Ici Norra, tout émue, regarda le jeune Suédois avec une expression d'orgueil et de contentement naïf. Ses yeux charmants lui disaient clairement : Oui, je suis riche, mais c'est pour toi que je suis heureuse de l'être!

Henrick comprit-il ce regard? Je ne sais, mais il ne crut point devoir y répondre.

« Il paraît, continua-t-il avec une indifférence dont Norra se sentit blessée que vous autres Lapons avec votre air de pauvreté, vous avez presque tous des trésors cachés.

— La cause en est à vous : nos pères ont été longtemps persécutés; on les a, pendant des siècles, ran-
çonnés, pillés, volés, et comme, à force d'industrie,
d'économie et de travail, ils continuaient d'acquérir
sans dépenser, il s'est trouvé des chefs de tribu vraiment opulents avec l'apparence de la misère. C'est
peut-être le contraire de ce qui arrive ailleurs.

— Tout justement! fit Henrick.

— Tu sais aussi que dans notre nation on eut longtemps l'habitude d'enfouir dans la terre tout ce qu'on
possédait, plutôt que de le laisser à ses descendants.
Ainsi firent jadis les maîtres de la tribu des Kilps. Mon
grand-père ne les imitera point, et l'antique fortune
de nos ancêtres, qu'il a retrouvée par hasard, jointe à
celle qu'il a pu lui-même acquérir, doit passer un jour
à ses enfants.

— Ceci, ma chère Norra, te rendra encore plus difficile à marier que je ne le croyais tout d'abord.

— Sans doute, si je tiens absolument à épouser un
homme aussi riche que moi.... Mais si je trouve que
j'ai assez pour deux....

— Un homme aussi riche que toi peut se rencontrer,
petite Norra; je crois même que je l'ai trouvé.

— Tu l'as trouvé, toi? s'écria la jeune fille, et avec
une sorte d'instinct pudique elle s'éloigna de lui vivement, et elle se tut; mais ses yeux achevèrent sa pensée, et ses yeux disaient clairement : Je ne te croyais
pas si millionnaire que cela !

— Cet homme, continua Henrick, qui s'excitait lui-
même à bien dire, n'est pas seulement aussi riche que
toi; il est aussi noble, presque aussi jeune, presque aussi
beau; il est de ton sang, de ta race, de ta famille...
tu n'as rien à lui reprocher; il n'a rien à t'envier : jamais époux ne furent mieux faits l'un pour l'autre... »

A mesure que Henrick parlait, une pâleur livide envahissait le front et le visage de Norra; ses lèvres étaient violettes; ses dents se serraient; un froid mortel courut dans ses veines; elle cacha sous ses mains ses yeux qui voyaient trouble.

— Achève, achève donc! murmura-t-elle, d'une voix basse et stridente.

— Eh bien ! répondit Henrick, comprenant que c'était le moment de frapper son grand coup, et de lire ainsi, à la faveur d'une surprise, jusqu'au fond de l'âme de la jeune fille, cet homme, c'est ton cousin, c'est Nepto ! »

Norra bondit du rocher sur lequel elle était assise, écarta violemment ses deux mains, et tout à coup, montrant son visage, aussi enflammé qu'il avait été pâle, et dardant sur le jeune homme son clair regard, comme une flèche :

« Et c'est pour cela, lui dit-elle, en scandant chacune de ses paroles, c'est pour entendre cela que tu m'as fait venir ici!

— Ce n'est pas moi, balbutia Henrick, déconcerté par cette violence, c'est ton grand-père !

— Eh ! laisse donc mon grand-père parler pour lui! Qu'a-t-il besoin de ton secours? mais tu l'approuves sans doute? c'est toi qui le conseilles peut-être; c'est toi qui, en t'unissant à eux, augmentes encore la force de mes persécuteurs?.... Oh! Henrick! Henrick ! »

La jeune fille ne put en dire davantage : ses sanglots, vainement comprimés, la suffoquaient; enfin ils éclatèrent, et un torrent de larmes, trop longtemps contenues, jaillit de ses yeux; pareilles à une pluie d'orage, elles la soulagèrent en la calmant.

Mais ces larmes troublèrent Henrick.

Il était jeune. Norra était belle. Il n'avait eu jusque-là qu'une idée vague et confuse des sentiments de la jeune fille : ils lui apparaissaient maintenant avec une clarté et une certitude qui ne lui permettaient plus aucun doute ; plusieurs fois, quand la pensée d'une affection plus grande qu'il ne l'eût voulu, s'était présentée à son esprit, il l'avait repoussée en se disant : « C'est impossible ! Je n'ai rien fait pour cela! »

Aujourd'hui il voyait bien que l'impossible était vrai.

Je ne ferai point mon héros plus vertueux qu'il n'était en disant qu'au fond de l'âme il n'éprouva point de cette découverte une sorte de joie secrète, involontaire peut-être, mais réelle. Il était homme : c'est-à-dire qu'il avait sa bonne part des défauts de l'homme; il était jeune : c'est avouer qu'il avait au moins un grain de vanité ; sans être un débauché, il aimait les femmes, ou plutôt la femme ; pouvait-il rester insensible devant cette tendresse si profonde, devant cette passion si ardente? Était-il assez maître de son cœur, de ce cœur toujours frémissant de la jeunesse, pour ne pas ressentir tout d'abord quelque chose de fort et de doux comme l'enivrement du triomphe, devant l'involontaire et naïve explosion de cette belle âme, qu'il n'avait jamais sollicitée, et qui se livrait avec une telle générosité et une telle franchise? Jamais le désir coupable d'abuser de cette candeur et de cette innocence n'eût pu naître en lui, et il n'avait pas besoin de combattre des tentations qu'il était trop noble pour seulement les éprouver : cela même était beaucoup, et peut-être tous nos lecteurs ne se sentiront point le droit de lui demander bien davantage : les héros parfaits ne sont point des héros de roman. Nous serons donc sincères en avouant l'émotion soudaine et violente qui s'empara de l'officier, quand il vit jaillir ces belles larmes qui coulaient pour lui, et dont l'amère rosée, après avoir couvert le visage de Norra, inondait maintenant sa poitrine et ruisselait jusque sur ses mains. Il restait muet devant cette grande douleur. Hélas! il savait par quelles paroles murmurées à son oreille il pouvait la consoler; il savait quel mot, comme un baume, pouvait tout à coup la guérir, et, à tant d'angoisses, faire tout à coup succéder des joies plus grandes encore; mais, s'il était parfois léger, il était du moins toujours honnête, et il comprenait que de telles paroles lui étaient à jamais interdites! Norra n'était point de celles dont il fallût se jouer. N'avait-il point déjà trop à se reprocher envers elle? Sous peine de déchoir dans sa propre estime et de se condamner lui-même, il devait courber la tête et se taire. Il prit donc le seul parti qui fût à la fois raisonnable et honnête : il parut ne pas comprendre ce qu'on lui faisait entendre si clairement, et entrant bravement dans ce rôle de père, le seul qu'il voulût jouer auprès d'elle, il mit des cheveux blancs à sa tendresse, donna un tour vague et moral à la conversation, et débita, sans reprendre haleine, une série de lieux communs arrangés en axiomes : « Il n'y avait pas besoin d'amour dans le mariage; il suffisait que l'on se convînt sous le rapport de la famille, de l'âge et de la fortune... Nepto était un excellent parti; d'ailleurs il adorait Norra, et une femme est toujours maîtresse au logis avec un mari qui l'adore. »

— Ah! du moins, tais-toi! » lui cria la jeune fille, d'une voix nerveuse et sèche.

Cette fois, il n'y avait plus de pleurs dans ses yeux brûlants. Mais cette douleur, qui se dominait à force de courage, et qui, pour ainsi parler, se dévorait elle-même plutôt que de se trahir, était cent fois plus navrante pour celui qui la comprenait, que la douleur des san-

glots et des larmes. Les plus mortelles blessures ne
sont-elles point celles qui saignent en dedans?

Henrick se sentit tout à coup envahi par une immense pitié. Il comprenait enfin tout ce que renfermait
d'amer et de poignant ce désespoir silencieux; il ne
pouvait point songer sans une angoisse véritable à ce
qu'il y avait d'irréparable dans cette jeune destinée, bri-
sée tout à coup, comme un bouleau délicat que fauche
le vent d'automne. Son cœur se fondit en une involontaire et profonde sympathie, et cette sympathie brûlait
de se répandre en tendres paroles et en affectueuses et
chastes caresses : cela encore n'était-il point un danger
de plus? Pour être douce et parfumée, l'huile n'en
active pas moins la flamme sur laquelle on la verse.

« Norra, lui dit-il au bout d'un instant et en reprenant sa main, ma chère petite Norra, si tu pouvais
voir le fond de mon cœur! tout ce que j'ai dit, tout ce
que j'ai fait, c'était pour ton bien; je le croyais du
moins.... je ne voulais pas t'offenser!

— M'offenser? tu ne le pourrais pas! répondit-elle
avec une tristesse qui n'était pas sans dignité.

— Je ne voulais pas non plus te faire de peine.... et
malgré moi je t'en ai fait.

— Tiens! ne parlons plus de cela; ce sera mieux,
car tu te justifies si mal qu'en te défendant tu t'ac-
cuses.

— En vérité, rien ne me réussit, fit Henrick d'un
ton découragé. Dieu m'est témoin pourtant que c'est
ton bien, ton bien seul que je voulais.

— Il ne suffit pas de vouloir! dit la jeune fille.

— Sans doute, il faut pouvoir, continua Henrick, en
achevant sa pensée; j'avais cru pourtant qu'en t'aimant....

— En m'aimant! toi!....

— Oui, moi! reprit le jeune homme; n'as-tu pas vu que, malgré les préjugés qui séparent nos deux races, je t'ai toujours traitée comme une égale? »

Norra fronça ses noirs sourcils, mais elle n'interrompit point.

« Oui, continua Henrick, toi-même tu ne peux pas le nier; ces préjugés existent; ils s'élèvent entre nous pour nous séparer.... Eh bien! je les ai méprisés, renversés, foulés aux pieds pour t'aimer, car je t'aime, Norra..., je t'aime comme une sœur.

— Oh! je sais que tu es bon, murmura la jeune fille en baissant la tête. »

Et tout à coup, se penchant vers lui, avant qu'il eût le temps de l'empêcher, elle prit sa main, et, avec un geste brusque et passionné, elle la porta à ses lèvres.

« Oui, oui, répétait-elle au milieu de ses sanglots recommencés, qui entrecoupaient sa voix, oui, je sais que tu as été bon pour la pauvre fille, bon comme notre père qui est aux cieux! Tu n'as jamais eu pour moi de dures paroles; tu ne m'as ni repoussée ni dédaignée; tu ne m'as pas trompée non plus.... Oh! non, tu n'es pas coupable, et je ne t'accuse point.... Si je suis malheureuse, ce n'est pas ta faute, c'est la mienne.... mais n'importe! ce n'est pas à toi à me parler pour....

— Eh bien! oublie ce que je t'ai dit, et vivons l'un près de l'autre comme autrefois, répondit Henrick en écartant d'une main caressante l'épaisse et noire chevelure qui couvrait le front de la jeune fille, et qui cachait ses yeux.

— Oublier! oublier! répéta-t-elle à plusieurs reprises; oui, je sens qu'il le faudrait! Le pourrai-je? je ne sais encore.... mais va! j'y tâcherai.... et toi, à ton tour, oublieras-tu?

— Je n'oublierai jamais, chère Norra, que tu es une excellente créature, et le meilleur petit cœur qui ait jamais battu dans le sein d'une femme.

— Oh! merci du moins de le dire.... merci de le penser peut-être ? » murmura la jeune fille, tandis que de grosses larmes, qui ne tombaient plus, brillaient encore comme des diamants entre ses cils, — et elle posa la main du jeune homme sur sa poitrine apaisée, et avec un geste d'une tendresse exquisse et une expression de visage qu'aucun pinceau n'eût pu rendre, elle laissa tomber sa tête pâle sur l'épaule de Henrick.

Henrick, à ce contact, éprouva comme un frémissement de tout son être. En regardant la pauvre enfant, si affectueuse, si tendre, si profondément dévouée.... et si malheureuse, il ne se sentit plus maître de l'émotion toujours croissante qui s'était emparée de lui : il passa un bras autour de ses épaules, et sans avoir peut-être conscience de l'imprudence qu'il commettait, il amena le front de Norra jusqu'à ses lèvres, et il baisa ses beaux yeux encore humides.

Norra, sous cette caresse, frissonna comme la feuille du tremble agitée par le vent; elle devint plus pâle encore; sa tête se renversa en arrière, et Henrick la reçut, à demi-évanouie, dans ses bras : sans trop se rendre compte de ce qu'il faisait, il l'appuya contre sa poitrine, la pressa sur son cœur et la rappela à elle-même; — hélas! c'était la rappeler en même temps au sentiment de sa douleur, — en lui prodiguant les plus tendres et les plus doux noms.

Norra revint bientôt à la vie, et se voyant dans les bras du jeune homme, elle rougit et se dégagea, en glissant pour ainsi dire de la ceinture de caresses qui l'enlaçait.

« Merci, Henrick, merci et adieu! lui dit-elle; tu m'as fait du bien et du mal : mais je sens que tu as eu raison de me parler sincèrement. Adieu encore ! il faut que je parte. »

Sans le vouloir, sans trop se rendre compte à lui-même de ce qu'il faisait, Henrick, en qui toute émotion n'était pas encore calmée, gardait toujours la main de Norra pressée dans les siennes.

« Tu me retiens ? lui demanda-t-elle, d'un ton où il y avait tout à la fois de la prière, et comme un accent de timide reproche.

— Non, pauvre créature, je ne te retiens pas, fit le jeune homme avec un violent effort ; adieu, ou plutôt au revoir ! Va, Norra, chère, chère enfant, je quitterai bientôt ce pays où il vaudrait mieux pour toi, pour nous deux peut-être, que je ne fusse jamais venu : mais, où que j'aille et quoi que je devienne, tu vivras toujours dans mon souvenir, tu resteras toujours au plus profond de mon cœur ! »

Tout en parlant ainsi, il avait posé sur ses yeux les mains de la jeune fille, et Norra put voir que ses yeux étaient humides.

« Assez ! assez ! fit-elle à plusieurs reprises ; ne m'en dis pas trop maintenant ; songe que je suis encore jeune ; que ma vie sera longue peut-être, car le chagrin ne tue pas.... Ne m'enlève point mon courage ; j'en aurai besoin. Pense à moi, mais ne me le dis pas ! »

Elle se leva, et avec sa badine de bouleau, elle toucha le cou du renne qui dormait à ses pieds paisiblement.

« Viens, mon pauvre Snalla, lui dit-elle ; toi, du moins, tu ne me quitteras pas. »

Et, après un dernier regard au jeune homme, immobile devant elle, sans ajouter un seul mot, elle partit. Elle marchait d'un pas ferme, rapide, sans se retourner. On voyait bien qu'elle avait hâte de fuir.

Il n'essaya point de la suivre; il se contenta de la plaindre.

Snalla, comme s'il eût deviné les chagrins de celle qu'il aimait, marchait lentement sur ses traces, le col allongé, la tête basse.

C'est à peine si, de temps en temps, les grappes de clochettes suspendues à son collier faisaient entendre un petit son, faible comme un murmure, et triste comme une plainte; puis il allongeait le cou et léchait timidement la main pendante de sa jeune maîtresse.

« Serait-ce donc là mon ouvrage! » se demandait Henrick, en la voyant s'éloigner.

Comme s'il eût été incapable de supporter plus longtemps le spectacle du mal qu'il avait fait, Steinborg se détourna vivement et remonta d'un pas rapide les bords du ruisseau que Norra descendait. Cette marche en sens contraire n'était-elle point comme un frappant symbole de leurs destinées, qui s'étaient rencontrées un moment, et qui, tout à coup séparées, allaient maintenant courir, chacune de son côté, de telle façon que chaque minute rendrait cette séparation plus irréparable?

De telles pensées ont toujours avec elles je ne sais quel arrière-goût d'amertume qui ne s'efface point de sitôt.

On a beau se justifier auprès de sa conscience; on a beau se répéter que l'on n'est point coupable; une voix plus forte vous dit au contraire qu'il n'est pas besoin d'être la cause volontaire d'un malheur, mais qu'il suffit d'en avoir été l'occasion pour en ressentir la peine la plus vive. Qu'importe que l'on ne souffre point *par* nous? C'est déjà trop que l'on souffre *pour* nous! En ce moment Henrick était vraiment malheureux.

En vain la douce figure d'Edwina se représentait à son souvenir. Il lui semblait que le sourire de l'une était toujours trempé des larmes de l'autre, et en présence de la douleur si profonde de l'âme tendre et chère qu'il avait appris à connaître, il avait trop de délicatesse pour s'abandonner aux joies égoïstes de sa propre passion. Il lui semblait même qu'il ne pourrait plus être tout à fait heureux désormais ; les souffrances de Norra corrompraient son propre bonheur, et Norra souffrirait bien longtemps.... toujours peut-être....

Henrick en était là de ses réflexions quand un sifflement aigu déchira l'air au-dessus de sa tête ; au même instant un craquement sec se fit entendre, et la cime d'un jeune sapin tomba sur la route, à ses pieds, tandis qu'une détonation faisait retentir les échos de la montagne : un petit nuage de fumée blanchâtre qui s'éleva lentement derrière les rochers, indiqua suffisamment à l'officier la direction du coup de fusil dont la balle venait de couper l'arbre, aussi nettement que l'eût pu faire la hache du bûcheron.

« Malepeste ! s'écria Steinborg, voilà ce que j'appelle un joli coup de fusil, et, si j'en juge par l'heure où nous sommes et par la distance, celui qui l'a tiré peut se vanter de poser ses balles avec la main. S'il eût voulu ma tête au lieu de celle de cet arbre, le fils de mon père ne vaudrait plus maintenant le dernier renne des troupeaux de Peckel....

« Mais qui donc m'a fait cette galanterie ? Je ne connais guère que Nepto capable de tirer avec cette justesse. Est-ce une menace qu'il me fait ou un avertissement qu'il me donne ? L'imbécile prend vraiment bien son temps.... c'est quand je viens de parler pour lui contre moi !... Ce misérable mangeur de mousse n'est vraiment pas digne du trésor que je suis obligé de lui aban-

donner.... Allons, continua-t-il en élevant la voix, misérables lâches! qui vous mettez à l'affût pour tirer sur
un homme comme sur un loup enragé, montrez-vous
donc un peu, que l'on vous voie, et tâchez, une fois dans
votre vie, de regarder un Suédois en face! »

Henrick embrassa du regard l'espace circulaire que le
cirque décrivait autour de lui, et il attendit quelques
instants, comme pour voir quel serait l'effet produit par
ses paroles. Mais personne ne parut, et le silence seul
répondit à sa provocation un peu fanfaronne; il demeura
encore quelques instants dans le cirque, puis, inquiet
de savoir ce que Norra serait devenue, il reprit, en se
hâtant, le chemin des tentes.

La première personne qu'il découvrit à l'entrée de ce
petit village de toile qu'un coup de vent pouvait enlever,
ce fut Nepto, tranquillement assis par terre, les jambes
croisées sous lui et fumant une pipe de tabac russe, avec
le calme et la tranquillité d'un homme qui n'a pas le
moindre crime sur la conscience.

Henrick le regarda deux fois. Rien sur le visage du
Lapon n'indiquait une action violente : c'était bien le
même regard astucieux, le même sourire amer et railleur,
la même assurance d'un homme qui sent sa force et qui
est résolu à défendre ce qu'il croit ses droits. Mais
il y avait loin de là à cette agitation fébrile, à ces cheveux hérissés, à ces yeux hagards et à cette livide
pâleur du visage que les poètes prêtent d'ordinaire à
leurs peintures du Remords. Henrick, qui, au besoin,
eût pu suppléer un juge d'instruction, ne se contenta
pas d'un premier examen, et, au bout d'un instant, il
revint à son inspection par un coup d'œil oblique,
rapide, inattendu. Nepto était-il sur ses gardes? C'est
ce que personne n'eût pu dire ; mais, en tous cas, le
second examen fut aussi peu fructueux que le premier;

et l'officier n'aperçut aucun indice révélateur sur ce visage de bronze impassible; si Nepto était coupable, le drôle était de l'étoffe dont on fait les plus rudes scélérats, et maintenant il semblait au jeune Suédois qu'il aurait quelques remords à lui livrer cette gentille Norra, si pure, si loyale, si affectueuse et si tendre. Il retourna une dernière fois la tête vers le chasseur, au moment où il rentrait sous sa tente. Le regard des deux hommes se croisa; mais celui du Lapon, au lieu de se détourner et de fuir, comme il faisait d'ordinaire, soutint l'œil du Suédois avec une fermeté, j'allais dire avec une audace, que l'officier n'avait encore jamais rencontrée chez lui.

Henrick rôda quelque temps encore à travers l'enclos, parcourant le campement dans tous les sens, et faisant le tour de toutes les tentes. Il eût voulu revoir Norra, et juger, d'après son visage, des émotions produites dans son âme par l'entretien qu'ils venaient d'avoir ensemble. Mais, quoiqu'il la cherchât partout, il ne put la trouver nulle part. Seulement, à l'entrée de la tente plus grande dans laquelle se tenait d'ordinaire le vieux chef des Kilps, il aperçut le renne blanc couché en travers sur le seuil même du patriarche.

« Norra est ici! » se dit-il. Un violent désir le poussait vers la tente. Mais il se dit, non sans raison, qu'il ne devait plus maintenant chercher à revoir la jeune fille, et que ce n'était point à lui d'attiser le feu qu'il voulait éteindre. Il ne put, toutefois, s'empêcher de remarquer en s'en allant que l'aimable Snalla n'avait plus son beau collier rouge. « Elle a voulu le mettre en deuil de moi, pensa-t-il, pauvre âme, chère créature! »

Dans l'étroit sentier circulant entre les pierres, qui conduisait de cette tente à la sienne, il rencontra Nepto, rôdant comme un voleur à travers le camp.

Henrick n'avait aucun droit sur Norra ; il ne l'aimait pas.... il en aimait une autre ; et cependant il ne put se défendre d'une atteinte jalouse....Et celui contre lequel il s'irritait si follement, c'était le même que, quelques heures auparavant, il conseillait à Norra d'épouser.... Étrange contradiction du cœur, qu'il est peut-être plus facile au romancier de signaler, qu'au moraliste d'expliquer clairement ! le cœur humain est une énigme dont le dernier mot ne sera pas dit de si tôt, et que nous chercherons tous éternellement.

Nepto avait repris son attitude humble et soumise devant le Suédois ; il baissa les yeux en le voyant, et comme le sentier était trop étroit pour deux, il s'écarta pour lui faire place avec une déférence courtoise dont celui-ci ne fut pas dupe. Henrick hâta le pas et rentra dans sa tente. Il n'y trouva pas son ami ; mais il vit sur la table un petit billet décacheté, par lequel Elphége le prévenait qu'il allait faire des études de paysage dans un sœter[1] des environs et qu'il y passerait la nuit.

« Voilà bien les amis ! s'écria Henrick avec un geste d'impatience ; ils sont tous les mêmes ! C'est quand on a besoin d'eux qu'ils s'en vont. Il froissa machinalement le billet entre ses doigts et le jeta dans un coin. »

« Quel ennui ! murmurait-il entre ses dents, me voilà condamné à passer une soirée seul ; je voudrais être à demain ! »

Il parlait encore, quand la portière de sa tente se souleva ; c'était son souper qu'on lui apportait. D'ordinaire, cette heure du repas était pour lui une des heures les plus charmantes de la journée. C'était Norra qui

---

1. Ferme située sur les extrêmes hauteurs des montagnes.

présidait à tous les petits apprêts de son couvert ; c'était
elle qui en réglait, et avec quel soin ! les plus minutieux détails. Quel plaisir de la voir accorte, légère,
mignonne, trotter menu, allant et venant çà et là sous
la tente ! Indolemment couché sur son siége de mousse
recouvert de peau de renne, dans la molle rêverie d'un
sultan des *Mille et une Nuits*, il la contemplait avec
une secrète complaisance , à travers l'onduleuse fumée de son cigare, en homme qui sait être poëte à ses
heures.

Mais cette fois, au lieu de la gentille silhouette de la
jeune fille, il aperçut le profil de chouette de deux
vieilles, probablement les deux plus laides de la tribu,
qui ne voyaient en lui qu'un Suédois, un officier du
roi, c'est-à-dire un ennemi, et qui venaient lui mettre
son couvert par ordre et en rechignant. Était-ce le
hasard ou une malicieuse attention de Norra, qui avait
choisi pour lui ces deux Hébés peu réjouissantes? Je
ne prendrai pas sur moi de l'affirmer ; tout ce que je
puis dire, c'est qu'elles furent assez mal venues du
dédaigneux jeune homme.

Henrick fit le plus maussade souper du monde, en
maudissant de tout son cœur la cuisine laponne, à
laquelle pourtant il s'était montré jusqu'ici assez indifférent, disant gaiement qu'il mangeait pour vivre et qu'il
ne vivait pas pour manger ; le mot ne serait pas nouveau en France, mais en Laponie il paraissait piquant.
La table se trouva bientôt desservie. On mange vite quand
on mange seul ; Henrick, qui ne savait trop que faire
dans sa tente déserte, alla s'asseoir à quelque distance
sur un monticule, d'où il dominait tout le campement
de la tribu. Parmi ces tentes bariolées, rayées de couleurs bizarres, il se demandait laquelle habitait Norra,
et, une fois sur cette pente, sa pensée ne s'arrêtait

point qu'elle n'eût touché le but. Il voulait savoir ce
qu'elle faisait à cette heure, quels étaient ses sentiments,
si elle souffrait beaucoup, et combien de temps mettrait
à se cicatriser la blessure saignante de son cœur. Par
moments, les mauvais instincts de notre nature égoïste
l'emportaient, et il ne lui déplaisait pas de songer
que cette âme délicate, exquise production de la
nature, que les hommes n'avaient pas encore eu le
temps de gâter, lui offrait ainsi, comme un sacrifice
agréable à sa vanité masculine, l'hommage de ses sentiments les plus délicats et les plus purs. C'est là une
bonne fortune que les plus favorisés d'entre les hommes
n'ont pas bien des fois dans leur vie. Disons-le cependant : Henrick ne s'arrêtait pas longtemps sur ces pensées égoïstes : bientôt au contraire il revenait à des
sentiments plus généreux, et, se rappelant ce qu'il y
avait de bon, de loyal et d'affectueux dans cette belle et
jeune âme, un peu sauvage peut-être, mais si ardente
et si sincère, il ne souhaitait plus que son bonheur...
quand même ce bonheur eût dû être payé d'un complet
oubli de lui-même. Disons-le tout de suite : chez Henrick, de tels sentiments ne prouvaient point une générosité qui sentît de trop loin son héros de roman.
Henrick aimait ailleurs. Si la touchante cérémonie des
fiançailles, qui lie les destinées de deux âmes, et leur
donne un avant-goût des joies du mariage, n'avait
pas encore été accomplie entre lui et la belle Edwina,
ils ne s'en regardaient pas moins comme assurés d'une
union prochaine.

Dans de telles circonstances, et avec la pureté de
mœurs que l'on rencontre d'ordinaire chez les hommes
du Nord, Henrick, à qui le mariage n'était pas possible
avec Norra, se fût rendu coupable d'un véritable crime
en tentant l'œuvre damnable de la séduction. Il en était

vraiment incapable. Après quelque perplexité et une
heure de lutte avec son cœur, car devant la passion
éprouvée si violemment et si naïvement exprimée par
Norra sa jeunesse n'avait pu se défendre d'un certain
trouble, il en vint à penser qu'après tout Peckel avait
peut-être raison, et qu'un mariage avec Nepto était
encore la plus heureuse chance de sa pauvre amie. Il
souhaita donc finalement que le cousin fît le bonheur
de sa cousine, et, à partir de ce moment, il se regarda
comme le plus vertueux des hommes.

Sans doute le ciel voulut le récompenser de son
effort, car il retrouva aussitôt un soulagement inattendu
et un contentement intérieur auquel il n'était plus
accoutumé. Bientôt aussi la gracieuse image d'Edwina,
un moment obscurcie dans son âme, et pour ainsi dire
chassée loin de lui par les préoccupations et les émotions de cette soirée, où sa pensée, du moins, avait été
presque infidèle, reparut dans tout le suave éclat de sa
beauté, et avec elle les riantes idées d'avenir qui d'ordinaire lui faisaient cortége.

Cependant la triste Norra, retirée au fond de la tente
de son grand-père, faisait, seule et triste, la veillée des
larmes.

Ah! tous tant que nous sommes, enfants de la douleur, nous l'avons connue, au moins une fois dans
notre vie, cette veillée funèbre pendant laquelle on
ensevelit à jamais dans l'oubli ce que l'on avait le plus
saintement et le plus ardemment aimé !

Les premières gouttes d'une rosée froide et péné-
trante avertirent Henrick de regagner sa tente. Il y
rentra plus calme qu'il n'en était sorti, parce qu'il
venait de prendre une résolution qui lui semblait tout
à la fois honnête, prudente et sage, et aussi parce que,
après tout, son cœur à lui n'était point engagé, et que,

si bons que nous soyons, les peines des autres ne nous attristent jamais bien longtemps.

Peckel, qui l'avait attendu plus d'une heure, était reparti sans l'avoir vu. Henrick, dont la conscience n'était pas trop rassurée sur la manière dont il avait rempli sa mission, ne tenait pas précisément à le rencontrer.

Elphége resta absent trois ou quatre jours de plus qu'il n'avait cru. L'officier ne lui parla point de ce qui s'était passé.

Pendant tout le temps que Henrick demeura seul, Norra ne parut point sous la tente. Elle y revint en même temps que l'artiste. Je n'ai pas besoin de dire si elle y fut la bienvenue. Steinborg s'était fait une chère habitude de la voir ; elle lui manquait ; la raison avait bien pu, un moment, l'engager à s'éloigner d'elle ; mais, maintenant qu'il croyait avoir réglé pour toujours leur avenir à tous deux, maintenant qu'il s'imaginait que tout danger était prévenu et sûrement évité, sans scrupule, sans remords et sans crainte, il se livrait à la joie de la revoir ; il voulait, comme autrefois, s'abandonner à la douce et charmante affection qu'il sentait grandir en lui de jour en jour pour cette aimable fille.

Elphége, qui n'eût pas demandé mieux que de l'aimer aussi, mais qui avait compris tout de suite que cette affection ne serait jamais payée de retour, avait bravement pris son parti, et le travail lui avait rendu d'abord la paix, avec laquelle étaient bientôt revenues la verve et la bonne humeur.

Quant à Norra, elle était vraiment changée. Sans doute elle était toujours aussi prévenante, aussi attentive pour les deux amis ; elle paraissait toujours aussi empressée à les servir : mais elle n'avait plus, comme

autrefois, cette gaieté communicative qui, pour tous
ceux qui la voyaient, faisait comme une fête de sa seule
présence; autrefois, chaque petit service rendu était
pour elle un vrai bonheur; son zèle, à présent, ne
se ralentissait point, mais il était plus calme. Elle accomplissait un devoir; mais, comme autrefois, ce devoir n'était plus un plaisir; on ne l'entendait plus
chanter ces mélopées laponnes, un peu langoureuses,
mais pleines d'accent, auxquelles les deux jeunes Suédois trouvaient jadis un singulier charme. Elle avait
apporté d'abord dans tout ce qui regardait ses hôtes
une sorte de passion; maintenant elle s'acquittait cor-
rectement d'une sorte de service, dont on l'avait chargée ; mais c'était tout. Ce changement fut trop soudain
et trop complet pour qu'il pût passer inaperçu. Henrick
en connaissait trop bien la cause pour s'en montrer
étonné ou pour s'en plaindre. Elphége, au contraire,
supportait impatiemment ces nouvelles façons; il regrettait l'aimable familiarité et le commerce facile des
premiers jours. Sans connaître toute la vérité, il en
supposait du moins une partie.

Mais comme son ami, plus réservé que d'habitude, n'avait pas jugé à propos de s'en ouvrir à lui,
il ne crut pas devoir solliciter des confidences qu'on
ne lui faisait pas; il interpréta même ce silence contre celui qui le gardait si obstinément, et, parce
qu'on lui cachait ce qui était, il crut davantage. Bientôt les deux amis vécurent l'un près de l'autre dans
une sorte de contrainte et de froideur pénible. Le
jour sous lequel l'artiste voyait la Laponie s'assombrit, et si le dessin de ses tableaux resta le même,
leurs coloris prirent une nuance moins gaie. Les travaux d'imagination, qui sont comme la fleur même
de l'âme, ont besoin de toute la puissance, de toute

la séve, de toute la santé de cette âme qui les produit : comme les autres fleurs, auxquelles nous les
comparons, elles ne jettent tout leur éclat que si elles
naissent sur un sol riche et vigoureux. Chez les hommes qui sentent vivement, les dispositions intérieures
ont toujours de vives réactions et de brusques contre-
coups dans leurs œuvres, et l'on peut juger, presque
infailliblement, des unes par les autres. Rien, du reste,
ne trahissait au dehors ces vicissitudes profondes et
inattendues : pour tout ce petit monde, la vie recommença de couler, comme autrefois, paisible, égale,
calme en apparence, pareille à ces grands fleuves, dont
la nappe bleue et sans rides cache des abîmes, avec des
cadavres au fond.

Nepto, de son côté, n'était point resté spectateur intelligent de tous ces événements; aussi avait-il singulièrement modifié sa ligne de conduite; il ne sortait
plus guère du camp; son fusil se rouillait au clou, et
ses filets étaient si secs qu'on eût dit qu'ils n'avaient
jamais trempé dans l'eau des torrents : plus de chasse,
plus de pêche; les renards et les écureuils avaient beau
jeu, et les truites et les brochets pouvaient impunément
s'ébattre dans les rivières qui bondissent sur les flancs
du Kilpis; ils n'avaient plus à redouter les embûches
de leur terrible ennèmi. Le jeune homme vivait beaucoup auprès de son grand-père, non pas pour l'entourer de soins et d'égards, ce qui n'était guère dans ses
habitudes, mais il s'entretenait souvent et longuement
avec lui. Sans doute le sujet de leur conversation les
intéressait beaucoup l'un et l'autre, et devait être de
grande importance, car les Lapons qui allaient et venaient autour d'eux dans la tente n'étaient pas sans
remarquer qu'à leur approche leurs chefs changeaient
de ton et baissaient la voix : il était aisé de voir, à leur

air mystérieux et à leurs allures discrètes, qu'ils se préoccupaient l'un et l'autre de quelque grand projet. Les Suédois et Norra étaient l'objet de la plus active et de la plus attentive surveillance ; la jeune fille ne faisait plus un pas que Nepto ne le sût ; il comptait les minutes qu'elle passait sous la tente des étrangers, et, avec une finesse de diplomate, il trouvait toujours quelque prétexte plus ou moins ingénieux pour dépêcher sur ses traces la vieille Merlingue, qu'il avait su, au moyen d'une robe de vadmel et d'une livre de mauvais tabac, mettre complétement dans ses intérêts. Huit jours plus tôt, cette surveillance eût singulièrement irrité notre petite héroïne, et comme en sa qualité de femme elle était cent fois plus rusée que son cousin, qui n'était qu'un homme, elle eût aisément déjoué ses machinations : mais à quoi bon maintenant ? Ne savait-elle pas qu'elle n'était point aimée ? Que lui importait qu'il y eût un tiers, si gênant qu'il voulût être, entre Henrick et elle ? Quant à Henrick, il ne s'était même pas aperçu tout d'abord que l'on avait ourdi autour de lui comme un réseau d'espionnage, dont les mailles allaient se resserrant de jour en jour : lorsque la chose devint assez évidente pour ne pouvoir plus lui échapper, il trouva la précaution pour le moins inutile.

Cependant le jeune officier se sentait profondément touché de la douleur si noblement résignée qu'il pouvait lire à chaque instant du jour dans les yeux sans larmes, mais profondément mélancoliques de sa victime ; il se sentait pris pour elle d'une sorte de compassion infiniment tendre ; il l'aimait comme un très-jeune père aimerait une adorable fille, qui ne voudrait point se marier afin de pouvoir rester toujours auprès de lui. Ces sentiments, assez mal définis, et dont le vrai caractère échappe, voilés qu'ils sont en quelque sorte de demi-teintes, sont à l'amour ce qu'est à l'éclat du midi la lueur argentée d'une aube fraîche et matinale : sans doute elle n'a point les splendeurs et le rayonnement du milieu du jour; peut-être a-t-elle plus de charme.

# VIII

Les travaux pour lesquels Henrick avait été envoyé
en mission dans cette partie de la Laponie étaient à
peu près terminés : il avait complétement relevé le district qu'on l'avait chargé d'étudier, mesuré la pente
des fleuves et pris la hauteur des montagnes. Il pouvait
maintenant partir d'un jour à l'autre. Déjà les premiers
froids, qui commençaient à tomber d'un ciel d'automne, semblaient l'inviter à regagner un climat plus
doux et un pays moins arriéré dans toutes les recherches du confort. Quand vient l'hiver, la Laponie n'est
guère habitable que pour les Lapons : il faut y être né
pour n'y point mourir. Plus d'une fois déjà, Henrick
avait parlé de son départ, et s'il n'en avait point encore
fixé le jour, c'est qu'il attendait l'arrivée d'un missionnaire, maintenant en tournée dans le voisinage, et qui
pouvait inopinément se présenter au camp.

Le bruit de la venue du saint personnage attirait
déjà autour des tentes de Peckel une assez grande
quantité de Lapons. On en trouvait partout; on eût dit
qu'ils sortaient de terre. Quand nos deux amis se promenaient le soir dans le camp, ils étaient obligés de
regarder à leurs pieds pour ne pas marcher dessus, car

ils s'enveloppaient dans leur manteau et s'endormaient
paisiblement sur la terre nue. L'artiste et l'officier prenaient un certain plaisir à étudier ces petits êtres, qui
passaient la plupart de leurs journées assis au soleil,
ou entassés sous des hangards de toile et de sapin, la
pipe à la bouche, un verre dans une main, une bouteille dans l'autre, buvant à petits coups une affreuse
liqueur distillée de l'orge ou de la pomme de terre,
tandis que le plus lettré de la bande leur contait les
légendes et les féeries de l'Olympe du Nord, ou qu'ils
chantaient ensemble, d'une voix nasillarde, aigre et
fausse, des chansons étranges sur un rhythme lent et
triste. Quand la chanson était finie, quand la bouteille
était vide, ils s'endormaient, oublieux de la veille, in-
souciants du lendemain.

C'est ainsi qu'ils se préparaient à leurs devoirs religieux et à écouter la bonne nouvelle de l'Évangile, que
le missionnaire allait bientôt leur annoncer.

Le clergé lapon n'est point organisé comme le nôtre.
Les Lapons n'ont point de prêtres à résidence fixe ; leurs
curés sont voyageurs comme eux, et le culte n'est pas
moins nomade que la nation. Cependant ils ne sont pas
absolument privés des secours de la religion ; ils peuvent
naître, et, avec un peu de bonne volonté, ils peuvent, à
peu près comme nous, mourir en chrétiens.

Les Lapons se montrent d'ordinaire pleins d'affection
et de respectueuse déférence pour ces ministres, qu'ils
voient rarement et qui ne font que passer chez eux. Celui qu'ils attendaient alors semblait avoir des droits
particuliers à leur respect et à leur amour. Il était connu
dans tout le Nord, et l'on peut dire qu'il exerçait partout la plus légitime et la plus heureuse influence. On
l'appelait Olaf Johansen. Partout où il allait, depuis
Tornéo jusqu'au cap Nord, il était précédé par une

immense renommée de science et de charité. C'était un
Suédois, appartenant à une bonne famille de la bour-
geoisie, élève distingué de l'Université d'Upsala, aussi
digne qu'un autre d'obtenir un bon bénéfice, et non
moins capable d'en remplir les charges. Mais il était
de ceux qui ont le droit de dire à Dieu : « Seigneur, le
zèle de ta maison me dévore ! » Il avait choisi la mission laponne, précisément parce que c'était la part de
l'héritage la moins belle et la moins enviée. Il l'avait
obtenue sans peine, et il y apportait un zèle d'apôtre.
Il s'était mis, avec le plus humble courage, à étudier
l'idiome de ceux qu'il voulait évangéliser, et cette nouvelle marque d'affection pour son troupeau, assez rare
parmi ses confrères, avait encore accru sa popularité.
Aussi, quand le messager , qui lui servait en même
temps de custode, de clerc, de guide, et, au besoin,
d'interprète, vint annoncer à la tribu que le révérend
Olaf serait chez elle le dimanche suivant, ce fut dans tout
ce petit monde une véritable allégresse. On résolut
d'aller au-devant de lui, dès la veille, jusqu'au passage de la rivière, à trois lieues de là, pour lui faire
honneur. On partit solennellement du camp. Henrick et Elphége ne voulurent point se joindre à la
troupe des Lapons ; ils se contentèrent de la suivre de
loin.

La rencontre eut lieu sur les bords d'un petit torrent,
dont le passage ne laissait pas que de présenter quelques difficultés. On aperçut le missionnaire d'assez loin,
sur la pente d'une colline qu'il descendait rapidement ;
il était accompagné de deux Lapons, appartenant à la
tribu dans laquelle il venait d'exercer les fonctions de son
ministère ; on lui avait prêté un de ces petits chevaux
norvégiens, aux jambes et aux crins noirs, à la robe
blanchâtre, pacifique monture qui pourrait lutter de

douceur avec l'âne qui porta le fils de David lors de son entrée triomphale à Jérusalem.

Les Lapons, en le voyant approcher, poussèrent un hourrah glapissant, accompagné d'une décharge assez irrégulière de leur mousqueterie. Cette démonstration bruyante se répéta d'ailleurs à certains intervalles, jusqu'à ce que le bon prêtre fût arrivé au bord même de la rivière. À ce moment les hourrahs redoublèrent, et la fusillade recommença, mieux nourrie et plus éclatante que jamais. Mais quand le révérend Johansen, après avoir pris congé des deux hommes qui l'accompagnaient, poussa dans l'eau son petit cheval, détaché de la rive, un peu malgré lui, il se fit tout à coup un grand silence. Une véritable anxiété se peignit sur le visage des femmes et des vieillards : on savait que le passage était difficile, et l'on tremblait pour le prêtre. Cependant la plupart des Lapons, assez malicieux de leur nature, ne laissaient voir qu'une sorte d'espiéglerie mutine, plus digne d'une bande d'écoliers que d'une réunion d'hommes raisonnables. Tous d'ailleurs attendaient, en donnant des marques non équivoques d'intérêt, le résultat de l'entreprise périlleuse. Déjà le missionnaire était au quart de sa route, et les plus jeunes de la troupe se poussaient du coude en ricanant, chaque fois que le petit cheval, troublé par les bouillonnements de l'eau montant jusqu'à son poitrail, faisait un faux pas en posant le pied sur les pierres roulantes.

Quand il fut arrivé à peu près à moitié de la rivière, à un endroit où le lit de cailloux cessait pour faire place à des sables mouvants, mille cris confus s'élevèrent du rivage.

« Par ici, disaient les uns.

— Par là, faisaient les autres.

— A droite !

— Non, à gauche !

— Vous êtes dans le beau chemin.

— Pas du tout, vous allez vous noyer !

— C'est le trou aux brochets !

— Il est perdu !

— Il est sauvé ! »

Le pauvre pasteur, ne sachant plus auquel entendre, se cramponna comme font tous les cavaliers inexpérimentés, qui se trouvent dans l'embarras, à la bride de sa monture, et, au lieu d'abandonner l'animal à son instinct presque infaillible, qui les eût sauvés tous deux, il le troubla, l'obséda par de fausses manœuvres. Celui-ci, quoique de paisible humeur, jugea donc à propos de se séparer de son maître, plutôt que de se noyer avec lui, et il le déposa au beau milieu du torrent, — un peu trop brusquement peut-être, — pour continuer son chemin tout seul.

Le digne Olaf n'avait pas encore l'eau à la cheville, que vingt-cinq ou trente Lapons se jetèrent bravement dans le courant pour opérer le sauvetage du saint homme.

« Ne craignez rien, bon père ! lui criaient-ils tous à la fois ; il n'y a nul danger ; la rivière n'est pas profonde : nous arrivons, nous voici ! »

Ils voulaient bien que leur pasteur fût un peu mouillé ; mais ils eussent cent fois risqué leur vie pour sauver la sienne. Olaf fut bientôt serré dans leurs bras ; ils le hissèrent sur leurs épaules solides et trapues, et se le passant, en quelque sorte, de main en main, ils le rendirent en un clin d'œil à la rive désirée. Les femmes alors se mirent à genoux devant lui, touchèrent ses vêtements et baisèrent ses mains avec mille témoignages d'affection tendre et de pieux respect. On lui offrit des vêtements secs pour remplacer les siens ; mais il les refusa, pour

n'avoir point à changer de toilette devant des femmes,
bien que les Laponnes, en véritables filles de la nature, n'eussent pas accordé une très-grande importance
à cette légère infraction aux règles du décorum. Olaf
Johansen pria seulement ses chères ouailles de hâter le
pas pour ne pas enrouer, par ce bain de pied intempes-
tif, son sermon du lendemain. L'action suivit de près
la parole : le saint homme détala lestement, et comme
nos amis les Lapons, dont les jambes étaient plus
courtes que les siennes, étaient obligés de faire, pour
le suivre, au moins deux pas pour un, ils avaient assez
l'air d'une troupe de nains galopant à la poursuite d'un
géant.

# IX

Esquissons rapidement, pendant qu'il arpente ainsi la lande laponne, la silhouette d'Olaf Johansen.

Le missionnaire était un homme d'environ trente-cinq ans, grand, long, osseux, sec et maigre : un échalas fendu, qui marchait comme deux échasses. Sa tête, qui paraissait énorme quand on la comparait à son corps grêle, ne présentait pas précisément les lignes régulières, harmonieuses, que nous avons l'habitude d'admirer dans les marbres de la Grèce, ou sur les toiles de l'Italie ; sont front, plein de proéminences capricieuses, appelait l'investigation du phrénologue, bien plutôt que la contemplation de l'artiste ; la maigreur de ses joues ne faisait que trop cruellement ressortir la saillie brusque de ses pommettes ; une large fente dessinait sa bouche, et son menton large et carré, qu'il appuyait volontiers sur les plis d'une cravate blanche, haute et raide, formait un contraste assez singulier avec son nez trop court, qui, au lieu d'aspirer à la tombe, comme celui du père Aubry, se relevait vers le ciel avec un air capricieux et provoquant, plus digne du minois chiffonné d'une soubrette Louis XV que de la grave figure d'un missionnaire protestant. Ce tout bizarre était complété

d'une forêt de cheveux épais, hérissés, plutôt jaunes
que blonds, dont le peigne ne réparait qu'insuffi-
samment le pittoresque désordre. Mais, si étrange que
fût cette figure, il était impossible de dire qu'elle fût
laide, tant la physionomie, en dépit des traits, avait de
franchise, de bonté, de loyauté, de douceur et de tendresse : elle était éclairée, animée par deux grands
yeux bleus, au regard à la fois suave et pénétrant,
calme et profond : quand on avait vu ces yeux-là, on oubliait le reste du visage pour ne plus voir qu'eux, et il
semblait impossible que l'on essayât seulement de les
tromper. Le costume était vraiment digne du personnage : Olaf portait uniformément un pantalon large
dont le bas était emprisonné dans de grosses guêtres de
cuir ; en guise de redingote, il avait un espèce de sar-
reau de drap rude, qui l'enserrait, comme une gaîne
fait d'une épée, et qui tombait, sans un seul pli, de ses
épaules jusques à ses talons. Il tenait toujours à la main
droite un grand bâton blanc ferré, et sous son bras
gauche une Bible reliée en chagrin noir, avec coins et
fermoir de cuivre. Ajoutez, pour avoir un portrait complet, qu'il avait de grandes mains, de grands pieds, de
longues jambes, et que Dieu semblait l'avoir fait pour
arpenter les landes, les marais et les plateaux de ces
vastes solitudes du Nord.

Du premier coup d'œil Elphége et Henrick avaient
reconnu dans Olaf Johansen un de leurs camarades,
plus âgé qu'eux de quelques années, mais qui avait étudié comme eux et avec eux sur les bancs de l'Université. Cependant ils savaient trop bien quelle était l'in-
stinctive défiance des Lapons pour risquer de compro-
mettre par une manifestation d'amitié intempestive
le succès de son apostolat. Ils se contentèrent donc
d'un regard et suivirent le missionnaire d'un peu

loin, sans se mêler à la foule, qui gesticulait, criait,
chantait, et brûlait sa poudre, tout en le conduisant au
camp.

Le vieux Peckel, accompagné de Norra, s'avança lui-
même à quelque distance pour souhaiter la bienvenue
au prêtre, et le conduisit, non sans une certaine pompe,
à une tente d'honneur, à peu près pareille à celle qu'on
avait élevée pour les deux Suédois.

Olaf y resta peu de temps, et revint bientôt retrouver ses chères ouailles, qui se tenaient à quelque distance, arrangées en petits groupes et formant le plus
singulier tableau du monde. On l'entendit alors s'infor-
mer des naissances et des décès qui avaient eu lieu
pendant son absence ; il s'enquit avec non moins de
soin des mariages projetés dans la tribu, ou des fiançailles que l'on avait l'intention de célébrer devant lui.
Il fallut aussi lui dire où dormaient les morts, dont il
voulait bénir les gazons. Et comme cette vie toujours
errante et voyageuse, en lui apprenant le prix du temps,
avait singulièrement développé son activité naturelle, il
déclara qu'il allait profiter du calme et de la beauté de
la soirée pour remplir les premiers devoirs de son ministère. Aussitôt les mères vinrent à lui, apportant leurs
enfants nouveau-nés qui n'avaient pas encore reçu l'eau
du baptême. Et c'était vraiment une cérémonie touchante, ce sacrement qui fait les chrétiens, ainsi administré sous les yeux de toute la tribu, en face de ce ciel
enflammé des crépuscules du Nord, avec la simplicité
majestueuse et saisissante du culte luthérien. Les mères,
tout émues, pleuraient d'attendrissement ; un peu plus
loin, graves et recueillis, les hommes écoutaient et regardaient avec ce sentiment de vague et craintif respect qu'il est dans l'humaine nature d'éprouver devant
ce qu'elle ne comprend point, et que lui inspirent sur-

tout les cérémonies d'une religion peu pratiquée, et
dont on n'a que rarement l'imposant spectacle sous les
yeux.

On présentait ces enfants dans de charmants petits
berceaux, faits de branches de bouleau artistement entrelacées, garnis de mousse et recouverts de pelleteries
et de fourrures, ornés d'anneaux et de plaques qui ré-
sonnaient en s'entre-choquant. Le long de ces berceaux,
on avait attaché les emblèmes de la vie et des futurs
avaux de l'enfant : de petits arcs, des flèches micros-
copiques et des rames de navires avec des filets et des
cornes de rennes, quand c'était un garçon ; si, au con-
t raire, c'était une fille, les pieds blancs et les blanches
ailes du lagopède, symbole de la diligence et de la pureté que l'on doit toujours trouver chez la femme.

A mesure que chacun de ces enfants avait reçu le
sacrement, on fichait en terre les deux bâtons qui soutenaient le berceau, et, au doux mouvement de roulis
qu'on lui imprimait légèrement, sous les yeux du prêtre,
il s'endormait d'un sommeil béni.

Quand le soir fut venu, quand de la montagne, derrière laquelle se cachait le soleil, les ombres allongées
descendirent, le prêtre, conduit par le patriarche de la
tribu et suivi du village tout entier, alla jusqu'au bouquet de bouleaux et de sapins qui marquaient le cimetière de l'année, cimetière qu'à chacune de ses courses
la tribu abandonne, laissant ainsi ses pauvres morts
solitaires dans le désert immense.

La terre, cette année-là, avait été remuée quatre
fois ; et l'on avait couché au pied des bouleaux un cen-
tenaire, une jeune fille et deux enfants ; les familles se
tenaient tout près, entourées des amis, tandis que le
reste de la tribu formait le cercle un peu plus loin. Le
prêtre s'approcha des tombes, qu'indiquait à peine le

sol légèrement renflé, puis il murmura d'une voix émue, triste et grave, ces prières des morts qui enchantent le dernier sommeil. Tout le monde reprit le chemin du camp à la suite du pasteur, dont les lèvres murmuraient encore les bénédictions de la loi nouvelle, mêlées aux lamentations des prophètes.

Au moment où il rentrait, Peckel lui toucha délicatement le coude du bout du doigt en lui disant :

« Père, veux-tu faire à ton serviteur le plaisir de venir un instant sous sa tente? j'ai besoin de causer avec toi. »

Et de l'œil il lui montrait sa petite-fille, Norra, qui se tenait à l'écart, triste.

Le révérend Olaf fit de la tête un signe d'acquiescement et suivit le vieux Lapon dans sa tente.

Que se passa-t-il entre eux et que dit le patriarche de la tribu au jeune missionnaire? C'est ce que personne ne pourrait nous apprendre, car Peckel eut soin de visiter attentivement les moindres recoins de sa demeure, et, deux ou trois fois pendant l'entretien, il se leva avec assez de précipitation, comme s'il eût entendu au dehors quelques bruits inquiétants, et, soulevant la portière, il fit le tour de son logis avec l'attention soupçonneuse du soldat en faction qui entend les rondes de nuit lui crier au loin : Sentinelles, prenez garde à vous! Mais, comme toutes ces alertes ne lui firent rien découvrir, il revint enfin s'asseoir près d'Olaf Johansen. La conférence terminée, il le reconduisit avec des signes d'évidente satisfaction, jusqu'à l'entrée de la tente préparée pour lui.

Le lendemain, avant dix heures, Olaf prit à part Norra, dont il avait loué plus d'une fois la douceur et l'intelligence, et tout en marchant avec elle sur la lisière du camp, à quelque distance du reste de la tribu qui les regardait à distance, sans se permettre d'approcher, il l'entretint assez longtemps et de sujets assez graves, car Norra lui prêtait une sérieuse attention, et plus d'une fois on la vit rougir et pâlir en l'écoutant; puis de grosses larmes jaillirent de ses yeux et coulèrent le long de son visage.

Vers dix heures, le guide, qui faisait l'office de sacristain, parcourut les tentes en avertissant le troupeau plus ou moins fidèle que le service divin allait commencer.

Nous l'avons déjà dit : il n'y a point d'église chez les Lapons; le prêtre célèbre les mystères sacrés et prêche la sainte parole partout où il se trouve.

Tantôt, à l'exemple du Christ, il fait son sermon sur la montagne; tantôt il rassemble son auditoire sur les rives d'un lac, au bord d'une rivière; parfois aussi c'est la tente même du chef qu'il convertit en chapelle pour la circonstance.

C'est ce que l'on fit ce jour-là.

La demeure de Peckel, la plus vaste de tout le camp, reçut un assez grand nombre de Lapons; on en souleva un côté, devant lequel ceux qui n'avaient point voulu entrer s'alignèrent en rangs pressés pour apercevoir le prêtre et saisir de temps en temps quelques-unes de ses paroles.

L'intérieur de la tente présentait vraiment un spectacle étrange; les ustensiles de ménage avaient été laissés, çà et là, à leur place ordinaire; les animaux familiers de la maison, les chiens de Nepto et le renne de Norra assistaient à la fête religieuse, comme l'âne et le bœuf des évangélistes s'étaient mêlés, au moins par leur présence, à l'ineffable mystère de la crèche de Beit-Léhem. Parmi les femmes, à qui on avait donné les meilleures places, les unes travaillaient tout en écoutant le sermon, les autres allaitaient leurs enfants; parfois de grands chiens, gravement accroupis, la patte posée sur un berceau, lui imprimaient une oscillation lente et douce, surveillant comme des nourrices attentives le sommeil de l'enfant, accélérant le mouvement s'il s'agitait ou criait dans sa couche de duvet, ou l'abandonnant à l'immobilité du repos, quand, enfin, le sommeil l'avait pris.

Une armoire défoncée servait de chaire : on y montait par une échelle.

A dix heures précises, Olaf vêtu du surplis blanc sans manches des ministres de la confession luthérienne, escalada de son mieux cette chaire escarpée. Mais il ne faudrait pas croire qu'une fois hissé et enfermé dans cette boîte jusqu'à la ceinture, ses embarras durent immédiatement cesser : les plus grands ne faisaient guère que de commencer. Malgré la ferveur de ses études, le pauvre Olaf était loin de se croire capable de prêcher en langue laponne : il pouvait se tirer d'affaire en tête-à-tête; mais il y a loin de cette causerie familière, sans crainte, où l'on s'aide mutuellement, où chacun vient au secours de l'autre, où celui qui écoute peut achever la phrase de celui qui parle; il y a loin de là aux dangers du discours public et aux chances toujours redoutables d'une improvisation soutenue. Olaf, comme la plupart de ses confrères, dut se résigner à l'ennui et peut-être aux trahisons d'un interprète. Son clerc, dont l'importance semblait s'accroître de moment en moment, grimpa donc après lui, et se tint sur le dernier échelon. Olaf, le voyant à son poste, commença son discours en suédois, s'arrêtant après chaque période, pour laisser à son second le temps de la traduire en lapon. Étrange façon de prêcher, et qui serait d'une impossibilité absolue dans un pays moins naïf que celui-

ci, où il s'agissait d'exposer quelque point de doctrine
délicate. Mais Olaf ne cherchait point à recommencer
les sublimes Élévations de Bossuet sur les Mystères, ni
à faire une exposition raisonnée du Christianisme; il
entretenait ses auditeurs de tout ce qui pouvait les in-
téresser, mêlant, au besoin, le temporel au spirituel, et
leur racontant tout ce qui s'était passé d'important dans
le monde, depuis leur dernier entretien, de manière
à captiver leur mobile curiosité. Il est vrai qu'après
avoir ainsi fixé leur attention, il avait soin de tourner
son discours vers le ciel et de rapprocher de Dieu l'âme
de ceux qui l'écoutaient. De temps en temps il s'apercevait des erreurs de son interprète, et, lui frappant
doucement sur l'épaule, il l'engageait à recommencer
sa phrase et à lui donner un sens plus fidèle. Enfin, n'y
pouvant plus tenir, et finissant par où peut-être il eût
dû commencer, après avoir réclamé l'indulgence de ses
auditeurs, hésitant d'abord et se reprenant à plusieurs
fois, il les harangua dans leur propre langue, excitant
ainsi leur étonnement d'abord et bientôt leurs sympathies.

Il entra dès lors dans le vif des questions morales,
et, déjà plus confiant, et s'excitant lui-même par le succès qu'il obtenait, il les entretint avec une chaleur communicative des devoirs, trop souvent négligés, de la famille, dont les liens, en plus d'une occasion, semblaient
s'être relâchés parmi eux, et il termina par quelques
paroles bien senties et vraiment éloquentes sur l'obéissance et la soumission des enfants à leurs parents. Inutile de dire que Nepto et le vieux Peckel, pendant cette
péroraison, donnaient devant toute l'assemblée des
signes non équivoques de leur complète approbation,
tandis que plus d'un regard se tournait vers Norra,
avec une curiosité, qui n'était pas toujours sans malice.

Mais la jeune fille supporta l'épreuve avec une fermeté impassible : elle écoutait attentivement, sans paraître éprouver ni émotion ni embarras, et comme si elle n'eût trouvé dans les paroles du missionnaire aucune allusion qui pût lui être applicable.

Le soir du même jour, Olaf alla rendre une visite officielle à ses deux compatriotes. Aux yeux des Lapons, Henrick, officier du roi, avait peut-être quelque droit à cette marque de déférence. L'accueil fut cordial et l'entrevue sympathique. Nos amis s'étaient, grâce à Dieu, dépouillés de ces préjugés hautains que l'on rencontre trop souvent chez les hommes du sud de la grande péninsule scandinave, et quand le ministre du Christ voulut parler en faveur de ses pauvres ouailles, il s'aperçut bientôt qu'il prêchait des convertis. Mais, tout à coup, se retournant avec un peu de brusquerie vers Henrick, avec lequel son ancienne intimité lui permettait cette liberté : « Il ne suffit point de les aimer, lui dit-il, il faut encore ne point les aimer trop, car on peut perdre en aimant.

— Sais-tu lire la vérité dans un regard et peux-tu voir l'âme d'un homme sur son visage ? demanda Henrick, en relevant des yeux pleins de franchise, de droiture et de loyauté sur son ami.

— Eh ! je sais que tes intentions sont pures. Mais le résultat de tes actions, même innocentes, n'en est pas moins fatal ?

— Je ne te comprends pas trop ! répondit Henrick ; explique-toi plus clairement : que veux-tu dire ? Je vois bien qu'il s'agit de Norra ; mais, par l'âme de ma mère, je suis innocent vis-à-vis de cette jeune fille. S'est-on plaint de moi ? Parle ; dis-moi tout : ma sincérité mérite la tienne.

— Je n'ai parlé qu'avec Peckel.

— Eh bien ! que t'a pu dire le vieux sorcier?

— Il ne t'accuse pas; il assure même que, dans une circonstance toute récente, tu as été pour lui d'une bonté parfaite; et que tu t'es efforcé de persuader Norra et que tu l'as engagée à lui obéir.

— Eh! mais, alors, de quoi peut-il se plaindre? est-ce donc lui qui t'envoie?

— Avais-je besoin, mon cher Henrick, que l'on m'envoyât pour venir? »

Et le missionnaire serra affectueusement la main de son ami.

« Voilà ce que j'appelle se tirer admirablement d'affaire; mais ce n'est pas répondre, et je t'avertis qu'on ne me fait pas perdre si aisément la piste. En ta qualité de prêtre, tu es beaucoup plus fin que moi…. Oh! il est inutile de remuer la tête de droite à gauche, et de hausser ainsi les épaules. Je sais ce que je dis, et tu ne dis pas ce que tu sais! Mais j'ai, tu n'en peux douter, une affection si loyale pour ta protégée, que tu peux te dispenser de toute feinte et de toute politique. Voyons: parle net! Que t'a-t-on dit? Que veut-on? Que demande-t-on ?

— Eh bien? on ne demande rien, parce que l'on n'a le droit de rien demander… mais on serait heureux de te voir quitter le pays.

— Les misérables! murmura le jeune homme.

— Que veux-tu? répondit le missionnaire, en lui serrant doucement la main, les hommes sont ainsi faits et nous-mêmes, à leur place, nous agirions comme eux : on hait celui que l'on craint! Nepto, depuis deux jours a monté la tête de son grand-père.

— L'imbécile! quand je viens de parler pour lui comme il n'eût jamais su parler lui-même !

— Sans doute; mais il prétend que si tu parles

pour, tu agis contre..., et cela ne fait pas compensation.

— Ah! dit le jeune Suédois, non sans quelque amertume, ils sont ingrats et méchants.

— Non, ils sont faibles et malheureux.

— Eh! mordieu! ce n'est pas ma faute.

— Aie du moins pitié de ceux qui souffrent.

— Mais que veux-tu donc que je fasse? demanda l'officier en prenant sa tête dans ses deux mains.

— Va-t-en! répondit le prêtre avec cette sombre énergie que donne parfois le sentiment du devoir.

— Et Norra? murmura Henrick en relevant la tête.

— Malheureux! s'écria le jeune prêtre, est-ce que tu l'aimerais, Norra?

— Eh non! mon ami, tu sais bien que je ne puis pas l'aimer! J'adore Edwina.

— Eh bien! alors, que peut te faire Norra?

— Cœur de roche! s'écria Henrick; tu crois donc que l'on ne peut aimer une femme que d'amour et pour la faire sienne? Je n'ai pas une étincelle de passion pour la petite-fille de Peckel; mais elle m'inspire le plus sincère intérêt, la plus profonde et la plus pure tendresse.

— Imprudent! tu n'as pas vu que, pour une âme jeune et honnête, c'était là le plus redoutable des dangers. Où la séduction eût échoué, l'honnêteté, la sincérité, l'affection vraie, ne devaient que trop bien réussir.

— Mon Dieu! le pouvais-je prévoir!

— Tu le devais: il ne suffit pas d'avoir la pureté de la colombe, il faut y joindre la prudence du serpent; tu joues avec le feu et tu t'étonnes de brûler tes voisins! Norra, qui a des instincts bien supérieurs à tout ce qui l'entoure, Norra, qui vit au milieu d'hommes rela-

tivement grossiers, — et je n'excepte ni son grand-père,
quoiqu'il soit très-fin, ni son cousin, quoiqu'il ait dans
la tournure quelque chose de plus élégant que ses
sauvages compagnons, — Norra devait se sentir profondément touchée des égards, des attentions et des
soins qu'elle a trouvés chez toi : là était le danger,
et si je suis profondément convaincu que tu ne l'as
pas vu, je n'en suis pas moins sûr que tu le devais
voir ; aujourd'hui que le mal est fait, il faut bien que
tu te reconnaisses au moins coupable par imprudence.

« Elle m'aime donc bien ?

— Trop.

— Pauvre enfant !

— Oui, tu fais bien de la plaindre ; car, sous cette
grâce et cet enjouement, elle cache une sensibilité vraie ;
il y a en elle une grande faculté de souffrir, et elle
souffrira !

— Tu l'as vue ! elle t'a parlé de moi !

— Je l'ai vue ! Nous avons causé longuement ; ton
nom n'a pas été prononcé. Ah ! les prêtres catholiques
sont plus heureux que nous : ils ont la confession, qui
leur donne si promptement l'intimité des âmes ; la confession, qui a le droit de tout demander et de tout
dire.... Nous, nous sommes tenus dans de certaines
généralités ; elles m'ont suffi pourtant à voir combien
était cruelle la blessure cachée de son cœur. J'ai à peine
essayé les consolations qui viennent d'en haut.... la douleur est trop vive encore.... J'espère être plus heureux
quand tu seras parti... car il faut que tu partes.... ta
vue entretient le mal et l'irrite.

— Eh bien ! je partirai ; mais toi, ne l'abandonne
pas ! espères-tu ?

— Je l'ai exhortée à la résignation : elle m'a promis

d'essayer; à l'oubli, elle a secoué la tête; à l'obéissance, elle n'a rien répondu.

— C'est une âme ferme et obstinée.

— Elle est si jeune! il n'y a point encore de racines dans ces premiers attachements d'un cœur qui s'ignore soi-même et qui se laisse prendre plus encore qu'il ne se donne.

— Dieu t'entende, et puisses-tu dire vrai!

— Quand pars-tu?

— Demain, homme implacable! Préviens le vieux Peckel et demande des guides. J'ai tous mes plans, et je puis maintenant finir mon travail partout aussi bien qu'ici.

— Où vas-tu!

— A Drontheim, où j'attendrai ma chère Edwina! Nous passerons l'hiver dans les environs, chez un de ses oncles qui nous offre l'hospitalité. Le printemps venu, j'irai relever la côte du Nordland; c'est le terme de la mission qui m'est confiée; cela fait, je rentrerai en Suède : puissé-je ne laisser en Laponie qu'un souvenir sans amertume!

— Tu as fait ta part : le reste me regarde. »

Olaf Johansen embrassa son ami avec l'effusion cordiale d'un honnête homme et d'un saint prêtre, qui a l'espérance de ramener une âme au bien.... On ne sait pas la douceur et la force de ces liens mystiques qui se forment ainsi sous l'œil de Dieu, et qui rattachent l'un à l'autre les cœurs de deux hommes.

Le lendemain, dès le matin, le bruit du départ de l'officier suédois se répandit dans tout le camp des Lapons : les uns s'en réjouirent, parce qu'ils ne s'étaient point encore familiarisés avec la présence de l'étranger parmi eux; d'autres, qui avaient éprouvé la générosité du jeune homme, regrettaient l'occasion à jamais perdue de gagner facilement quelques beaux *spécies* d'argent blanc. Le vieux Peckel était dans la joie de son âme : depuis que Nepto lui avait inspiré contre le jeune Suédois des soupçons qui ne seraient jamais entrés d'eux-mêmes dans sa cervelle ; depuis qu'il voyait dans Steinborg, malgré les efforts si désintéressés que celui-ci venait de faire en sa faveur, un sérieux obstacle à ses projets, il n'avait plus qu'une pensée, c'était de trouver le moyen de lui faire quitter la tribu. Il était donc ravi de le voir partir de lui-même. Quant à Nepto, toujours fidèle à son système de cauteleuse prudence, aussitôt qu'il sut, à n'en pouvoir douter (ce fut le missionnaire qui l'en informa), que son rival allait enfin lui abandonner le champ libre, il jugea à propos de disparaître avant lui ; il ne voulait point avoir l'air de rester là pour jouir de son triomphe. Et puis il se disait que Norra pleurerait peut-être un peu, et il aimait autant ne pas voir ses larmes.

La fatale nouvelle, brusquement apprise, fut pour Norra comme un coup de foudre : elle s'attendait bien à voir Henrick s'éloigner pour toujours ; mais elle ne croyait point qu'il dût — qu'il pût — partir si tôt. Elle ne se livra point à des transports : elle n'eut ni convulsions, ni sanglots ; ce fut, au contraire, quelque chose de calme, de sombre et de glacial, qui faisait mal à voir. Il lui semblait que la terre manquait tout à coup sous ses pas, et qu'elle roulait dans un abîme sans fond. Olaf essaya de quelques paroles affectueuses et douces : elle ne parut pas même les comprendre ; seulement, de temps en temps, par un geste machinal, égaré, elle portait la main à son front comme pour retenir sa pensée prête à éclater hors de ses tempes. Le jeune prêtre, qui, dans le cours de son ministère de dévouement, avait été cependant témoin de bien des scènes douloureuses, ne se rappelait point en avoir vu qui l'eussent plus fortement ému : il avait peur de l'obstination farouche de ce silence. Il tenta plusieurs fois de lui arracher une parole ; mais il n'en put rien obtenir. Enfin, au bout d'un instant, elle lui fit de la main un geste qui voulait dire : Laissez-moi ! et elle disparut.

Henrick passa en préparatifs de voyage toute la journée du lendemain. Elphége arriva le soir assez tard d'une de ses excursions journalières ; il venait de traverser le camp, où il n'était question que du départ de l'officier. Aussi, tandis que Steinborg cherchait ce qu'on appelle en rhétorique un exorde par insinuation pour lui annoncer ses projets :

« Eh bien ! j'en apprends de belles ! lui cria-t-il du plus loin qu'il l'aperçut. Il paraît que tu décampes sans tambour ni trompette ! Quelle mouche t'a donc piqué ? Ce matin on eût pu te croire ici encore pour dix ans, et voilà que ce soir tu fais tes paquets. Qu'on dise encore que les artistes sont toqués ! Mais, pour l'amour de Dieu, qu'est-ce qui t'a donc pris ?

— Je ne sais trop ! mes travaux sont finis, Edwina va venir à Drontheim plus tôt qu'elle ne l'avait cru, et je vais à sa rencontre.... c'est tout naturel.

— Oui, oui, très-naturel, en effet ; mais je te préviens, mon cher, que ce n'est pas à moi que l'on en donne à garder. Il y a une femme là-dessous.... Seulement elle ne s'appelle pas Edwina, elle s'appelle....

— Pas un mot de plus ! Tais-toi ! car tu vas dire des folies, et je ne suis pas d'humeur d'en entendre. Écoute, Elphége, tu es un bon garçon, un cœur loyal : il y a des choses que tu comprendras sans que j'aie besoin de te les dire... Je pars, parce qu'il faut que je parte ! Maintenant fais-moi le plaisir de changer de

discours, car ce sujet-là a le mérite de m'être particulièrement désagréable.

— A ton aise, dit le jeune peintre, qui connaissait
trop bien et l'expression du visage et les inflexions de
la voix de son ami pour ne point s'apercevoir qu'il était
sous le coup d'une émotion assez vive. »

Et il se mit à ranger silencieusement ses croquis et
ses ébauches dans un carton, à l'autre bout de la tente.

Henrick revint bientôt vers lui à pas lents, et, posant
une main sur son épaule :

« Tu n'es pas fâché? lui demanda-t-il avec un bon
regard ; je suis assez malheureux en ce moment, et ce
serait une peine de plus pour moi de croire que j'ai
blessé ta vieille amitié.

— Comme si tu le pouvais! répondit l'artiste en lui
prenant les deux mains.

— Et toi, pars-tu?

— Ah! par exemple, non! dit Elphége avec une
énergie très-significative ; moi, je ne me trouve point
entre deux femmes, et je ne suis pas exposé le moins
du monde aux malheurs d'un amant heureux. Je ne
suis, hélas! qu'un pauvre diable d'artiste, pas joli garçon du tout; mais j'ai la chance de rencontrer ici des
modèles très-curieux qui ne me coûtent rien. J'ai trouvé
une série! Laisse-moi profiter de mon bonheur. Je
vais publier, l'année prochaine, une Laponie illustrée
avec planches de couleur et texte en quatre langues !
Tu comprends que je ne suis pas assez fou pour m'en
aller maintenant ; j'attends que mon album soit plein
ou que la neige me chasse ; j'irai alors te rejoindre
à Drontheim ou chez ton oncle.

— J'aimerais mieux t'emmener avec moi ; mais je
suis cependant forcé de convenir que tu as raison ; reste
donc le plus longtemps possible.

— Pour te donner de ses nouvelles, n'est-ce pas?
continua l'artiste sans regarder son ami.

— Oui, fit Henrick, tu m'en donneras, et puissent-
elles être bonnes! car je ne pars point d'ici tout entier :
j'y laisse, crois-le bien, quelque chose de moi. Tu connais cette petite Norra : depuis trois mois tu la vois tous
les jours; tu sais ce qu'elle vaut. Je la quitte, non sans
regret; la pauvre enfant n'est pas moins triste; cette
tristesse, — j'en ai l'espérance, — s'effacera bientôt;
mais enfin je serai heureux d'apprendre par toi qu'elle
est mieux. Seulement ne mens pas, car ce serait inutile : je m'en apercevrais.

— Je t'écrirai, et je ne mentirai pas.

— Merci! Maintenant, aide-moi à faire mes malles.»

Le lendemain, vers midi, à l'aide de sangles et de
courroies on fixait sur les flancs de deux rennes vigoureux les bagages de Henrick, et Elphége, qui s'était
donné tout l'ennui des soins matériels nécessités par
son départ, surveillait les derniers apprêts. L'officier,
resté seul dans sa tente, écrivait à Norra quelques lignes
d'adieu. Tout à coup, celle-ci, pâle, froide et grave,
l'œil sec, parut sur le seuil; elle entra et vint se placer
debout en face du jeune homme.

« Henrick, lui dit-elle, tu vas partir! Je n'ai pas
voulu te laisser quitter la Laponie, où sans doute tu ne
reviendras jamais, sans t'avoir revu une dernière fois.
Je ne veux pas que tu emportes un trop mauvais souvenir de ta pauvre Norra. »

Elle s'arrêta, puis, au bout d'un instant, elle reprit :

« Peut-être dans ces derniers temps je t'ai semblé
une singulière et folle créature; la faute n'en était pas à
moi tout à fait : j'ai beaucoup souffert. Je crois que tout
cela est fini, et que me voici raisonnable. Pour toi,
Henrick, tu t'es toujours montré affectueux et bon en-

vers ta petite Laponne ; tu aurais été mon père que je n'eusse pu espérer de toi une affection plus grande : j'en suis touchée, va ! bien plus que je ne puis te le dire ; où que tu ailles, Henrick, et quoi que je devienne, je garderai ta pensée : elle vivra en moi autant que je vivrai moi-même ! Pour toi, Henrick, si je t'ai fait quelque peine, pardonne-moi. Je ne suis qu'une simple fille, une petite sauvage, comme tu dis parfois ; mais je n'ai pas le cœur méchant, et quand je fais mal, c'est toujours sans le savoir, ou du moins sans le vouloir....

— Chère et bonne créature, répondit Henrick, que pourrais-je donc avoir à te pardonner ?... le mal que je t'ai fait, mon Dieu ! »

Et il lui tendit ses deux mains. La jeune fille ne les prit pas ; mais, tenant toujours ses yeux baissés, elle recula un peu.

« Chère petite Norra, continua le Suédois, sans avoir remarqué ce mouvement, crois-le bien, j'emporte d'ici, avec ta pensée, un chagrin profond : je sais que tu souffres, et je sens que je ne serai jamais heureux, tant que je croirai que tu souffres encore.

— Alors, lui dit-elle avec sa voix d'ange, je tâcherai de ne plus souffrir ! »

La situation devenait assez émouvante ; deux grosses larmes, comme deux perles sans tache, brillèrent, toutes prêtes à tomber, entre les cils bruns de la petite Laponne, dont la voix tremblait.

« Écoute, dit-elle à Henrick, souvent j'ai consacré des heures qui me semblaient courtes, à un petit ouvrage que je te destinais ; il faut que tu l'acceptes.... Hélas ! ce sera la seule chose qui te parlera de moi.... Mais fais-moi une promesse, une promesse sacrée.... c'est de ne le jamais donner à personne.... à personne ! tu m'entends ? »

Henrick promit, et Norra tira de son sein une petite bourse où les coquillages, les plumes et les perles s'entremêlaient de manière à former un tout charmant, une véritable merveille d'originalité, de goût, d'élégance et de grâce.

« Merci, dit Henrick, j'accepte avec bonheur; mais je ne veux pas être oublié non plus! Tiens! prends cette montre, je sais qu'elle te plaît, et garde-la en souvenir de moi. »

C'était une très-mignonne petite montre d'or, achetée à Paris, et tout enrichie de nielles et d'émaux. Plus d'une fois, quand il la remontait devant elle, Norra l'avait naïvement admirée.

Au lieu de tendre la main, elle secoua la tête.

« C'est trop beau pour moi! fit-elle en reculant d'un pas.

— Si elle n'était pas belle, te la donnerais-je? » répliqua Henrick en la lui mettant dans la main malgré elle.

Norra la regarda un moment avec une profonde attention, l'approcha de son oreille, comme pour mieux écouter son battement vif; puis tout à coup, ouvrant la boîte, elle plaça la clef, et la fit tourner brusquement.

On entendit un craquement sec : c'était le grand ressort qui cassait.

« Qu'as-tu fait, malheureuse? s'écria Henrick, tu viens de briser cette montre! il n'y a peut-être pas dans toute la Suède un homme capable de la réparer.

— Tant mieux! fit Norra; je n'ai plus besoin de montre, celle-ci marquera éternellement l'heure de notre séparation. Que me fait le temps à présent? Mais adieu, Henrick; pars, et n'oublie pas que tant qu'il me restera un cœur, ce cœur sera à toi! »

Il n'y eut point d'autres adieux échangés entre ces

deux âmes, que la nature semblait avoir créées l'une pour l'autre et que la destinée séparait : ils ne se parlèrent point de ce cher revoir, qui console les adieux les plus amers; ils ne formèrent aucun de ces projets que traversent trop souvent la vie et les hommes, et qui ne servent qu'à prouver l'inutilité de nos désirs et la vanité de nos espérances.

Quelques heures plus tard, Henrick, que son fidèle Elphége avait conduit jusqu'à un mille du camp, s'engageait dans les défilés des hautes montagnes qui séparent cette portion de la Laponie de la Norvége occidentale : il avait reçu au moment du départ les adieux du révérend Johansen et du vieux Peckel, qui cligna de l'œil de la façon la plus désordonnée, en lui souhaitant un heureux voyage. Arrivé à l'un des derniers plateaux, des hauteurs duquel il lui était encore possible d'apercevoir le camp des Lapons, il contempla longtemps la fumée, dont les colonnes bleuâtres s'élevaient en tourbillonnant au-dessus des tentes; un soupir gonfla sa poitrine ; il passa à deux reprises sa main sur son front et sur ses yeux, et se retournant vers son guide :

« Nous allons à Drontheim ! » lui dit-il, d'une voix ferme.

— C'était à Drontheim qu'Edwina avait donné rendez-vous à celui qu'elle devait un jour épouser.

Ils firent encore quelques pas dans la montagne, et un pli brusque du terrain lui déroba bientôt l'aspect de ces lieux qui devaient maintenant, quoi qu'il fît, garder une part de sa vie.

# X

*Le Trollhœtta,* beau navire de commerce appartenant au père de la jeune Suédoise, et qui faisait les escales de la côte norvégienne, depuis Christiania jusqu'à Hammerfest, n'était pas encore arrivé à destination avec sa charge précieuse. On ne l'attendait que dans quelques semaines. Henrick eut donc tout le loisir de visiter cet antique Nidaros [1], célèbre capitale des rois de la mer, vénérable métropole de la Norvége primitive.

Notre héros, qui n'était ni antiquaire ni archéologue, ne trouva pas grand mérite au palais de bois du gouverneur ; il pensa que c'était assez d'une couple d'heures pour visiter la vieille cathédrale gothique bâtie au douzième siècle par l'archevêque Eystein, quoiqu'il n'y ait point dans toute la Norvége un seul monument qui lui puisse être comparé ; le fameux rocher de Munckholm lui parut, au bout de deux jours, complétement dénué d'intérêt, et il eût donné toutes les inscriptions de l'ambitieux Schumacker, gravées avec un clou sur les murs de sa cellule, pour deux lignes de pattes de

1. Ancien nom de Drontheim, situé, comme on sait, à l'embouchure du Nidar.

mouche lui annonçant la prochaine arrivée de celle qu'il aimait.

Un soir, comme il rentrait à l'hôtel d'Angleterre, la jeune et jolie femme qui en fait les honneurs aux étrangers, avec tant de grâce et une si aimable courtoisie que chez elle ils se croient chez eux, lui remit une lettre qui avait couru après lui par toute la ville. C'était un paysan qui l'avait apportée, et l'on ne voyait sur son enveloppe le timbre d'aucune poste. Henrick la prit d'une main fiévreuse et reconnut tout de suite l'écriture de son ami.

Ce n'est que d'Elphége ! pensa-t-il ; mais le souvenir de Norra, que depuis son arrivée à Drontheim il avait un peu oubliée, l'ingrat, se présenta tout à coup à son esprit, avec une certaine force, et, sans accepter la tasse de thé que la blonde hôtesse l'engageait à prendre avec elle, il courut s'enfermer dans sa chambre pour y lire en paix la lettre de l'artiste.

« Nous avons eu du nouveau sous les tentes, disait Elphége entre autres choses ; je puis te régaler d'une aventure qui a fait presque scandale, et dont on parlera longtemps dans les veillées d'hiver.

« Il faut te dire que, toi parti, le révérend Johansen s'est assez activement mêlé des amours de Nepto et de sa belle cousine : il avait même si bien prêché la pauvre fille qu'il s'imaginait l'avoir convertie ; parce qu'elle ne disait mot, il croyait naïvement qu'elle consentait. Il était évident pour tout le monde que le brave homme s'attendait à célébrer un beau mariage à sa prochaine tournée. Tu sais que le vieux Peckel a des *spécies* dans son coffre-fort, et que le fin matois, qui tient à être bien servi, ne regarde pas à bien payer. Il est assez probable qu'il avait exalté l'éloquence du saint homme, et que celui-ci croyait avoir fait merveille. Olaf, en s'en

allant, pensait donc laisser tout le monde dans la joie,
et l'on s'attendait à voir bientôt le patriarche convoquer
toute la tribu à des festins où l'eau-de-vie blanche ar-
roserait largement la viande fumée et le poisson salé.
Moi, cependant, qui prétends lire sur le visage de ta
victime, aussi clairement qu'un maître d'école dans son
syllabaire, je ne laissais pas que de m'inquiéter d'un
certain pli par trop droit, qui allait d'un sourcil à l'autre et qui coupait, comme un coup de rasoir, le front
lisse et pur de la plus aimable des Laponnes.

« L'ami Nepto, fier et superbe, et qui, depuis que
tu n'es plus là, semble vraiment un autre homme, ne
se doutait même pas du danger de ce petit signe,
avant-coureur de l'orage. Le lendemain du départ
d'Olaf, il prit donc avec lui trois ou quatre beaux messieurs de sa sorte, et, comme s'il n'eût pas été de la
maison, il se présenta au seuil de la tente, tenant à la
main sa bouteille de liqueur; on alla chercher du bois,
et, avec la hache qu'il avait apportée, il commença de
cogner comme un bûcheron. Tu sais que les préten-
dants lapons, par ce travail public, à la porte de la
bien-aimée, croient faire preuve de complaisance et
d'humilité, deux vertus, qui, dit-on, ont le privilége de
toucher le cœur des femmes. Pendant ce temps les
amis étaient entrés dans la tente où le vieux Peckel les
reçut de la façon la plus encourageante, et, comme tu
n'en doutes pas, se mit à boire avec eux. Bientôt Nepto
entra : il avait fait une toilette superbe, et la plume
d'aigle de sa toque semblait poignarder le ciel : s'il
eût eu quelques pouces de plus, j'aurais eu peur pour
les étoiles! Arrivé devant Norra, qui se tenait à côté de
son grand-père, froide et calme, il entr'ouvrit sa veste
pour montrer à la jeune fille le présent symbolique,
la langue de renne qui figure dans toutes les demandes

en mariage de ce pays extravagant. Un des amis de
Nepto lui présenta la coupe en corne cerclée d'argent,
dans laquelle il venait de verser un doigt d'eau-de-vie.
Norra le repoussa de la main sans rien dire, et comme
il insistait en homme qui ne veut pas comprendre :

« Je ne bois jamais entre mes repas ! » fit-elle avec
un peu de sécheresse.

« Son grand-père lui jeta un coup d'œil terrible ;
elle ne sembla point y prendre garde. Au même moment, Nepto s'avançant vers elle lui présenta la langue
de renne, entourée de feuillages, et nouée de rubans
de toutes couleurs. Les compagnons du prétendant
s'éloignèrent ; l'aïeul recula lui-même de quelques pas ;
Nepto et Norra se trouvèrent ainsi isolés au milieu de
la tente. Tous les yeux étaient fixés sur eux ; le moment
était solennel : si Norra acceptait le présent, elle acceptait aussi l'époux. Nepto immobile, les lèvres serrées, la tête en arrière, les sourcils légèrement contractés, redressant sa taille cambrée, resta quelques
minutes devant elle, le bras tendu.

« Mais, prends donc ! » fit Peckel d'une voix brève
et impérieuse.

« Norra, sans rien répondre, tourna la tête vers son
grand-père, étendit la main, prit la langue de renne ;
mais, au lieu de la garder ou de la déposer sur la table,
elle la rejeta violemment à terre, ce qui est la formule
la plus nette et la plus absolue de refus, usitée en pareille circonstance.

« Te dire l'impression profonde que cette action
produisit sur tous les assistants, ce serait chose vraiment impossible. Cette impression se traduisit diver-
sement selon le caractère de chacun : Peckel éprouva
une indignation si violente qu'elle étrangla, pour ainsi
dire, la parole dans sa bouche, et qu'il retomba immo-

bile sur son banc; quant à Nepto, son œil étincelant
dardé sur l'œil de sa cousine, il recula de deux pas,
comme s'il eût marché sur un serpent; un des deux
jeunes hommes, qui tenait encore à la main la bouteille si peu fêtée par Norra, s'en versait pleine rasade
en disant : « Ce n'est pourtant point du poison! » un
autre ramassa la langue qui gisait encore à terre et
la fit disparaître dans sa large poche. Mais comprenant
qu'après une pareille scène leur place n'était plus auprès de celle qui les avait si mal accueillis, ils opérèrent
une prudente retraite.

« Peckel, resté seul avec ses deux enfants, s'abandonna à un transport de colère qui eût fait trembler
toute autre que Norra. Mais la jeune fille semblait pui-
ser dans la gravité même de la situation un courage
nouveau et une nouvelle énergie. Elle laissa passer,
sans même y répondre, ce torrent de paroles injurieuses
ou menaçantes. Mais quand Nepto voulut, à son tour,
continuer sur le même ton, elle sut trouver quelques
mots d'une netteté incisive pour lui faire comprendre
la différence qu'elle mettait entre son grand-père, à qui
elle devait tout permettre, et lui, dont elle entendait ne
rien souffrir. — Jamais encore elle n'avait si résolûment revendiqué l'indépendance dont elle entendait user
désormais. Cette déclaration de principes n'irrita pas
moins Nepto qu'elle n'étonna son grand-père ; mais ni
l'un ni l'autre ne purent se tromper aux façons franches
et décidées de la jeune fille; ils virent bien qu'elle
était de celles avec qui l'on doit sérieusement compter.
Peckel comprit que c'en était fait de son autorité, et
Nepto se tint pour dit qu'il ne fallait songer à obtenir
Norra que d'elle-même.

« Mais, chose étrange, si violente qu'eût été cette
scène, elle ne parut point avoir laissé de trace sur ceux

qui en avaient été les principaux acteurs. Dès le lende-
.main, Nepto fut pour sa cousine ce qu'il était toujours;
Peckel, de son côté, ne fit point la moindre allusion à
ce qu'il avait appelé une tentative de révolte. Quant à
Norra, certaine désormais que l'on respecterait son indépendance, elle parut retrouver tout à coup un calme
que depuis ton départ je n'avais plus vu chez elle.

« Je n'ai pas besoin de te dire tous les commentaires
auxquels l'aventure a donné lieu ; tu connais nos Lapons ! le lendemain, on ne parlait point d'autre chose
dans la tribu : les uns tenaient pour Norra, les autres
pour Nepto. Quant à celui-ci, qui, dans ces derniers
temps, n'avait pas quitté le camp d'une heure, il a repris plus que jamais ses courses errantes et sa vie vaga-
bonde. Peckel obtiendra-t-il par la prière ce qu'il n'a
point gagné par la force ? C'est ce que personne ne
semble croire. Il faut tout dire : on te mêle un peu à
tous ces événements ; on dit assez volontiers que tu es
la cause de bien des choses regrettables, et je ne doute
point que si ces beaux messieurs te tenaient dans quelque sentier bien désert, au bout de leurs méchants fusils, ils ne se permissent assez volontiers d'essayer sur
toi le mérite des balles enchantées que ce vieux sorcier
de Peckel leur distribue de temps en temps. On assurait hier qu'il avait lancé une *tyre*[1] contre toi, après
s'être livré à des incantations magiques de première
classe. Tu n'as pas été atteint ?

« Je ne sais ce qu'en dirait le pauvre Olaf, qui croit
si fermement avoir converti le vieux païen, comme s'il
était de ceux que l'on peut arracher à la griffe du diable,

1. La *tyre* est une boule de la grosseur du pouce que les enchanteurs lancent, disent-ils, à des distances prodigieuses, et
qui, roulant sur elle-même, comme si elle était emportée dans un
tourbillon, va frapper au loin la victime de ce terrible maléfice.

son patron ! Mais on assure qu'il a, de sa main noire,
signé plus d'un traité avec M. Belzébub. Quoi qu'il en
soit, mon cher, tu n'as qu'à bien te tenir ! tu sais que
la *tyre* n'agit qu'en ligne droite ; tâche donc de te tenir
toujours à l'abri derrière une maison, une muraille ou
un arbre....

« Tout cela, je le sais, est passablement ridicule, et
j'en rirais de bon cœur si je pouvais oublier qu'au fond
de ces plaisanteries, qui ne sont ni spirituelles ni gaies,
il y a un malheur véritable ! Il faut pourtant que je te
le dise, pour ne point t'attrister inutilement et hors de
mesure ; Norra ne semble point aussi affligée que je
l'eusse cru ; depuis que Nepto est parti, je l'ai même
vue rire ; elle est alerte, vive, accorte, comme dans les
premiers jours de notre arrivée ; si elle a des chagrins,
— et il serait vraiment difficile de croire qu'elle n'en
a point, — elle les dissimule habilement. Parfois,
quand elle marche dans la campagne, et qu'elle se
croit seule, on peut surprendre une expression de vague
rêverie sur son visage : elle laisse pendre ses bras ; sa
tête se penche sur son épaule, et, dans sa démarche et
dans toute sa personne, il y a quelque chose d'alangui
et de touchant qui ne permet pas de se tromper sur la
nature vraie de ses sentiments intimes. Mais dès qu'elle
se croit observée, dès qu'elle voit qu'on la regarde, dès
qu'elle s'approche du camp, elle devient tout de suite
une autre femme, et, comme si elle ne craignait rien
tant que d'inspirer la pitié, elle reprend à l'instant son
masque joyeux. Les femmes dissimulent sous toutes
les latitudes, et elles n'ont pas besoin d'être allées à
l'école du grand monde pour cacher ce qu'elles ne veulent point laisser voir. Si j'étais moins laid, j'essayerais
de consoler cette gentille Arianne ; mais mon museau de
singe ne me paraît pas avoir chance de lui plaire : aussi,

depuis ton départ, je t'avoue que je m'ennuie assez.
J'ai fait d'elle un second portrait dont je ne suis vraiment pas trop mécontent : que dirais-tu si je te faisais
le méchant tour de te l'offrir pour cadeau de noces ?
Bah ! nous ne raconterions pas son histoire à ta blonde
Edwina, et les jours où elle t'aurait un peu tourmenté,
tu le regarderais à la dérobée ! Je ne sais si la petite fée
s'est doutée qu'un jour tu reverrais cette dernière image
d'elle ; mais, en vérité, elle n'a jamais été plus charmante que pendant que je la peignais. Tu admireras,
comme moi, l'expression à la fois douce et sauvage de
cette tête charmante ; tu verras la profondeur de ce regard oriental ; tu les aimeras, ces beaux yeux, relevés
au coin, allongés comme la feuille à demi dépliée du
pêcher ! elle a choisi son plus joli costume, — celui
qu'elle portait un jour où tu lui dis, en tapant sur sa
joue : « Que tu es belle, petite Norra ! » mais si je ne
craignais de me voir accuser d'un égoïsme féroce, et
comme un artiste seul est capable d'en cacher sous son
air bon enfant, je t'avouerais qu'il y a des moments où
je me réjouis presque de la voir souffrir, tant sa mélancolie lui va bien. Je la remercie tout bas d'un chagrin
qui la rend plus jolie !

« L'époque de mon départ n'est point encore fixée ;
on dit que la tribu ira passer l'hiver à Kautokeino ; je
la quitterai auparavant ; je ne te prie point de m'écrire,
car la poste ne vient guère où je suis ; si toutefois il
arrivait ici du nouveau, tu l'apprendrais. Adieu encore,
homme trop aimé. Bientôt, quand tu seras auprès de
ta chère Edwina, tâche d'oublier, si tu veux être heureux, qu'il y a ici un pauvre cœur humble et sincère
qui s'efforce de comprimer ses battements silencieux,
mais qui ne vit que pour toi.

« ELPHÉGE. »

En lisant cette lettre, où se reflétaient avec tant de franchise et de vérité les sentiments tendres et passionnés de cette jeune âme qui s'était donnée si complétement à lui, Henrick ne se défendit point d'un attendrissement généreux. Il eût, certes, beaucoup tenté pour la consoler ou la guérir ; mais il était bien forcé de s'avouer son impuissance et de reconnaître qu'il ne pouvait absolument rien pour réparer le mal dont il avait été la cause involontaire.

Mais des préoccupations d'un autre ordre vinrent bientôt le distraire de l'attention qu'il accordait aux chagrins de Norra. Le lendemain du jour où il avait reçu la lettre d'Elphége, il apprit en effet que les vigies du fjord signalaient l'arrivée du *Trollhœtta :* il n'avait donc point de temps à perdre, s'il voulait se rendre au-devant de sa fiancée. Et, disons-le à sa gloire d'amant fidèle, malgré l'affection sincère qu'il éprouvait pour Norra, à la pensée de revoir bientôt celle à qui, depuis deux ans, il promettait sa vie, tout ce qui n'était pas elle disparut de sa pensée, et il sentit se réveiller tout à coup, et plus vives, ces flammes du premier amour que l'absence n'avait pas éteintes.

## XI

À trois lieues de Drontheim, il y a un petit port où les navires font souvent escale avant d'entrer dans les eaux du Nidar. *Le Trollhœtta* devait y débarquer une partie de sa cargaison. C'est là que Henrick se rendit. Il alla trouver le capitaine qui venait de prendre terre ; ce capitaine était l'oncle d'Edwina, il obtint aisément de lui la permission de monter à son bord incognito, et sans avertir personne. Il se dissimula adroitement derrière des ballots de marchandises et des groupes de matelots, et il eut la joie, joie si intense qu'elle en devenait parfois douloureuse ! de voir Edwina passer et repasser devant lui, si près qu'il eût pu la toucher de la main. Elle lui parut plus belle encore. Ainsi sont faits tous les vrais amants.

Quand le navire eut repris sa marche, et que chacun fut occupé à la manœuvre, Edwina alla s'asseoir à l'avant, les yeux fixés sur le cap, et regardant avidement le rivage qui venait à elle, et qui allait bientôt lui rendre celui qu'elle aimait. Une expression de joyeuse attente animait son visage ; un demi-sourire voltigeait sur ses lèvres entr'ouvertes, et, sous sa robe chaste et fermée, montant jusqu'au menton, on voyait battre sa poitrine émue.

« Oh! elle m'aime, » pensa Henrick, qui s'était approché à petits pas et qui la voyait sans être vu. Il se donna quelques secondes encore le plaisir de cette contemplation muette et délicieuse : ses yeux la parcouraient toute, s'arrêtant complaisamment sur cette taille élégante, flexible et mince à laquelle ses dix doigts eussent servi de ceinture ; sur ces mains longues et fines, — elle venait précisément d'en déganter une, et faisait tourner à son doigt une petite bague qu'il lui avait donnée la veille de son départ, — sur ce front, un peu haut, mais qu'on eût dit, tant il était blanc, modelé dans la neige nouvellement tombée ; sur ses cheveux d'un blond d'épis, soulevés en ondes légères, et encadrant comme un nimbe d'or l'ovale un peu allongé de son visage. Bientôt il n'y tint plus, et faisant encore quelques pas :

« Edwina ! » murmura-t-il à demi-voix.

La jeune fille ne l'entendit pas.

« Edwina ! Edwina ! » reprit-il encore.

Cette fois la belle amoureuse tressaillit ; un long frisson courut sur tous ses membres.

« J'y pense tant, qu'il me semble l'entendre ! » murmura-t-elle, en haussant légèrement les épaules.

Mais la voix reprit, cette fois plus distincte et plus haute :

« Edwina ! »

La jeune fille se retourna vivement, aperçut son amant, mit une main sur son cœur, devint plus blanche que la plume qui flottait à son petit chapeau, et recula d'un pas, comme on fait devant une apparition.

Henrick s'avança vers elle en lui tendant les bras. Elle tomba sur sa poitrine, et leurs âmes s'unirent comme leurs lèvres.

Un immense hourra partit de tous les coins du navire ; on applaudissait à cette tendresse naïve, à cette
expansive sympathie, à cette passion vraie. Edwina releva la tête, et montra à tous son visage rouge de bonheur, mais non pas de confusion. Elle savait que cet
amour sincère était le bienvenu au milieu de tous ces
hommes ; qu'on le voyait avec un sentiment de joie intime et cordiale, et qu'on lui savait gré d'oser aimer
ainsi et de permettre qu'on l'aimât. Le capitaine s'approcha des deux jeunes gens, suivi des principaux personnages de l'équipage ; c'était à qui les féliciterait et
serrerait leurs mains. Henrick avait endossé son uniforme aux belles broderies ; c'était donc comme une
petite fête nationale au milieu d'une fête de famille.
Tous les sentiments généreux semblaient ainsi s'unir
et se confondre pour donner à l'officier et à celle qu'il
avait choisie un de ces moments de félicité parfaite,
dont le souvenir ne doit plus s'effacer d'une âme. Le
Nord est sympathique à l'amour : il aime à aimer. Il
recherche les témoignages de la tendresse, et, au lieu
de les poursuivre de cette raillerie âpre et dissolvante
dont on ne se défend pas en d'autres pays, il les encou-
rage et les protége de sa faveur. Le cœur de l'homme
ne dépend point, grâce à Dieu, du mercure d'un ther-
momètre. L'atmosphère est froide, mais le sang est
chaud.

Que de fois, lorsque j'errais dans ces lointains parages, sur ces mers qui brodent de golfes capricieux les
rivages de la Norvége et de la Suède, et où j'ai vécu si
longtemps qu'il me semble souvent que j'y ai laissé une
part de mon âme ; que de fois j'ai assisté avec une émotion contenue, et peut-être une secrète envie, dont j'a-
vais peine à me défendre, à ces adieux ou à ces retours
des fiancés, qui se donnaient des marques publiques de

leur tendresse avec une simplicité de cœur digne de ces enfants de la nature. Ils ne pouvaient s'arracher de l'ardente étreinte de leurs bras enlacés ; les mains se trouvaient, les yeux se cherchaient à travers les larmes, les parents souriaient d'un air indulgent ; les amis formaient autour d'eux un cercle bienveillant, et les indifférents eux-mêmes, ceux qui n'aiment pas, ceux qui ne sont pas aimés, se disaient tout bas et en soupirant que les deux meilleures choses que Dieu ait faites étaient encore et seraient toujours l'amour et la jeunesse !

*Le Trollhœtta* fit le soir même son entrée majestueuse dans le port de Drontheim. Edwina y fut reçue par la famille dans laquelle son prétendu et elle devaient passer les mois suivants, et qui était venue les chercher jusque-là. Comme elle ne se sentait point plus curieuse que lui des antiquités de Nidaros, ils repartirent tous ensemble le lendemain pour Harald-Gaard, séjour de leurs parents.

L'hiver arrivait sur ses ailes de neige, l'hiver du Nord, aux rigueurs terribles. Qu'importe ! l'amour ne fait-il point à ceux qui s'aiment un printemps sans fin ! C'est au dedans de nous-mêmes que doivent s'épanouir les plus belles fleurs et les plus parfumées ; c'est dans notre cœur que le rossignol et la fauvette doivent chanter l'éternelle chanson d'avril !

La neige tomba, les enfermant chez eux ; mais ils étaient si bien au coin du feu sous le manteau de la grande cheminée, au milieu des joies de la vie de famille la plus aimable et la plus douce, qui semblait redoubler pour eux, par ses enchantements, les enchantements de l'amour !

Au bout de cinq ou six semaines, la neige cessa de tomber ; la terre avait reçu son blanc manteau, qui couvait et gardait les espérances de l'année et les germes de la moisson prochaine. C'était comme une trêve accordée par l'hiver. Les maisons, longtemps fermées, se. rouvrirent ; on commença de se montrer dehors : c'était l'heure des chasses lointaines, des longues promenades en traîneaux, de ces belles et audacieuses excursions en patins, si chères au Norvégien, quand montagnes et vallées se trouvent en quelque sorte passées au niveau, — un niveau de neige durcie, — et que toute la péninsule scandinave n'est plus qu'une vaste plaine égale, déroulant sans obstacle, aussi loin que peuvent aller le regard et la pensée, ses perspectives infinies.

Ce soleil ne reste pas longtemps sur l'horizon ; le jour n'a que peu de durée ; mais il se prolonge en des crépuscules aimables qui enveloppent la terre, effleurée par le rayon oblique, de molles lueurs, vagues, tremblantes, à demi effacées, mais charmantes.

Henrick ne jouissait pas, comme il eût pu faire en d'autres circonstances, de ces plaisirs vifs et bruyants de l'hiver : ils l'auraient trop éloigné de sa chère Edwina, et il n'eût pas voulu l'exposer à leurs fatigues. Quand on s'aime, d'ailleurs, la plus grande des joies n'est-elle point de vivre l'un avec l'autre, l'un près de l'autre, dans l'intimité la plus complète? C'est ce que comprenait à merveille la famille, au sein de laquelle ils avaient trouvé un si doux accueil, et qui leur laissait la liberté de se refuser à ces plaisirs bruyants que recherchaient les autres. Ils n'étaient pas de ceux qui ont besoin de se consoler du bonheur absent par le plaisir !

Chaque jour, pourtant, vers midi, quand le soleil,

qui dépassait l'horizon d'environ deux fois la hauteur de son disque, étincelait sur la neige, ils sortaient une heure ou deux, soit pour faire une promenade sur le long patin norvégien, dont Edwina se servait avec beaucoup de grâce et d'habileté, soit pour marcher sur la lisière d'un petit bois de sapins à quelque distance du gaard, où Edwina regardait Henrick tirer des écureuils et des lagopèdes.

Ils s'y trouvaient ensemble, un matin, quelque temps avant les fêtes de Noël.

C'était par une des plus admirables journées de l'hiver ; toute la campagne brillait comme une nappe d'argent ; le givre suspendait aux branches des arbres des guirlandes de cristaux, que le rayon, en les traversant, faisait resplendir de mille feux ; l'atmosphère était d'une transparence parfaite ; c'était à peine si de petits nuages légers, pareils à de blancs flocons de laine, roulés et chassés par le vent, mouchetaient çà et là l'azur pâle et délicat du ciel. De temps en temps, de grands vols d'oiseaux, qui dessinaient dans l'air des figures bizarres, tournoyaient au-dessus de leurs têtes en poussant des cris plaintifs comme des gémissements humains, et de leur œil perçant cherchaient à découvrir dans l'espace immense un lac, un étang, un ruisseau, où ils pussent s'abattre et chercher pâture.

C'était, du reste, le seul bruit que l'on entendît au milieu de l'universel silence de la nature ; car la neige étouffait sous son tapis sourd tous les bruits de la terre.

Henrick avait déposé son fusil au pied d'un arbre, et il avait passé le bras d'Edwina sous le sien : tous deux se promenaient à pas lents le long d'un petit sentier bien sec, et le rayon du gai soleil, effleurant leur tête, tombait sur leurs épaules, et les pénétrait tous deux de sa bienfaisante chaleur.

« Oh ! murmura la jeune fille en se suspendant par ses deux mains jointes au bras de son ami, plus grand qu'elle de toute la tête, et en le forçant à s'arrêter un moment, que ce pays est beau ! que ces montagnes semblent grandes, ces vallées profondes, et que c'est une douce chose de vivre !

— Oui, mon amour, quand on s'aime.

— Est-ce qu'on vit quand on n'aime pas ?

— Il y a des gens qui le croient ! » répondit Henrick en souriant.

Ils reprirent leur promenade, regardant tour à tour, avec des yeux humides et les bois, et le ciel, et la plaine neigeuse.

Tout à coup, le bras d'Edwina s'étendit dans la direction du nord :

« Vois ! » fit-elle.

Henrick suivit la direction de sa main et de ses yeux, sans rien répondre.

« Eh bien ! reprit la jeune fille, ne vois-tu donc rien ?

— Si ! là-bas, je vois comme un point noir.... un arbre peut-être, ou quelque rocher.

— Un rocher qui serait tombé là du ciel, un arbre qui aurait poussé cette nuit.... car il n'y avait rien hier à cette place.

— Tu as raison, toujours raison !

— Et puis l'arbre ou le rocher serait couvert de neige.

— C'est encore vrai !

— Tiens ! le point se déplace.... il marche, il avance.... il vient vers nous ! »

Henrick silencieux, les lèvres serrées, tenant les deux mains d'Edwina dans une des siennes, — et cette main-là se crispait dans l'étreinte, — et de l'autre abritant ses yeux qui semblaient vouloir percer et dévorer l'espace, se tenait immobile dans la rigidité marmoréenne d'une statue de la Curiosité.

« Ah ! continua la jeune fille, je vois maintenant : au lieu d'un point, il y en a deux.... un petit et un plus grand.... le petit s'écarte de l'autre !... il s'en rapproche.... il s'en éloigne encore !... Mais tu ne dis rien ! fit-elle, en s'adressant au jeune homme. Elle secoua son bras et le tira vivement à elle.... Tu ne me réponds pas, Henrick ! te voilà donc muet, sourd et aveugle ?

— Laisse, murmurait-il, laisse-moi voir. »

Sa voix basse et sifflante passait à peine à travers ses dents.

Il se dégagea des mains d'Edwina, et, comme pour mieux voir, s'élança sur un petit monticule à quelques pas d'elle ; mais la jeune fille l'y suivit bientôt, et, posant une main sur son épaule :

« Ah ! dit-elle, c'est vrai, on voit mieux d'ici !

— C'est un attelage de rennes ! s'écria tout à coup la belle Suédoise en frappant dans ses mains.

— Je le crois, répondit Henrick, non sans quelque altération dans la voix.

— Ils viennent vers nous : tant mieux ! il y a si longtemps que je n'avais vu ces charmantes bêtes courant dans la neige.

— Sois tranquille, tu en auras bientôt assez.

— Mais qu'est-ce donc qui s'agite ainsi autour du traineau ?

— On ne peut encore voir.

— Si ! je vois, moi. C'est un renne en liberté.

— Tu crois ?

— Oh ! comme il bondit joyeusement ! qu'il est rapide ! Tiens ! c'est un attelage de quatre.... Ne distingues-tu pas comme moi ?

— Parfaitement, au contraire, répondit Henrick en redescendant.

— Ce sont peut-être des Lapons? demanda la jeune fille.

— La chose est possible, quoique nous soyons assez loin d'eux.

— Vois donc! Le renne en liberté est tout blanc.... Je n'avais jamais vu de renne blanc, moi; et toi, Henrick?

— Oh! moi, j'en ai vu! Que n'ai-je pas vu en Laponie?

— Le fait est, monsieur, que vous avez vu bien des choses, sans compter les Laponnes, dont vous ne m'avez jamais parlé.... N'avez-vous point été trop galant pour elles? Prenez garde! mon petit doigt me le dirait, et je serais capable d'en être jalouse. »

Henrick haussa les épaules, et pour toute réponse prenant les bouts flottants de l'écharpe en laine à larges mailles, qui semblait prête à quitter les épaules d'Edwina, il les ramena sur sa poitrine.

La direction que suivait le traîneau l'emportait en plein ouest, vers Drontheim. Il devait passer à sept ou huit cents mètres de la lisière du petit bois où se trouvaient nos amoureux. Mais, sur une plaine unie, quand la blancheur resplendissante de la neige donne à tous les objets une valeur si singulière et un si puissant relief, une telle distance est insignifiante pour des yeux qui savent voir.

« Il n'y a qu'un homme et une femme dans le traîneau, continua la jeune fille; leurs quatre rennes ne doivent pas avoir de peine à les traîner!... »

Les rapides animaux, que ce poids léger n'arrêtait guère, couraient en effet à pleine vitesse, ou plutôt glissaient sur l'étendue sans obstacle, et semblaient dé-

vorer l'espace. Rien n'était plus charmant que de voir
le renne blanc qui bondissait alentour du traîneau,
tantôt le suivant, tantôt le dépassant, toujours en mouvement, et paraissant défier la fatigue, comme si elle ne
devait jamais entamer le fin acier de ses jarrets.

Tout à coup, cependant, le renne s'arrêta; il se
dressa sur ses jambes de derrière, comme un cheval
qui se cabre, piqua droit ses deux oreilles comme s'il
eût voulu saisir tous les bruits flottants dans l'air. Puis,
retombant sur ses jambes de devant, il gratta un instant
la neige, allongea démesurément son col en couchant
sur ses épaules sa longue forêt de ramures, et dilata
ses naseaux frémissants comme pour aspirer des éma-
nations lointaines. Tout à coup il se releva, ses jarrets
se détendirent brusquement comme des ressorts, et il
s'élança dans la direction du bois, se dirigeant en droite
ligne vers les deux jeunes gens. En moins de temps
que nous n'en mettons à le raconter, il fut tout près
d'eux, et d'abord effrayée, et toute surprise, Edwina
pût bientôt admirer un charmant renne blanc, portant
un beau collier de cuir rouge, rehaussé d'une fine
piqûre de broderies en fil d'étain, et portant une garni-
ture de clochettes d'argent.

Depuis longtemps, Henrick avait reconnu Snalla, le
renne de son aimable hôtesse, le favori de toute la
tribu des Kilps. Le renne aussi avait reconnu le jeune
homme, dont il avait toujours été doucement accueilli
et doucement traité, et, le reconnaissant, il était accouru vers lui; mais avec l'instinct toujours un peu farouche de son espèce, en apercevant Edwina qu'il n'avait
jamais vue, il se tenait à distance et sur la défensive,
tournant autour des jeunes gens, tantôt faisant un pas
vers eux, et bientôt en faisant deux en arrière, mais
sans toutefois jamais quitter de l'œil l'œil de Henrick.

« Tiens! c'est étrange, on dirait qu'il te connaît? fit Edwina en regardant son ami.

— Je crois, en effet, que je lui ai donné plus d'une fois du sucre et du pain blanc; c'était, si je ne me trompe, le renne de la tribu chez laquelle j'ai vécu.

— Et comment donc se trouve-t-il ici?

— C'est ce que je me demande depuis un quart-d'heure, » répondit le jeune homme; puis, faisant quelques pas vers le renne , il étendit la main en prononçant d'une voix amie le nom familier à son oreille : « Snalla ! »

L'animal, rassuré par cette voix caressante et par l'éloignement de celle qui était pour lui une étrangère, — Edwina venait de faire une prudente retraite, — s'approcha du jeune homme et lécha ses mains avec toutes les démonstrations de joie qu'on eût pu attendre du chien le plus fidèle.

Que faisaient cependant les deux voyageurs emportés par la course rapide du traîneau?

# XII

Elphége et Norra, que sans doute le voyageur a déjà
devinés, ne comprirent rien tout d'abord à la course
éperdue de Snalla. C'était bien l'animal le plus calme,
le plus doux et le plus complétement privé qui fût
dans toute la Laponie, et depuis qu'il était parti à la
suite de Norra (pour la rejoindre, il avait trompé
la surveillance de ses gardiens et franchi l'enclos du
camp), il ne s'était jamais éloigné d'elle de plus de
quinze ou vingt pas, restant ainsi toujours à portée de
l'œil, de la voix, et presque de la main de sa jeune
maîtresse. A chaque halte, il venait recevoir d'elle sa
part de mousse, d'herbe et de lichen. Ni la petite Laponne ni son compagnon ne purent donc rien comprendre à cet accès de vertige, qui venait de s'emparer
de l'animal, et qui le poussait ainsi dans les hasards
d'une course folle; ils craignirent un moment qu'il ne
voulût gagner les bois, comme font parfois les rennes
apprivoisés, qui se permettent de temps en temps une
petite débauche de liberté. Elle arrêta, non sans peine,
au milieu de leur plus fougueux élan, les quatre vigoureux animaux qu'elle conduisait; elle tira alors de
sa poitrine un petit sifflet d'argent, et fit entendre à

deux ou trois reprises un sifflement prolongé, strident, modulé d'une certaine façon, et que Snalla reconnut aussitôt, car il releva la tête, un peu à la façon du chien que son maître rappelle, et qui, voyant un ami de celui-ci s'en séparer, va de l'un à l'autre, ne sachant ni lequel suivre, ni lequel abandonner. Le pauvre Snalla tournait le museau, tantôt d'un côté, tantôt de l'autre, regardant tour à tour et Henrick et Norra, se demandant sans doute, dans sa modeste intelligence de bête, comment il se faisait que ceux qu'il avait vus jadis ensemble se trouvassent si tristement désunis. Enfin, comme s'il se fût dit qu'il avait été depuis quelque temps assez souvent avec la jeune fille, tandis que Henrick paraissait presque abandonné, il laissa sa maîtresse tirer à plusieurs reprises des sons sur-aigus de son petit instrument, et il resta aux pieds du jeune homme.

« Que faire? demandait Norra à son compagnon; le voilà qui reste sur la lisière du bois, car il n'y est pas entré, j'imagine?

— Non, je le vois couché sur la neige, aux pieds de deux personnes. Ce sont peut-être des bergers qui lui ont passé le laso.

— Oh! il n'y a pas un voleur dans toute la Norvége.

— Alors, que fait mon renne?

— Allons à lui, nous verrons bien. »

Norra, extrêmement timide quand elle n'était pas, comme on dit, sur son terrain, n'osait guère prendre cet audacieux parti. Elphége, cependant, l'y décida, en lui montrant que c'était le seul moyen de ne pas perdre son favori. Elle obliqua donc à gauche, en tirant sur les cordes passées aux cornes de ce côté. Les rennes s'inclinèrent, imprimant au traîneau une nouvelle direction, dans laquelle ils se lancèrent bientôt avec la même impétuosité. Quand elle fut à cinquante pas du groupe formé par Snalla, Edwina et Henrick, qui en ce moment tournait le dos aux nouveaux arrivants, comme s'il eût voulu éviter leurs regards, le beau renne laissa échapper un petit brâmement plaintif.

Henrick fit un demi-tour, et se trouva presque face à face avec les gens du traîneau, qui s'était encore avancé quelque peu.

Le clair regard de Norra tomba sur le visage du Suédois, qu'elle reconnut aussitôt.

« Ciel! murmura-t-elle en fermant les yeux, qui l'eût dit? Henrick, Henrick ici! Et moi qui viens à lui.... que va-t-il penser?... Partons! ajouta-t-elle en se tournant vers la place, où tout à l'heure encore se trouvait Elphége, oh! de grâce, partons! »

Mais Elphége n'était plus à ses côtés; il avait bondi par-dessus l'appui assez bas du traîneau, et il était déjà au cou de Henrick, et l'embrassait sur les deux joues, après toutefois avoir galamment baisé la main d'Edwina.

« Tu sais, lui dit-il à l'oreille, que c'est Norra qui est dans ce traîneau?

— Hélas! »

Il n'y avait pas à reculer; il s'avança vers elle, en disant à son ami :

« Occupe-toi d'Edwina, et laisse-moi faire : ne dis rien maintenant; tu m'expliqueras tout plus tard. »

Il s'avança vers la jeune fille et lui tendit la main.

Norra toucha cette main légèrement, et bégaya quelques mots inintelligibles; mais sa pâleur, le tremblement de ses membres et le trouble de toute sa personne disaient assez ce qu'elle souffrait et ce qui devait se passer en elle.

« Ne crains rien, pauvre enfant ! lui dit Henrick, de sa voix la plus affectueuse et la plus tendre ; tu es chez des amis, dont tu n'as rien à redouter.

— Ce n'est pas des autres que j'ai peur ! répondit fièrement la fille du patriarche des Kilps.

— Alors, n'aie peur de personne, ni de rien ! » fit le jeune homme en accompagnant sa phrase d'un de ces regards sous lesquels Norra autrefois rougissait avec tant de bonheur.

Puis, sans lui donner le temps de répondre, il la prit dans ses bras, et tout enveloppée qu'elle était dans ses fourrures, avec les mains emmaillottées dans une paire de gants, qui, au lieu de se boutonner au poignet, se rattachaient derrière les épaules, enfermant ainsi le bras tout entier, il l'enleva du traîneau, et quoiqu'elle se défendît et répétât avec une certaine énergie : « Non, non ; je ne veux pas ; laisse-moi, je t'en prie, laisse-moi ! » Il la porta comme il eût fait d'un enfant, et la déposa avec toutes les précautions imaginables aux pieds d'Edwina.

Les deux femmes se regardèrent et se jugèrent du premier coup d'œil.

Edwina, belle et superbe, dernier rejeton d'une excellente famille, riche depuis deux ou trois siècles, et en qui se résumaient, pour ainsi dire, les plus exquises qualités de huit ou dix générations ayant toujours vécu dans l'abondance de la vie facile, Edwina avait je ne sais quoi d'aristocratique dans la beauté, dont la jeune Laponne fut comme éblouie. La Suédoise, de son côté, comprit bien, malgré les excentricités du costume de l'étrangère, tout ce qu'il y avait de vif, de piquant, d'intelligent et de naïvement gracieux dans sa petite personne.

« Ma chère Edwina, dit Henrick, en prenant la fille

des Kilps, toute tremblante, par la main, je te présente l'aimable et bonne Norra : son grand-père est le chef de la tribu chez laquelle j'ai passé toute la saison dernière. Norra est aussi aimable qu'elle est jolie; elle a été pour moi comme pour Elphége d'une obligeance parfaite; tu me feras plaisir en la traitant comme une amie. »

Edwina, malgré un assez grand usage du monde, fut tout d'abord un peu surprise de cette présentation à laquelle elle était loin de s'attendre. Elle se remit cependant sur-le-champ, et salua Norra avec une grâce dont l'enfant des déserts n'avait pas même le soupçon.

« Elle parle suédois? fit-elle à demi-voix en s'adressant à Henrick.

— Comme toi et moi !

— Mademoiselle, dit-elle alors à Norra, je vous remercie de tout ce que vous avez fait pour mes amis; nous tâcherons de vous en prouver notre reconnaissance; soyez la bienvenue parmi nous? »

Norra répondit, en balbutiant les premiers mots, et avec un trouble dont elle ne put se rendre maîtresse, qu'elle n'avait fait que son devoir en rendant le séjour de son horrible pays le moins désagréable qu'elle avait pu à des étrangers, du mérite d'Elphége (elle le nomma le premier) et de Henrick, et elle ajouta, en saluant à sa manière, qu'elle en était maintenant bien récompensée, en voyant qui elle avait obligé.

« Mais, sais-tu qu'elle est très-bien, ta petite sauvage ! murmura la jeune fille en français, langue qu'elle parlait fort bien, comme presque toutes les Suédoises.

— C'est la meilleure créature du bon Dieu, continua Henrick ; sois-lui, je t'en prie, indulgente et douce. »

Les rennes du traîneau, qu'Elphége avait peine à contenir, secouaient leur maigre harnais et grattaient la neige impatiemment. Quant à Snalla, heureux d'avoir retrouvé tout son monde, il allait de l'un à l'autre, d'Elphége à Henrick, de Henrick à Norra, en ayant soin de dire à chacun, dans sa langue de bête : « Mais pourquoi rester là, quand peut-être un bon gîte nous attend ailleurs ? »

Snalla n'avait pas tout à fait tort, car le soleil, qui, à cette époque de l'année, ne se montre guère dans le nord de la péninsule scandinave que pour y faire regretter sa trop fugitive présence, disparaissait à l'horizon, et une certaine brise piquante qui souf-flait de l'est, conseillait le départ aux poitrines déli-cates.

« Où alliez-vous? demanda Henrick à Elphége.

— A Drontheim, où je te croyais.

— Alors, tu n'y vas plus, puisque je suis ici ?

— Voilà qui me paraît clair, répondit l'artiste en riant.

— Eh bien! montons, et allons-nous-en tous ensemble au gaard. »

Norra eût bien voulu faire quelques objections; mais Henrick ne jugea pas à propos de lui en laisser le temps, et il la fit remonter, ou plutôt la remit dans son traîneau aussi lestement qu'il l'en avait tirée.

« Et maintenant, lui dit-il en lapon, refuse-moi une place si tu l'oses? »

Elle haussa imperceptiblement les épaules et ne ré-pondit rien.

Henrick offrit la main à Edwina et s'assit auprès d'elle sur le banc du fond. Elphége s'était déjà placé à l'avant, à côté de Norra qui avait rassemblé ses guides.

« Pousse à droite, lui dit le jeune Suédois, tu verras bientôt les arbres et la fumée de Harald-Gaard. »

Norra rendit la main, et les rennes reprirent aussitôt leur rapide allure.

Chemin faisant, Elphége raconta avec assez de tact et beaucoup de discrétion, et de manière à ce que la belle Edwina ne pût prendre aucun soucis de ses paroles, comment, après le départ de Henrick, lorsque tous ses travaux avaient été terminés, il s'était trouvé assez embarrassé pour regagner Drontheim, où il voulait passer l'hiver; il n'y avait plus moyen de faire le voyage avec des chevaux, et il ne s'était pas trouvé un seul Lapon pour l'entreprendre avec lui; aucun d'eux ne voulait venir à la ville; les uns alléguaient l'éloignement, les autres la saison; quelques-uns leur ignorance de la langue; d'autres enfin déclaraient ne pas vouloir se commettre avec des Norvégiens ou des Suédois, pour lesquels ils éprouvaient, disaient-ils, une égale horreur.

« De sorte, ajoutait Elphége, que sans cette excellente petite Norra, qui est toujours prête à obliger tout le monde, et qui s'est généreusement dévouée pour moi, je courais risque de passer mon hiver en Laponie, perspective qui, je l'avoue, n'avait rien de bien réjouissant pour un frileux de mon espèce.

— Voilà de l'héroïsme, ou je ne m'y connais pas, dit Edwina en se penchant vers la fille des Kilps, et je ne vois guère parmi les belles demoiselles de Stockholm qui eût fait cela pour vous, mon cher Elphége !

— Oh ! murmura la jeune fille d'un son de voix qu'elle voulut rendre indifférent, mais dont l'accent n'échappait point à Henrick, il ne faut pas qu'il en soit trop fier; je l'aurais aussi bien fait pour un autre.

— Voilà ce que peut-être tu auras quelque peine à

nous faire croire, » répliqua Henrick, avec une petite hypocrisie que lui pardonnera sans doute quiconque se sera trouvé, comme lui, entre deux femmes lui voulant du bien.

Tout en causant ainsi, on arrivait aux limites de Harald-Gaard.

« Modère tes francs-coureurs, dit Henrick à la jeune fille, car le plus long de notre chemin est fait. »

Les barrières de la cour étaient ouvertes. Avec une habileté que pourrait lui envier plus d'une de ces amazones à la plume flottante, que nous voyons heurter les voitures aux Champs-Élysées, et accrocher les maisons du boulevard, elle fit décrire à son attelage une ligne elliptique d'une régularité presque parfaite, et arrêta le traîneau devant le perron en bois du principal corps de logis.

L'arrivée de ce singulier équipage produisit une petite révolution dans la cour où il entrait : en voyant ce renne en liberté qui courait çà et là, sans but, un peu ahuri d'un spectacle tout nouveau pour lui, les chiens de la ferme, qui vaguaient en liberté dans les alentours, commencèrent à lui donner la chasse avec accompagnement de voix furieuses.

Le pauvre Snalla, qui venait d'un pays où les chiens sont presque muets, sans doute parce que leurs aboiements gèlent dans l'air, tant il y fait froid, ne comprit rien tout d'abord à ce vacarme. Mais quand il sentit la chaude haleine de ses ennemis à son poitrail, quand leurs crocs aigus effleurèrent ses flancs qui battaient avec des palpitations folles; quand il entendit la voix désespérée de sa maîtresse qui criait tantôt en lapon, tantôt en suédois : « Grâce ! grâce, sauvez-le ! » éperdu, haletant, fou de frayeur, il commença à travers les cours un steeple-chase fantastique qu'aucun obstacle n'arrêtait ; il se fût infailliblement brisé aux murailles, si, par bonheur, il n'eût aperçu une fenêtre ouverte à une assez grande hauteur ; alors, avec cette force centuplée que donne parfois le danger, il s'élança, à la vue des chiens stupéfaits et qui n'osèrent le suivre, et vint tomber, hôte qu'on n'attendait pas, dans la salle à manger du gaard, où les serviteurs apprêtaient le couvert du repas prochain.

Les cris des hommes, les brâmements du renne, les voix des chiens, toute cette scène de tumulte avait attiré dans la principale cour les habitants épars dans tous les corps de logis qui composaient l'ensemble de la ferme. Ils vinrent, le tumulte une fois apaisé, se ranger autour du traîneau, comme pour faire à la jeune Laponne une entrée triomphale.

Les Lapons et leurs rennes s'avancent rarement aussi loin vers le sud, et ils sont pour certaines parties de la Norvége une aussi grande curiosité que pour nous-mêmes. Ils n'exciteraient pas plus d'étonnement sur la place de la Concorde que dans les rues de Christiania. Mais, il faut bien le dire, cet étonnement n'est pas bienveillant ; il y a entre les deux races, la même inimitié qu'entre le cheval et le chameau, ou, pour nous servir d'une comparaison plus noble, qu'entre l'Américain blanc et l'homme de couleur. Il ne faut donc point considérer comme tout à fait superflue la recommandation que Henrick fit tout bas à Edwina, au moment où il lui offrit la main pour descendre du traîneau : « Je t'en prie, lui dit-il, obtiens qu'on la traite avec toutes sortes d'égards.

— N'a-t-elle pas été bonne pour toi ! comment ne serais-je pas bonne pour elle ? » répondit la belle Suédoise.

La présentation d'Elphége et de Norra, faite à la famille dans les termes les plus pressants et les plus affectueux, valut bientôt aux deux jeunes gens cet accueil plein de cordialité et de franchise qui vous donne tout de suite votre bienvenue dans la maison, et dont l'extrême Nord semble avoir seul aujourd'hui conservé la noble tradition. Grâce à la recommandation de Henrick, et à la prière d'Edwina, Norra, malgré le préjugé, fut donc traitée comme une égale — comme une amie.

Edwina conduisit elle-même la jeune fille dans une chambre, dont la confortabilité eût pu sembler médiocre à une petite maîtresse sortant des boudoirs capitonnés de la Chaussée-d'Antin, mais qui parut le *nec plus ultra* de la magnificence à celle qui arrivait en droite ligne des tentes du mont Kilpis. Elle se rappelait bien avoir, dans sa première enfance, marché sur des tapis dans lesquels ses petits pieds enfonçaient jusqu'aux chevilles; elle se souvenait aussi d'avoir couché dans un lit entouré de rideaux. Mais il y avait de cela bien longtemps, et les rudes nécessités de son existence errante et nomade l'avaient promptement déshabituée de toutes les recherches de la vie élégante et somptueuse. Elle se trouvait donc complétement dépaysée au milieu de toutes ces splendeurs. Elle ne connaissait pas même l'usage de la plupart des choses qui l'entouraient. Puis elle se sentait troublée et comme humiliée devant cette belle créature, grande, élégante, mise comme une princesse, et qui allait et venait autour d'elle avec une suprême aisance, en femme qui se sent chez soi.

Edwina était bonne, cependant; mais ses façons avaient au premier abord quelque chose de froid et de réservé qui imposait à la pauvre enfant.

Aussi, quand elle se vit seule, elle se laissa tomber
au pied du lit, et pleura. Elle était comme étourdie de
tout ce qui venait de lui arriver depuis une heure ; elle
ne se comprenait pas trop elle-même, et ne comprenait
rien aux autres. Il lui semblait qu'elle faisait un rêve
pénible ; qu'elle savait bien qu'elle rêvait, et que, malgré ses efforts, elle ne pouvait pas se réveiller.... Sans
avoir aucun indice précis, mais avec cette sûreté d'instinct qui ne trompe jamais la femme, elle devinait
tout ce que cette belle jeune fille devait être pour Henrick. Ah ! comme elle eût voulu en ce moment n'avoir
jamais quitté les tentes de son grand-père ! Comme elle
eût voulu que les cimes étincelantes du Kilpis, avec
leurs neiges et leurs glaciers, fussent tombées sur son
pauvre cœur pour l'empêcher de battre ? Elle ne s'était
point fait d'illusion sur son avenir : elle savait bien que
Henrick ne serait jamais à elle, et elle le remerciait
maintenant de toute son âme de ne l'avoir point trompée, car elle n'eût pas survécu à la désillusion. Elle savait, — elle s'était toujours dit — qu'un jour il serait à
une autre. Mais, cette autre, elle espérait du moins
n'être jamais condamnée à la voir.... Elle se disait que
parfois les gens des villes se marient pour avoir une position, une fortune.... Sans doute il en serait de même
de Henrick ; mais la mère de ses enfants ne lui ferait
point oublier la tendresse profonde qu'il avait trouvée
dans sa jeune amie. En se voyant tout à coup en
présence d'Edwina, la petite Laponne n'avait pas pu
garder bien longtemps cette flatteuse espérance : Edwina
était de celles qu'un homme comme Henrick devait
aimer ; la pauvre fleur de montagne, la fleur sauvage,
qu'en passant il avait respirée sans daigner la cueillir,
ne pouvait lutter contre celle qui avait tout à la fois et
la splendeur du lis et le charme de la rose ! Une fois

sur cette pente, elle se précipitait d'elle-même; elle prenait comme un cruel plaisir à s'abaisser, et à exalter sa rivale, pour rendre plus infranchissable encore la distance qui la séparait de Henrick. Elle avait connu jusque-là les tristesses de l'amour sans espoir; elle allait maintenant goûter les amertumes de l'amour jaloux. Comme elle était punie de ce voyage imprudent! Son prétexte avait bien été de conduire Elphége à Drontheim; mais son but n'était-il pas de retrouver Henrick, de le revoir une dernière fois?... Elle s'imaginait que tout le monde allait lire son secret sur son visage, et que ses sentiments, trop violents pour être contenus, allaient tout à coup déborder de son sein. Et comme alors on jugerait sévèrement cette folle équipée qui la poussait ainsi à travers le monde, seule avec un jeune homme, à la poursuite d'un autre! Puis, quand elle s'était ainsi volontairement humiliée outre mesure, elle avait des réactions énergiques, brusques et soudaines : elle se disait qu'après tout elle ne faisait de mal à personne; qu'elle payait ses imprudences du prix de ses douleurs, et que, si elle perdait au marché, elle ne rendrait de comptes qu'à elle-même. Que lui importait le monde? Elle ne lui devait rien; elle ne lui demandait rien; elle n'espérait rien de lui; sa conscience était en paix, et elle méprisait les opinions injustes de ceux qui la condamneraient sans la juger.

La pauvre fille en était là de ses tristes réflexions, quand on frappa brusquement à sa porte. Elle s'imagina follement que c'était Henrick qui la venait voir, comme si on avait en Norvége la même liberté qu'en Laponie, et comme s'il était d'usage que les jeunes hommes allassent ainsi trouver les jeunes filles dans leurs chambres. Elle se releva brusquement du tapis sur lequel elle s'était laissée tomber, et bondit jusqu'à la porte qu'elle ouvrit.

Hélas! ce n'était point Henrick; c'était une grosse servante du gaard, que l'on déguisait parfois en femme de chambre, quand le besoin s'en faisait sentir, mais qui n'en gardait pas moins dans ses fonctions nouvelles la rusticité de son état primitif.

« Mam'zelle, faut venir, on vous attend pour dîner !»

Norra fit signe qu'elle allait descendre, et referma la porte. Elle eût mieux aimé rester chez elle; mais elle comprenait déjà que la vie sociale est un échange de sacrifices, et que l'on n'est point avec les autres pour faire uniquement sa volonté. Elle jeta un coup d'œil à la glace; une belle et grande glace, limpide comme le cristal, descendant presque jusqu'au parquet, et dans laquelle, des pieds à la tête, elle se voyait tout entière. Quelle différence avec les petits morceaux de verre à peine étamés, seuls miroirs connus en Laponie, et que l'on ne trouvait même pas dans toutes les tentes! Elle eut honte de sa toilette : il est vrai que le voyage l'avait singulièrement défraîchie, et qu'il y avait dans toute sa petite personne un certain désordre, qui, pour être pittoresque, n'en semblerait peut-être pas moins inconvenant à ses hôtes. Elle aperçut, sur un fauteuil, au pied de son lit, un habillement complet de femme; mais, outre qu'il eût été trop grand pour elle, il y avait là une foule de pièces dont elle ne se rappelait que très-vaguement l'emploi.

Elle se permit toutefois d'emprunter à la main obligeante qui venait ainsi au-devant de ses besoins, une jolie chemise en coton, parfumée d'herbes aromatiques dans les armoires du gaard, et brodée de fil rouge et bleu au col et aux poignets, qui lui parut du dernier goût. Puis elle releva et natta avec soin sa magnifique chevelure, de ce noir bleuâtre dont on admire le reflet sur l'aile des corbeaux, et rajusta de son mieux son pit-

toresque vêtement lapon; puis, quand cela fut fait,
avec plus de résolution qu'elle-même n'aurait osé s'en
croire, elle descendit, après avoir jeté sur ses épaules
une sorte de pelisse doublée de renard bleu et bordée
de martre, que l'on eût payée six mille francs à Saint-
Pétersbourg, douze mille à Paris, et vingt mille à Londres. C'était un présent de Nepto, auquel l'ingrate ne
pensait guère, et qui ne lui avait pas coûté moins de
trois mois de chasses fatigantes et de courses sans fin
le long des lacs, au sommet des montagnes et dans les
bois profonds.

   Norra qui tremblait un peu, trouva tout le monde
réuni dans une grande pièce qui servait à la fois de salon
et de salle à manger. Elphége et Henrick avaient bien
employé leur temps pour préparer à leur petite amie
une réception convenable en dépit des préjugés si fortement enracinés de la race. Comme ils connaissaient
le monde auquel ils avaient affaire, ils avaient habilement choisi leurs arguments : aux femmes ils avaient
fait entendre que Norra était une sorte de princesse dans
son pays; qu'elle descendait des anciens rois de Laponie, et que son grand-père commandait encore à de
nombreuses tribus; aux hommes ils assuraient qu'elle
était la plus riche héritière de son pays; qu'elle avait
une dot sonnante à réjouir les oreilles d'un Juif, et que
ses troupeaux de rennes mangeraient en un matin toute
l'herbe de Harald-Gaard. De pareils discours avaient
produit l'effet accoutumé sur ceux auxquels ils s'adressaient : Norra reçut donc de tout le monde la bienvenue
la plus flatteuse. Peut-être mit-on quelque orgueil à
éblouir par un déploiement de luxe et de prévenances
cette jeune sauvage, habituée aux mœurs simples de la
tente, pour qu'elle remportât dans ses déserts une haute
idée de la magnificence et de l'hospitalité norvégiennes.

A vrai dire, tout cela était peine perdue ! l'aimable fille s'apercevait peu de tout ce que l'on voulait bien faire en son honneur. Mais Henrick était venu au-devant d'elle jusqu'à la porte de la salle, avec un bon sourire ; il avait serré cordialement sa main : c'était assez pour elle ; elle était heureuse et trouvait tout parfait.

Le festin fut superbe ; mais elle ignorait jusqu'au nom des mets qu'on lui servait, et elle n'avait jamais goûté de vin. Elle fut donc d'une sobriété et d'une frugalité extrêmes. Du reste, sa gentillesse et sa grâce naturelle eurent bientôt fait de lui gagner tous les cœurs, et, lorsque à la fin du repas elle répondit en personne bien apprise aux compliments du maître du logis, chacun trouva que pour une Laponne elle ne manquait vraiment pas de savoir-vivre.

La longue veillée avec la famille au milieu des causeries animées, de la musique et des amusants récits, au sein de toutes ces aimables recherches qui rendent si douce et si charmante la vie intime dans les pays du Nord, fit passer Norra à travers un monde d'idées nouvelles et d'émotions inconnues. Elle se sentait prise, elle accoutumée à tous les périls et à toutes les aventures d'une existence nomade et à demi barbare, elle se sentait prise d'une singulière et invincible timidité. C'est à peine si, de temps en temps, elle osait regarder Henrick. Mais comme il remplissait sa pensée douloureuse ! Pour la première fois, elle avait conscience de cette chose exquise que rien ne saurait remplacer, quand une fois on l'a connue, et qui s'appelle un intérieur ! Ah ! qu'elle eût voulu lui donner une pareille vie ou la recevoir de lui ? Donner ou recevoir, qu'importe ? Qu'importe, pourvu que l'on ait.... et que l'on ait ensemble !

Mais la présence d'Edwina venait de temps en temps

et brusquement changer le cours de ses idées; cette
seule présence avait pour elle quelque chose de poignant. Entre elle et Henrick ne serait-elle point l'éternel obstacle? Sans affectation, avec ce tact naturel aux
femmes, elle évitait de se rapprocher de la jeune fille;
elle fuyait ses attentions et ses prévenances qui lui cau-
saient toujours une impression pénible. Mille allusions
plus ou moins voilées, mais trop faciles à comprendre, et
que, pendant le dîner, tout le monde s'était permises, auraient achevé de la convaincre, si elle eût pu conserver
encore quelques doutes. Elle se rapprocha des autres
jeunes filles, et parut s'absorber dans le plaisir que lui
donnait la musique. Une des cousines d'Edwina jouait
de la guitare comme une Espagnole.

Les Norvégiens et les Suédois se trouvent rarement
réunis, jeunes gens et jeunes filles, sans qu'une soirée
ou une partie quelconque se termine par quelques
danses. La danse, qui groupe si harmonieusement les
couples, heureux de s'isoler dans la foule et de trouver
un peu de solitude au milieu du monde, est pour ainsi
dire le couronnement nécessaire et indispensable de
toutes les fêtes. Aussi, dans chaque famille, y a-t-il
toujours au moins un garçon assez bon exécutant pour
que l'on puisse sauter en mesure autour de son violon.
On dansa donc, et deux ou trois jeunes gens s'élancèrent vers la petite Laponne pour lui demander la
première polka, car la polka a franchi le grand et le
petit Belt, et l'on polke aujourd'hui sur le Dovrefjeld
et au pied du Sneehatta. Mais la pauvre Norra n'avait
pas même l'idée de ce que pouvait être une danse : elle
avait bien vu parfois Nepto et ses amis sauter d'un pied
sur l'autre, en retraçant certaines figures bizarres
autour du grand cadavre de quelque ours tué à la
chasse : ils suivaient alors une certaine mesure, et le

rhythme de leurs pas s'accordait avec celui d'une mélopée traînante qu'ils chantaient, en jetant des poignées de sable par-dessus leur épaule ; mais ce grossier divertissement n'était pas digne de Harald-Gaard, et la science chorégraphique de Norra n'allait pas plus loin. Il lui en coûtait moins d'ailleurs de refuser un gros courtaud d'un blond douteux qui avait galamment insisté près d'elle, que de voir Henrick tourner dans le joyeux tourbillon en tenant entre ses bras Edwina, légère, souriante, heureuse. Sans se douter des tortures d'une rivale, la brillante Suédoise remerciait Dieu de l'avoir faite belle et de la montrer belle aux yeux de celui qu'elle aimait. Ce que la pauvre fille des déserts éprouva ce soir-là de secrètes et poignantes angoisses, celles-là seules le sauront que les cruels aiguillons de la jalousie ont piquées au cœur en pleine fête mondaine, sans qu'il fût permis à leur front de pâlir, à leur sein de battre, à leurs yeux de lancer des éclairs, à leurs lèvres de frémir, à leur bouche de se plaindre. Henrick eût bien voulu ne pas danser, car il savait tout ce que souffrait en le voyant sa trop malheureuse victime, mais il n'était point maître de sa conduite, et le mal qu'il faisait à l'une en dansant, il l'eût fait à l'autre en ne dansant pas. C'eût été d'ailleurs déclarer des sentiments qui, dans l'intérêt même de Norra, devaient rester cachés au fond du cœur de la petite Laponne. Aussi mit-il peut-être à l'éviter une sorte d'exagération de prudence ; cette conduite, avec des observateurs plus habiles, aurait bien offert aussi quelque danger. Une fois cependant, remarquant qu'elle semblait plus triste, il s'approcha d'elle.

« Il faut que je parte ! je veux partir ! lui dit Norra d'une voix sèche et brève, dont il ne reconnut pas l'accent, et qu'il crut entendre pour la première fois.

— Au contraire, répondit-il, il faut que tu restes au moins quelques jours.

— Oh ! pourquoi suis-je venue ?

— C'est ce que je me suis demandé, fit Henrick avec une franchise naïve dont il ne soupçonnait point la cruauté.

— J'ai voulu une dernière fois te revoir ; je ne le devais pas, j'en suis punie ; mais je trouve que le châtiment a déjà trop duré, et je demande grâce. »

Le violon, qui avait accordé un moment de répit aux jambes des danseurs, venait d'attaquer la ritournelle d'un quadrille. Une petite cousine d'Edwina, toute fière de danser avec un beau monsieur de Stockholm, n'avait garde d'oublier l'invitation que Henrick lui avait adressée quelques minutes auparavant, et sans trop de soucis d'interrompre la conversation qui semblait assez intime entre Norra et *son* cavalier, elle vint gaiement le rappeler à ses devoirs en mettant une main dégantée dans celle que le jeune homme ne lui tendait pas.

Il fallut obéir à l'archet et renvoyer les explications à un moment plus propice.

Cette halte fut heureuse pour Norra ; elle lui donna le temps de reprendre son sang-froid et son calme ; elle fit de rapides mais sérieuses réflexions. Elle se dit que c'était à elle qu'elle devait s'en prendre si elle était venue chercher de nouvelles douleurs ; rien ne l'y avait poussée ; personne n'avait eu de torts envers elle, et c'est à elle seule qu'elle devait reprocher son malheur. Elle se repentait déjà de la violence qu'elle venait de montrer à Henrick. C'était un premier mouvement dont elle n'avait point été maîtresse : elle saurait dominer le second. Sans doute la prudence la plus ordinaire

et la plus simple raison. lui conseillaient de partir dès
le lendemain, et de ne point volontairement se donner
en spectacle à des étrangers, dont la curiosité ne pourrait être pour elle qu'une aggravation de sa peine. Mais
si la raison disait : Oui ! la passion disait : Non ! et
il y a des moments où la passion parle plus haut que la
raison dans le cœur des femmes. Quand Steinborg, son
quadrille terminé, revint, pour la calmer, vers Norra,
toujours assise à la même place, dans l'ombre que projetait sur elle un de ces immenses bahuts, comme on
n'en trouve guère maintenant que chez les Norvégiens,
ou chez leurs fils les Normands, chargé d'énormes
sculptures en ronde bosse, et portant tout un attirail de coupes et de vases de mille sortes, il fut étonné
de la trouver si froide et si calme : il se vit donc obligé
de supprimer l'exorde par insinuation qu'il avait médité,
tout en exécutant la dernière figure de sa contredanse ;
mais comme il n'avait préparé que son premier point,
qui venait de lui manquer tout à coup, il se trouva assez
embarrassé pour passer au second : Norra vint à son
aide.

« Pardonne-moi, lui dit-elle avec, cette câlinerie
enjouée que les gens de sa race adoptent assez volontiers vis-à-vis des étrangers, et qui voile parfois leurs
sentiments les plus profonds et les plus passionnés ;
oui, pardonne-moi un moment de folie dont je n'ai pu
me défendre ; j'ai beau lutter, il y a des moments où
ma raison est la moins forte : j'ai eu tort, je le recon-
nais. Je vois bien que je ne puis pas partir maintenant....
On m'a trop bien reçue dans cette maison, il faut que
j'y reste quelques jours encore. Mais j'aurais mieux
fait de n'y point venir.... Elle est bien belle, Henrick,
celle que tu aimes. Ah ! j'emporterai votre souvenir à
tous deux dans mes déserts. Oui, continua-t-elle en

remarquant le froncement de ses sourcils, dans quelques jours, tout sera fini pour moi, et jamais plus tu n'entendras parler de celle qui t'a tant aimé. »

Henrick frémit de l'exaltation de ces paroles prononcées à voix basse; les yeux brillants de Norra lui faisaient peur.

« Je veux, au contraire, lui dit-il, que nous entendions souvent parler les uns des autres : l'oubli entre nous, Norra, ce serait chose affreuse.

— Ah! tu sais bien que je ne t'oublierai jamais!

— Oui, répondit-il, je le sais! »

Et il posa sa main sur le bras de la jeune fille.

« Je me sens très-forte à présent, poursuivit Norra; je puis tout voir et tout supporter. »

En voyant l'expression ardente qui brillait sur le visage de la chère créature; en écoutant, malgré lui, ses brûlants aveux, — quoiqu'il fût à deux pas de sa fiancée, une fiancée qu'il aimait, — Henrick ne se put défendre d'une émotion sincère. Ah! si, en ce moment, au lieu de se trouver dans un gaard norvégien, au milieu de cette foule curieuse, il eût été à côté d'elle, au pied du mont Kilpis, sous les tentes des Lapons, tous deux seuls, peut-être, malgré lui, peut-être eût-il encore prononcé quelques-unes de ces paroles qui remuent les cœurs, et, plus qu'on ne le voudrait parfois, engagent les destinées.

Mais, au même moment, Edwina revenait vers les deux jeunes gens, sans défiance aucune, car c'était une âme droite et loyale, incapable de supposer chez les autres des sentiments dont elle eût rougi chez elle-même, elle croyait à la loyauté de son ami comme à la sienne. Mais elle était toujours invinciblement attirée vers le point où se trouvait Henrick, et elle allait à lui comme l'aimant se tourne vers le pôle. Peut-être aussi tenait-elle à se montrer hospitalière et bonne pour celle qui avait adouci à son triste amoureux les longues heures de l'exil. Elle prit donc des mains d'une jeune fille le plateau de rafraîchissements que l'on venait d'apporter dans la salle, et en offrit poliment à la petite Laponne.

Norra n'accepta rien, mais elle arrêta sur la jeune Suédoise, sur sa toilette pleine d'élégance et de goût, sur cette peau qui avait la blancheur et l'éclat du satin, sur ces beaux cheveux qu'on eût dit d'or fin, un regard rempli d'une si naïve et si sincère admiration, que celle qui en était l'objet se sentit involontairement touchée.

« Elle est charmante! dit-elle à Henrick, elle est charmante, ta petite amie!

— D'autant plus charmante, répondit le jeune homme, que, malgré son désir de revoir ses montagnes, elle veut bien passer quelques jours encore avec nous.

— C'est à merveille, fit Edwina : voici venir les fêtes de Noël; on les célèbre très-solennellement chez mon oncle, et tu pourras emporter sous tes tentes un digne souvenir de notre pays.

— Ne crains rien, belle, dit Norra; ce ne sont point les souvenirs qui me manqueront jamais. »

# XIII

Ces joyeuses fêtes de Noël, qui commencent la nuit même où le fils de Dieu devint le fils de l'homme, inaugurent en Norvége toutes les réjouissances de l'hiver, et se prolongent jusqu'au dimanche des Rois. C'est une douzaine de jours qui se passent en parties de plaisir, en dîners et en visites. On se prépare long-temps à l'avance à ces fêtes, que l'on appelle les fêtes d'Yule. Les provisions abondent dans le garde-mangér ; on tue un porc pour la circonstance, le boudin noir étant le plat de résistance dans toutes ces solennités gastronomiques, où l'on voit aussi figurer le veau, le gibier, la venaison, et, comme boisson, l'hydromel, l'eau-de-vie et la bière. Les deux premiers jours de la fête sont consacrés aux domestiques de la ferme, qui sont servis par leurs maîtres. Est-ce une application du principe de la fraternité chrétienne ? Est-ce un lointain ressouvenir des saturnales du vieux monde ? Quoi qu'il en soit, pendant deux jours, ces travailleurs de toute l'année vivent au milieu d'une inépuisable abondance. Le soir venu, ce sont des chants et des danses qui ne finissent qu'avec le jour ; le berger des sœters, l'alphorn ou la clarinette à la main, est le

musicien de la bande. Ce n'est pas d'ordinaire un vir-
tuose de premier ordre; mais le public se montre indulgent et ne lui demande que de marquer le rhythme
entraînant des polkas, des valses et du galop.

Les fêtes d'Yule remontent à une période antéhisto-
rique. On les trouve en Norvége longtemps avant l'introduction du christianisme. Le roi Olaf les proscrivit
comme les vestiges impies du paganisme. Ceux qui
voulurent les renouveler sous son règne furent mis à
mort ou mutilés. Plus tard, et sous la domination désormais incontestée du christianisme, elles furent rétablies.
Leur coïncidence avec les fêtes de Noël, si chères à tout
le nord de l'Europe chrétienne, les préserva cette fois
de la persécution. On crut les célébrer en l'honneur du
Christ, bien que leur nom d'Yule ou Jule, qu'elles ont
toujours conservé, dérivât de *Jolned*, un des surnoms
d'*Odin*, le grand dieu scandinave.

Pour les peuples du Nord, cette magnifique solennité
de Noël n'est donc, à vrai dire, que la continuation de
la grande fête païenne célébrée jadis par leurs ancêtres
au solstice d'hiver. Les réjouissances du solstice d'hiver
s'ouvraient dans la nuit du 21 décembre, que les Islan-
dais appelaient la *Nuit-Suprême*, et les Anglo-Saxons
la *Nuit-Mère*. Nuit suprême parce que c'est elle qui
couvre la terre de ses plus longues ténèbres; nuit
mère, parce que de son sein surgit le nouveau soleil,
qui reprend dès lors sa course ascendante à l'horizon.

Une ancienne légende dit un historien, raconte qu'a-
près trente-cinq jours d'obscurité lugubre, pendant
lesquels les habitants du Nord restaient blottis dans
leurs cabanes, en proie à la terreur et aux angoisses,
ils envoyaient un messager sur la plus haute montagne
du pays, pour voir de là s'il n'apparaissait pas quelque
lueur, présage du prochain retour du soleil. A la nou-

vêlle que l'astre approchait, une sorte de frémissement
s'emparait de tous les êtres, hommes, femmes, enfants,
vieillards accouraient pour le saluer; les morts eux-
mêmes, secouant leur poussière, venaient au sommet
de leurs tertres funèbres mêler leur pâle joie à la joie
universelle.

Aussi, quand le solstice d'hiver ressuscitait le jour,
c'était partout, comme à présent, des festins, des jeux,
des libations et des sacrifices. Les Skaldes, ces rapso-
des du Nord, allaient de maison en maison, chantant
l'héroïsme et l'amour : chacun jurait de faire bravement son devoir : les hommes de se bien battre, les
femmes de bien aimer. Partout on s'empressait d'oublier les chagrins des jours ténébreux, et l'on se prépa-
rait, dans l'allégresse de son cœur, à recueillir les trésors que sèmerait bientôt sur le monde l'astre de la
lumière et de la fécondité.

Perdus au bout du monde, si loin que la civilisation n'a pas encore eu le temps d'aller les trouver,
les Lapons sont restés jusqu'ici complétement étrangers
à ces solennités du monde scandinave. Edwina et ses
amis avaient donc raison de vouloir retenir quelques
jours encore Norra parmi eux.

Au milieu de la salle de Harald-Gaard, on avait
planté ce bel arbre de Noël, souvenir d'Ygdrasil, le
frêne sacré, célébré par l'Edda, dont la couronne était
humectée par un nuage brillant, source de la rosée céleste, et qui s'élevait toujours vert, au-dessus de la fontaine des NORNES, ces Parques scandinaves : seulement,
ici, le frêne était un sapin, nouvellement coupé, qui
déployait superbement ses branches verdoyantes, chargées de lumières, de fleurs et de fruits. Norra était
comme éblouie de ces splendeurs si nouvelles à ses

yeux. Tout à coup, la porte retentit sous trois chocs violents : on entr'ouvrit, et une main mystérieuse jeta dans la salle ces présents de Noël, cachés sous de mystérieuses enveloppes, et portant le nom de chacune des personnes à qui on les destine.

La fille des princes du Kilpis ne put s'empêcher de sourire quand on lui présenta un sceptre recouvert de papier doré, flatteuse allusion à l'antique et peut-être fabuleuse royauté de ses pères. Mais elle pâlit en apercevant la couronne de fiancée que quatre jeunes filles déposèrent sur un coussin de velours bleu aux pieds de la triomphante Edwina, tandis que le petit enfant de son hôte lui offrait une boîte d'un riche travail, entourée de rubans, dont le couvercle était soigneusement fermé. On la pria de l'ouvrir : deux colombes blanches s'en échappèrent, après avoir un moment voltigé sur sa belle tête blonde, et allèrent, en roucoulant, se poser, familières et douces, sur la haute corniche d'une armoire.

« Ainsi, pensait Norra, il faut que ce souvenir me suive partout, et que tout me le rappelle ; ils me condamnent tous à ne jamais oublier ! »

Grâce à Dieu, la représentation des mystères, que l'on ne retrouve plus guère que dans ce moyen âge persistant du Nord, vint donner quelques distractions à ses pensées. Pour elle, qui n'avait pas même l'idée de ce que pouvait être une pièce de théâtre, la représentation de *la Fête de l'Étoile* devait, malgré ses chagrins, lui offrir un singulier intérêt. Aussi, c'était plaisir de voir avec quelle attention elle écouta le chœur, chantant l'hymne antique.

## I.

« Bonsoir, bonsoir, hommes et femmes, maître et maîtresse de la maison, et vous tous qui êtes ici ! Nous

vous souhaitons un heureux Noël! Que Dieu vous garde
de tout malheur !

## II.

« O messagers des cieux, anges et troupes divines,
annoncez la paix à la terre et louez Dieu avec vos langues
évangéliques, vos harpes et vos trompettes retentis-
santes; oui, louez de tout cœur, louez le Seigneur
Dieu!

## III.

« Quand le chœur des anges fait éclater sa grande
joie et chante Dieu dans les hauteurs du ciel, celui-là
mériterait de n'avoir ni paroles, ni voix, qui ne serait
point prêt à louer le Seigneur Dieu!

## IV.

« Voici les sages et les rois qui viennent de l'Orient
à Beit-Léhem, et qui offrent à l'enfant de l'or, de la
myrrhe et de l'encens.

## V.

« Sois le bienvenu, mon Dieu, mon frère, l'ami de
mon âme ; toi qui descends du ciel sur la terre, sois le
bienvenu ! Quoique tes faibles membres soient couchés
sur la paille d'une crèche, chacun de ceux qui te voient
veut réjouir ton amour ! »

Devant la petite crèche où dormait l'enfant de cire
blanche et rose dans ses langes de dentelle, le long cortége passa, déposant ses offrandes et ses dons.

Toutes ces belles images, toutes ces nobles et poétiques paroles, ces chants mêlés de prières, ces torches
de résine, fixées aux murailles, par des anneaux de fer,
éclairant les cours du gaard, et projetant leurs longs re-

flets rouges sur la neige, ces bougies étincelantes, ces
vagues parfums répandus dans l'atmosphère embrasée,
cette pompe du spectacle, pour l'éclat duquel on avait
étalé les trésors de la maison, tout cela semblait produire sur l'âme jeune, naïve et facilement exaltée de
Norra, une impression singulière : la pauvre créature,
dans le désordre de ses esprits, ne savait plus si elle
veillait ou si elle rêvait. Elle se demandait dans quel
monde elle se trouvait maintenant, dans quel monde elle
avait jusqu'ici vécu : il fallut que la présence d'Edwina,
la voix de Henrick et un regard d'Elphége, la frappant
tout à coup, la fissent pour ainsi dire sortir de l'espèce
de torpeur dans laquelle tant et de si diverses sensations
l'avaient plongée. Des tranches d'akerbeer, ce petit
ananas de Laponie, aussi parfumé, et non moins sa-
voureux que celui du Midi, que l'on fit passer sur des
plateaux, reportèrent sa pensée jusqu'aux cimes du
Kilpis, et lui rappelèrent qu'elle n'était ici qu'une étrangère parmi des étrangers; qu'elle y pourrait passer
quelques jours encore, mais que sa pensée n'avait point
le droit d'y demeurer, et qu'elle devait aller ailleurs.

# XIV

Le Norvégien, et c'est là un des traits les plus aimables de son caractère, aime que tout soit heureux autour de lui. Il convie tout d'abord ses serviteurs aux fêtes de l'hiver ; mais sa bienveillance plus expansive ne s'arrête pas aux hommes. La fête de Noël n'est pas à ses yeux seulement la fête de l'humanité ; il veut encore que les animaux y prennent part. Ce jour-là, on fait tomber les chaînes des chiens de garde ; le fourrage est donné aux bestiaux à profusion ; on ferait volontiers dorer l'avoine des chevaux.

On réserve aussi leur part aux oiseaux du ciel, qui semblent être, plus que toutes les autres, les créatures du bon Dieu.

Le matin de Noël, on prend donc la plus belle gerbe dans les greniers ; on la fiche au bout d'une perche ; on plante la perche sur le toit de la principale habitation du gaard, à côté de la cloche du commandement, dont la voix de bronze transmet à tous les ordres du père de famille.

En Norvége, plus que partout, le long hiver affame les oiseaux. Pas de grain à picorer sur la terre couverte ; les baies, maigres et rares, sont gelées dans les

buissons ; les sorbes, dans les arbres, sont cachées sous
un rideau de neige qui enveloppe tous les rameaux ;
aussi le premier moineau franc qui aperçoit dans l'air
l'heureuse gerbe à demi dénouée, pousse de petits cris
gloutons, comme pour appeler à la curée les retarda-
taires qui s'endorment dans le froid et dans la faim ; c'est
plaisir de les voir s'élancer de toutes les cimes, voleter
autonr de la gerbe avec des ébats joyeux et une pétu-
lante impatience ; puis, tout à coup, tomber sur elle
comme un filet vivant, la couvrir du réseau de leurs
ailes, se disputer à vingt le même épi, comme s'il n'y
en avait pas assez pour tous ; et, quand la bande a fini
son repas avide, éparpiller et perdre le grain qui reste.

En France, nous faisons la part de Dieu, dans notre
gâteau des rois : ce que, dans nos provinces pieuses,
on donne au premier pauvre qui frappe à la porte du
manoir, de la ferme, ou même de la plus humble maison, la Norvége, qui n'a pas de pauvres, le donne à ces
petits affamés, hôtes des grands bois, habitants des espaces aériens, aux oiseaux qui souffrent tant pendant
la rude saison.

Norra suivit avec un intérêt marqué cette partie de
la fête ; elle avait pris un vif plaisir au vol, aux ébats
et aux cris de ces étranges convives autour de la gerbe
abondante. Tout en les voyant faire, elle se rappela
qu'elle avait été dans son enfance une charmeuse d'oiseaux ; qu'elle savait mieux que personne les gestes qui
les attirent, les mots qui les apprivoisent et les regards
qui les captivent. Quand elle vit que, faute d'aliments,
leur repas touchait au dernier service, mais que l'appétit persistait après les vivres, et que les insatiables
mangeurs ne demandaient pas mieux que de continuer
leur bombance, elle se fit conduire dans la grange.

Là elle s'arrangea, avec un soin et un art parfaits, le

plus singulier et le plus curieux costume. De pied en cap, elle s'habilla de paille ; les épis barbelés ondoyaient sur sa tête comme une aigrette ; ses bras et ses mains disparaissaient sous les faisceaux dorés.

Ainsi déguisée, elle descendit dans la cour.

Elle se tint d'abord immobile ; puis elle commença de marcher, — on eût dit d'une gerbe ambulante, — lentement, et traînant ses deux pieds sur la neige durcie, en agitant doucement les épis qui la couvraient. Les oiseaux qui voletaient çà et là dans la ramure verte et glacée des sapins couverts de givre, ou qui s'étaient posés sur le bord des maisons, la regardèrent d'abord de loin et avec une certaine défiance : elle fit sa marche plus lente encore et plus insensible ; les plus hardis ou les plus affamés descendirent alors des hautes cimes et se posèrent sur les basses branches des arbres. La petite Laponne s'arrêta tout à fait. Au même instant les plus voisins s'abattirent sur elle : ils la couvrirent de leurs ailes diaprées et frémissantes ; les autres, déjà rassurés, suivirent leur exemple, et bientôt la jeune fille disparut tout entière sous un manteau mouvant. Au même moment, elle recommença de se mettre en marche ; aussitôt nos oiseaux de tirer de l'aile et de partir effrayés ; puis de revenir encore, pour partir de nouveau, jusqu'à ce que tour à tour, poussés par la faim, éloignés par le mouvement, et rappelés par le repos qui lui succédait, ils finirent par s'habituer complétement à ces alternatives, et restèrent sur sa tête, sur ses bras et sur ses épaules, alors même qu'elle accélérait sa marche. Les uns partaient, les autres arrivaient ; c'était autour d'elle une perpétuelle agitation ; il semblait qu'elle s'avançait sous un nuage animé, au milieu d'un tourbillon de plumes et de cris. Elle arriva ainsi jusqu'au pied du perron, sur lequel, malgré le

froid, se tenait la famille, charmée, non moins que
les oiseaux, de cet étrange et curieux spectacle. Alors,
sûre d'elle-même et de la fidélité de ceux qu'elle tenait ainsi par l'intérêt, le plus solide, dit-on, de tous
les liens, elle recommença la course, mais en l'accélérant, et en agitant ses deux bras, de telle sorte
que ses convives effarés, tantôt s'enfuyaient, et tantôt
se rejetaient sur elle avec une ardeur avide et pétu-
lante, ne la quittant que pour revenir encore, et, quand
elle disparaissait dans les bâtiments, dont les portes
étaient ouvertes, la poursuivant jusque sous le toit des
hommes. Lorsque ce jeu bizarre eut assez longtemps
duré, elle se débarrassa des épis, dont elle sema le sol.
Une partie des oiseaux recueillit ces reliefs du festin,
tandis que les autres, qui avaient au moins la reconnaissance de l'estomac, continuaient à voltiger doucement
autour d'elle, cherchant ses mains, effleurant son front,
ou becquetant ses beaux cheveux où quelques grains
de blé restaient encore, comme les perles égrenées de
sa coiffure.

Ce petit divertissement eut le plus grand succès ; et
pour les gens du gaard, il donna une sorte de prestige
à Norra.

« On n'a jamais vu pareille chose, disaient les ser-
vantes naïves ; mais ce n'est pas étonnant ; c'est une
Laponne ! Dans son pays presque tout le monde est
sorcier. »

Les hommes, de leur côté, trouvaient que l'amie de
Henrick et d'Elphége était une aimable petite fée, et
ne semblaient pas trop redouter ses enchantements.

« Quel succès ! chère Norra, lui dit Henrick à l'oreille, en
s'avançant à sa rencontre jusque sur la première marche
du perron. Tu sais donc charmer tout le monde, même
les oiseaux !

— Oui, répondit-elle, tout le monde..., excepté toi, Henrick, à qui je ne puis même plus vouloir plaire. »

Et elle passa devant lui sans même prendre la main qu'il lui tendait.

# XV

On s'avançait rapidement sur la pente de la nouvelle
année. Les fêtes de Noël qui, dans certaines parties de
la Norvége, durent jusqu'au 13 de janvier, tiraient à
leur fin. Cependant l'animation et la gaieté ne semblaient
point diminuer parmi les hôtes de Harald-Gaard.

Il arrivait encore des invités tous les jours.

Norra ne songeait plus à s'en aller.

« Mais tu vois bien qu'il faut qu'elle parte ! répétait
de temps en temps Henrick à son ami.

— Sans doute ; mais le moyen ? la malheureuse se
rattache à toi comme le noyé à la branche qui va
rompre.

— Hélas ! il est cependant impossible qu'elle soit ici
le grand jour.

— Il vaudrait mieux, en effet, qu'elle n'y fût point.

— Tu sais que c'est après-demain ! avertis-la.

— Eh ! je ne fais que l'avertir ; mais j'ai grand'peur
que tout ne soit inutile.

— Alors, c'est elle qui l'aura voulu ; à la grâce de
Dieu ! » fit Henrick, sans dissimuler un mouvement
d'impatience.

Quelques instants après, Elphége s'arrangeait de

façon à rencontrer la jeune Laponne, au moment où elle était seule.

« Petite sauvage, lui dit-il en la prenant par la main, voilà je ne sais combien de temps que je te cherche sans pouvoir te rencontrer : on dirait que tu me fuis !

— Je te sais trop mon ami, bon Elphége.

— C'est précisément parce que je suis ton ami, ton véritable ami, que j'ai désiré m'entretenir avec toi.

— Eh ! mon Dieu ! qu'as-tu donc à me dire ? Tu as l'air solennel comme le révérend Johansen, quand il monte dans l'armoire pour faire un sermon. »

Et, secrètement inquiète malgré son apparence enjouée, Norra regarda Elphége dans les yeux.

« Ma pauvre enfant, reprit l'artiste d'une voix grave, quand tu m'as demandé de venir me conduire jusqu'à Drontheim....

— Eh ! sans moi tu ne serais pas sorti de Laponie de tout l'hiver ! fit Norra en l'interrompant avec assez de vivacité.

— C'est possible ! et j'ai accepté avec autant de plaisir que de reconnaissance ; mais tu sais ce qui fut convenu entre nous ? tu viendrais jusqu'à Drontheim ; tu verrais Henrick une dernière fois.... puis tu repartirais immédiatement pour les tentes.

— Mais, fit Norra, en baissant les yeux, ce n'est pas ma faute si je ne suis pas allée jusqu'à Drontheim : c'était inutile, puisque nous avons trouvé ici celui que nous serions allés chercher là-bas.

— Aussi, petite rusée, ce n'est pas cela que je te reproche ! seulement tu devais rester un jour près de Henrick ; en voici plus de vingt que tu es ici, et tu ne parais pas songer au départ !

— Hélas ! je voudrais pourtant bien m'en aller ! fit Norra, de sa voix la plus malicieuse ; mais, vois-tu ? à l'exception de toi.... et de lui, l'ingrat! tout le monde ici s'efforce de me retenir.

— Tant pis! dit Elphége, résolu à brusquer les choses, et à porter un grand coup, et en plein cœur, puisque les légères attaques détournées n'avaient pas l'air de lui réussir, tant pis pour toi.

— Et pourquoi donc? je ne comprends pas!

— Parce qu'il se passera ici des choses.... que tu ne dois point voir.... »

Norra pâlit et ne prononça pas une parole.

« C'est après-demain, continua Elphége..

— Après-demain! murmura la jeune fille en retirant vivement la main que l'artiste avait prise dans les siennes.... Eh bien! quoi donc! après-demain? le mariage, sans doute?

— Non; mais les fiançailles! pour nous autres Suédois, c'est absolument la même chose. »

Norra tenait sa tête baissée sur sa poitrine; ses mains et ses lèvres tremblaient; des gouttes de sueur froide coulaient sur son front; mais elle se taisait. Elphége eut peur de ce silence farouche.

« Eh bien! fit-il en lui touchant légèrement l'épaule, que décides-tu? Veux-tu partir, maintenant?

— Oui, répondit-elle d'une voix faible comme un petit souffle, et si bas, que c'était à peine si le jeune homme l'entendait; oui, bon Elphége, je partirai.... après.

— Eh! malheureuse, c'est *avant* qu'il faudrait partir.

— Non, répondit l'enfant en hochant la tête, je sens que je ne pourrais pas. Je veux voir! Après, oui, après, je sens que je serai forte.... à t'étonner toi-même! »

C'est de la folie! murmurait Elphége à part lui; mais il sentait bien qu'il ne serait point capable de vaincre sa résolution. Il ne songea donc plus qu'à prévenir Henrick; il savait bien, d'ailleurs, que l'on n'avait rien à redouter d'elle, et que, pour grande que fût sa douleur, elle ne ferait de mal qu'à elle seule.

« Elle sera là ! dit-il à son ami, assez découragé du peu de succès de sa négociation.

— Alors, répliqua celui-ci, que Dieu soit entre nous ! »

Cette cérémonie des fiançailles a, dans la vie des peuples de la péninsule Scandinave, une importance singulière et dont rien, dans nos usages, ne saurait donner une juste idée. Les fiançailles sont, pour ainsi dire, la préparation aux joies plus complètes du mariage, dont elles donnent comme un avant-goût et dont aussi elles renferment le gage. C'est comme un premier mariage avant l'autre, le mariage naturel, celui qui n'a besoin pour se former que du consentement mutuel des parties; le prêtre et le magistrat pourront bien lui donner plus tard la double sanction de la religion et de la loi; mais il a déjà celle des mœurs, car on regarde comme indissoluble cette sainte et douce union de deux âmes, qui se sont promises et données l'une à l'autre, dans la touchante cérémonie des fiançailles. Aussi semble-t-on croire qu'il est impossible de l'entourer de trop de solennités et de prestige ; ses fêtes sont plus belles que les fêtes mêmes du mariage, et l'on y déploie une pompe qui semble étrangère à la simplicité habituelle du Nord.

Le soir de ce jour que Henrick, un peu emphatiquement peut-être, avait appelé le grand jour, Harald-Gaard présentait un aspect inaccoutumé. On avait planté dans la cour une forêt de sapins, enrubannés de

mille couleurs; des fausses fleurs brillantes, roses, anémones, tulipes et dalhias s'étalaient avec une naïve
prétention au milieu de leur verte ramure. Vers sept
heures, on entendit un tintement de grelots annonçant
l'approche des invités du voisinage. Tout à coup les
traîneaux arrivèrent. Le père de famille s'avança sous
le porche du perron; les serviteurs sortirent, les torches à la main. Devant la porte s'arrêtèrent les petits
chevaux, hennissant, frappant du pied la terre durcie,
et secouant leurs longues crinières, emmêlées de givre
et poudrées à frimas. Les jeunes hommes offraient galamment la main aux femmes, enveloppées de fourrures. Celles-ci entrèrent dans la grande salle, débar-
rassées de leurs enveloppes, redressant leur belle taille,
éclatantes et fraîches comme des fleurs, couronnées de
leurs cheveux, relevés en tresses superbes, la lèvre
rouge, tout empourprées de ces touffes de roses que le
froid fait éclore sur la joue.

Cette salle, le *Hall* anglais, à laquelle les archi-
tectes du Nord prodiguent tous les ornements et qu'ils
décorent avec un luxe grandiose, parce qu'ils savent
que dans sa noble enceinte se passeront les événements
les plus importants de la vie de famille, avait été splen-
didement décorée pour la circonstance. Des jonchées
de verts feuillages faisaient disparaître les planchers de
sapin, qu'aucune cire n'avait jamais lustrés. Les portes
des riches armoires étaient ouvertes; on apercevait dans
leur profondeur les grands vases de faïence aux émaux
étincelants; les cornes antiques aux ciselures fines et
aux belles sculptures d'argent; sur les bahuts et les
dressoirs, on avait fait des expositions plus ou moins
artistiques de tout ce que la maison pouvait renfermer de précieux ou de beau. Une profusion inusi-
tée de lampes et de grosses chandelles jaunes, renou-

velant les merveilleuses illuminations de la nuit de Noël, ajoutaient un nouvel éclat aux splendeurs de la fête.

Au milieu de tant de préoccupations et de soins, la pauvre Norra fut naturellement un peu oubliée : on avait autre chose à faire que de s'occuper d'elle. Henrick, au milieu des joies de son hymen, douces et profondes joies, puisqu'il faisait un mariage d'amour, Henrick ne pouvait même pas lui adresser la parole. Hélas ! que lui eût-il dit qui n'eût été pour la pauvre âme une blessure nouvelle ? Il le sentait bien, et il gardait en face d'elle un douloureux silence. Il savait n'avoir rien à craindre de son désespoir, car elle était de celles qui ne font jamais de mal qu'à elles-mêmes ; s'il lui en voulait d'être restée un peu malgré lui, c'était parce qu'elle allait souffrir. Elphége lui-même, à qui revenaient naturellement les fonctions de garçon d'honneur de son ami, et que l'on avait choisi, en sa qualité d'artiste, pour ordonnateur suprême de la fête, comprenait trop l'importance de ces doubles fonctions, dans lesquelles il s'agissait de faire briller aux yeux des étrangers l'élégance et le bon goût d'un vrai Suédois, pour avoir beaucoup de temps à donner à celle que, jusqu'ici, il avait entourée de sa protection. La malheureuse Norra se trouvait donc complétement livrée à elle-même, et elle errait, dans la fête, assez semblable à une âme en peine. Grâce à Dieu, la petite-fille du vieux patriarche des Kilps était trop fière pour jamais laisser voir une impression pénible. Elle était de ces femmes qui n'accordent le droit de les plaindre qu'à ceux qui les aiment. Ce droit-là, personne au monde ne l'avait maintenant ; aussi cachait-elle sous un front serein les violentes émotions qui agitaient son âme jusque dans ses replis les plus intimes. Elle ne perdait cependant aucun détail de ce qui se passait sous ses yeux ; elle regardait, elle examinait tout avec une sorte de curiosité avide, comme si ses souvenirs, attentivement recueillis, devaient être désormais le seul bonheur de sa vie et l'unique aliment de la flamme dévorante qui brûlerait toujours en elle. Aussi rien ne lui échappait ; jamais historiographe de fête royale ne fut à ce point avide des plus minces détails. Perdue dans l'ombre, immobile dans un coin, à peine vue et voyant tout, elle s'efforçait de tout voir, amassant en elle, et comme à plaisir, un trésor de douleurs.

Quand tous les invités furent réunis, quand chacun eut pris sa place au milieu de cette foule animée, comme l'est toujours la foule dans l'attente de quelque chose qui sort de la vie commune et des habitudes de chaque jour, il se fit tout à coup un grand silence. Les portes de la salle s'ouvrirent : les fiancés parurent. Ils passèrent à côté de Norra sans la voir. La pauvre fille s'appuya contre la muraille pour ne point défaillir. Tantôt il lui semblait que son cœur cessait de battre, et qu'elle allait mourir ; tantôt, au contraire, qu'il voulait s'élancer de sa poitrine palpitante et bondir vers l'ingrat. Henrick, qui portait fièrement son bel uniforme, s'avançait avec une grâce majestueuse, tenant d'une main la main de sa fiancée et appuyant l'autre sur la garde de son épée. Il était un peu pâle ; mais on trouvait que cette pâleur lui allait bien ; ne venait-elle point des émotions qu'il éprouvait ? Tel était du moins l'avis des femmes, et j'imagine que notre héros ne tenait guère à celui des hommes.

Quant à Edwina, elle était vraiment belle à désespérer une rivale, et le vêtement des fiançailles rehaussait encore sa beauté.

Il y a en Norvége un usage qui m'a toujours paru

touchant. Au lieu de donner, comme chez nous, une toilette plus ou moins riche à chaque fiancée, qui la porte un certain nombre de fois, puis la rejette comme le plus vil chiffon, on conserve pendant des siècles, et l'on fait passer de génération en génération le vêtement des fiançailles, précieusement gardé dans de grandes armoires, que la mère de famille ouvre à de certaines dates avec un respect pieux. Si, un jour, ces parures prenaient une voix; si, pouvant enfin parler, ces robes se rappelaient les battements qui les soulevèrent, elles nous raconteraient en leur langage l'histoire de celles qui furent belles et qui furent aimées.... et des autres aussi. Que de soupirs étouffés sous ce lourd corsage! Que de sourires qui mentaient! Combien de larmes brûlantes au bord de la paupière, et qui n'osèrent pas tomber, parce qu'une lèvre aimée n'était pas là pour les recueillir! Et que de joies! et combien d'espérances timides, d'émotions sacrées et pures, quand deux âmes se mêlaient dans l'amour! Intime et silencieuse histoire, qui ne pourrait être écrite que par un poëte, et lue que par une femme!

Ce vêtement, dont Edwina s'était parée, pour obéir à la tradition que chacun vénère, ressemblait assez à celui des dames châtelaines de notre moyen âge. La pièce qui tout d'abord attirait le regard était une sorte de pourpoint juste au corps, en étoffe de brocart de couleur éclatante; il était orné d'une broderie d'argent; la ceinture en velours était chargée de plaques de métal. Un jupon de soie, que le pourpoint recouvrait sur les hanches, descendait jusqu'aux chevilles. Les bas étaient brodés aux coins, et les souliers, piqués en fil de couleur, se relevaient à leurs extrémités comme nos chaussures à la poulaine. Autour du cou, une lourde chaîne d'or supportait une médaille et de petits cœurs, s'ouvrant comme les reliquaires de l'amour, pour recevoir de tendres souvenirs ou des présents symboliques. Ce riche costume, qui eût écrasé peut-être une autre femme, faisait ressortir la taille imposante et le noble maintien de la jeune Suédoise. Il était impossible de le porter avec plus d'élégance et de dignité. Sur son front, on avait posé la couronne traditionnelle des fiancées, — reines au moins une fois dans leur vie. — Le cercle de cette couronne aux dents aiguës, comme celle de Proserpine dans les médailles grecques de Sicile, se relevait en bosse avec des ciselures et des ornements, qui figuraient des étoiles, des croissants, des feuilles, des fleurs et des fruits. On avait dénoué sous la couronne les longs cheveux blonds d'Edwina, qui mollement descendaient comme le plus beau des voiles, jusqu'à ses petits pieds.

Un murmure flatteur s'éleva de toutes les parties de la salle et salua la beauté triomphante. Les plus éloignés se dressèrent sur leurs pieds pour la mieux voir ; il y en eut même qui ne craignirent point de monter sur leur siége. Elle, cependant, avec la grâce du cygne qui fend les flots, traversa les rangs pressés des invités et alla, tout au bout de la salle, gagner un siége d'honneur, élevé pour elle sur une sorte d'estrade. Elle y monta au milieu des applaudissements, et Henrick se tint debout derrière elle, appuyé sur le dossier du fauteuil.

La dernière partie du programme allait s'exécuter : c'était le défilé devant la fiancée. Chacun à son tour, suivant l'âge ou le degré de sa parenté, les invités passaient devant elle en la saluant et en lui offrant des vœux d'heureuses fiançailles et de mariage heureux. Elle avait un mot pour chacun, et ses réponses à tous étaient empreintes d'autant de tact que d'esprit. Les

grands parents vinrent les premiers, suivis bientôt par
la légion des cousins et des cousines. Les femmes
embrassaient le fiancé et les hommes la fiancée,
comme pour cimenter ainsi l'étroite union qui devait
maintenant exister entre les membres des deux familles.

Déjà tous les parents s'étaient acquittés de ce facile
devoir ; les amis à leur tour avaient suivi leur exemple.
Norra seule n'avait point bougé de sa place : il fallut
qu'Elphége la vînt avertir que son abstention allait être
remarquée, et peut-être interprétée, pour qu'elle se pût
enfin résoudre à marcher vers l'heureux couple. Il avait
suffi d'ailleurs de l'hésitation qu'elle y avait mise pour
que déjà l'attention se fixât sur elle. Quand elle quitta
sa place, elle sentit que ses jambes se dérobaient ; elle
crut qu'elle allait tomber ; elle eut besoin de toute son
énergie pour faire quelques pas. Elle se trouva bientôt
seule au milieu d'un vaste espace. On l'examinait avec
une curiosité qui pouvait devenir gênante. Elle ne se
laissa point troubler cependant ; mais, faisant un appel
désespéré à toute son énergie, elle marcha résolûment
vers l'estrade. Si elle eût suivi l'exemple que venaient
de lui donner les autres invités ; si elle eût obéi comme
eux à la coutume, elle eût maintenant donné un salut
à la fiancée, un baiser au fiancé.... un baiser à Henrick,
devant toute cette foule, et au moment où il venait de
lier sa destinée à la destinée d'une autre. A cette pensée
tout son être frémissait. Cependant il fallait prendre
un parti : on la regardait ; on attendait ; chaque seconde
rendait son embarras plus grand. Elle eut alors une
inspiration heureuse. S'inclinant rapidement devant
Edwina, elle prit sa main qu'elle effleura de ses lèvres,
tandis que son regard, allant plus loin, cherchait les
yeux de Henrick.

La délicate courtoisie de cette façon d'agir, la preuve de tact qu'elle venait de donner, elle, une Lapoñne, en n'embrassant point le Suédois, cette sorte d'hommage discret adressé à la beauté d'une autre femme, tout cela lui conquit les sympathies de l'assistance et lui valut la faveur de tous : on l'eût volontiers applaudie, si des marques d'approbation tellement significatives n'eussent, dans un pareil jour, exclusivement appartenu à celle qui en était l'héroïne naturelle.

« Voilà une petite gardeuse de rennes qui s'est bien tirée d'affaire ! murmuraient quelques Norvégiens épais.

— Quel courage elle a, et au milieu de quelle souffrance ! Pourquoi ne peut-on pas faire le bonheur de deux femmes, » pensait Henrick, dont la fiancée, à la fois émue et souriante, cherchait en vain le regard.

Il n'est pas de belles fiançailles sans festin.

L'oncle d'Edwina, sur ce point comme sur tant d'autres, se montra fidèle aux traditions hospitalières de son pays. Il avait fait royalement les choses, et, depuis un siècle, on n'avait rien vu dans le district de Drontheim qui pût se comparer à ce que l'on vit ce jour-là, chez le Gamache de la Norvége : c'étaient des entassements de gibier et de poisson, des montagnes de gâteaux, des ruisseaux de vin et des torrents de liqueurs. Partout régnait le plaisir avec l'abondance, et des toasts nombreux et retentissants portaient à chaque minute la santé des époux.

Cette partie de la fête avait aux yeux de tous une si sérieuse importance, qu'Elphége lui-même, dont les attentions et les soins pour Norra ne s'étaient point jusque-là démentis, ne s'aperçut qu'au second service qu'elle n'était point encore à table : il en conçut quelque crainte et il se leva pour la chercher.

En passant sur le perron du gaard, il entendit comme un bruit de grelots et il vit un certain mouvement d'hommes et d'animaux dans la cour; le renne blanc allait et venait, flairant partout le long des divers bâtiments qui entouraient le corps de logis principal.

« Où donc pourrait-elle bien être? » pensa Elphége. Il descendit.

Norra, en costume de voyage, avait jeté sa pelisse de fourrure sur la neige, et elle montrait à deux paysans, plus habitués aux chevaux qu'aux rennes, comment on attelait les coursiers de Laponie.

« Eh bien! s'écria l'artiste en lui prenant les deux mains, que veux-tu donc faire?

— Partir.

— Mais tu es folle?

— Au contraire, c'est si je ne partais point que je serais folle! J'ai voulu voir, j'ai vu! maintenant, laisse-moi. Adieu.

— Je cours avertir Henrick.

— Tu lui rendrais un méchant service; il n'a plus besoin de moi.

— Attends du moins à demain; ne t'en vas pas la nuit, comme si tu te sauvais.

— Je me sauve, en effet.

— Tu ne songes donc pas aux périls des ténèbres dans ces régions inconnues?

— Dieu m'éclairera! fit-elle avec un geste prophétique. Vois plutôt! »

Tout en parlant, elle étendit la main vers l'est, du côté de la Suède, par-dessus les bâtiments du gaard.

Une de ces aurores boréales, si fréquentes dans le Nord, dont elles consolent les trop longues nuits, commençait d'éclairer le ciel.

On connaît l'incomparable beauté de ce phénomène sous les latitudes élevées.

Jamais la nature ne semble déployer de telles pompes et un plus magnifique appareil : ce sont des splendeurs à éblouir l'œil de l'homme ; des bandes d'ardentes couleurs, des nuances tranchées et vives se rapprochant sans s'unir, se juxtaposant sans se confondre, allument dans toute une moitié de l'horizon un de ces incendies célestes dont les flammes, qui ne brûlent point, éclaireront, dit-on, au dernier jour, les suprêmes convulsions du monde. Le spectacle était tout à la fois grandiose et terrible ; ces jets de lumière se succédaient avec une telle rapidité, qu'on eût dit le ciel tout entier dans un état d'agitation violente : une couronne enflammée rayonnait au zénith ; de larges groupes de rayons, qui tantôt s'approchaient, tantôt s'éloignaient les uns des autres, laissaient tomber comme une pluie de lumière argentée ; çà et là, avec la netteté du spectre solaire, les couleurs du prisme s'étalaient dans des arcs-en-ciel éblouissants.

« Oui, Dieu m'éclaire répéta la jeune fille, et la route que je vais suivre, c'est lui qui me la montre ! »

Elphége, stupéfait, ne savait plus que lui répondre.

Illuminée par cette lueur étrange, qui donnait à son visage comme à toute sa personne une apparence plus voisine du monde fantastique que de la réalité, elle apparut aux yeux de l'artiste toute transfigurée. Il lui semblait qu'une vision, comme en rêvent les poëtes, passait devant son visage ; il se demandait si c'était bien cette petite Norra qu'il connaissait depuis dix mois, qu'il avait reçue tant de fois sous sa tente, et dont le matin même il avait vu couler les larmes. N'était-ce point plutôt quelque vain songe de son imagination qui venait tout à coup de prendre une forme pour l'abuser?

La main de Norra posée sur son bras, et sa voix si douce qui lui disait : « Adieu, bon Elphége, adieu et merci ! » le rappelèrent à lui-même. Il la regarda fixement, et ce sentiment artistique, que rien ne peut vaincre dans de certaines âmes, l'emportant en ce moment sur tout autre :

« Oh ! Norra, s'écria-t-il, que tu es belle ! »

Pour toute réponse, elle le regarda en faisant un léger mouvement d'épaules, prit les guides que lui tendait le paysan norvégien, et sans ajouter une parole, rendant la main, sortit immédiatement de la cour.

Immobile à la place qu'elle venait de quitter, Elphége stupéfait la regardait fuir en murmurant : « Étrange créature ! étrange destinée ! »

Cependant les lueurs de l'aurore boréale avaient pénétré jusque dans la salle du festin, dont les fenêtres étaient sans volets.

Les convives en furent tous frappés, et comme les Norvégiens sont assez curieux de ces grands spectacles, ils sortirent presque tous pour en jouir. Au moment où Henrick, conduisant sa fiancée, apparut sur le perron du gaard, il aperçut dans la distance, sur la colline qui faisait face à la maison, le long attelage qui fuyait vers les déserts du Nord. L'ardente réverbération de la neige et la radieuse lumière que versait l'aurore sur cette partie de l'horizon, tandis que l'autre restait plongée dans une demi-obscurité, permettaient de saisir jusqu'aux moindres détails du tableau.

La jeune fille avait, malgré le froid piquant de la nuit, rejeté sur ses épaules sa pelisse de fourrure ; elle se tenait debout à l'avant du traîneau, penchée sur les fougueux animaux qui l'emportaient, et du fouet les excitait encore. On eût dit qu'ils prenaient des ailes :

ils ne couraient point, ils volaient; à leur suite, le traîneau bondissait. Sous leurs légers sabots, une fine poussière de neige se soulevait, et, rendue lumineuse par les
rayons qui la traversaient, enveloppait par moments et
la jeune fille et les rennes et le traîneau, d'une sorte
de vapeur transparente, dont, un peu plus loin, et par
intervalles, ressortait le groupe mouvant.

« Par ma foi! dit un des convives, qui avait fait
honneur à tous les toasts, voilà le bouquet de la fête!
Après le souper, le spectacle. Je n'ai vu l'opéra qu'une
fois à Stockholm. Il y avait une lumière pareille à
celle-là, et une fée qui s'enfuyait comme cette petite
sorcière sur la cime des montagnes blanches et bleues.
C'était charmant, mais pas plus beau qu'ici. Vivent
les fiancés d'Harald-Gaard! »

Un formidable *chorus* renvoya ce vivat aux échos.

La main de Henrick, appuyée sur la rampe du balcon, se crispa violemment, mais il ne répondit rien.

Tous les yeux étaient fixés sur la jeune Laponne :
personne ne s'occupa plus des fiancés.

Arrivée au sommet de la colline, Norra, qui avait
une longue route devant elle, ralentit quelque peu son
allure. Peut-être au fond de l'âme éprouvait-elle une
plus vive douleur en songeant qu'elle allait quitter pour
jamais la terre où IL était, changer d'horizon, et mettre
entre eux l'espace infini. Elle parut même hésiter un
instant.

Snalla, sans avoir d'aussi graves sujets de réflexion,
mais regrettant peut-être le bon gîte et l'abondante
pâture, avant de descendre la rampe opposée, s'arrêta
un instant et retourna la tête vers le gaard. Chacun se
demandait si Norra en ferait autant, et les jeunes gens
se préparaient déjà à la saluer par une décharge de
fusils. Mais Norra ne se retourna point; elle était fer-

mement résolue à ne plus regarder en arrière.... ni sur sa route, ni dans la vie. Elle essuya donc d'une main furtive, comme si elle eût voulu se les cacher à elle-même, deux larmes que la nuit eût gelées dans ses paupières.... Mais elle eut du moins le courage de ne pas chercher à revoir les lieux où sa destinée venait de s'accomplir, et où elle laissait le meilleur de son cœur.

Après une seconde d'hésitation, elle toucha légèrement ses rennes qui repartirent en bondissant.

Déjà l'ardent phénomène s'éteignait dans le ciel qui redevenait sombre ; plus de prismes aux couleurs vives et tranchées; plus de rayons vibrants; plus de ces flèches de feu, dardant leur pointe comme les éclairs, mais seulement une teinte pâle, blanchâtre et douce comme celle de la voie lactée, une voie lactée qui aurait occupé toute une moitié du ciel. Comme il arrive souvent lorsqu'à une vive lumière succèdent tout à coup des lueurs incertaines, une sorte de mélancolie s'empara de la plupart des témoins de cette grande scène et remplaça leur première admiration.

Cependant un pli de terrain venait de dérober la fugitive à tous les yeux. Elle semblait ainsi rentrer dans l'ombre et disparaître de la vie de Henrick avec la lumière.

« Pauvre créature! elle aura froid cette nuit! murmura la belle Edwina, en se serrant tendrement contre son fiancé.

— Elle aura froid toute sa vie! » pensa Henrick.

# XVI

Pendant que ces graves événements s'accomplissaient dans l'enceinte de Harald-Gaard, une certaine émotion régnait dans la tribu des Kilps, qui venait d'abandonner son campement d'été pour regagner l'espèce de village où elle établissait cette année ses quartiers d'hiver. Le départ de Norra, qui n'avait été connu de son grand-père que le lendemain du jour où elle avait quitté les tentes, lui causa un réel mécontentement. Il regrettait surtout que la coïncidence de ce départ avec celui d'El-phége lui donnât la regrettable apparence d'une fuite concertée entre eux, et c'était là surtout ce qui paraissait irriter le vieillard, jaloux de l'honneur de sa famille.

Il savait bien que sa petite-fille n'aimait point le jeune artiste ; mais, grâce aux insinuations de Nepto, il ne lui était plus permis de douter qu'elle n'aimât Henrick. N'était-ce point pour rejoindre l'un qu'elle était partie avec l'autre ? Norra eût été la première de sa race qui eût donné un si triste exemple.... Mais si Peckel savait que le cœur de sa petite-fille était pur, droit et loyal, il n'ignorait pas non plus qu'elle avait une tête prompte à s'exalter, et parfois une volonté immuable. Il avait donc le droit de tout craindre ; aussi vivait-il dans une mortelle angoisse. La Laponie est grande et les Lapons sont petits. Il suffit d'une touffe de bruyère pour cacher une gelinotte : il n'en fallait pas bien davantage pour abriter Norra. Peckel le savait, et il comprenait toute l'inutilité d'une poursuite qui n'eût eu d'autre effet que de donner plus d'éclat au malheur de sa famille. Dans un autre pays on eût pu mettre la police sur les traces de la jeune fille ; mais cette ressource des vieilles civilisations est complétement inconnue dans cette partie du monde encore primitive. Il fallait donc tout attendre du temps et de la volonté de Norra.... d'elle seule !

Un homme, cependant, par son énergie, son habileté, son audace, eût pu retrouver les fugitifs, et reprendre la jeune fille. Cet homme, est-il besoin de le nommer au lecteur, et ne l'avons-nous point fait assez connaître ? c'était Nepto.

Mais, comme dit le proverbe, un malheur ne vient jamais seul. Était-ce un pur hasard, était-ce une combinaison habile due à l'imagination inventive et rusée de Norra? Elle avait eu soin d'envoyer, la veille de son départ, le brave Nepto sur les frontières de la Suède, à une grande chasse à l'ours, qui ne devait pas durer moins de six ou sept jours. Faire partir Nepto c'était assurer la réussite de son projet, car il était le seul qui pût efficacement l'entraver.

Quand le chasseur revint, et qu'il apprit le départ de sa cousine, il entra dans une colère furieuse. Comme la plupart des très-petits hommes, les Lapons sont d'une violence extrême. Celui-ci ne parlait de rien moins que de massacrer la moitié de sa tribu. L'entrevue qu'il eut avec son grand-père fut orageuse, terrible par moments. Oubliant trop souvent le respect qu'il devait à l'âge et au sang, il reprocha au vieillard, en termes amers, sa négligence, qu'il appelait coupable, et le peu de souci qu'il semblait prendre de l'honneur de sa famille. A l'entendre parler, on eût pu croire que c'était lui qui était le chef de cette famille. Il s'emportait, tempêtait, menaçait. Peckel qui tenait beaucoup plus au fond qu'à la forme, n'était pas trop mécontent de cette violence, qui lui garantissait du moins une certaine ardeur dans la poursuite que le jeune homme allait entreprendre.

« Eh! eh! se disait le vieux patriarche des Kilps, en secouant sa tête chenue, voilà une colère qui promet! Si ce gaillard rencontre nos fugitifs, le Suédois n'a qu'à se bien tenir : je ne crois pas qu'on lui fasse quartier. Allons! mes yeux rouges reverront encore ma chère Norra, quoique, à vrai dire, l'ingrate ne mérite guère la peine que je prends pour elle. N'importe! continua-t-il en hochant la tête avec un certain air de mélancolie, elle a beau faire, malgré elle, malgré moi, je sens que je l'aime toujours.... Je ne puis plus m'en passer.... Quand la petite fée n'est pas là, je sens que je donnerais le monde pour une corne de renne. »

Nepto, qui, comme toutes les natures impétueuses, avait soulagé sa colère en s'y livrant, redevint enfin un peu plus calme.

« Ce n'est pas tout de se fâcher, dit-il à son grand-père, il faut retrouver cette petite malheureuse.

— Mais, fit le bonhomme en relevant la tête, je ne te dis que cela depuis une heure.

— Combien y a-t-il de temps qu'elle est partie?

— Douze jours.

— Douze jours! Par le grand dieu Jubinal! en douze jours, et avec cette neige gelée, elle est capable d'avoir gagné Saint-Pétersbourg.

— Je crois qu'elle n'est pas allée de ce côté.

— Ah! vous savez où elle est?

— Les premières traces ont indiqué la direction de Drontheim.

— Vous le savez et vous ne le dites pas! s'écria l'impatient jeune homme; mais à quoi pensez-vous donc?

— Si tu me laissais parler? mais tu ne veux rien entendre, et il faudrait tout te dire à la fois.

— Voyons, continua Nepto, en s'asseyant par terre en face du vieillard, dites-moi tout ce que vous savez.

— Eh! oui, tout ce que je sais! mais tout est peu de chose.

— Quand sont-ils partis? de jour? de nuit?

— De nuit.

— Je n'ai pas vu le grand traîneau sous le hangar.

— Je crois bien! ils l'ont pris!

— Les malheureux! mon grand traîneau, garni de fer et tout doublé de peaux de loup,... et vous ne l'avez pas empêché?

— Tu comprends qu'elle ne m'a pas demandé permission.

— Et combien de rennes?

— Quatre.

— On n'en mettrait pas plus pour le roi de Suède!

— Snalla a sauté par-dessus les clôtures, car la porte n'avait pas été ouverte et on ne l'a plus retrouvé au matin.

— C'est ce qui les perdra! s'écria le jeune homme; Snalla a du fumet comme un renard; je prendrai mes chiens.... Sniff le dépisterait au fin fond des bois, et s'ils tiennent la plaine, avec ces yeux-là et la neige qu'il fait, je suis capable de les voir à dix lieues de distance.

« — Puisses-tu les voir et les prendre ! mais quand pars-tu ?

— Dans un instant ; mais, grand-père, continua le jeune homme d'une voix plus câline, je voudrais bien savoir si je réussirai.

— Cela dépend de toi.

— Pas de moi seul, grand-père ! dis-moi si les sorts sont bons ! »

Et, tout en parlant, le jeune homme alla chercher dans un angle du logis un vieux tambour dont la peau avait reçu plus d'un accroc, et qui, par ses blessures mêmes, annonçait de nombreux et loyaux services....

Ce tambour, que les Lapons appellent QUOBDA, était fait d'un tronc de bouleau, creusé de façon à ce que la partie extérieure de l'aubier en formait la caisse : la peau était fixée par de petites chevillettes de bois, et retenue, en guise de cordes, par des nerfs de renne. Sur cette peau, avec une teinture faite d'écorce et de bois d'aune broyée et bouillie, on avait tracé plusieurs figures appartenant, les unes au monde païen, les autres à la religion nouvelle. On y voyait l'image du Dieu le Père, le symbole du Saint-Esprit, la colombe, saint Jean, la Mort, les Apôtres, le dieu Thor, puis une chèvre, un écureuil, un renne, un ours, et divers oiseaux, ainsi que d'autres marques mystérieuses, dont les unes signifiaient amour et amitié, les autres haine et vengeance.

Nepto déposa le quobda par terre, puis il plaça sur la peau tatouée une petite lozange en airain, désignée par les Lapons sous le nom d'*arpa*, et il présenta à son grand-père la baguette du tambour, qui n'était autre chose qu'un petit marteau de bois. Les deux hommes se mirent à genoux, en face l'un de l'autre, le tambour entre eux deux, et Peckel le frappa de la baguette.

L'arpa, obéissant aux vibrations de la membrane, passa sur divers signes et s'arrêta enfin sur une des figures cabalistiques, dont la signification ne pouvait être connue que d'un initié.

« Aie confiance, les augures sont favorables ; pars, tu reviendras vainqueur ! dit Peckel en se relevant.

— Alors, répondit le jeune homme, donne-moi un peu d'argent ; tu sais qu'il en faut avec ces gens de Norvége, qui nous méprisent comme des chiens, nous haïssent comme des loups, et nous tondent comme des agneaux.

— Laisse-moi seul un quart d'heure : je t'en donnerai.... si j'en trouve, » répondit le vieillard, qui, à ce seul mot d'argent, avait contracté ses épais sourcils en clignant de l'œil avec une vivacité singulière.

Quand Nepto fut parti, il ferma soigneusement la porte de sa hutte, souleva le cadre de bois rempli de mousse sèche qui lui servait de lit, et après avoir enlevé une énorme pierre recouverte d'une couche d'argile de la même couleur que l'aire de la cabane, il y plongea la main, remua avec une fiévreuse avidité des pièces d'argent, dont il écoutait le tintement sonore et gai avec une passion cent fois plus vive que celle du dilettante prêtant l'oreille à Mozart ou à Beethoven. Il en retira bientôt une poignée de *species*, qu'il compta deux fois, regarda chaque pièce à plusieurs reprises, examinant le millésime et les traits du prince ;... puis, quand son petit-fils parut, il les mit dans une de ses poches, en lui disant :

« A présent tu peux partir.

— C'est aussi ce que je vais faire, répondit le jeune homme. Mon traîneau est devant la porte.... Je n'ai pas pris quatre rennes, moi ; je n'en aurai qu'un.... mais c'est Reck, et il sait arpenter le terrain ! »

Le vieux Peckel, que ces dernières secousses avaient ébranlé et affaibli, s'avança à pas lents, appuyé sur le tronc d'un jeune frêne, dont Nepto avait ingénieusement tourné la racine. Il voulait voir partir son petit-fils. Il se pencha sur le traîneau, regarda les maigres provisions que Nepto avait jetées sous son banc avec deux gourdes d'eau-de-vie, et un grand panier de mousse pour son renne. Le fusil du chasseur, excellente carabine, digne de figurer dans un tir national, fabriquée à Drontheim par le meilleur arquebusier de toute la Norvége, était soigneusement enveloppé dans une double bande de vadmel.

Deux jeunes Lapons retenaient, non sans peine, le fougueux Reck, qu'ils caressaient de la main et de la voix. C'était un des plus grands individus de son espèce. Sa vaste épaule, sa poitrine profonde, ses reins courts, ses membres allongés, secs et nerveux, attestaient une puissance d'action et une énergie de moyens qui devaient le mettre à même de braver toutes les fatigues et de rendre tous les services.

Les deux grands chiens fauves, favoris de Nepto, s'étaient couchés dans la neige, le mufle tourné du côté de Reck, et tout prêts à lui sauter au poitrail, pour peu qu'il eût fait mine de vouloir partir avant d'en avoir reçu la permission de son maître. C'était, on le voyait aisément, deux de ces serviteurs dont on n'a jamais à redouter qu'un excès de zèle ; l'un d'eux, le meilleur, l'intrépide Sniff, avait perdu un œil dans les hasards de la guerre, et l'autre avait laissé ses deux oreilles on ne sait où ; mais Nepto racontait, non sans un certain orgueil, qu'ils lui avaient plus d'une fois sauvé la vie dans ces terribles chasses à l'ours, qui font parfois courir aux intrépides Lapons de si sérieux dangers. Le petit-fils de Peckel, pour plus de précaution, prit avec lui un des

colliers de Snalla, le fit, à deux ou trois reprises, flairer
à ses chiens, et comme s'il eût été désormais certain
d'un succès pour lequel il n'avait rien négligé, il prit
congé de son grand-père et partit.

Une fois apaisée cette animation qui accompagne
toujours un départ, quand il se trouva seul dans le
steppe immense, ne voyant plus se dérouler devant lui
que les horizons toujours les mêmes de la neige infinie,
quelles furent les pensées de Nepto?

Il n'est pas impossible de les imaginer. Nature sauvage, ardente, qui ne connaissait guère les demi-teintes
et les demi-tons qu'une civilisation plus raffinée donne
parfois à l'âme, Nepto n'était fait que pour toucher
tour à tour les extrêmes de chaque passion. Il passait
donc, avec une âpre et violente énergie, de la crainte à
l'espérance, de la colère à l'amour, de la tendresse à la
jalousie. Parfois même toutes ces passions semblaient
l'agiter à la fois. Il avait placé tout son avenir, toute sa
vie, sur la tête de Norra. L'amour qu'il éprouvait pour
elle était un de ces amours implacables qui semblent
brûler jusqu'au sang d'un homme.... Et un étranger,
amené dans sa tente par un hasard maudit, sans le
chercher, sans le vouloir, sans même s'en soucier, avait
détruit tous ses rêves d'avenir.

Avec elle, riche, puissant, honoré dans sa tribu, il
voyait s'ouvrir devant lui de longues perspectives de
bonheur.... et tout à coup, plus rien! Il se trouvait en
face du néant et du vide!

Quand il en était là de ses réflexions amères, une colère terrible bouleversait son âme; il méditait d'épouvantables vengeances. « Norra serait à lui : il l'avait
juré! il la reprendrait, il l'arracherait à son rival; puis,
ce rival, il l'immolerait! N'était-il point le meilleur ti-

reur de toute la Laponie? sa balle enchantée n'allait-
elle point toujours frapper le but? Il ne manquait pas
un écureuil sur la cime d'un sapin : un Suédois est plus
gros qu'un écureuil! »

« Et après?

« Oui, après! Norra l'aimerait-elle davantage, quand
elle le verrait couvert du sang de celui qu'elle avait
choisi? sa vengeance brutale ne creuserait-elle point
entre eux un abîme plus profond encore?. »

Toutes ces pensées qui se pressaient en lui le jetaient
dans une sorte de fièvre qui fouettait son sang et donnait à son cerveau des hallucinations voisines de la folie.
Il cherchait du moins à dompter ces révoltes de
l'âme par la fatigue du corps. Ce premier jour il courut
avec une vitesse insensée : ses chiens haletaient à le
suivre, et Reck, lui-même, si vigoureusement trempés
que fussent les ressorts de ses jarrets d'acier, commençait déjà d'éprouver certaine roideur dans ses articulations moins souples.

Une forêt qu'il trouva sur la route les abrita tous
quatre; et, rapprochés par le froid qui sévissait de toutes
parts, ils passèrent la nuit, hommes et bêtes, serrés les
uns contre les autres. Deux jours et deux nuits sans
incident, et dont rien n'eût troublé la monotonie, si, de
temps en temps, on n'eût aperçu dans le lointain quelques loups errants, qui se tinrent à distance, succédèrent
à ce premier jour et à cette première nuit.

Quand il fut question de repartir, le quatrième matin,
Reck, qui avait peu mangé dans la nuit, éprouva quelques difficultés à reprendre la route ; une de ses jambes
semblait engourdie, et l'inégalité de ses efforts et de sa
marche imprimait une déviation sensible au traîneau
qui souvent inclinait à gauche.

Au bout d'une heure, cependant, Reck avait repris

son allure ordinaire, et Nepto put croire à un engourdissement passager.

Cependant les chiens eux-mêmes, plus accoutumés à
la chasse qu'à ces courses sans but, commençaient à
trouver longues des étapes que rien ne venait distraire.
Ils avaient d'abord flairé sur la lisière des bois les pistes
odorantes qui les eussent volontiers entraînés sur la
trace de la proie accoutumée. Mais, depuis qu'ils avaient
compris, avec leur merveilleux instinct, que, pour cette
fois, l'ardent chasseur voulait marcher droit au but, ils
continuèrent leur route plus tristement, la queue basse,
le nez en terre, escortant le traîneau, chacun de son
côté.

Seul le cœur de l'homme était indomptable à la fatigue, et son courage plus grand encore que ses forces.

Vers midi le renne s'arrêta droit sur ses quatre jambes. Nepto n'osa point l'attaquer de l'aiguillon, mais il
l'encouragea de la voix. Le renne, comme s'il se fût
senti ranimé par la parole de son maître, repartit bientôt; mais, quelques instants plus tard, il se retourna
vers Nepto, et ses yeux, où il y avait des larmes, semblaient dire : « Épargne-moi, je ne puis plus ! »

Nepto, qui était poëte à sa manière, comme le sont
parfois les Lapons, mit sa tête entre ses mains et murmura à demi-voix une chanson qu'il avait composée jadis en revenant de la chasse quand il croyait que Norra
l'attendait.

On assure que le renne est aussi sensible à la mélodie
que le chameau et qu'on le délasse avec un air de musique. Du reste, la musique des Lapons n'est pas no-
tée : elle permet beaucoup à la fantaisie individuelle,
et ils chantent plutôt d'instinct que d'après une méthode arrêtée, pressant ou ralentissant le rhythme à
leur gré.

« Bondis, ô mon petit renne, disait la chanson, bondis sur la plaine et sur la montagne! C'est dans la maison de mon amie que tu seras gratté doucement; c'est là que, sous la neige, se trouve la mousse abondante.

« Si courts sont les jours, si longue est la route! Bondis avec ma chanson. En avant, en avant! Ici, point de repos.... ici, il n'y a que des loups.

« Là-haut vole un aigle.... puissé-je avoir comme lui des ailes? Les nuages, comme ils courent! Si j'étais dans leur sein, déjà, ma belle, je te verrais à ton foyer, je te verrais me sourire.

« Oh! comme tu m'as pris le cœur, et vite! Ainsi avec un renne privé prend-on le renne sauvage! et tu m'emportes plus rapide que le torrent quand la neige fond.

« Depuis que je t'ai vue, mille pensées me viennent, et, le jour et la nuit, mille pensées qui n'en sont qu'une.... toi!

« Va! tu peux me fuir, tu peux aller te cacher derrière le rocher de la vallée, ou, avec tes rennes, gagner les bois. Devant moi, devant moi, s'écarteront bois et rochers!

« Bondis, ô mon petit renne! bondis sur la plaine et sur la montagne; dans la maison de mon amie, tu sera gratté doucement; là, sous la neige amoncelée, tu trouveras la mousse abondante! »

Plus d'une fois, dans les longues courses, à la voix de son maître, le renne s'était ranimé; plus d'une fois, la chanson, comme s'il l'eût comprise, avait paru lui donner de nouvelles forces.

Mais, ce jour-là, le rhythme impuissant n'eut pas le même effet, et comme Nepto achevait son dernier couplet, Reck, qui n'avait cessé de gratter la terre du pied, au lieu d'avancer, fléchit sur ses genoux de devant,

puis s'abattit sur le côté ; renversant alors son bois sur
ses reins, les naseaux entr'ouverts, et, par petits mouvements saccadés, se creusant comme une couche funèbre dans la neige, il fit entendre deux ou trois brâmements plaintifs, et agitant ses quatre membres à la fois
dans une convulsion suprême, il se roidit tout entier,
et bientôt expira.

« C'était un bon serviteur, et je n'en retrouverai jamais un pareil ! murmura Nepto ; ah ! Norra, tu me
coûtes cher ! »

Après cette sorte d'oraison funèbre, laconique si l'on
veut, mais qui avait du moins le mérite d'être bien sentie, Nepto, qui était avant tout un homme pratique et
positif, ne voulut point que le regret qu'il éprouvait de
la mort d'un de ses serviteurs lui fît oublier les deux
autres. Il tira donc de sa poche un large couteau, et
tranchant d'un seul coup la veine jugulaire, il fit jaillir
un jet de sang chaud que ses deux chiens lapèrent avidement. Puis il coupa les traits, dégagea son équipage,
prit une tranche de poisson fumé dans son sac de ceinture, mangea une bouchée, avala coup sur coup deux
verres d'eau-de-vie, et se coucha dans son traîneau, la
tête enveloppée dans sa pelisse de fourrures pour réfléchir sur les périls de sa situation. Il ne connaissait
qu'imparfaitement la route qu'il suivait, s'orientant un
peu au hasard d'après la position des forêts et la forme
des montagnes. Il jugeait cependant qu'il devait être
encore assez loin de Drontheim, et comme il avait
quitté la route frayée, il ne savait plus quand il retrou-
verait une habitation.

La position, on le voit, était assez fâcheuse. Tout
autre se fût désespéré : Nepto s'endormit. Il avait besoin de force, et le sommeil lui en donnait toujours.

Au bout de combien de temps se réveilla-t-il ? lui-même ne l'eût pu dire. Il se trouva au milieu du joyeux tumulte d'une chasse : des jeunes gens, le fusil à la main et chargés de gibier, se tenaient autour de lui. A quelques pas, cinq ou six chiens aboyaient après les deux limiers de Nepto, qui montraient les crocs et maintenaient sévèrement les distances.

Réveillé en sursaut, le Lapon se débarrassa promptement de sa pelisse, et promena autour de lui un regard étonné.

« Un Lapon ! » s'écria-t-on de toutes parts, absolument comme l'on eût crié : « Un loup ! ou un renard ! »

Nepto bondit sur ses pieds, son couteau à la main ; appuyé contre son traîneau, ses deux chiens à ses côtés, il s'apprêtait à faire la plus vigoureuse résistance. Mais cette velléité d'héroïsme fut pour le moins inutile. Personne, en effet, ne songeait à l'attaquer. Comme c'était, après tout, un garçon de bon sens, il eut honte de cette sorte de bravade contre une troupe inoffensive. Il rejeta donc son couteau au fond du traîneau, croisa fièrement ses bras et attendit.

Mais tout à coup, avec une énergie sauvage, il bondit vers les chasseurs, et saisissant un d'entre eux au collet :

« Norra ! Norra ! qu'as-tu fait de Norra?... »

Ces exclamations, proférées d'une voix que la colère étranglait, s'adressaient à Henrick, que Nepto venait de reconnaître au milieu des chasseurs.

« A bas le Lapon ! à bas le chien ! s'écrièrent cinq ou six Norvégiens, qui saisirent le jeune homme dans leurs bras vigoureux.

— Mes amis ! mes amis ! je vous en prie, ne lui faites point de mal, » s'écria Henrick, tandis qu'Elphége de son côté, sortant des fourrés du bois, s'efforçait de leur donner quelques explications.

Mais, à la vue d'Elphége, la fureur de Nepto sembla se réveiller de plus belle :

« Lâche ravisseur ! s'écria-t-il, c'est toi qui l'as prise, meurs ou tue-moi ! »

Il était dans un état de surexcitation qui faisait mal à voir. Il fallut le maintenir par la force. Au bout de quelques instants, il parut se calmer, et put entendre enfin les explications que Henrick lui donna avec une fermeté et une netteté qui devaient le convaincre.

« Écoute, lui dit l'officier, j'aime une autre femme, que j'épouserai bientôt : Norra le sait.... elle n'a jamais rien été, elle ne pourra jamais être rien pour moi. Tu t'es souvent emporté contre moi, sous les tentes, parce que la colère t'aveuglait ; de sang-froid, tu aurais mieux jugé les choses ; tu aurais vu qu'au lieu de te nuire, c'était moi qui te servais.... Je ne te dirai point que je suis ton ami.... peut-être ne me croirais-tu pas ?... »

L'air de doute avec lequel Nepto hocha la tête montra clairement quel degré de confiance le Lapon accordait au Suédois.

« Un jour, bientôt peut-être, continua Henrick, tu connaîtras toute la vérité.... tu sauras alors si Norra....

— Arrête ! ne prononce jamais ce nom-là ! fit Nepto d'une voix frémissante.... Dans ta bouche, il m'irrite plus qu'une mortelle injure.

— C'est de la folie ! murmura Henrick, et on ne raisonne point avec les fous ! »

Puis se retournant vers le Lapon, toujours immobile, les bras croisés devant lui :

« Comment veux-tu que je te donne les nouvelles que tu viens chercher, si tu t'exaspères ainsi chaque fois que je veux parler ? »

La réponse était si juste, que Nepto ne sut que répliquer, et il baissa la tête comme un homme accablé.

Enfin, au bout de quelques minutes :

« Eh bien ?. fit-il, parle : où est-elle ?

— Chez toi, sans doute.

— Comment, chez moi ! Tu me trompes ; j'arrive de la tribu : elle n'y était point !

— Vous vous serez croisés en route : la plaine est grande, et il y a de la place pour vous deux.

— Jure que ce que tu dis est vrai.

— Je le jure sur Dieu et sur mon honneur de Suédois. »

Cette affirmation si nette sembla rassurer le farouche petit homme. Ses sourcils froncés se détendirent, et le nuage sombre qui, depuis le commencement de l'entretien, couvrait son front, parut s'éclaircir un peu. Mais sa colère, changeant d'objet, se tourna contre Norra.

« La folle ! s'écria-t-il en frappant la terre du pied :

— Non pas la folle, mais la bonne ! dit Henrick.

— Je n'ai pas besoin qu'elle soit bonne pour les autres ! reprit Nepto, avec une naïveté d'égoïsme qui fit sourire Henrick.

— Il te suffit, dit-il, qu'elle soit bonne pour toi : je comprends ! mais voyons, que veux-tu faire maintenant ? Tu ne peux rester ici, et ce ne sont pas tes chiens qui pourront te traîner jusqu'aux cimes des Kilpis.

— Si seulement j'étais à Drontheim ou à Lavanger, j'y trouverais des amis, et je pourrais regagner nos tentes. »

Et, tout à coup, tirant sa bourse de cuir, toute pleine de *species* qu'il fit sonner dans sa main :

« Vends-moi un cheval ! lui dit-il, c'est tout ce que je te demande.

— Je ne vends rien, répondit l'officier, mais je puis te prêter tout ce que tu voudras ; tu feras remettre la bête à Drontheim, à l'hôtel d'Angleterre.

— Eh bien ! voilà qui est entendu, fit Nepto, en remettant la bourse dans sa poche, sans en avoir dénoué les cordons. Quand m'enverras-tu le cheval ?

— Oh ! oh ! tu viendras bien le chercher toi-même, le gaard n'est pas à plus d'une demi-heure de marche.

— Voilà qui ne sera pas ! s'écria le Lapon, retrouvant tout à coup sa colère et sa violence.... Non, je n'entrerai jamais dans ta maison.... Ah ! si tu n'étais pas venu sous nos tentes !

— A ton aise ! fit Henrick, en souriant ; dans une heure tu auras ton cheval : bon voyage et salue pour moi ton grand-père. »

Henrick rejoignit ses compagnons, et, tout en reprenant avec eux la route du gaard, il les mit au courant de sa conversation avec Nepto.

« Le singulier bonhomme ! fit en riant l'oncle d'Edwina ; il est pourtant fâcheux qu'il n'ait pas voulu venir à Harald-Gaard avec nous ; je suis certain qu'il nous aurait donné le divertissement d'une amusante comédie.

— Pour moi, dit Henrick, je crois plutôt qu'il serait, au besoin, acteur à se charger des rôles tragiques ; puisse aucun de nous ne le jamais rencontrer sur sa route !

— Ah ! ah ! s'écria-t-on de toutes parts, voilà bien du nouveau ! un Suédois qui a peur d'un Lapon.

— Riez ! riez ! répliqua Henrick, mais j'estime, pour mon compte, que l'on doit toujours être en garde contre un homme violent, passionné et malheureux.

— Allons ! c'est le bonheur qui te rend poltron ; j'en ferai mes compliments à la belle Edwina.... En attendant, allons dîner et envoyons-lui son cheval : il faut toujours tenir la parole donnée.... même à un Lapon.

— *Surtout* à un Lapon, » dit l'officier en soulignant ce mot de la voix.

# DEUXIÈME PARTIE

Près de trois mois se sont écoulés depuis la rencontre des hommes du gaard avec le Lapon. Pour Henrick comme pour Edwina, ces trois mois n'ont pas eu d'histoire, et leurs jours se sont écoulés, calmes et monotones, comme le bonheur. Henrick eût dit volontiers comme notre poëte :

Maudit printemps, reviendras-tu toujours ?

et sa chère Edwina eût répondu :

C'est l'hiver que mon cœur implore !

Mais la neige ne tombait plus; elle fondait : la saison nouvelle approchait, avec ses pompes, ses splendeurs et ses joies profondes, que nulle part ailleurs la nature ne semble ressentir comme dans l'extrême Nord. Il faisait une de ces saisons qui doivent inspirer aux amants un nouvel et plus vif désir de vivre l'un près de l'autre.... d'être ensemble !... Et ceux-ci allaient se quitter. Le temps des épreuves n'était pas fini, et il restait à Henrick d'impérieux devoirs à remplir; trois mois de

difficiles travaux étaient encore nécessaires au parfait
accomplissement de sa mission.

Il devait faire une tournée dans le nord-ouest de la
Norvége; il devait visiter les fjords que l'Océan projette
comme de longs bras dans l'intérieur des terres; il devait enfin étudier quelques-unes des moins connues
parmi les îles de la côte.

Edwina le savait : son cœur en souffrait; mais elle se
résignait; c'était une nature vaillante; elle avait le
sentiment du devoir et, loin de détourner Henrick, c'est
elle, au contraire, qui l'aurait encouragé, s'il eût eu
besoin de l'être.

On fixa le départ du jeune homme au jour même où
les troupeaux devaient quitter le gaard pour se rendre
aux pâturages, depuis si longtemps abandonnés. Ce
jour-là est une véritable solennité champêtre; c'est,
pour ainsi dire, la fête rustique du printemps. Déjà,
depuis quelques jours, on ouvrait, toutes grandes, les
fenêtres de la salle, pour sentir l'haleine des vents
tièdes, qui pénétraient les dernières neiges; déjà la séve
courait dans les branches flétries qui se relevaient
joyeusement vers le ciel; déjà les bourgeons roses
s'entr'ouvraient et les feuilles se dépliaient, comme
de petites faveurs vertes, au bout des rameaux noirs
encore : la mousse refleurissait; les cataractes dé-
chaînées sonnaient et retentissaient dans les bois;
les étables inquiètes mugissaient; il fallait rendre
les troupeaux au printemps et à l'herbe fraîche.
Tout renaissait dans la ferme; l'activité régnait partout; les travaux recommençaient; c'était comme une
nouvelle vie qui ranimait le monde.... et c'était à
ce moment-là que deux cœurs épris devaient se séparer.

Leurs adieux furent ce que seront toujours les adieux

de ceux qui aiment, pleins de larmes, que l'on essuyait avec des baisers.

Henrick accompagna les bergers qui s'en allaient
gagner dans les districts montagneux ces pâturages des
grands plateaux que l'on appelle Sœters. Ils se rendaient précisément dans une contrée qu'il avait besoin
d'étudier, et la vue d'ensemble qu'il pourrait obtenir de
ces hauts sommets rendrait sa tâche plus aisée.

Les premiers jours furent ce qu'ils devaient être :
Henrick sentait en lui un grand abattement et un grand
vide ; puis vint cette tristesse rêveuse et douce, qui suit
toujours les scènes d'adieu ; puis enfin il trouva quelque charme à cette vie poétique, qu'embellissaient
pour lui de riantes perspectives et les plus aimables
espérances. Il n'avait qu'un regret : c'était d'être presque entièrement privé de nouvelles d'Edwina ; car, dans
toute cette partie de la Norvége, les communications
sont toujours assez difficiles, et, si l'on en excepte les
côtes, pendant la saison où les bateaux à vapeur les
desservent, le service de la poste, principalement dans
les cantons éloignés et intérieurs, ne laisse que trop à
désirer.

Sous prétexte de faire des études de paysage, Elphége
avait accompagné son ami, et tous deux s'étaient facilement soumis aux rudes conditions d'existence des paysans au milieu desquels ils étaient venus camper. L'artiste cependant regrettait tout haut les curieux modèles
et les charmants motifs de dessins et de tableaux qu'il
avait rencontrés chez les Lapons. Henrick, de son côté,
assez négligé par les bergers norvégiens, ne pouvait
s'empêcher de songer aux aimables attentions et aux
soins délicats que Norra lui prodiguait.

Au milieu des solitudes inhospitalières des monta-

222                      UN AMOUR

gnes, il se rappelait les ingénieuses distractions qu'il
avait souvent trouvées, grâce à elle, sous la tente des
Kilps. Tout cela ramenait sa pensée, trop souvent peut-
être, vers celle qu'il devait maintenant oublier. « Si
elle était ici ! » pensait-il quelquefois. Quant à sa
chère Edwina, il n'osait même pas se permettre de
souhaiter sa présence en de tels lieux ; il savait bien
qu'elle y eût été trop malheureuse. A cette belle plante
un peu frêle, née dans un repli tiède et abrité de la
vie heureuse, il fallait toutes sortes de précautions,
de ménagements et de recherches ; elle souffrirait, ne
les ayant pas ; et lui, il souffrirait davantage des
privations qu'elle s'imposerait ; il ne voulait point,
même en pensée, la condamner à partager ses rudes
épreuves.

Norra, au contraire, était un petit buisson d'épines,
une mousse de rochers, éclose dans la neige : un coup
de vent ne pouvait lui faire ni peur ni mal. Elle était
parfois un quart d'année sans goûter une bouchée de
pain ; elle ne serait donc pas bien à plaindre pour avoir
jeûné un peu avec lui !... A plaindre !... Ah ! la pauvre
enfant ne se plaindrait jamais.... Elle dirait merci !
Ne savait-il plus quelle tendresse il y avait dans ce
cœur ! quelle affection sans bornes, quel dévouement
inépuisable, quel don généreux et toujours renouvelé
de soi-même ?... Et il était demeuré pendant des
mois auprès d'elle sans soupçonner la vivacité ni la
profondeur de son affection pour lui ! A quelle torture
il l'avait condamnée ! Au mépris de sa pure tendresse, il n'avait pas craint de demander sa main pour
un autre !

Et cependant, pour le revoir une dernière fois, elle
s'était exposée à tous les périls ; elle avait bravé tous
les affronts ; seule et faible, elle était venue au milieu

des implacables ennemis de sa race.... et là elle avait
entendu ses promesses et ses serments d'amour ! Elle
avait dû contempler le triomphe, admirer la beauté
d'une rivale préférée. Ah ! quels avaient été, pendant
ces mortelles journées, les déchirements de son cœur !...
et pourtant, pas une parole amère n'était sortie de sa
bouche ; elle n'avait pas même voulu, par un soupir
trop fortement exhalé de son sein, troubler les félicités
de celui qui avait brisé sa vie. Quelle destinée pour
une telle âme, et où donc trouver jamais un malheur
plus accompli ! Si, sous les yeux même d'Edwina, dans
l'enchantement que lui causait sa présence, dans
l'ivresse de la passion partagée, il avait poussé l'injustice jusqu'à regarder la présence de l'amante dédaignée, comme un importun obstacle aux libres épanche-
ments de son amour, combien, maintenant qu'il était
seul, livré à lui-même, combien il lui rendait une autre
justice ! Comme il savait mieux reconnaître, par une
sympathie généreuse, et par une immense pitié, tout
ce qu'il y avait en elle de bon, d'affectueux et de dévoué !
Que n'eût-il pas donné pour la voir une seule minute et
lui dire: « Va, Norra, pauvre enfant, je ne suis pas un
méchant cœur ! Je sais que tu m'aimes, et tu as dans
mon affection une place que personne ne t'enlèvera jamais. »

Et que l'on ne croie point que de tels sentiments
fussent un larcin fait à Edwina. La part de l'une restait entière, alors même qu'il donnait à l'autre. Il ne
dépouillait point celle-ci pour enrichir celle-là. Les
sentiments que lui inspirait chacune d'elles, n'étaient
point de la même nature et n'auraient pu se nuire. La
belle Suédoise, l'heureuse fiancée, n'eût pas voulu de
cette aumône de pitié qu'il accordait à la petite Laponne,
et elle était assez sûre de son empire pour permettre

qu'un peu de sympathie innocente s'égarât loin d'elle. D'ailleurs, elle n'était point là, et dans les trop rares occasions qui s'offraient de lui écrire, Henrick avait mieux à faire que de s'entretenir de Norra.

# II

Nous avons laissé la pauvre fille en plein désert, la nuit, par un froid dont nos latitudes clémentes n'ont pas le même soupçon, livrée à toutes les tortures d'un cœur déchiré, et emportée dans l'espace. Il faut bien le dire, si vaillant que fût son cœur, elle éprouva quelques instants de véritables angoisses. Tant qu'elle s'était sentie en présence des hommes, elle avait lutté courageusement contre elle-même, contre ses chagrins amers. Une fois seule, ce courage fait d'orgueil l'abandonna et elle ne vit plus qu'une chose au monde, son amour et son malheur. Et comme à toutes les douleurs, arrivées à un certain paroxysme, une crise est nécessaire, la crise arriva.

Mais Dieu est un père qui parfois se lasse de voir souffrir ses créatures, ses enfants.

Norra éprouva donc bientôt une sorte d'apaisement. Comme presque toutes les races du Nord, les Lapons, si incultes qu'ils soient, ont cependant un sentiment assez vif des beautés de la nature. Norra regarda le ciel tout resplendissant au-dessus de sa tête. Elle se dit que, dans cette demeure éclatante du Dieu de ses aïeux, il y avait un œil qui veillait sur elle ; qu'un immense amour se répandait de là sur les vastes mondes, et que le grand être, qui devait être bon puisqu'il était fort, n'abandonnerait pas celle qui se défendait avec tant de courage.

Sa douleur n'était point consolée, et peut-être elle n'eût point voulu qu'elle le fût ; car, hélas ! sa douleur, c'était maintenant tout ce qui lui restait de Henrick ; mais elle était du moins un peu calmée, et, tout en gardant sa profondeur, elle perdait peu à peu de son amertume. Elle entrait maintenant dans la phase de la mélancolie, à laquelle les âmes vraiment tendres trouvent toujours un charme.

Elle fit de la main un signe au pauvre Snalla, auquel, depuis huit jours, elle n'avait plus témoigné la moindre attention.

« Je suis ingrate et tu m'aimes encore ! » lui dit-elle en caressant sa belle tête blanche.

Snalla, tout joyeux de cette tendresse qu'on lui rendait, recommença de bondir autour du traîneau, excitant par son exemple les rennes qui emportaient sa jeune et chère maîtresse. Ainsi marchait-elle, plus calme dans ses pensées, au milieu des plaines infinies, sur la neige éclatante, et sous la lumière sereine du ciel.

Cinq jours après avoir quitté Harald-Gaard, elle aperçut dans la distance de petites colonnes de fumée bleuâtre qui lui annonçaient sa tribu.

Toute autre femme que Norra eût peut-être éprouvé, dans de telles circonstances, quelque crainte ou du moins un sentiment d'émotion pénible : rien de semblable chez notre héroïne : elle avait parmi les siens une position toute particulière ; on la regardait comme une des personnes les plus intelligentes de sa nation ; elle lisait dans les livres ; on assurait même que son grand-père lui avait donné une partie de sa science, et qu'elle savait composer des philtres, préparer des charmes et jeter des sorts. De plus, elle était riche. Quand on a tant d'avantages, on peut faire à peu près tout ce que l'on veut, chez les Lapons comme ailleurs. Norra n'avait donc rien à craindre des personnes étrangères à sa famille. Son grand-père allait peut-être grossir un peu sa voix ; mais elle savait bien que cette sévérité n'était qu'apparente ; que le vieillard était plein de faiblesse pour elle et qu'elle avait toujours eu l'art de le calmer. Restait donc Nepto ; mais elle ne craignait point Nepto ; est-ce qu'une femme craint jamais l'homme dont elle se sait passionnément aimée ?

Norra, après cette longue absence, rentra donc dans sa tribu aussi tranquillement que si elle en fût sortie la veille ; elle passa, fière et superbe, en femme qui n'a rien à redouter ni de soi ni des autres, entre les deux rangées de huttes qui bordaient la principale rue du village, et s'arrêta bientôt devant la porte de son grand-père. Deux ou trois serviteurs empressés vinrent au-devant d'elle. Elle sauta légèrement à terre, et sans leur rien dire, entra dans l'antique demeure de Peckel.

Elle avait fait quelques pas à peine quand elle s'arrêta tout à coup, frappée d'une douloureuse surprise ; son grand-père, d'ordinaire alerte et dispos comme un jeune homme, était affaissé sur lui-même, dans l'angle le plus reculé de la pièce. Il était à demi caché sous un amas de peaux et de fourrures, et tellement changé depuis le départ de Norra, qu'elle n'osait pas le reconnaître. Il avait encore maigri : ses deux mains, qui pendaient hors des couvertures, étaient tellement décharnées que la peau était littéralement collée sur les os. Ses yeux, naturellement petits, n'étaient plus que deux trous de vrille, au fond desquels, par intervalles, on voyait s'agiter et briller comme un point rouge presque imperceptible.

Norra, dont les chagrins n'avaient point gâté le cœur, fut profondément émue de ce spectacle : elle s'élança vers le vieillard, comme pour l'embrasser ; mais Peckel, par un mouvement brusque, se rejeta en arrière, en même temps que du geste de sa main tremblante il la repoussait loin de lui.

« Nepto ! qu'as-tu fait de Nepto ? » demanda-t-il d'une voix qu'il voulait rendre irritée.

Une minute avant l'entrée de Norra, ce n'était point à Nepto qu'il pensait, mais à elle ; et maintenant qu'il la voyait près de lui, maintenant qu'il n'avait plus à trembler pour elle, c'était son autre enfant qui occupait sa pensée.

« Nepto ? Mais je ne l'ai point vu, fit Norra avec le plus sincère étonnement ; n'est-il donc pas au village ?

— Pourquoi donc y serait-il quand tu n'y es plus ? répondit le vieillard, en relevant la tête qu'il appuya dans sa large paume ; toi partie, ingrate et méchante, il n'y a plus de joies ici pour personne.... Tu le sais bien.... Ce qui n'empêche pas que tu ne nous déchires le cœur à tous, comme à plaisir....

— Je n'ai voulu faire de peine à personne ; ce sont les autres qui m'en ont fait.... Nepto passe sa vie à me tourmenter.

— Aime-le, il ne te tourmentera plus. »

Norra secoua sa petite tête mutine sans répondre autrement ; mais le léger pli qui contracta ses sourcils, un petit froncement de la bouche au coin des lèvres, sa main impatiente qui arrachait par flocons la molle toison du renne qui servait de couverture à son grand-père, tout répondait pour elle et disait clairement au vieillard qu'il avait passé l'âge où l'on peut comprendre et discuter ces questions délicates, et qu'il faut laisser l'amour à la jeunesse.

Il y eut entre eux quelques minutes de silence. Une quinte de toux ébranla la vieille carcasse du sorcier, comme un vent d'orage secoue un arbre séculaire aux rameaux flétris.

Norra prit la tête du malade dans ses deux mains, et l'appuya contre sa poitrine; puis, quand l'accès fut passé, elle lui présenta un mélange de lait de renne et d'eau, dans lequel on avait fait bouillir une tige d'angélique, coupée par petits morceaux, seul remède accepté du Lapon, panacée aussi universelle qu'inefficace de cès tristes victimes de l'ignorance. Norra éprouva quelque chose comme un vague remords en contemplant ses joues pâles, et, prenant une de ses mains dans les deux siennes :

« Guéris-toi, père, lui dit-elle, et je ne te ferai plus de peine!

— Alors, tu aimeras Nepto ?

— Si je puis! murmura la jeune fille ; mais où est-il donc, Nepto ? tu dis qu'il t'a quitté.

— Oui, quand il a su que tu étais partie avec un de ces Suédois..., sans doute pour rejoindre l'autre, hein? il a déclaré qu'il ne reverrait jamais sans toi la fumée de nos tentes, et quoi qu'on ait pu faire et dire, il est parti, seul, avec Reck et ses deux chiens pour te chercher, n'importe où tu puisses être, à travers plaines, forêts, vallées et montagnes.

« Tu crois donc, ajouta l'aïeul, en voyant le mouvement étonné qu'elle venait de faire, tu crois donc qu'il n'y a de cœur que dans la poitrine des Suédois !

— Eh mon Dieu ! je n'ai jamais dit cela.

— T'épousera-t-il, du moins, celui à qui tu te jettes en pâture? Vois-tu, ma fille, quand il n'y a plus de mousse sur un rocher, le renne le quitte et va chercher sa vie ailleurs.... Malheur à toi si tu étais jamais, pour l'étranger, ce rocher sans mousse.

— Il en épouse une autre ! » murmura la jeune fille, rappelée tout à coup au sentiment de sa douleur.

Et elle se mit à mesurer, de ses pas rapides, la hutte où reposait son grand-père.

Peckel, appuyé à la muraille, suivait d'un œil où quelque vie semblait se ranimer les mouvements saccadés et brusques de sa petite-fille, et il épiait sur son visage la trace de ses émotions changeantes et violentes.

« Ah ! il en épouse une autre ; fit-il en étendant la main vers elle : alors, fille de mon sang, tu ne peux plus l'aimer !

— Qu'est-ce que cela fait ? répondit la jeune fille avec une naïveté sublime, mais à laquelle le vieillard ne pouvait rien comprendre ; qu'est-ce que cela fait ? je n'ai jamais espéré qu'il m'épouserait !

— Malheureuse ! mais alors pourquoi l'aimais-tu ?

— Pour l'aimer ! » répondit Norra en levant au ciel deux yeux où brillait la flamme humide de la passion la plus pure et la plus dévouée qui ait jamais brûlé dans le cœur d'une femme.

Le vieillard arracha son bonnet de sa tête, et le jeta avec un geste furieux à l'autre bout de la pièce.

« Folle et triple folle ! murmura-t-il ; qu'est-ce qu'il t'a donc fait boire ? J'ai composé bien des philtres dans ma vie ; il n'y a point dans nos montagnes une herbe que je ne connaisse, et pourtant, je le déclare, jamais je n'aurais pu opérer un pareil charme !

— Ne te fâche pas, père ; je tâcherai que cela se passe, ou du moins je ne t'en parlerai plus, non, jamais !

— Tu n'as donc pas de religion? fit le vieux païen, qui invoquait ses dieux de pierre plus souvent que le Christ et les saints. Qu'est-ce que t'a appris ce vieux bavard d'Olaf Johansen? Il m'a donc volé les cinq *spécies* que j'ai fourrés dans sa grande main au dernier voyage, quand je ne lui en devais qu'un pour sa dîme. Qu'est-ce qu'il te dit, Olaf, quand tu lui parles de tout cela?

— Il me dit de vous aimer.

— Et de m'obéir, sans doute?

— Il me le conseille, fit Norra.

— Alors, tu l'écoutes bien! »

Norra jugea sans doute qu'elle avait fait assez de concessions aux idées du vieillard et qu'elle lui avait accordé tout ce qui était en son pouvoir, car elle reprit d'un ton plus ferme :

« Je crois, grand-père, que cet entretien te fatigue....

— Et il t'ennuie! interrompit le vieux Lapon.

— Il ne faut pas, pour ta toux, que tu parles tant.... Je vais voir ce qu'ils font dans l'autre cabane; tâche de dormir un peu, je reviendrai bientôt.

— Tâche, toi, de me ramener Nepto! » lui cria le vieillard, en retombant sur son lit.

Norra ne répondit rien à cette dernière recommandation, et elle sortit de la chambre de son grand-père.

Le lendemain et les jours suivants, il ne fut plus question du jeune homme, et Norra, qui redevint comme autrefois l'âme de la maison, allait et venait autour de son grand-père, s'occupant de toutes choses, et s'efforçant de ramener le calme dans son propre cœur et la confiance dans celui du vieillard. Chaque matin, Peckel demandait si Nepto n'était point revenu dans la nuit; chaque soir il s'informait s'il n'était point arrivé dans la journée.

La réponse était invariablement la même, et invariablement désespérante. C'était, du reste, les seules
occasions où il prononçât le nom de son petit-fils.
Quant à Norra, on imagine aisément que ce n'était point
elle qui ramenait l'entretien sur ce sujet délicat....

Enfin, huit jours après la rentrée de la fugitive au
bercail, on vit apparaître à l'horizon les deux chiens de
Nepto, et bientôt le jeune homme fit lui-même son entrée dans le village.

S'élançant avec une folle ardeur, les deux fidèles animaux, comme ces courriers qui précèdent un grand
personnage, dépassèrent leur maître et entrèrent les
premiers dans la cour de Peckel.

« Nepto n'est pas loin, car voilà ses chiens, » s'écria
celui qui les avait aperçus tout d'abord.

La nouvelle circula avec une rapidité électrique, et
le nom de Nepto fut bientôt dans toutes les bouches.
Une joyeuse clameur, qui arriva jusqu'à la hutte du
vieux patriarche, lui annonça l'heureuse nouvelle que
les deux chiens semblaient vouloir confirmer par leurs
caresses.

Il fit un effort et se leva tout debout en s'écriant :

« Mon fils est là ! je suis guéri ! »

Et, sans accepter la main que Norra lui offrait, il se
hâta vers la porte.

La porte s'ouvrit et Nepto parut.

Il n'était pas moins changé que son grand-père.

Ce n'était plus le brillant chasseur, le fier et heureux jeune homme, la gloire et l'idole de sa tribu, que
nous avons connu au début de cette histoire. Ses traits
étaient flétris et hâves ; on n'avait pas besoin de le regarder à deux fois pour deviner tout ce qu'il avait souffert.

Ses longs cheveux noirs, couverts de neige gelée,

pendaient en désordre, par mèches roides le long de son visage ; ses yeux agrandis jetaient un feu sombre. Ses vêtements en lambeaux, qui contrastaient si fort avec sa mise d'ordinaire soignée et coquette, racontaient toutes les misères qu'il avait endurées.

Norra vit tout cela d'un coup d'œil, et elle en fut touchée. Mais elle n'était point de celles que la pitié conduit à l'amour : si vive et si douloureuse que fût sa sympathie, elle n'altérait en rien la nature des sentiments qu'elle éprouvait pour son cousin. Le vieillard, en apercevant son petit-fils, fut obligé de s'appuyer à la muraille pour ne pas tomber. Nepto, qui savait combien son affection pour lui avait grandi pendant ses derrières épreuves, s'élança à son cou. Peckel le tint longtemps embrassé, et, tout en le serrant contre sa poitrine, il tendait une de ses mains à Norra. Mais la jeune fille, qui craignait sans doute les surprises et les effusions d'une pareille scène, s'était mise prudemment à l'écart ; elle feignit donc de ne point apercevoir le geste de son grand-père, dont la main continuait à s'agiter dans le vide.

Libre enfin de l'étreinte passionnée du vieillard, Nepto jeta les yeux sur Norra, qui se tenait immobile à quelques pas. Mille sentiments, auxquels il n'osait même pas s'abandonner, agitaient et troublaient profondément l'âme du jeune homme. Il était à la fois heureux de revoir Norra, et irrité à sa vue par le souvenir de ce qu'elle avait fait ; il cherchait à lire le secret de son âme dans ses yeux impénétrables ; il se demandait quelle impression produirait sur elle la preuve de fol amour qu'il venait de lui donner, et sentant bien que, quoi qu'elle fît, il l'aimerait toujours, il s'indignait contre lui-même, plus encore qu'il ne s'emportait contre elle. Il savait que c'est bien plus souvent par ce qu'elles nous coûtent de peine que par ce qu'elles nous donnent de joie que nos passions nous sont chères et s'enracinent profondément. Par quel mot allait-il l'aborder? Il l'ignorait encore ; il la regardait en silence, attendant. L'embarras de Norra n'était pas moins grand Elle sentait que leur position à tous deux était fausse. Mais comme la femme avait plus de décision dans le caractère que l'homme, ce fut elle qui trouva la première parole.

« Bonjour, Nepto, dit-elle à son cousin ; tu viens de faire un long voyage.... j'espère qu'il n'a pas été malheureux? »

L'entrée en matière était brusque et hardie : Norra attaquait tout d'un coup le côté brûlant de la question ; elle commençait précisément par où une autre n'aurait même pas voulu finir ; mais Norra était une de ces natures audacieuses pour qui tout semble préférable à l'incertitude : elle voulait que Nepto comprît bien qu'il n'y avait entre eux rien qu'elle eût à craindre ou qu'elle voulût cacher.

« Mon voyage n'a eu qu'un heureux moment, répondit Nepto, celui du retour. Tu en étais le but, et c'est ici que je te retrouve.

— Je regrette le souci que tu t'es donné : il était inutile. Tu vois que je suis bien revenue seule.

— Je ne le savais pas quand je suis parti.

— Est-ce que vous vous querellez déjà? demanda Peckel en se tournant vers ses enfants.

— Non, grand-père, répondit Norra, nous nous expliquons. »

Ce fut du reste la seule explication, pour parler comme Norra, qu'ils eurent jamais ensemble.

Nepto comprenait enfin que sa cousine n'était point de celles qui se laissent imposer les sentiments qu'il ne leur plaît point de partager. Il eût dû s'en douter depuis longtemps. Le voyage lui avait ouvert les yeux ; les longues réflexions solitaires avaient ramené un peu de calme dans son âme : c'était pour lui un grand adoucissement à ses chagrins de savoir qu'il n'avait plus de rival ; les âpres tortures de la jalousie lui donnèrent donc quelque trêve.

Pour tous deux, une nouvelle vie commença : vie calme en apparence, pénible au fond ; visage indifférent, cœur douloureux. Ni l'un ni l'autre ne pouvait oublier le sujet de ses tristes préoccupations, et comme l'âme humaine est ingénieuse à varier ses supplices, ils souffraient également : celui-ci de voir toujours Norra, celle-là de ne jamais voir Henrick. Tous deux gardaient ainsi avec une incorruptible fidélité l'amer trésor de leurs pensées.

L'hiver ajoutait encore à leurs ennuis en les condamnant en quelque sorte à rester en présence l'un de l'autre. Le froid et la neige les retenaient prisonniers plus sévèrement que n'eût pu faire la plus stricte consigne. Pour Nepto plus de pêche dans les fleuves glacés, plus de chasse dans les forêts muettes. Les Lapons ont peur des loups, et les ours dormaient dans leur graisse au plus épais des fourrés. Pour Norra, plus de courses sur les plateaux déserts, plus de promenades au bord des ruisseaux, dont la glace enchaînait les flots jaseurs et murmurants.

Une fois par jour Nepto allait bien compter les rennes de son grand-père parqués dans des enclos grossiers non loin de leur habitation ; Norra surveillait bien les travaux des femmes de la maison ; mais c'était là une bien facile et bien courte besogne, et il leur restait à tous deux de longues heures oisives et inoccupées. Norra, cependant, savait lire, et elle s'était avidement

jetée sur deux volumes que lui avait prêtés le révérend
Olaf Johansen. Par malheur, c'étaient deux livres
de théologie, tendant à démontrer la supériorité de
l'*Église réformée* sur ce que les protestants appellent
assez dédaigneusement le *Papisme*. On conviendra sans
peine que ce n'était point là une consolation bien effi-
cace pour le cœur amoureux d'une jeune fille de dix-
sept ans.

« J'ai beau faire, disait parfois la pauvre Norra, en
laissant tomber le livre insipide de sa main découragée
j'ai beau faire, il faut, malgré moi, que je pense à lui ! »
Et elle y pensait en effet, et elle s'absorbait tellement
dans cette pensée, qu'elle se sentait parfois transportée
de la game[1] de son grand-père, dans le gaard norvégien. Et alors, pour quelques heures du moins, elle
revivait auprès de Henrick, mais, en même temps,
hélas ! auprès d'Edwina. Elle se revoyait dans la grande
salle, au milieu de toutes ces jeunes filles, causant, travaillant, faisant de la musique, ou écoutant l'officier,
qui leur racontait de jolies histoires ; comme autrefois,
elle se tenait un peu loin de lui, du côté d'Elphége,
tandis qu'Edwina s'appuyait familièrement sur l'épaule
du conteur. Quand ces souvenirs revenaient à Norra,
ils la prenaient toute : la vie semblait disparaître de ses
traits immobiles ; la lueur des torches fumeuses qui
tombait sur son visage, ou les flammes du foyer qui
s'y reflétaient, donnaient à tout l'ensemble de sa physionomie, à son front énergique, à sa bouche fine et
pensive, à son œil profond, je ne sais quel accent
étrange : on eût dit la statue du Rêve.

Parfois le vieux Peckel fatigué de la voir absorbée à
ce point et si obstinément silencieuse, elle qui, l'hiver

---

1. Nom de l'habitation laponne.

précédent, avait égayé les longues soirées de son babil
joyeux, allongeait par-dessus la table son bâton, garni
d'une corne d'élan, pour la toucher légèrement à l'é-
paule ; Nepto l'arrêtait en lui disant tout bas :

« Laisse-la, grand-père, c'est inutile ; tu vois qu'elle
est bien loin de nous. »

Lui, pendant ce temps, assis en face d'elle, les coudes
sur ses genoux, la tête dans sa main, singulièrement
excité par sa continuelle présence et par cette résistance opiniâtre, fixait sur elle ses yeux noirs et péné-
trants.

Parfois Norra relevait la tête en tressaillant, et tout
à coup elle détournait ses regards des regards ardents
du jeune homme, avec un mélange de confusion et de
regret. Elle voyait si bien que l'on avait deviné sa pensée, et elle-même lisait si clairement dans la pensée de
l'autre ! Du reste, Nepto ne se permettait plus ni plainte
ni importunités ; on eût dit qu'il prenait enfin son parti
de cette indifférence qu'il ne pouvait vaincre, et qu'il
avait la tardive sagesse de renoncer à des prétentions
malheureuses. Sa tristesse et son silence, voilà tout ce
qui devait parler pour lui désormais.

C'est au milieu de telles préoccupations, et dans cette
contrainte pénible, que leur hiver s'écoula, jour après
jour, ou plutôt nuit après nuit.

Aussi les premières brises attiédies du printemps,
qui leur permirent de sortir de cette contrainte de la
vie commune et de retourner à la solitude et à l'isolement des montagnes, furent-elles accueillies par tous
deux avec un sentiment de délivrance.

# III

On raconte qu'à certaines époques de l'année, les rennes sauvages, pareils en cela aux touristes du monde élégant, ont l'habitude de quitter les hauteurs et de descendre vers les rivages des grands fjords. Ce sont des animaux fashionables et qui sentent le besoin de prendre les eaux.

Je ne sais trop jusqu'à quel point l'histoire est vraie ; mais ce qu'il y a de certain, c'est que, de temps en temps, les Lapons conduisent leurs troupeaux vers le rivage et qu'ils les font paître au milieu des herbages chargés des exhalaisons de la brise marine.

Cette année-là, Peckel, qui, en sa qualité de père de famille et de chef de tribu, réglait la marche des Kilps, décida que l'on irait planter ses tentes dans une des anses du Lyngen-Fjord.

Ce fjord présente aux voyageurs et à l'artiste un des plus beaux sites de toute la Norvége.

C'est un golfe immense, qui s'avance au loin dans les terres, pareil à un large fleuve qui pour rives aurait des montagnes. Comme pour aller chercher le tribut des eaux qu'il veut porter à la mer, il projette ses longs

bras dans toutes les directions. Tantôt il se resserre et
bondit sur un lit de cailloux, ses flots verts se frangeant
sur les bords d'une écume d'argent; tantôt il s'élargit
comme un lac et s'endort, tandis que les immenses rochers qui le surplombent épanchent sur lui leur ombre
épaisse. Au milieu, la lumière du ciel tombe et tremble
dans la glauque transparence des eaux profondes. Ap-
prochez-vous des rives, vous croyez glisser sur les vagues noires du Cocyte. Des sentiers de chèvres côtoient
les précipices. Des quartiers de roche semblent sortir
des flancs de la montagne éventrée; leurs dents aiguës
hérissent l'abîme; çà et là, dans les anfractuosités où
s'amasse un peu de terre végétale, pousse un épicéa
noir, ou un larix aux feuilles veloutées d'argent; ces
tourbillons de plumes et de cris, ce sont les vautours
et les aigles, qui vont s'abattre sur le cadavre d'un renne
ou d'un élan, brisé dans sa chute; là-bas, tout au fond,
cette tache de lumière humide et mouvante, c'est le
torrent : il mugit; mais si loin, que sa colère ne peut
monter jusqu'à vous. Parfois on pénètre dans des gorges
sauvages où toute trace de culture et de vie disparaît;
tantôt la neige couvre les hauteurs; tantôt les sources
cachées se répandent en larges nappes ou tombent en
cascades dans le bassin étincelant des rochers. Ces chutes
prennent d'énormes proportions; on dirait des fleuves
auxquels la terre a manqué tout à coup, et qui se précipitent de la cime des montagnes, roulant les pierres,
déracinant les arbres, emportant les troupeaux.

Parfois aussi, le fjord vous offre des scènes d'une irrésistible mélancolie. De chaque côté, on voit jaillir à
pic deux longues murailles de rochers, dont la base se
noie dans les flots, dont le sommet se perd dans les
nuages; au-dessus de vos têtes, un épais brouillard que
traverse avec peine un rayon blafard et terne, abaisse

sa voûte grise et cotonneuse : sous vos pieds l'abîme sombre, muet et béant. On se croirait enfermé dans une prison ténébreuse.

Ce n'était point, on le croira sans peine, l'appât de ces grandeurs et de ces beautés de la nature alpestre qui avait déterminé le vieux Peckel ; mais il savait bien qu'il trouverait là une pâture abondante : de la mousse pour ses rennes et du poisson pour lui ; c'était tout ce qu'il demandait au paysage.

Il était assez indifférent à Norra d'aller là ou ailleurs : où que ce fût qu'elle allât, elle n'était que trop certaine de ne point retrouver le seul être qui pût donner encore quelque intérêt aux actes monotones de sa vie. Elle fut cependant frappée de la grandeur et de la beauté du spectacle qui s'offrit tout à coup à ses yeux. Ses conversations avec les deux Suédois, les dessins d'Elphége, et bien plus encore les nouvelles idées et les sentiments nouveaux qui s'étaient développés en elle, sous l'influence de son amour, avaient en même temps développé l'instinct jusqu'alors endormi dans son âme des beautés de la nature.

Elle entrait pour ainsi dire dans un monde nouveau pour elle. Elle errait avec une sorte d'âpre et farouche plaisir le long de ces falaises aux flancs escarpés, s'aventurant avec l'audace des chèvres vagabondes sur les sentiers étroits, suspendus aux flancs des abîmes et d'où la moindre chute devait être mortelle ; elle s'enfonçait sous les grands bois touffus qui couronnaient leur cîme pour écouter le murmure des rameaux et la plainte des vents, douce musique, à laquelle les Lapons ne prêtent point d'ordinaire une oreille bien attentive. Nepto de son côté, avait repris avec une certaine activité ses travaux accoutumés. Il avait organisé des pêcheries dans les divers ruisseaux qui aboutissaient au fjord ; il faisait la chasse à toutes sortes d'animaux sur le bord du lac, et surtout il allait dans les îles qui avoisinent la côte, chercher le fin duvet dont les eiders tapissent les doux nids de leurs amours. Il pensait alors, assez tristement. qu'il en eût pu composer la couche de Norra, — la sienne — et qu'il en était réduit à le vendre aux marchands russes ou norvégiens.

Depuis leur retour à tous deux dans la tribu, il n'avait point fait devant Norra une seule allusion au passé, et cette discrétion, dont elle appréciait le bon goût, lui servait plus auprès de la jeune fille que toutes les plaintes et toutes les importunités d'une poursuite mai venue. A mesure qu'elle le craignait moins, elle était plus affectueuse envers lui; elle ne reprenait point, peut-être ne reprendrait-elle jamais son ancienne familiarité. Il y a dans la vie intime des choses qui deviennent si facilement irréparables! Mais elle avait du moins une égalité d'humeur et une facilité de relations auxquelles il n'était plus accoutumé : il était parfois tenté de la trouver trop bonne, parce que, se disait-il à lui-même, il ne pouvait plus la haïr, ce qui lui était pourtant plus facile que de rester indifférent auprès d'elle.

Combien de temps les choses eussent-elles duré dans cet état? C'est ce que personne n'eût pu dire. L'imprévu a toujours un si grand rôle toutes les fois que la passion est en jeu!

# IV

Quand les Lapons vivent seuls dans un canton, ils y sont d'ordinaire assez paisibles : leur naturel est généralement inoffensif ; les seuls sujets de querelles qu'ils pourraient avoir entre eux seraient relatifs au choix des pâturages ou à l'emplacement des tentes. Mais la Laponie est si vaste, et si abondants ses pâturages, que tout le monde a plus de nourriture et d'espace qu'il ne lui en faut. D'ailleurs, toutes ces questions sont réglées par des usages qui ont force de loi : les Lapons obéissent à leurs traditions comme à des décrets souverains.

Mais il n'en est plus ainsi, dès que les tribus se trouvent mises en contact avec les autres races qui se rencontrent sur leurs frontières. Presque toujours, dans ces circonstances, on voit éclater sous les plus futiles prétextes les haines profondes et séculaires qui divisent ces populations.

Les Lapons peuvent être accidentellement mêlés aux Russes, aux Norvégiens, aux Suédois et aux Quènes.

Sans être affectueuses, leurs relations avec les Russes n'offrent du moins aucun caractère d'hostilité. On cherche à se tromper réciproquement, ainsi, du reste, que font trop souvent les négociants de tous les pays ; mais les choses ne vont jamais plus loin. La finesse des uns lutte sans trop de désavantage avec l'astuce des autres ; mais il est à peu près hors d'exemple qu'on passe de l'injure aux coups. Il n'en est pas toujours de même avec les Norvégiens et les Suédois : ici l'état de guerre semble être la condition normale ; la paix n'est connue que comme exception, et encore c'est la paix armée. Le soupçon réciproque est à l'ordre du jour. Quand quelque larcin a été commis dans un gaard,

On ne va point s'en prendre aux gens du voisinage !

c'est un Lapon qui a tout fait.

Si, de son côté, un Lapon revient à ses tentes le bras en écharpe, traînant la jambe, les reins à demi cassés, le nez en capilotade, l'œil noir, ou une oreille de moins, on ne va point se plaindre au magistrat, qui prétendrait sans doute que ce ne sont point là ses affaires, et peut-être même que le plaignant a eu tort.... mais on ne doute point que la pauvre victime ne sorte des mains par trop lourdes de quelque Norvégien.

Avec les Quènes, la position, pour parler le langage des diplomates, est encore plus tendue, les rapports plus difficiles et les scènes de violence plus fréquentes. Irrégulièrement répandus dans toute la partie nord-ouest de la péninsule Scandinave, les Quènes, malgré leur inimitié héréditaire contre les Lapons, se trouvent assez souvent mêlés à eux — à peu près comme les Druses et les Maronites dans les villages mixtes du Liban.

Tout près du petit golfe sur les bords duquel les La-pons nos amis avaient planté leurs tentes, il se trouvait précisément une tribu de Quènes. Ceux-ci, c'est une justice que je me plais à leur rendre, ne virent point d'un bon œil l'arrivée de Peckel et des siens, et s'il n'eût fallu qu'un coup de main pour les renvoyer dans leurs montagnes ils eussent couru le risque de ne pas prendre trop longtemps le frais sur le rivage. Cependant ils se continrent tout d'abord.

Il est, en effet, reconnu comme le droit public dans cette partie de la Norvége que la terre, par cela même qu'elle n'est à personne, appartient à tout le monde, et que chacun, tant qu'il occupe, est le maître de ce qu'il occupe. Il ne fallait donc point songer à déposséder nos Lapons. Mais, avec un peu de bonne volonté, les questions de limites fournissent toujours autant d'occasions de disputes que peuvent en désirer des voisins bien intentionnés. Où commence le territoire d'une tribu, où finit celui d'une autre? C'est ce qu'il est toujours possible de discuter à coups de poing et de décider à coups de fusil.

Il n'y avait pas encore huit jours que les rennes des Lapons se baignaient dans les eaux du Lyngen-Fjord, que déjà de sourdes rumeurs circulaient d'une tribu à l'autre. Les Quènes prétendaient que les femmes des Lapons allaient, pendant la nuit, traire le lait de leurs vaches. Les Lapons, qui ne voulaient point être en reste, prétendirent, de leur côté, que les chasseurs quènes prenaient volontiers les rennes privés pour des rennes sauvages, et que, depuis quelque temps, leurs troupeaux se trouvaient régulièrement décimés. Quand les choses en sont là, entre gens qui se détestent et qui ne demandent qu'une occasion pour se le prouver les uns aux autres, l'occasion ne saurait longtemps se faire attendre.

Des rixes partielles avaient déjà ensanglanté les rivages du fjord; si l'on n'avait point eu encore de victimes ni d'un côté ni de l'autre; si, jusqu'ici, la vie humaine

avait été respectée, ce n'était peut-être point aux parties belligérantes qu'il en fallait savoir gré, car, en tous
cas, ce n'était ni la bonne volonté ni l'envie de mal
faire qui leur manquaient.

Nepto, dans toutes ces querelles, jouait un rôle à
part et qui ne manquait certainement ni de grandeur
ni d'habileté. Il se posait comme parfaitement indifférent pour son propre compte à tous les sujets de querelles qui pouvaient éclater entre ceux-ci ou ceux-là.
On le savait assez riche pour ne pas se soucier beaucoup d'un renne de plus ou de moins dans ses troupeaux. Il était bien certain qu'il lui en resterait toujours
assez. Quant aux pâturages, il pensait, et il le disait
assez haut, que personne n'aurait le mauvais goût de
venir chasser ses troupeaux de la place qu'il aurait
choisie ; le reste lui importait peu ! Ce qui lui importait
davantage, c'est qu'en aucun cas on ne fît tort aux gens
de sa tribu ; c'est que l'on ne commît point de violences
contre les personnes. Il regardait comme son devoir
(il en arrivait peu à peu à remplacer son grand-père)
de faire en sorte que les siens n'éprouvassent sous
ses yeux ni injure ni dommage ? Partout où un Lapon
avait une querelle avec un Quène, on était sûr de le
voir arriver. On ne lui pouvait pas reprocher d'avoir
jamais porté le premier coup : il était rare que le second ne fût pas appliqué de sa main. Une telle conduite
avait le double avantage de donner un libre cours à une
énergie qu'il contenait depuis trop longtemps, et de le
poser parmi les siens comme le défenseur présent,
comme le chef futur de sa tribu. Ces combats, que l'on
s'efforçait de cacher au vieux Peckel, prenaient depuis
quelque temps une fâcheuse importance : ils se renou-
velaient beaucoup trop souvent ; plusieurs fois déjà, ils
s'étaient terminés par des morts d'homme. Une de ces

affaires avait été assez cruelle. Les Lapons, sans leur
nombre supérieur, eussent pu subir un rude échec ;
mais, quoique plusieurs d'entre eux fussent restés sur
le terrain, les Quènes avaient été cependant forcés de
leur céder le champ de bataille. Ils éprouvèrent une
violente irritation de leur échec, et proférèrent en se
retirant les plus horribles menaces.

Pendant quelques jours, les Lapons se tinrent sur
leurs gardes, et comme ils savaient bien que la justice
du pays ne leur était pas favorable, ils songèrent assez
sérieusement à regagner les hauteurs, sans tenter de
nouveau les chances si cruellement éprouvées des combats. Ce parti, s'il n'était pas le plus courageux, était,
du moins, le plus prudent. Mais comme il avait le tort
de contrarier les idées belliqueuses de Nepto ; comme
le triste amoureux préférait cette vie d'aventures, qui
faisait parler de lui sous les tentes, à l'oisiveté sans
gloire à laquelle il était condamné dans les pâtures, il
résista avec une tenace opiniâtreté, et s'opposa avec
une rare énergie aux mesures dictées par une politique
trop prudente. Cette fois encore, le parti le plus sage
ne fut pas celui que l'on choisit, et la tribu écouta la
voix de la passion avec plus de complaisance que celle
de la raison.

Une sorte de trêve, grosse d'événements et pleine de
menaces, suivit cette action meurtrière. Chacun s'observait, se tenait sur ses gardes et surveillait ses adversaires ; mais personne n'agissait. Les Lapons, qui
avaient eu tout à la fois les derniers torts et les derniers succès, n'auraient pas demandé mieux que de
faire la paix. Mais il était assez probable que les
Quènes, d'ordinaire assez jaloux de leur renom, et impatients d'une injure jusqu'à ce qu'elle fût vengée,
méditaient quelque combinaison qui payât avec usure

à leurs ennemis tout ce qu'ils en avaient reçu depuis
quelque temps.

Cependant, comme ils se contenaient avec une merveilleuse résignation, les Lapons sentirent peu à peu
leurs défiances s'endormir, et, parce qu'ils n'avaient
pas envie de recommencer la lutte, ils crurent que leurs
adversaires ne le désiraient pas plus qu'eux-mêmes.

Une nuit, tout reposait sous les tentes. La sécurité
des Lapons était si grande, qu'ils n'avaient pas même
posé leurs vedettes, précaution qu'ils prenaient d'habitude, quand ils se sentaient entourés de périls. Vers
une heure du matin, au moment où le sommeil est le
plus profond, une petite troupe de huit à dix hommes
pénétra dans leur camp, et s'introduisit, sans donner
l'éveil, dans la demeure de Peckel; ils espéraient y surprendre Nepto, qu'ils regardaient comme l'auteur de
leurs derniers revers : ils ne voulaient rien moins que
le mettre à mort. Les haines s'exaltent aussi bien sous
ces froides latitudes que dans les régions où le soleil
semble donner au sang cette fièvre de passion qui fait
les grands héros ou les grands criminels.

Nepto, par bonheur, ne se trouvait point cette nuit-
là chez son grand-père : il avait quitté le camp le soir
même.

Ils entrèrent l'un après l'autre dans la tente du vieux
chef, le fusil à la main, le couteau à la ceinture, prêts
à immoler tout ce qui leur ferait résistance : ils ne
furent point obligés d'en venir à cette extrémité. La
tente était à peu près déserte. Peckel dormait dans
dans son cadre de bois blanc, sur un amas de mousse
sèche; ils approchèrent de lui silencieusement, et con-
templèrent un moment son sommeil troublé de rêves.
De temps en temps il se soulevait à demi sur sa couche,

tordait ses bras, étendait ses mains, et faisait entendre
des cris plaintifs, ou plutôt une sorte de râle inarticulé.
Parfois on distinguait les deux noms de Norra et de
Nepto. Nepto et Norra n'étaient-ils point les deux plus
constantes préoccupations de sa vie, et qu'y avait-il
d'étonnant s'ils remplissaient son sommeil aussi bien
que sa veille?

« Oui, murmura un des Quènes, appelle Nepto!
Nous désirons sa venue aussi vivement que toi; tâche
donc qu'il t'entende et qu'il vienne!

— Eh! quelle est cette autre qu'il appelle encore,
cette Norra? fit le plus grand et le plus redoutable de
ces bandits, un homme à la taille de géant, et dont les
épaules d'Atlas semblaient de force à porter la moitié
de la tribu.

— Norra! répondit un troisième, c'est la petite-fille
du vieux drôle, la cousine de Nepto, sa femme, peut-
être, une jolie créature, du moins à ce que l'on dit,
car je ne l'ai jamais vue. Si nous ne pouvons avoir le
garçon, enlevons du moins la fille, ce sera de bonne
prise.

— Sans doute! fit un nouvel interlocuteur; mais où
la trouver? qui peut savoir où elle est! Allons-nous
fouiller toutes les tentes? Il suffirait qu'un de ces misérables se réveillât pour donner l'alarme et nous causer
mille ennuis : ce ne serait pas drôle d'être pris les armes à la main dans le repaire de cette canaille! Ils ne
valent pas le mal qu'ils nous causeraient. Les gens du
roi ne demanderaient peut-être pas mieux que d'avoir
le prétexte de nous chagriner, et je ne me soucierais
pas de me faire pendre pour un Lapon.

— Niels, repartit le géant, tu as toujours peur, et je
n'ai jamais fait une excursion avec toi sans te voir trembler : il vaudrait mieux rester dans ton trou!

— Ma foi ! répondit celui auquel ces paroles s'adressaient, je n'ai, Mickaël, ni tes épaules pour recevoir les
coups, ni tes poings pour les rendre : il faut donc me
pardonner si je prends mes .précautions. Un homme
bien frotté craint les raclées, et notre dernière excursion ne m'a pas porté bonheur. Ce Nepto cogne dur
comme fer ! »

Les Quènes échangeaient ces mots à voix basse, en
furetant à travers la tente, dans laquelle ils butinaient
tout ce qui se trouvait à leur convenance. L'un d'eux se
tenait en sentinelle sur le seuil, et, de temps en temps,
il soulevait la portière, et, passant la tête à l'intérieur,
il leur faisait signe que tout était tranquille au dehors
et qu'ils pouvaient continuer leur petite exploration.

« Où donc est Mager? demanda celui que l'on avait
appelé Mickaël, et dont Niels avait vanté les poings et
les épaules.

— Me voici ! » répondit un des drôles, parlant à voix
basse, un doigt sur ses lèvres minces et plissées, et faisant signe à ses compagnons de se taire. Il leur montra
alors, à l'extrémité de la tente, un coin reculé, devant
lequel un rideau de vadmel gris et bleu s'étendait pour
le séparer d'avec le reste du logis, et de manière à former comme une petite tente dans la grande.

« Qu'est-ce? demanda Mickaël, plus encore du regard
et du geste que de la voix.

— Leur sorcière, leur fée, la fille du vieux ! »

Et, tout en parlant ainsi, la figure de Mager prit une
expression sinistre qui le rendit plus horrible à voir que
le plus horrible monstre, tant il est vrai que la laideur
morale, quand elle se traduit sur le visage, est plus
affreuse cent fois que la laideur physique. Ce Mager
avait la tête plate et fuyante de la vipère ; son crâne, à
demi dépouillé, ne montrait plus par places que quel-

ques cheveux d'un blond déteint qui paraissaient verts; ses yeux, d'un bleu pâle, n'avaient ni éclair ni rayonnement, et ses mains, toujours inquiètes, semblaient comme un indice de la perpétuelle agitation de son âme. Son nom, qui, en norvégien, signifie *maigre*, eût pu au besoin lui servir de surnom, car l'homme semblait diaphane et tous les os de son corps ne demandaient qu'à percer sa peau.

Il y avait sur ses lèvres un si hideux sourire, que Mickaël ne put s'empêcher de lui dire :

« Pour que tu sois si laid, il faut que tu aies quelque bonne nouvelle à nous annoncer.

— Elle est là! répondit Mager, sans paraître choqué le moins du monde de cette injurieuse boutade.

— Où donc? »

Avec sa main fermée, dont le pouce seul restait ouvert, il fit un geste par-dessus son épaule.

Tous les Quènes voulurent se précipiter dans cette direction. Mais lui, posant l'index de sa main droite sur sa bouche qui ricanait, et, de l'autre main, leur montrant le vieillard toujours endormi, mais toujours agité :

« Il faudrait d'abord *tranquilliser* celui-ci, fit-il avec un geste dont la férocité trahissait sa pensée d'une façon assez claire.

— Pas de crime inutile! Le vieux n'est pas capable de nous faire grand mal.

— Tant que la tête n'est pas écrasée, le serpent a du venin, dit le féroce Mager.

— Bast! fit Mickaël, nous pouvons bien l'empêcher de nous nuire sans le tuer.

— Il n'y a que les morts qui ne reviennent point, continua Mager.

— Si l'on te laissait faire, dit Niels, il faudrait toujours tuer. »

Mickaël les fit taire, et ramassant à terre des cordes qui avaient servi à quelque harnachement de renne, il les donna à deux de ses compagnons.

« Toi, les mains; toi, les pieds! »

Puis, tordant un morceau d'étoffe de manière à en former un bâillon, tous trois en même temps se jetèrent avec une violence inouïe sur le malheureux vieillard. Il ne poussa pas un seul cri, il ne fit pas un seul mouvement; car, en un clin d'œil, il fut saisi, bâillonné, garrotté, lié : puis deux Quènes le prirent, l'un par les jambes, l'autre par la tête, tandis qu'un troisième, ouvrant un grand coffre qui se trouvait à côté du lit, fit signe aux bourreaux de le mettre dedans. Cet ordre muet fut exécuté sur-le-champ, et sans que le pauvre Peckel eût eu le temps de se reconnaître. Un des bandits s'assit sur le coffre, pour l'empêcher d'en sortir, et la troupe se vit désormais, et sans coup férir, maîtresse absolue de la game du chef de tribu.

Mager les conduisit alors dans le coin de la tente où Norra reposait.

Il voulut les arrêter à quelque distance du lit, en étendant ses bras comme un obstacle entre eux et elle.

Mais Mickaël, haussant dédaigneusement ses robustes épaules, le saisit par les vertèbres du col, le fit pirouetter sur ses talons, et, quand il eut accompli son évolution, le jeta à trois pas de lui contre les piquets de la tente, qu'il faillit renverser.

Les envahisseurs s'avancèrent alors jusqu'auprès du lit; puis, comme s'ils eussent, en voyant Norra, éprouvé pour cette jeunesse et cette beauté un sentiment de pitié qui peut-être était bien loin de leur cœur; comme s'ils eussent hésité avant de troubler ce sommeil de l'innocence.... ses rêves peut-être.... ils s'arrêtèrent un instant à la contempler.

Sans doute ils n'avaient jamais vu pareil spectacle,
car un sentiment de naïve admiration se peignit sur le
visage de quelques-uns d'entre eux.

Norma dormait : un de ses bras pendait hors de sa
couche ; l'autre était doucement replié sous sa tête,
tout inondée de ses beaux cheveux noirs dénoués ; un
aimable sourire reposait sur ses lèvres entr'ouvertes,
comme un papillon sur une fleur, et le souffle égal
de sa respiration soulevait légèrement sa poitrine, à
temps égaux.

Les mille objets qui entouraient la jeune fille étaient
d'une élégance et d'une recherche qui contrastaient
singulièrement avec tout ce que les Quènes voyaient
d'ordinaire chez eux, avec ce qu'ils avaient rencontré
jusque-là dans la tente des Lapons. Ces charmants
riens, dont les mains de Norra avaient fait des merveilles, étaient pour la plupart les petits présents
que les deux Suédois lui avaient offerts en souvenir au
moment de leur départ. La montre de Henrick était
suspendue avec sa chaîne d'or à la tête du lit. S'il est
vrai que les choses au milieu desquelles nous vivons
prennent comme un reflet de nous, tout cet ensemble
délicat, élégant, poétique devait donner la plus aimable
idée de celle qui l'avait si ingénieusement disposé.

Mais nos héros n'étaient pas gens à perdre beaucoup
de temps en contemplation, et Mickaël, qui paraissait
le chef reconnu de l'aventureuse expédition, donna
bientôt le signal d'agir, ou plutôt il résolut d'agir lui-
même, car il prit une couverture, qui était tombée à
bas du lit, la mit sur un de ses bras, s'avança vers la
jeune fille endormie, et se pencha sur elle pour l'enlacer. Mais, à peine eut-elle senti le contact d'une
main étrangère, Norra, comme si elle eût été avertie
par son instinct virginal, se réveilla en sursaut, et,

poussant un grand cri, elle appela par deux fois : « Henrick ! Henrick ! »

Dans la veille comme dans le sommeil ce nom-là n'était-il point sa plus chère et sa plus constante pensée, et n'était-ce point vers Henrick en effet qu'elle devait crier dans le danger?

Mais, hélas! ce ne fut point Henrick, ce fut l'impitoyable éclat de rire des ravisseurs, qui répondit à ce cri d'angoisse. Comme ils ne connaissaient point Henrick, ils crurent que c'était quelque autre Lapon qu'elle appelait.

« Crie, crie, la belle! dit Mickaël avec le gros rire de la bêtise ; crie assez fort pour qu'il vienne, et avec lui ton cousin Nepto : nous en avons autant d'envie que toi! »

Norra était maintenant complétement réveillée, et aux folles terreurs de son demi-sommeil avait succédé pour elle une sorte de crainte réfléchie et calme, si nous pouvons ainsi parler, qui ne lui ôtait point la lucidité de sa réflexion. Elle se demandait ce que signifiait cette brusque entrée dans la petite retraite, respectée de tout le monde, où personne ne pénétrait jamais sans sa permission. Elle se voyait entourée d'une troupe d'hommes aux visages sinistres, qui ne pouvaient avoir que de mauvais desseins.

Cependant, comme elle ne se connaissait pas d'ennemis, et, comment donc en eût-elle eu, la pauvre âme, qui n'avait jamais fait de mal à qui que ce fût au monde! elle crut qu'on venait tout simplement pour voler, et elle se calma bientôt. A l'exception de la montre de Henrick, elle ne tenait à rien, et elle eût vu emporter la tente et tout ce qu'elle contenait, sans lui donner un regret. Seulement ces misérables qui venaient ainsi chez elle, violant sa solitude et troublant son sommeil, lui inspiraient une sorte de dégoût qu'elle ne prenait pas même la peine de cacher ; aussi, pour ne plus les voir, elle détourna la tête, et, pareille à une enfant boudeuse, qu'on éveille, et qui veut dormir encore, elle se cacha sous ses couvertures : elle savait que Nepto n'était pas là, et, pour la première fois peut-être, le pauvre garçon eut ce bonheur, dont il ne put pas jouir, que celle qu'il aimait regretta son absence. Ne voulant pas exposer son grand-père aux violences de ces malfaiteurs, elle avait pris le parti de les laisser faire et de ne point appeler. Cependant, Mickaël et les autres, après avoir joui un instant de son embarras et suffisamment dévalisé la hutte, songèrent qu'il était temps d'en finir, avant qu'on ne se fût aperçu de leur présence dans le camp.

« Allons ! qu'on se lève ! » fit Mickaël de sa voix la plus rude.

En même temps un autre de nos dignes personnages qui avait aperçu la chaîne et la montre d'or, avançait la main pour les saisir : Norra, qui tenait à son trésor, s'élança sur lui pour le reprendre.

« Ah ! ah ! fit Mickaël, je croyais que nous allions trouver une petite chèvre blanche : il paraît que nous avons affaire à une louve de montagne.... tant mieux, pardieu ! j'aime les griffes, moi ! »

Et, tout en parlant, il avait pris par la taille Norra, qui s'était à demi soulevée du lit.

« Misérable ! tu oses me toucher, » s'écria la jeune fille, les yeux étincelants, et avec un accent d'indicible fierté.

« Oui, j'ose ! ricana le bandit; habille-toi et tais-toi. »

Mais Norra n'était point femme à céder à la menace, et elle se débattit sous l'étreinte avec l'énergie d'une jeune lionne, serrée de près par les chasseurs. Que pouvait-elle faire cependant contre la force d'un colosse auquel trois ou quatre drôles, qui ne craignaient et ne respectaient rien, venaient encore prêter secours? Son énergie cependant ne l'abandonnait point encore, et, seule contre quatre, elle luttait toujours.

Les grandes mains de Mickaël saisissant ses deux poignets, la meurtrirent et l'abattirent pantelante sur son lit.

Cependant, le géant poussa tout à coup un cri de douleur et lâcha prise.

Un nouveau combattant, sur lequel on ne comptait point, venait de se mêler à la lutte.

Snalla, couché dans un coin de la tente, tout près du lit de Norra, — c'était la place où il dormait chaque nuit, — s'était réveillé au bruit. Il n'avait tout d'abord rien compris à ce tumulte, et, comme il était de sa nature assez pacifique, il avait pris le parti de se recoucher paisiblement. Mais en entendant le cri d'angoisse poussé par Norra, il avait deviné que sa maîtresse bien-aimée appelait à son aide, et, avec l'instinct, le courage et la fidélité du chien qui meurt pour défendre celui qui le nourrit, — et qu'il aime, — il s'élança contre les assaillants.

La diversion fut si brusque, si inattendue, et en même temps si violente, que Mickaël, ébranlé sous le choc, vaincu par la douleur, chancela du coup et lâcha prise. Cependant au milieu de ce groupe épais, Snalla, dont la rage semblait redoubler les forces, frappait de la tête et des pieds, du sabot et des cornes, se ruant tout entier dans la mêlée, et y produisant un véritable désordre et une inexprimable confusion. Norra profita habilement de cette diversion et gagna la porte. Mais Niels, qui s'était prudemment tenu à l'écart pendant a

lutte, lui barra le passage. La pauvre créature s'agenouilla devant lui en joignant les mains : le Quène
trouva plaisant de profiter de ce geste de prière pour
lui passer aux poignets la courroie qu'il avait ramas-
sée sur le sol, et tirant violemment une des extrémités, il emprisonna dans l'étreinte d'un inextricable
nœud les deux petites mains suppliantes, maintenant
captives.

Au même moment, Mager qui venait de tirer de sa
gaine un long couteau étroit, tranchant, effilé comme
un stylet sicilien, s'approcha traîtreusement du pauvre
renne.

« Je savais bien, dit-il de cette voix doucereuse et
cruelle, plus odieuse mille fois que les voix les plus
rauques et les plus violentes, je savais bien qu'il faudrait toujours tuer quelqu'un. »

Et, tout en parlant, il enfonça l'arme terrible au défaut de l'épaule de Snalla.

Un flot de sang jaillit de la blessure et les couvrit
tous ; l'animal, frappé à mort par une main trop sûre,
tomba sur ses genoux pour ne plus se relever ; il tourna
vers sa maîtresse un dernier regard, tout plein de larmes, dans lequel il semblait lui dire : « Je t'aimais
bien ! et je suis heureux de te donner ma vie. »

C'en était plus que la pauvre fille ne pouvait supporter ; elle s'évanouit, pendant que Snalla, son serviteur, son ami, s'affaissait sur son poitrail, agitait ses
jambes roidies dans une convulsion suprême, renversait
sa tête sur son col, son bois superbe sur ses reins, et
remplissait la hutte de son grand cadavre.

Tous ces hommes violents et cruels, que le sang
n'effrayait point, et qui, en venant dans le camp des
Kilps, y méditaient la mort d'un homme, eurent comme
un moment de trouble devant l'agonie d'un animal. Il

leur semblait à tous que Snalla mourant pour la fille
des Kilps leur reprochait le crime qu'ils venaient de
commettre contre elle. Mais de tels sentiments dans de
telles âmes ne devaient point durer bien longtemps. Ils
achevèrent leur pillage, et, enveloppant dans une peau
de renne Norra toujours évanouie, que Mickaël chargea
sur son épaule, ils sortirent du camp.

Ils marchèrent longtemps dans la campagne, toujours assez solitaire et plus déserte encore à cette heure,
sans rencontrer personne. Enfin Norra poussa un léger
cri de douleur et rouvrit les yeux, comme pour chercher à se retrouver elle-même et à reconnaître où elle
était. Elle aperçut des rochers autour d'elle, des vagues
au-dessous, et plus haut, du côté du ciel, de grands
sapins ondoyants. Elle n'était jamais venue là, et ne
savait point où elle se trouvait.

Mickaël, qui la portait toujours, s'arrêta, et, d'une
voix qu'il voulait rendre aimable : « Eh bien ! la belle,
ui dit-il, comment nous trouvons-nous maintenant? »

Norra le regarda fièrement sans lui répondre.

« A ton aise, mignonne; aujourd'hui tu me mé-
prises; bientôt tu me prieras, ma belle dédaigneuse !
mais si tu voulais marcher un peu ! »

Il se baissa pour la mettre à terre ; mais, en entr'ouvrant la couverture dans laquelle il l'avait enveloppée
au moment de partir, il s'aperçut qu'elle était à demi
nue.

« Eh ! eh ! fit-il en se tournant vers ses compagnons,
voici une toilette de voyage qui ne lui a pas coûté grand
temps à faire. Holà ! vous autres, qui donc s'est chargé
de la garde-robe de la princesse? »

Niels s'approcha avec un paquet d'habits de toutes
sortes qu'il avait trouvés sous la tente ; il l'ouvrit devant

la jeune fille. Les Quènes se rangèrent en cercle autour d'elle, comme pour jouir méchamment de son embarras.

Norra s'assit à terre, s'enveloppa dans la peau de renne, et, les regardant avec une résolution froide et ferme :

« Je ne m'habillerai point que vous ne m'ayez laissée ! » leur dit-elle avec tant de fermeté qu'ils s'éloignèrent aussitôt.

Mickaël lui indiqua du geste une anfractuosité profonde derrière les rochers, où elle se trouverait à l'abri de leurs regards.

« Fais vite ! lui dit-il, nous n'avons pas le temps d'attendre. »

Une fois seule, Norra jeta les yeux de tous côtés, cherchant si la fuite n'était point possible. Mais elle était complétement cernée : il fallait se résigner ; il fallait céder à la dure nécessité. Elle essuya ses larmes d'un revers de main, s'habilla promptement et vint rejoindre ses compagnons.

« A la bonne heure ! dit Mickaël, qui avait craint, sans doute, d'être obligé de l'attendre plus longtemps ; tu es une bonne fille, et je vois que nous pourrons nous entendre ! »

Tout en parlant, il voulut prendre sa main pour la forcer à marcher près de lui : mais la jeune fille le repoussa du coude sans dire un mot.

« Oh ! oh ! fit le géant avec un gros rire, je vois que nous sommes farouche ! Mais nous t'apprivoiserons, ma fille, et ce sera peut-être moins long que tu ne penses. »

Vers midi, la petite caravane, qui avait presque toujours suivi une route impossible, taillée au-dessus des abîmes, dans les rochers du fjord, changea tout à coup

de direction et dirigea sa marche vers le nord-ouest.
Une demi-heure après, elle s'engageait dans une sorte
de tunnel qui traversait une colline, et dont un massif
de bouleaux nains et de sapins rabougris masquait
l'entrée à tous les yeux. En sortant de ce tunnel, ils
pénétrèrent bientôt dans une vallée solitaire, au bout
de laquelle une assez grande maison, formée de planches et d'arbres grossièrement équarris, se dressait sur
la rive d'un petit lac solitaire. Une belle végétation l'entourait, et l'on voyait reparaître les arbres, qui d'ordinaire ne se retrouvent plus dans un voisinage si prochain du pôle. Les chênes s'y mariaient aux sapins, et
les frênes y croissaient à côté des bouleaux. Cette retraite de brigands avait toutes les apparences d'une
paisible et rustique demeure d'honnêtes gens. Un poëte
mélancolique l'eût choisie pour y placer le cadre de
quelque souriante et sentimentale idylle.

« C'est là que tu vivras! est-ce que le pays aurait le
bonheur de te plaire? demanda Mickaël en lui montrant
le bois, le lac et la maison.

— Oui, si je ne t'y vois pas, répondit la jeune fille.

— Je te fais donc peur? »

Et le géant essaya un air de tête qu'il crut aimable.

« Peur? fit Norra, non, mais horreur! »

Tous les Quènes, en l'entendant, partirent d'un éclat
de rire qui ne sembla point du goût de Mickaël, car
il fit une méchante grimace en répondant à Norra :

« C'est bien, ma belle, nous verrons si tu seras toujours aussi dédaigneuse ; prends seulement le temps de
t'accoutumer à moi, et tu verras. »

Mickaël, tout en parlant, avait haussé le pas; il était
arrivé en face du lac; il modula une certaine interjection
plus ou moins gutturale, en arrondissant ses deux
mains autour de sa bouche. C'était un signal; car aus-

sitôt une barque, conduite par un seul rameur, se dé-
tacha de la rive opposée et vint à eux. Le lac fut bientôt
passé, et une sorte de mégère, vieille et laide, dont les
cheveux grisonnants s'échappaient d'une coiffe indes-
criptible en mèches désordonnées, vint au-devant de la
petite troupe.

« Et la chasse? demanda-t-elle en promenant sur le
groupe un regard inquisiteur.

— Voilà le gibier ! dit Mickaël en montrant Norra.

— Cela seulement? » fit la vieille avec une moue
singulièrement dédaigneuse.

Vieille et laide, la ménagère d'Eystein-Gaard (tel
était le nom de la résidence de Mickaël) avait, comme
on voit, deux raisons de ne pas se montrer trop bienveillante à la jeunesse et à la beauté.

« Tu es bien difficile! dit Mickaël en lui frappant
amicalement sur l'épaule; mais, quoi que tu penses de
l'oiseau, fais bonne garde autour.

— Ne crains rien, fils ; il ne sortira pas d'ici sans ma
permission, dussé-je lui couper les ailes. Je la tiens,
et quand je tiens, je tiens bien. »

L'affreuse vieille avait en effet saisi dans ses doigts
crochus la main effilée de la jeune Laponne, et l'entraînant à sa suite, elle la fit pénétrer dans l'intérieur du
logis.

La petite troupe se tenait à quelque distance sur le
bord du lac.

Quand Norra et la mégère eurent disparu :

« Eh bien! qu'en ferons-nous? demanda Niels à ses
compagnons.

— Tu pourrais bien me demander ce que j'en ferai,
*moi*, dit Mickaël; il me semble qu'elle est à *moi!* C'est
*moi* qui l'ai prise; sans *moi* vous ne l'auriez jamais
eue! »

Et tout en étalant ainsi l'insolence du pronom personnel, Mickaël promenait sur ses compagnons des
regards qui semblaient les provoquer. Tous les Quènes
se récrièrent; un sourd murmure courut dans leurs
rangs. Mickaël se campa fièrement sur sa hanche, d'un
air assez peu rassurant pour ceux qui auraient été tentés de nier le droit du plus fort.

« Dis-nous au moins comment tu prétends agir avec
elle, fit Mager, qui, le plus faible de tous, était aussi le
plus insolent.

— Comme il me plaira! répondit Mickaël.

— Voilà qui n'est pas juste! Nous avons tous pris
part à l'expédition, nous devons avoir tous part aux
profits; nous étions au péril, nous devons être au
partage.

— Faut-il la couper en six pour que vous en ayez
chacun un morceau? demanda Mickaël avec un rire sinistre; je vous préviens qu'elle n'est pas grosse, continua-t-il, et que les parts seront petites.

— On peut la tirer au sort! poursuivit l'intraitable
Mager.

— Je plaindrais celui de vous qui la gagnerait, fit
Mickaël avec sa hauteur insolente; il n'aurait pas même
de quoi la nourrir!

— Aussi nous ne la demandons point pour la garder.

— Et pourquoi la voulez-vous?

— Pour la vendre.

— Et à qui? fit le Quène en ouvrant de grands
yeux.

— A son imbécile de père, qui est riche, et qui
saignera à blanc ses vieux sacs d'écus pour racheter
son enfant. »

Mickaël fut obligé de s'avouer à lui-même que ce
scélérat de Mager n'avait pas tout à fait tort, et que le

vieux Lapon ne demanderait pas mieux, en effet, que de payer la rançon de la prisonnière. Mais, reprenant bientôt la confiance et l'aplomb d'un homme riche qui dispute avec des gueux :

« Combien crois-tu que le père donnerait pour qu'on lui rendît son enfant ?

— Au moins cent *species* (500 francs) !

— J'en doute ! mais, enfin, mettons cent *species*. Nous étions sept ; je fais les choses largement : je vous donne à chacun quinze *species*, et vous me laissez la fille. »

Les Quènes se regardèrent les uns et les autres : la facilité avec laquelle Mickaël acceptait les conditions proposées leur donnait à croire qu'ils avaient fait un marché de dupes ; mais, avec leur terrible ami, ils savaient bien qu'il fallait y regarder à deux fois avant de manquer à la parole donnée.

« Payes-tu en argent, dit Niels, comme pour tenter une deuxième chance, ou bien en papier ?

— En argent de Christiania, répondit Mickaël, en belles pièces neuves, qui m'ont été données par un marchand de Hammerfest, lors de mon dernier voyage à Tromsö.

— Soit ! c'est marché fait. »

Le Quène rentra dans sa maison, dont il ressortit bientôt avec une sacoche gonflée. L'argent fut compté, les parts faites et distribuées à chacun en un clin d'œil.

« Et maintenant que vas-tu faire de la petite ? demanda Niels en empochant son argent, qu'il venait de *repasser*, comme on dit, pour la seconde fois.

— Eh mais ! riposta Mickaël assez durement, il me semble que je t'ai payé tout exprès pour n'avoir pas à te le dire. »

Niels répondit par un geste insouciant, que l'on eût

pu traduire ainsi : Au fait, tu peux la pendre ou la rôtir, la chose m'est assez égale.

Les six hommes s'éloignèrent avec leur part de butin. Quelques-uns emportaient peut-être avec elle le remords du crime qu'ils venaient de commettre. On ne sait jamais ce qui se passe aux profonds replis des consciences, même dans les natures les plus perverses. Plus d'une fois, avant de s'éloigner, Mager retourna la tête du côté de la maison. Mickaël, dans son regard faux et sinistre, eût pu lire toutes sortes de haineuses menaces auxquelles il ne dédaigna pas même prendre garde. Le géant avait trop de confiance dans sa force pour redouter un avorton chétif comme ce Mager.

# V

Le Quène, en rentrant chez lui, trouva sa petite Laponne assise auprès de la fenêtre sur un escabeau de
bois, le coude sur ses genoux, la tête dans sa main, silencieuse et farouche. A quelque distance d'elle, la
vieille femme à laquelle il avait confié sa garde avait
pris une attitude de défensive hargneuse. C'est ainsi
que le chien prudent se tient à distance du gerfaut blessé,
dont il vient d'éprouver le bec et les griffes.

Mickaël s'arrêta un moment sur le seuil, contemplant avec une attention défiante les deux personnages
ennemis. Sans doute, il connaissait de longue date la
dose de bienveillance dont la vieille était capable ; car,
sans même avoir interrogé sa captive, il lui suffit d'un
seul coup d'œil pour se rendre assez exactement
compte de la scène qui venait de se passer entre les deux
femmes.

« Voyons, Hafig, ne tourmente pas cette enfant ; je
sais que tu aimes d'ordinaire à arracher leurs plus belles
plumes aux jolis oiseaux ; mais je te préviens, ma vieille
fée, que cette petite n'est pas une victime que je t'amène,
et que j'entends que tu la traites avec douceur et
amitié.

« On ne sait jamais que faire pour te contenter ! dit
Hafig d'un ton de mauvaise humeur et en haussant les
épaules ; tu cries toujours, et je crois maintenant qu'il
est impossible de te plaire.

— Il en est pourtant à qui cela serait bien aisé, » murmura Mickaël à demi-voix en se tournant du côté de
Norra, toujours immobile dans la profonde embrasure
de la fenêtre, et dont l'attitude hautaine et l'immobilité
de statue semblaient annoncer une résolution implacable. Elle paraissait profondément indifférente à tout
ce qui se passait autour d'elle, et elle avait écouté le
dialogue de Mickaël et de Hafig, comme s'il se fût agi
d'une autre que d'elle-même.

Sur un signe assez impérieux que lui fit son maître,
la vieille femme quitta la pièce et disparut par une
sorte de trou pratiqué dans la muraille entre deux
troncs d'arbres que recouvrait un lambeau d'étoffe en
guise de portière.

Quand il se vit seul avec Norra, le géant prit tout à
coup une contenance presque embarrassée. Il était
maintenant facile de voir qu'il jouait un rôle, et que
ce rôle n'était pas positivement de son emploi. Ce fut
donc à pas lents, et avec je ne sais quoi de circonspect
dans l'allure, qu'il s'approcha de la jeune Laponne :

« Voyons, Norra, dit-il en lui tendant sa large patte,
veut-tu faire la paix ? En vérité, j'ai du regret à te voir
fâchée, et je voudrais que nous fussions amis. »

Sa main tendue cherchait toujours celle de la jeune
fille ; mais Norra tenait obstinément ses deux bras
croisés sur sa poitrine, et elle ne semblait guère dis-
posée à répondre aux avances du Quène, qui, de son
côté, paraissait résigné à n'employer vis-à-vis de sa
prisonnière que des moyens de douceur.

« Tu veux donc la guerre ? » continua-t-il en se rap-

prochant d'elle, tandis que la jeune fille, traquée pour
ainsi dire dans l'embrasure de la fenêtre et presque
appuyée au mur, ne pouvait plus fuir.

Le silence de Norra était aussi dédaigneux, et peut-
être son attitude — car elle dissimulait habilement sa
crainte — plus hautaine encore et plus superbe.

« Au moins, parle-moi! continua le géant, dont
l'accent priait. Que veux-tu? demande-moi ce que tu
voudras, je te l'accorderai.

— Eh bien! reconduis-moi chez mon père.

— C'est la seule chose que je ne puisse faire.

— Alors va-t'en et laisse-moi. »

Il y avait une telle résolution et une telle énergie
dans la voix, dans le geste, dans l'expression du visage
de Norra, que Mickaël comprit tout de suite à quelle
étrange nature il avait affaire. Il rencontrait d'habitude
parmi les gens de sa tribu de petits courages dans de
grands corps : cette fois, au contraire, il trouvait dans
un petit corps un grand courage. Le contraste ne
l'étonnait pas seulement ; il lui plaisait, et le prestige
que, tant de fois déjà, la jeune fille avait exercé autour
d'elle, elle semblait devoir le retrouver vis-à-vis de lui ;
il ne s'en irrita point, comme on l'eût pu croire ; il
admira, au contraire, cette résistance, presque héroïque, qu'il eût pu écraser d'un geste. Ce Mickaël,
malgré ses façons d'agir assez scélérates, n'était cependant pas, comme plusieurs de ses compagnons, une
âme vile et tout à fait perdue. Il était en guerre ouverte
avec les Lapons ; il se croyait donc le droit de leur faire
des prisonniers ; mais malgré sa voix rude et ses sourcils froncés, il n'eût permis pour rien au monde que l'on
fît tomber un cheveu de la tête de Norra. Il aimait
l'énergie partout où il la rencontrait, et chez la jeune
fille plus que partout. Ses sentiments s'agitaient tumul-

tueusement dans son cœur, et il eût été assez embarrassé d'expliquer lui-même ce qu'il éprouvait. La gentillesse, la grâce piquante de Norra agissaient-elles
avec une force d'autant plus grande qu'elle était mieux
cachée sur cette nature sauvage qui n'avait jamais vécu
qu'avec des êtres vulgaires et grossiers ? C'est ce qu'il
eût peut-être été difficile de décider. Quoi qu'il en fût,
il se sentait désarmé ; avec toute sa force, il tremblait
devant cette faiblesse ; il lui eût suffi de fermer la main
pour l'anéantir ; et tandis qu'elle était là devant lui,
audacieuse, presque menaçante, il lui semblait qu'il
avait peur d'elle. Il voyait bien qu'il lui inspirait une
sorte d'antipathie, et il en était malheureux ; il la
soupçonnait opiniâtre, il se disait que peut-être il ne
parviendrait pas à la vaincre, et il en éprouvait une
sorte de dépit d'autant plus insupportable qu'il ne lui
était pas possible de le soulager par la colère. Il crai-
gnit de redoubler l'irritation de la jeune fille, en s'approchant d'elle ; il recula donc au lieu d'avancer, et il
s'assit à quelque distance, bien résolu à n'avoir désormais recours qu'à la persuasion et à la douceur ; il
essaya donc, sans plus tarder, d'entamer avec elle les
négociations diplomatiques. Mais la finesse ne s'allie
pas toujours à la force, et les héros du champ de bataille sont rarement d'adroits plénipotentiaires. Mickaël
devait en faire bientôt la cruelle expérience.

Pour la première fois de sa vie il s'aperçut qu'il
n'était peut-être pas un grand clerc ; il eût donné la
moitié de sa vigueur pour avoir un peu d'esprit, et il
se dit qu'il était bien malheureux qu'on ne pût, pour
de l'argent, apprendre du soir au matin à parler
comme le ministre qui venait de temps en temps prêcher
l'Évangile au bord du lac. La dernière fois, ledit ministre n'avait pas parlé moins d'une heure sans re-

prendre haleine! Pour une telle facilité et une si merveilleuse abondance, Mickaël eût cédé le plus fameux
de ses exploits, sa grande victoire sur les matelots russes
dont il avait culbuté une demi-douzaine à lui tout seul,
sans autres armes que ses redoutables poings. Mais, en
ce moment, les poings n'étaient plus de mise. C'était
avec du miel qu'il fallait prendre cette fine mouche aux
ailes brillantes.

« Allons! demande-moi tout autre chose! dit-il à la
jeune fille, quand il se fut placé assez loin d'elle pour
qu'elle ne pût éprouver aucun effroi.

— C'est la seule que je veuille de toi! » répondit
Norra, avec non moins de hauteur que la première
fois.

La conversation retomba de nouveau; le Quène chercha dans son épaisse cervelle une nouvelle entrée en
matière plus opportune et plus favorable; mais il ne
crut pas lui-même l'avoir trouvée, car ce fut d'une voix
assez embarrassée qu'il dit à sa captive :

« Tu sais, petite Norra, que tu es ici maîtresse absolue.

— Je ne veux être maîtresse que de m'en aller.

— Je vois que nous aurons un peu de mal à nous
entendre, fit le Quène en passant sa large main sur son
visage; mais, peu importe, j'ai de la patience et j'y
mettrai le temps.

— Le temps ne fera rien à la chose, » répondit
Norra.

La netteté de sa parole et la fermeté de sa voix indiquaient assez à quel point sa résolution était arrêtée et
inébranlable.

« C'est ce que nous verrons, ma belle! »

Mickaël se leva, et, les mains derrière son dos, il
commença d'arpenter en long et en large la grande

salle où il se trouvait, et dont le plancher de sapin retentissait sous ses pas. Après trois ou quatre tours d'une marche qui allait s'accélérant sans cesse, il s'arrêta tout à coup devant la jeune fillle, et la regardant fixement :

« Norra, lui dit-il, quoique Laponne, je sais que tu es une fille de sens et que l'on peut te parler raison. Tu es capable de prendre une résolution et de la tenir. Écoute bien mes paroles, et surtout sois persuadée qu'elles sont la vérité même et que tu devras désormais y conformer ta vie ! »

Mickaël n'avait peut-être jamais fait un aussi long discours; aussi, dans sa naïve admiration, jugeat-il à propos de s'arrêter, non pas seulement pour reprendre haleine, mais pour donner à Norra le temps de réfléchir sur son éloquence et de s'en bien pénétrer.

La jeune fille demeurait tellement impassible qu'on eût pu croire qu'elle n'avait point compris, et que c'était à quelque autre qu'il s'adressait.

Il fit encore deux pas vers elle, et maintenant d'une voix plus basse et peut-être plus accentuée :

« Nous sommes ici au bout du monde, lui dit-il, ce coin de terre est à moi; il est inaccessible à tous, et personne n'entre dans mon gaard sans ma permission. J'ai décidé que tu n'en sortiras point. »

Ici Norra, si grande que fût la fermeté et la décision de son caractère, ne put s'empêcher d'éprouver un véritable sentiment d'effroi.

Un frisson courut sur tout son corps et agita convulsivement ses mains; elle pâlit; ses lèvres tremblèrent; mais elle ne releva point ses yeux, dont Mickaël épiait le regard et l'expression avec une sorte d'inquiétude, et elle garda toujours ce silence qui, après avoir d'abord étonné le ravisseur, finissait par l'irriter un peu.

« Non, reprit-il, plus près d'elle encore, tu ne sortiras plus d'ici ; ces lieux, qui sont mon domaine, deviendront — tu peux choisir — ou ton royaume, ou ta prison !

— Tu n'es donc pas un chrétien ? » fit Norra.

Le Quène éclata de rire.

« Tu es donc un scélérat, continua la jeune fille, un voleur de femmes ?... »

Et elle fit un pas vers lui et le regarda de ses yeux étincelants.

« Tu es en mon pouvoir, reprit le géant, et tes injures ne sauraient m'atteindre : tu peux me les prodiguer à ton aise : si elles te soulagent, j'en serai ravi, car elles te font du bien sans me faire de mal. »

Norra comprit qu'il disait vrai ; et comme elle ne voulait point lui donner le spectacle de sa colère impuissante, elle se tut.

« Je ne vois pas, reprit le Quène, ce que tu as tant à regretter là-bas ! Je te tire d'une misérable hutte pour te donner une des plus belles maisons de la Norvége ; tu étais pauvre, je te fais riche ; tu vivais avec des Lapons, tu vivras avec des Quènes ! »

En prononçant ces dernières paroles, la voix du géant eut une expression d'emphase naïve, qui prouvait assez le cas qu'il faisait de sa race et les sentiments d'orgueil qu'il éprouvait en contemplant son arbre généalogique.

Sans doute Norra ne partageait pas ses idées et ses sentiments à ce sujet, car elle haussa les épaules et répondit assez fièrement :

« Ces Lapons, que tu sembles dédaigner, sont honnêtes et bons ; ils sont mes pères et mes frères ; et toi,

méchant, toi qui es venu dans ma tente comme un bri-
gand, la nuit, avec tes misérables complices, tu es mon
ravisseur et mon bourreau.

— Folie que tout cela ! s'écria le Quène en l'interrompant, mais non pas cette fois sans une certaine violence ; depuis que ta tribu mécréante est dans ce pays,
elle n'a cessé d'y commettre des méfaits de toutes sortes ;
ton cousin, ton frère ou ton amant, Nepto, comme je
crois qu'on l'appelle, tire sur nous comme sur des loups
enragés : trois hommes des nôtres sont déjà tombés
sous vos coups ; vous pillez, vous rançonnez, vous rava-
gez partout où vous êtes.... Nous avions le droit de
nous venger, et nous ne faisons que nous défendre.
Quand je suis entré dans ta tente, rien ne m'eût empêché d'immoler ton grand-père.... et il vit encore ;
mes hommes voulaient te tuer.... je t'ai sauvée.

— Il faut peut-être que je te remercie ! dit Norra
avec une ironie amère.

— Tu peux ne pas me remercier ; mais tâche du
moins de m'obéir.

— Et que commandes-tu ?

— Tu le sauras plus tard, » fit Mickaël, qui jugeait
sans doute que pour une première fois il avait poussé
les choses assez loin.

Il voyait sur les traits de Norra une telle décision et
une si puissante énergie, qu'il ne se méprenait pas sur
le caractère de la jeune fille ; il était maintenant certain
de ne pouvoir emporter la position de haute lutte, et il
craignait, en lui dévoilant tout à coup ses projets, de
ne faire autre chose que de l'irriter davantage.

« Tu es une petite folle ! dit-il en souriant et
d'une voix déjà radoucie ; mais n'importe ! fais ce que
tu voudras ; à ton aise ! tu me plais ainsi. Seulement, bel oiseau, il est inutile de déployer tes ailes,

car tu es en cage, et je te préviens que la porte est fermée. »

Et, comme s'il eût trouvé sa plaisanterie du meilleur goût, Mickaël se mit à rire, de ce rire épais de la sottise, auquel Norra ne se sentait point le moins du monde envie de faire écho. Elle ne put s'empêcher de le regarder d'un air d'étonnement naïf, comme si elle se fût demandé ce qu'il voulait dire, et vraiment elle ne comprenait pas encore ses desseins.

Mickaël, à qui les préoccupations que lui donnait Norra ne faisaient point sans doute oublier les soucis d'un autre genre, se souvint qu'il était sur ses jambes depuis la veille au soir ; que le soleil montait toujours dans le ciel et qu'il n'avait point encore déjeuné. Il appela Hafig, et la vieille femme, sans doute bien au fait des habitudes de son maître, entra aussitôt, portant un plateau couvert de viandes chaudes, d'une appétissante odeur, qu'elle déposa sur une table auprès de la cheminée, avec un broc de bière et un flacon d'eau-de-vie récemment acheté à bord d'un brick russe, qui avait mouillé non loin de là.

Hafig, qui regardait toujours Norra avec cet œil prêté jadis à l'Envie par les poëtes classiques, n'avait mis qu'un seul couvert.

Mickaël s'approcha de la table sans faire aucune observation.

Les grandes commotions ne font point perdre l'appétit à la jeunesse ; on dirait plutôt qu'elles l'excitent. En dépit de ses inquiétudes, de ses tristesses et des secousses multipliées qu'elle avait subies depuis la veille, notre petite héroïne mourait de faim. Ceci n'est pas une image de rhétorique, mais une très-exacte et très-prosaïque réalité. Il ne fallait rien moins pour la soutenir que son incroyable force d'âme et sa toute-puissante

énergie morale ; mais ses jambes commençaient à se
dérober sous elle, et une livide pâleur envahissait ses
joues et ses lèvres décolorées. La vue des aliments
donna quelque chose de plus pressant encore et de plus
violent à cette sensation intense qu'elle n'avait jamais
connue. Mickaël, qui l'observait sans trop de pitié pour
cette torture, se mit à table, et affectant de ne plus
prendre garde à elle, mangea gloutonnement devant sa
faim.

L'instinct de la nature, qui se fait entendre parfois
avec une irrésistible violence, poussait la pauvre affa-
mée vers cette table appétissante ; un mouvement plus
fort que sa volonté lui fit tendre la main.... Ce ne fut
qu'une rapide et passagère faiblesse ; la volonté reprit
enfin son empire, et triompha. Norra fit taire le cri
de ses entrailles, et se retourna brusquement vers la
fenêtre.

Elle avait vaincu le désir, elle avait vaincu le besoin,
elle avait vaincu la faim.

Le géant, témoin de cette lutte si vaillamment soutenue, en éprouva pour la jeune fille une sorte d'admiration, telle du moins qu'il était capable de la ressentir.

« Méchante ! dit-il, qui serait capable de se laisser
mourir plutôt que de tendre la main....

— A un ennemi ? oui, sans doute, » fit Norra, appelant à son aide tout ce qui lui restait de forces.

Mickaël alla au dressoir, en retira un grand verre
allemand, orné de devises et de figures peintes, une
large assiette à fleurs, un couteau, une fourchette et
une cuiller, dont le manche était en corne de renne, et
il plaça le tout, avec assez de symétrie, en face de sa
propre place.

Puis il revint à Norra, et la soulevant comme une
plume, et son escabeau avec elle, il l'assit à table.

La pauvre fille se laissa faire, et le géant la servit avec le soin minutieux et la complaisance attentive d'un soupirant impatient qui dîne pour la première fois en tête-à-tête avec sa belle.

Pendant tout le repas, il eut la discrétion de ne pas lui adresser un seul mot : il se contenta de la regarder beaucoup.

Mais quand elle eut fini, il lui tendit la main en lui disant :

« Eh bien ! faisons-nous la paix ?

— La paix ! je la signerai avec toi sous la tente de mon grand-père, » répondit Norra sans paraître remarquer son geste.

Le front du Quène se rembrunit ; il retira la main qu'il avait offerte et que l'on ne prenait point ; il plaça ses deux coudes sur la table comme un homme qui veut avoir toutes ses aises pour se livrer à une occupation qui doit durer longtemps, et il se mit à contempler Norra.

L'impatiente vivacité de la jeune fille contrastait assez singulièrement avec le calme et le flegme de son tyran. Elle se leva bientôt, et commença de se promener de long en large dans la salle, en jetant de temps en temps des yeux inquiets sur les portes et les fenêtres.

« Oh ! tout est solidement fermé ! » dit Mickaël, qui, tournant lentement la tête, suivait du regard tous ses mouvements.

Il disait vrai : Eystein-Gaard était défendu comme une citadelle.

« Tu n'es pas prisonnière dans cette salle. Si tu veux sortir, dit le géant en prenant la jeune fille par la main, comme il eût fait d'un enfant, tu le peux ; » et il ouvrit la porte, dont le loquet, à son usage personnel, était placé si haut que Norra, même en se haussant sur la pointe du pied, n'y pouvait atteindre ; il la conduisit ensuite dans l'espèce de verger qui entourait la maison, en ayant soin de lui montrer que le petit lac demi-circulaire qui venait aboutir par chacune de ses extrémités à une enceinte de rochers à pic, véritablement infranchissables, était un obstacle assez sérieux entre elle et la liberté.

La barque qui avait amené Norra et ses redoutables compagnons à la porte du gaard était solidement amarrée à un pieu et retenue au rivage par un anneau dans lequel sa chaîne était fixée par un gros cadenas.

Norra, sans rien dire, observait tout cela avec l'œil sérieux et réfléchi du captif qui inspecte sa prison.... Et quel captif ne commence pas par méditer une évasion ? Le Quène, à qui ce petit manége ne pouvait échapper, haussa tranquillement les épaules, en disant à la pauvre fille :

« Oh ! je t'avais bien prévenue ; tu ne t'en iras pas d'ici !

— A moins qu'il ne me pousse des ailes ! fit Norra, qui n'était que trop convaincue de la vérité de ce qu'il lui disait, mais dont le courage naturel et l'humeur vive mettaient une sorte de point d'honneur à le narguer jusqu'au bout.

— Alors, prends patience jusque-là, » fit le Quène avec de gros éclats de rire, dont les rochers lui envoyèrent joyeusement les échos.

Et comme pour mieux prouver à sa captive qu'il n'avait rien à craindre en la laissant seule, il rentra dans la maison.

Norra fit le tour du petit enclos.

Ce n'était pas un jardin anglais : la nature s'était chargée de tous les frais, et aucun dessinateur n'en avait dressé le plan ; il n'en était peut-être que plus

charmant; admirablement mélangé d'eaux, de verdure,
d'arbres et de rochers, le terrain ondoyait avec les mouvements les plus souples et les lignes les plus harmonieuses. C'était un paradis, dont on avait fait une prison. Deux beaux rennes et une petite vache qui pais-
saient en liberté s'approchèrent de la promeneuse, et
mangèrent dans sa main l'herbe qu'elle leur tendit. Il
semblait à cette âme douce et tendre, qui avait besoin
d'aimer, qu'elle s'attachait déjà aux compagnons de ses
ennuis.

Elle alla s'asseoir à l'extrémité du petit lac, sur une
roche couverte de mousse et, tout en regardant l'eau
qui frémissait à ses pieds, elle s'abandonnait à des pensées tristes. Elle repassait dans son souvenir les divers
événements qui venaient en quelques mois de boule-
verser sa vie; elle revoyait Henrick arrivant au camp
de la tribu des Kilps; elle se rappelait l'impression
étrange que lui avait faite sa première vue; elle se rappelait la bonne grâce du jeune homme; elle se rappelait
aussi son cœur à elle, glissant vers lui par une pente
d'abord insensible, bientôt rapide, et enfin se donnant
tout entier à ce beau dédaigneux, qui n'en voulait point;
c'était dans une enceinte de rochers pareille à celle-ci
— on eût dit que la même cascade tombait des mêmes
sommets avec la même écume et le même murmure —
qu'il lui avait demandé si elle voulait épouser Nepto;
l'ingrat ne savait même pas qu'il était aimé!... puis,
revenait aussi la scène déchirante des adieux, et la
solitude profonde, désolée, qui avait suivi son départ....
elle le retrouvait en Norvége, sur la lisière du petit bois
de sapins, avec sa belle Edwina. Oh! comme du premier regard elle avait bien compris que c'était celle-là
qu'il devait aimer! Elle revivait encore ces jours si
amers et si douloureux dans la grande salle d'Harald-

Gaard, toujours auprès d'eux, œil impassible, cœur désolé, muet témoin de leur belle et réciproque tendresse ; elle assistait encore à cette poétique et touchante cérémonie des fiançailles.... elle sentait encore sur ses lèvres l'impression du baiser qu'elle avait donné aux blanches mains de la fiancée.... Comprenant enfin les angoisses de son âme, Henrick avait pâli en la voyant s'approcher d'eux.... elle voyait encore sa pâleur !... Puis elle recommençait sa course folle sur la plaine couverte de neige, éclairée par les lueurs étranges de l'aurore boréale.... Mais ces souvenirs semblaient s'arrêter là : elle croyait n'avoir pas vécu davantage !... A partir de ce moment, tout en elle devenait confus, obscur, incertain, et il lui semblait qu'elle courait à la suite de ses pensées sans pouvoir les rejoindre, les réunir, les coordonner.

Elle était plongée dans ce désordre, dans ce chaos, où elle essayait vainement de se reconnaître, quand une main lourde se posant sur son épaule et une voix rude retentissant à ses oreilles vinrent lui rappeler assez durement la réalité présente, l'avertissant en même temps qu'elle n'avait même plus la liberté de se livrer à ses chères rêveries.

La main la secouait rudement, et la voix impérieuse et brusque lui disait : « Vas-tu donc passer la journée à te mirer dans le lac, païenne maudite ? C'est bien assez que je sois obligée de te garder dans la maison, sans me forcer encore à te suivre sur ces rochers, où une chrétienne ne peut s'aventurer sans risquer cent fois de se rompre le coup.

— Qui t'oblige d'y venir ? fit Norra sans se retourner vers Hafig, dont elle avait déjà reconnu la voix.

— Celui qui commande ici, répondit la mégère, et qui est ton maître comme le mien.

—Je n'ai pas de maître, répondit fièrement la fille des Kilps.

—Il faut pourtant que tu obéisses, grogna la vieille en poussant devant elle la petite Laponne ; allons, marchons, et vite au gaard ! »

Cette femme était si dure, elle avait l'air si méchant, que Mickaël, en comparaison, semblait le meilleur des hommes. Aussi en rentrant dans la salle elle ne put s'empêcher de le chercher du regard, et elle regretta presque de ne le trouver point.

Elle ne l'aperçut pas davantage le lendemain ni les deux jours qui suivirent. Toujours en présence de l'horrible vieille, dont le plus cher bonheur était de la persécuter, elle tomba bientôt dans un immense ennui. Elle ne savait rien des secrets de l'homme au pouvoir duquel les événements l'avait mise ; elle voyait bien qu'il avait une vie mystérieuse ; mais il lui était impossible de deviner quel sort il lui réservait.... Il ne lui semblait pas possible qu'il voulût la retenir à tout jamais prisonnière ; elle eût du moins voulu savoir à quelles conditions il consentirait à lui rendre sa liberté. Elle n'ignorait point qu'il y avait eu plus d'une querelle entre sa tribu et les Quènes : elle ne s'était jamais demandé lesquels avaient tort, lesquels avaient raison ; elle savait seulement qu'ils étaient profondément irrités les uns contre les autres ; mais elle se disait que s'ils ne l'avaient pas tuée le premier jour, c'était à coup sûr qu'ils n'avaient point de mauvaises intentions contre elle : sans doute, après l'avoir gardée quelque temps, pour exciter la frayeur et le regret de son grand-père, ils l'échangeraient contre une bonne rançon.

C'était peut-être pour traiter ce point délicat que Mickaël avait quitté Eystein-Gaard ; peut-être à son retour lui apporterait-il la bonne nouvelle de sa déli-

vrance. Elle désirait donc à présent le retour tout autant
qu'elle avait redouté la présence de son ravisseur. Parfois, il est vrai, elle se rappelait bien certaines insinuations, peu rassurantes, si elles eussent été sincères, que
le maître du gaard s'était permises le jour de son enlèvement ; mais elles lui semblaient tellement invraisem-
blables qu'elle n'y pouvait pas croire : ce ne pouvaient être que de méchantes plaisanteries auxquelles
il ne fallait pas s'arrêter. En attendant, la pauvre fille
était livrée à toutes les angoisses d'une incertitude qui
devenait de plus en plus cruelle.

Mickaël revint dans la nuit du quatrième jour.
Avait-il accompli quelqu'une de ces expéditions aventu-
reuses auxquelles Norra le soupçonnait de prendre part
trop souvent? Je ne sais. Toujours est-il qu'il ne revint
point seul. Deux ou trois hommes l'accompagnaient.
Norra entendit des bruits de voix et de pas ; elle courut
à la fenêtre ; mais cette fenêtre était si haute qu'il ne
lui fut pas possible de rien découvrir.

Le lendemain, quand elle descendit, la première personne qu'elle rencontra dans la cour, ce fut Mickaël. Il
avait l'air assez joyeux, et il marchait en se frottant les
mains. Norra avait déjà vu sous un hangar des toiles et
des ballots de diverses dimensions, sur lesquels il jetait
de temps en temps un œil satisfait. En apercevant la
jeune fille, son visage s'éclaira ; son sourire eut quelque chose d'affectueux.

Il vint à Norra, et, sans autre préambule :

« Voyons, petite fée, lui dit-il, puisque me voilà de
retour, embrasse-moi pour me souhaiter la bienvenue
dans *notre* gaard.

— Je n'ai pas besoin, fit Norra en se reculant assez
vivement pour éviter le contact menaçant de ses grosses
lèvres, de te souhaiter la bienvenue chez toi !

— Dis : *Chez nous !* mignonne, fit le Quène, sans paraître décontenancé ni fâché de ce refus assez net. Aujourd'hui tu me refuses un baiser ; demain tu m'en donneras mille. »

Norra ne répondit rien ; mais le geste de sa petite tête mutine révoquait suffisamment en doute l'assertion du gigantesque fat.

« Mais, poursuivit le Quène, bien persuadé qu'il avait trouvé un argument décisif, tu ne sais donc pas que je suis riche ?

— Qu'est-ce que cela peut me faire ? répondit Norra en haussement dédaigneusement les épaules.

— Eh mais ! dit Mickaël en la prenant par la main et en l'attirant près de lui, ne sais-tu pas que je veux t'épouser ? »

Norra en entendant ces paroles fut saisie d'un véritable effroi. Elle voulut fuir, et comme la forte main du géant la retenait toujours, elle se débattit dans son étreinte avec la fiévreuse et palpitante énergie de l'oiseau captif. Mais le Quène la retenait toujours, et ne semblait point disposé à la quitter de sitôt.

« Laisse-moi, laisse-moi, tu me fais mal, disait Norra qui résistait toujours et se tenait à distance, les reins cambrés, le corps en arrière, la tête aussi éloignée que possible du trop galant personnage.

— Tu ne m'aimes donc point ? » fit celui-ci avec l'étonnement d'une sottise aussi colossale que lui-même.

La question parut si naïve à la jeune fille, qu'elle n'y répondit que par un éclat de rire frais, jeune, argentin, qui fit briller aux yeux du Quène, toujours ébahi, ses trente-deux dents, fines, aiguës, bien rangées, aussi blanches que celles d'un jeune chien.

« Ainsi, reprit-il, tu crois ne pas m'aimer ?...

« — Je ne crois pas...., je suis sûre ! répondit-elle avec un malicieux enjouement.

— Patience ! fit celui-ci avec une imperturbable assurance, cela viendra !...

— Tu as le temps d'attendre ! fit Norra, toujours moqueuse, et qui ne semblait pas même se douter qu'il pût y avoir quelque danger pour elle à braver l'homme en la puissance duquel le destin l'avait mise.

— Nous verrons bien lequel des deux se lassera le premier, dit Mickaël ; nous attendrons ensemble ; j'ai pour cela toute ma vie, et.... toute la tienne ! »

Cette perspective n'avait rien de bien rassurant pour la prisonnière, et, cette fois, il lui fallut toute sa force d'âme pour ne pas laisser éclater son désespoir.

Mickaël avait quitté sa main : le premier usage qu'elle fit de sa liberté, ce fut naturellement de s'éloigner de lui.

« Et en attendant que ferons-nous ? lui demanda-t-elle en s'efforçant de cacher ses terreurs sous une feinte gaieté.

— Mais nous ne ferons rien ! répondit le Quène ; j'ai assez travaillé pour me reposer maintenant ; je resterai ici.... à te garder. »

Il parlait avec une bonne foi si évidente, et une conviction si naïve, qu'il n'était pas possible à Norra de douter de la sincérité de ses paroles ; elles la jetèrent dans un désespoir qu'elle n'avait point connu jusque-là. Demeurer à tout jamais avec un pareil homme, s'associer à une telle destinée, c'était plus qu'elle ne pouvait supporter ; il lui sembla que ce n'était que de ce moment qu'elle comprenait l'immense étendue de son malheur. Une nouvelle vie commença pour elle. A l'étourdissement des premiers jours, si concevable après une telle catastrophe, et qui lui avait ôté, pour ainsi dire, jusqu'à la conscience de sa douleur, succéda tout à coup une trop complète et trop lucide intelligence du malheur qui l'attendait : elle se sentit prise de l'amer regret de la liberté perdue. Comme tous les prisonniers elle n'eut plus qu'une idée fixe, maladive : fuir !

Elle passait ses journées à regarder le lac, dont les eaux à ses pieds recélaient des abîmes, et, tout autour d'elle, les grands rochers inexorables. La nuit, car la nuit de Norra était presque toujours une nuit sans sommeil, elle méditait, comme tous ceux qu'on enferme, mille plans d'évasion plus ou moins absurdes.

Non-seulement aucun d'eux ne devait réussir, mais ils ne furent même pas tentés : ils servaient du moins à consoler sa pensée inquiète.

# VI

Pendant plusieurs semaines, rien ne vint distraire
cette insupportable monotonie ; la pauvre créature allait
de l'ennui à la peur ; l'isolement, l'isolement si affreux
pour une âme jeune, devenait pour elle une mort lente,
mais sûre ; sa santé s'altérait ; elle maigrissait et pâlissait. Elle ne voyait point Mickaël tous les jours,
mais seulement par occasion et à des intervalles irré-
guliers. Si redoutée que fût pour elle la présence de
celui qu'elle appelait son bourreau, elle lui était cependant moins odieuse encore que celle de Hafig, dont la
persécution prenait parfois des raffinements odieux.
Mais, comme il était dans sa nature de beaucoup oser,
et de pousser audacieusement les choses, au lieu de
chercher à fléchir son geôlier, elle aimait mieux le braver par la fière attitude d'un ennemi que l'on a pu
vaincre, mais que l'on ne saurait abattre, et qui se
tient toujours devant son vainqueur, debout. Cependant, en se prolongeant, une telle situation devenait
vraiment intolérable ; il y avait des moments où Norra
se sentait faiblir. Mais elle réagissait sur elle-même,
et c'était précisément dans ces moments-là que Mickaël
la trouvait plus altière et plus intraitable.

Il y avait plus d'un mois que Norra manquait sous les tentes.

Un soir, elle était, selon son habitude, assise au bout du lac, sur une roche ombragée d'un sapin ; elle aimait cette station lointaine et solitaire, d'où elle n'apercevait point la maison de son tyran ; là, du moins, la voix grondeuse de Hafig n'arrivait plus jusqu'à elle. Elle y passait souvent de longues heures, immobile comme le pélican rêveur, qui semble faire partie du bloc sur lequel il s'est posé.

Tout à coup, elle entendit comme un frôlement dans les broussailles ; elle prêta l'oreille, et en même temps tourna les yeux du côté vers lequel ce bruit insolite attirait son attention.

Un homme sortit du fourré et se tint devant elle.

Il suffit à Norra d'un regard pour reconnaître la tête plate, vipérine, vraiment odieuse du plus lâche de ses ravisseurs, de celui qui avait voulu la tuer, de celui qui avait égorgé le pauvre Snalla, — pour tout dire en un mot, de Mager.

A la vue du misérable, une folle terreur s'empara de la jeune fille. Elle se leva de son siége, comme pour fuir. Ses jambes tremblantes lui refusèrent leur service, et ses pieds se clouèrent au sol. Sa bouche s'ouvrit ; elle voulut crier, elle ne trouva point de paroles, et la voix s'arrêta dans sa gorge ; pareille à l'oiseau fasciné, elle demeura sans mouvement, presque sans vie.

En voyant l'effet que sa présence sinistre produisait sur sa victime, Mager n'osa point approcher. Il lui fit de la main un signe pour la rassurer, et mit un doigt sur sa bouche pour l'engager au silence.

« Je n'approcherai, lui dit-il d'une voix soumise, presque respectueuse, que si tu me le permets ; ne crains rien de moi ; j'ai des choses importantes à t'apprendre et qui te rendront bien heureuse ! »

Malgré sa profonde horreur pour ce misérable, Norra commençait à ressentir un tel ennui de sa reclusion, elle était si fermement résolue à tenter tous les moyens possibles et impossibles d'évasion, qu'elle consentit à écouter, à regarder, à laisser approcher d'elle cet être odieux.

« Tu dois bien m'en vouloir ? fit Mager d'une voix qu'il voulut rendre mielleuse et insinuante, et qui parut à la jeune fille hypocrite et fausse.

— Le fait est, répondit-elle sans prendre la peine de dissimuler son dégoût, que je n'ai guère sujet de t'aimer ?

— Ne m'aime pas, si tu veux, fit Mager avec un imperceptible mouvement d'épaules, qui laissait voir assez clairement qu'il prenait peu de souci des sentiments plus ou moins affectueux de Norra ; laisse-moi seulement te rendre un service.

— Tu y trouves donc ton intérêt ?

— Évidemment ! répondit Mager, qui ne sentait pas le besoin de poser pour la vertu, et qui croyait peut-être que le plus sûr moyen d'inspirer de la confiance à la jeune fille était d'étaler naïvement son cynisme devant elle, Mager appelait cela jouer carte sur table.

— Tu voudrais bien sortir d'ici ? reprit-il au bout d'un instant.

— A tout prix ! fit Norra en joignant ses deux mains.

— Même si, pour te rendre ce petit service qui m'expose, je te demandais cent *species* ?

— Tu les aurais le jour même où je rentrerais sous ma tente.

— Il est assez agréable, pensa l'affreux coquin, de recevoir ainsi des deux mains, et je suis bien forcé de convenir que le fils de ma mère est un habile homme. »

Puis, après cette sorte d'aparté avec lui-même, il se retourna vers la petite Laponne, et, comme le renard au pied de l'arbre s'adressant au corbeau perché sur la branche :

« Descends un peu de ton observatoire! lui dit-il, et passons derrière ces rochers, car ici l'on peut m'apercevoir. Je sais bien, ajouta-t-il, que Mickaël est absent, mais celle qui fait pour lui métier de geôlière et d'espionne n'est pas loin; si elle me voyait ici, son maître le saurait bientôt, et je n'ai pas envie de renouveler connaissance avec le poing de cette triple brute, encore plus bête qu'elle n'est grosse. »

Norra descendit, quoique avec un reste de répugnance, et Mager, suivi par elle, s'avançant avec la démarche prudente et cauteleuse que l'on remarque dans toutes les variétés de la race féline, et plus encore chez ces rôdeurs nocturnes à qui leur souplesse perfide a fait donner le nom de vermiformes, guida la petite Laponne vers un fourré de bouleaux nains et d'arbrisseaux au feuillage serré qui devaient les abriter tous deux.

« Maintenant, dit Norra en s'asseyant à quelque distance de lui et en suivant toujours du regard le mouvement de ses mains inquiètes, parle, dépêche-toi, et surtout ne mens pas.

— Je ne mens jamais, dit Mager, quand cela n'est pas nécessaire.

— Qui t'envoie? reprit la jeune fille, comme si elle eût voulu lui faire subir un interrogatoire.

— Je ne puis donc être venu tout seul, poussé par un bon mouvement?

— Je ne t'en crois guère capable ! Si tu avais dû l'avoir ce bon mouvement, j'imagine qu'il ne t'aurait pas fallu l'attendre un mois.

— Diable de fille ! elle raisonne comme un livre.

— Tu vois donc bien que quelqu'un t'envoie?

— C'est vrai !

— Qui ça? Mon grand-père? »

Mager hocha la tête.

« Nepto, alors?

— Pas davantage.

— Qui donc? Parle.... on peut nous surprendre.... toutes ces lenteurs sont cruelles; tu me fais mourir ! dit Norra, dont un vague soupçon traversa l'esprit.

— Je viens de la part d'un officier.

— Un Suédois, peut-être? »

Norra devint tout à coup si pâle, que Mager crut qu'elle se trouvait mal; il s'approcha pour la soutenir; mais elle le repoussa d'une main, tout en le foudroyant du regard, et appuya l'autre vigoureusement contre sa poitrine, pour en contenir les battements désordonnés.

« Son nom? dit-elle d'une voix haletante et entrecoupée; son nom? sais-tu son nom?

— Il ne me l'a pas dit; il est descendu à une demi-lieue d'ici, chez un des hommes du gouverneur; il a l'air d'un prince; quand il parle, c'est comme s'il commandait, et tout le monde lui obéit.

— Il est grand?

— Grand et élancé.

— Jeune?

— Jeune et beau.

— Seul?

— Non; il a un ami avec lui.

— Comment est cet ami ?

— Plus petit, plus fort, avec des mains qui étouffe-raient un loup, et des yeux qui ont l'air de charbons ardents.

— Mon Dieu! pensa Norra, ce sont eux.... C'est lui!

— Ah! ah! fit Mager en se frottant les mains, voilà qui te donne à réfléchir?

— Pourquoi ne partons-nous pas tout de suite? dit Norra en se levant.

— Tout doux! on ne sort point d'ici comme tu crois.

— J'en sortirai comme tu y es entré.

— C'est douteux! le gaard est cerné; il y a partout des yeux qui nous épient.... D'ailleurs, je suis venu moi-même la nuit; si tu partais maintenant, on s'aper-cevrait bientôt de ta fuite; on donnerait l'éveil; nous serions poursuivis; toi prise et moi tué, adieu mes cent *species!* Tu ne sais donc pas que Mickaël est ici tout-puissant et qu'à une lieue à la ronde il est plus craint et plus obéi que le roi!

— N'importe! pensa Norra, Henrick est ici, il veut me délivrer.... Mes maux sont finis! — Quand veux-tu que nous partions? demanda-t-elle à Mager.

— Tâche d'être prête à onze heures; sors sans bruit du gaard; est-il fermé la nuit?

— Comme la porte d'une prison.

— Ta chambre, où est-elle?

— Sur le devant, du côté du lac.

— Oserais-tu descendre par une échelle de corde?

— Pour fuir, j'oserai tout.

— Bien! couche-toi de bonne heure, et pour ne point exciter de soupçon, tâche de n'être pas trop gaie; tu as des yeux qui ont vu la liberté! ils te trahiraient: songe que rien n'est fait, si tout n'est pas fait; que la

moindre imprudence peut nous perdre, et qu'avec
Mickaël le moindre châtiment c'est la mort !

— J'y songerai ! » fit Norra, à qui la pensée de la
délivrance et le souvenir de Henrick — de Henrick
tout près d'elle, et que, dans quelques heures, elle
allait revoir — aurait fait braver tous les supplices. »

..Toujours rampant entre les pierres et se glissant
entre les broussailles, Mager, après avoir prié la jeune
fille de ne le point suivre, disparut par la même route
qu'il avait prise pour venir.

Restée seule la petite Laponne fut bientôt en proie
à une fièvre de pensées que rien ne saurait exprimer.

Il faut avoir un moment perdu l'espérance pour savoir avec quelle allégresse profonde l'âme salue son
retour ! Il faut avoir langui dans la solitude et l'abandon pour bien comprendre avec quelle joie profonde
on accueille l'ami qui revient ! Il faut avoir tout redouté pour se rendre compte du sentiment ineffable de
bien-être qui s'empare de nous quand la sécurité nous
est enfin rendue !

Bien des obstacles se dressaient encore entre la captive et sa délivrance ; mais sa confiance dans Henrick
était si grande qu'elle se regardait déjà comme sauvée.
Mais, notre cœur est ainsi fait ! cette journée, la
seule, la dernière qu'elle eût à passer dans sa prison, lui sembla plus longue que toutes les autres ensemble.

La pauvre fille revint s'asseoir à quelques pas de la
maison, en face des fenêtres du gaard ; elle s'imaginait que, si on la voyait ainsi, tranquille et calme, on
aurait moins de soupçons contre elle, et qu'elle endor-

mirait la défiance de Hafig jusqu'au moment suprême.
Elle passa toute la soirée à suivre dans le ciel la marche presque insensible du soleil, qui s'attardait dans un
crépuscule sans fin. Elle suivait sa chute lente derrière
les montagnes, derrière les rochers, derrière les arbres. Elle eut cependant le courage de ne rentrer chez
elle qu'à l'heure accoutumée. Seulement, malgré toute
sa surveillance sur elle-même, il y avait dans ses façons
une gaieté, une pétulance d'oiseau qui sent croître ses
plumes et pousser ses ailes. C'était la petite Norra
d'autrefois, une Norra que la vieille Hafig n'avait certes
jamais vue, et comme le bonheur des autres la rendait
toujours inquiète et jalouse, elle regarda sa captive à
plusieurs reprises avec une attention soupçonneuse.

« Je voudrais bien savoir, se demandait-elle, ce qui
peut la rendre de si bonne humeur. Mickaël, qu'elle a
ensorcelé, je ne sais comment, n'est pas ici. Elle ne
peut donc lui arracher ni cadeaux ni promesses.... il
n'est pas assez niais pour donner à distance !... Aurait-
elle reçu des siens quelque nouvelle ? Mais la barque
n'a pas bougé, et je ne vois pas trop comment on arrive
ici sans nageoires ou sans ailes....

« N'importe ! elle est gaie ; cette gaieté n'est pas naturelle ; je la suspecte.... On ne doit pas être gai, ici ! »
ajouta-t-elle avec une certaine amertume dans le sourire et je ne sais quoi de sarcastique dans la voix. Elle
redoubla donc d'aigreur, sinon de violence, envers la
jeune fille. Elle mit dans ses procédés ce quelque chose
d'âpre, d'aigu, de dur, qui, sans toucher les gens, semble du moins les déchirer de la voix, les égratigner du
geste et les transpercer du regard.

Il est superflu de dire que Norra ne prenait pas trop
de souci de ces démonstrations hostiles. Est-ce que
maintenant Hafig existait pour elle ? Quand on a la tête

EN LAPONIE. 291

au ciel on ne sent pas les cailloux qui meurtrissent les pieds sur la route. Henrick, quoique absent, cachait Hafig aux yeux de Norra. Sa seule pensée lui faisait oublier une présence odieuse.

Quand vint l'heure où, d'habitude, les deux femmes se retiraient chacune chez soi, et cette heure-là, notre héroïne, suivant le conseil de Mager, n'avait point voulu la devancer, Hafig, toujours docile à ses instructions et fidèle à sa consigne, fit sa tournée, inspecta les environs, constata que tout était paisible dans le gaard et autour du gaard : elle fit alors monter Norra dans sa chambre, l'y enferma à triple tour, et lâcha dans la cour les deux chiens, féroces comme des loups, à qui elle confiait la police extérieure ; puis elle bourra sa pipe et s'endormit dans la fumée, en rêvant qu'elle assistait au mariage de Norra et de Mickaël, qui remplissait ses poches de belles pièces d'argent, blanches comme neige.

Cependant, un peu avant onze heures, Norra entendit de légers coups frappés à sa fenêtre ; on eût dit des poignées de sable fin qui tombaient en grésillant contre les vitres.

Mettre sa table contre la muraille, la chaise sur la table, et grimper sur la chaise, tout cela fut pour la jeune fille l'affaire d'un instant.

Ses petites mains eurent grand'peine à faire jouer dans sa gâche l'espagnolette rouillée, et ce ne fut qu'en meurtrissant ses doigts délicats qu'elle parvint à l'ouvrir. Elle se pencha vivement en dehors et elle aperçut un homme occupé à caresser les deux chiens de garde qui, couchés à ses pieds, semblaient lécher ses mains. Norra eut bientôt reconnu Mager.

Le misérable avait tenu parole : son intérêt avait assuré sa bonne foi. Jamais visage d'honnête homme n'a-

vait réjoui le cœur d'une femme comme fit en ce moment la vue de cet affreux coquin.

« Vous êtes prête? dit-il d'une voix si basse que,
sans la merveilleuse sonorité de la nuit, Norra ne l'eût
certes point entendue.

— Oui ; mais comment descendre ? »

Au même instant, un petit paquet tombait à ses
pieds ; c'était une échelle de corde, nouée très-serré,
que Mager, habitué aux expéditions téméraires, avait
trouvée dans son arsenal d'engins suspects.

Norra dénoua prestement les premières cordelettes,
déroula tout le peloton, l'amarra solidement au pied de
son lit, rejeta l'échelle par la fenêtre, enjamba sans pâlir le balcon aérien, puis commença de descendre les
échelons incertains avec la sûreté de mouvements de
l'écureuil qui voltige de branche en branche. Jamais
la gymnastique laponne ne lui avait été plus utile. L'é-
chelle se trouva trop courte de quelques mesures, et la
pauvre Norra se vit tout à coup suspendue entre ciel et
terre à la hauteur d'un demi-étage. Mager s'avança
pour la recevoir dans ses bras ; mais l'intrépide enfant,
repoussant le mur par un vigoureux coup de jarret,
imprima à la corde un mouvement de vibration assez
violent, et, la lâchant à propos, alla tomber sur la pointe
des pieds au milieu d'un tertre de gazon, qui la reçut
mollement en amortissant sa chute.

« Bravement sauté ! fit Mager ; maintenant en route !
Tu feras tes adieux au gaard un autre jour. »

Il la prit par le bras, et sans lui donner le temps de
réfléchir, l'emmena, en courant, du côté des rochers.
Norra mit la main sur le petit sac de cuir qu'elle portait à son côté pour s'assurer que son couteau à large
lame était toujours à sa portée, et suivit son guide sans
rien dire.

La première partie de la route se fit sans incident ; seulement Mager entraînait si rapidement la jeune fille, que deux ou trois fois elle fut obligée de s'arrêter pour reprendre haleine. Lui n'avait pas encore desserré les dents. Tout à coup, après de nombreux détours dans un labyrinthe d'arbres et de pierres, il écarta les broussailles et découvrit à sa compagne une sorte de tunnel creusé au vif même du rocher, mais si étroit qu'il était impossible d'y marcher deux de front, et si bas qu'il fallait se courber pour y entrer, et que l'on y rampait bien plus que l'on n'y marchait. La petite Laponne ne se défendit point d'un certain effroi en voyant ce trou noir dans lequel il fallait s'enfoncer. Instinctivement elle recula d'un pas, comme font les plus braves natures en face des ténèbres.

« C'est le chemin de la délivrance ; il n'y en a pas d'autre : oseras-tu me suivre ? dit Mager.

— Passe ! » fit Norra en étendant la main.

Mager s'engagea dans le tunnel où la jeune fille s'avança bientôt à son tour, en rampant péniblement sur ses genoux et sur ses mains. Le passage s'élargit au bout d'environ cent cinquante pas, et nos deux audacieux retrouvèrent enfin le ciel libre.

« Sauvés ! fit Mager en respirant bruyamment.

— Crois-tu ? » reprit une voix tout près de lui.

Au son de cette voix, dont l'accent n'avait certes rien de bien rassurant, Mager tressaillit de la tête aux pieds ; Norra, comme foudroyée par une apparition surnaturelle et terrible, vit son courage l'abandonner tout à coup, et elle s'affaissa sur elle-même.

Irrité, menaçant, l'écume à la bouche, l'éclair dans les yeux, brandissant ses deux poings énormes, Mickaël se tenait devant les fugitifs. On eût dit un loup devant un renard et un agneau.

« Voici la seconde fois que tu me trahis ! murmura le gigantesque Quène en s'adressant à son ancien complice : la première, j'ai pardonné, mais à la condition que tu ne recommencerais point. Tu vas donc payer pour deux ! »

Mager, loin de tout secours, forcé de s'avouer à lui-même qu'il avait mérité tous les châtiments, bien persuadé que Mickaël ne l'épargnerait point, et qu'il était absolument inutile de lui faire entendre une prière qui ne serait point écoutée, retrouva pour mourir quelque chose du cynisme de toute sa vie.

« Ah ! fit-il avec son mauvais rire, tu te fâches parce que l'on a voulu dénicher ce gentil oiseau ! crois-tu vraiment que sa mère l'ait couvé pour toi ? Depuis quand as-tu vu que l'on accouple la perdrix blanche au cormoran ?

— Tais-toi, misérable ! » hurla le farouche Mickaël en avançant la main pour le saisir.

Plus leste que lui, Mager évita son atteinte par une prompte retraite de corps, et mettant un buisson d'épines entre Mickaël et lui, il s'adossa au rocher et le regardant d'un œil plus moqueur encore :

« Tu la reprends aujourd'hui, lui dit-il, mais tu n'en jouiras pas longtemps ! Tes maîtres et les miens sont sur ta trace : on te l'arrachera demain.

— Tu mens ! hurla le Quène dans un paroxysme de fureur qui le rendait horrible à voir.

— Je mens si peu, reprit celui-ci, que si dans deux heures la petite n'est pas aux mains de Henrick Steinborg, officier du roi, dans trois les gens du gouverneur seront à Eystein-Gaard.... Et c'est moi qui les ai mis sur ta trace. Ah ! ah ! voilà qui ne te fait plus rire, tu trouves ton maître, à la fin !

— Et toi ton bourreau ! » s'écria Mickaël.

Et s'élançant d'un bond furieux par-dessus les bouleaux nains, il vint tomber aux pieds de Mager. Puis, d'une main, le saisissant à la gorge, de l'autre il prit une pierre, et d'un seul coup lui écrasa la tête.

Son sang et sa cervelle rejaillirent sur les vêtements de Norra, qui s'évanouit d'effroi et d'horreur.

Mickaël ne portait point d'habitude de sels anglais sur lui ; il ne songea guère à donner à Norra les soins que réclamait son état : il ne délaça point son corset sous prétexte de la faire respirer plus à l'aise ; il ne frappa point dans ses mains pour la faire revenir ; il ne lui jeta point au visage de l'eau de la reine de Hongrie ; mais il la secoua assez rudement par le bras en lui criant :

« Allons ! pas de façons ; je n'ai pas de temps à perdre ; tâche de revenir à toi ; il faut marcher, et vite ! »

Tout en parlant il avait saisi assez brusquement la pauvre fille, et il venait de la camper sur ses pieds ; mais il n'avait relevé qu'une masse inerte et sans vie, qui chancela et retomba.

Le Quène fit entendre un épouvantable juron, en serrant jusqu'à le meurtrir le bras de la petite Laponne. Cette froide brutalité n'eut pas même pour effet de la réveiller de son engourdissement profond....

« La peste soit des femmes ! » fit le bandit, ne sachant trop quel parti prendre et regardant autour de lui avec la circonspection d'un homme qui a tout à craindre.

« J'en ai eu plus vite fait avec celui-ci ! » continuat-il en poussant du pied le cadavre de Mager.

Et son regard prit tout à coup une expression de colère haineuse, qui eût fait frissonner Norra si elle eût pu la voir ; mais elle était toujours évanouie.

Mickaël ne pouvait point songer à rentrer dans le

gaard en repassant par le chemin qu'avaient suivi Mager et sa compagne. C'était à peine si deux personnes,
alertes et souples, ayant l'usage de tous leurs membres,
avaient pu s'y glisser : il n'était pas possible d'y traîner
une femme évanouie.

L'autre route était longue, et, pour la suivre, il fallait du temps ; d'ailleurs, si déserte que fût cette partie
du pays, on courait risque de rencontrer des gens qui
se fussent peut-être étonnés de voir un homme emportant ainsi une femme évanouie. Il fallait cependant
prendre un parti, quel qu'il fût : on ne pouvait rester
ainsi en plein champ ; on le pouvait d'autant moins que
l'évanouissement de Norra continuait toujours et que
rien ne pouvait faire présager qu'il dût cesser de sitôt.

Comme dans la nuit fatale du premier enlèvement,
il prit donc la jeune fille dans ses bras, et la chargea
sur ses robustes épaules, et, passant par-dessus le cadavre de Mager, il prit un sentier tournant qui devait le
ramener à l'autre rive du petit lac.

C'était le parti le plus sage, ou, pour mieux dire, c'é-
tait le seul auquel il fût possible de s'arrêter. Il était
dangereux sans doute ; mais Mickaël était un de ces
hommes qui savent mettre dans l'exécution cette
promptitude et cette énergie à l'aide desquelles on fait
parfois réussir les plus hasardeuses entreprises.

Il avait accompli les trois quarts de sa course, et il
se croyait déjà sauvé, quand tout à coup, à un détour
de la route, il se vit entouré par une petite troupe de
sept ou huit hommes, appartenant à la force publique
dont dispose le gouverneur de chaque district.

Parmi eux, il reconnut immédiatement l'uniforme
d'un officier suédois.

Ces hommes étaient armés de sabres et de carabines
et ils ne semblaient point disposés à faire quartier au

bandit, car, à peine l'eurent-ils aperçu, qu'ils se préci-
pitèrent vers lui pour l'entourer. Mickaël, avec cette
justesse de coup d'œil, privilége de l'homme qui s'est
souvent mesuré avec le danger, comprit tout de suite
qu'il était perdu. Toute résistance, en effet, devait être
inutile, et il était même dangereux de la tenter. Comme
il avait encore quelques pas d'avance sur les assaillants,
se servant de Norra comme d'un bouclier, contre lequel
il savait bien que l'on n'oserait pas tirer, il fit une prudente retraite, en reculant pas à pas, jusqu'à ce qu'il
se trouvât adossé à une petite éminence qui dominait
la route. Une fois là, tenant toujours Norra devant lui :

« Si un seul de vous fait un pas, leur cria-t-il d'une
voix retentissante, je brise la fille contre ce rocher. »

Il y avait en ce moment une telle énergie, une telle
violence et une si grande férocité sur ses traits, dans
son geste et dans sa voix, que les nouveaux venus ne
purent douter qu'il ne fût capable d'accomplir son
épouvantable menace ; aussi, sur un signe de l'officier,
tous s'arrêtèrent.

Le jeune Suédois s'avança donc seul vers le Quène.

« Rends cette enfant, lui dit-il, et tu auras la vie
sauve. »

Mickaël frémit de colère ; mais il comprit que la partie était perdue pour lui ; une vengeance ! Mais il
n'aurait même pas le temps d'en jouir ; le moindre attentat contre la vie de la jeune Laponne allait être
immédiatement expié par sa mort. Ces hommes
étaient trop résolus pour l'épargner, et il y avait dans
les yeux de l'officier une fermeté et une ardeur qui disaient assez à Mickaël que s'il n'acceptait point la paix
c'était la guerre à outrance.... une guerre dans laquelle
il allait infailliblement succomber.

— Tout ou rien, répondit-il d'une voix qui semblait

braver les cinq ou six mousquets dirigés contre lui : je
ne veux pas de la vie sans la liberté ! »

L'officier fit signe aux soldats d'abaisser le canon de
leurs armes.

« Soit, dit alors le jeune officier en s'avançant vers
lui ; tu as la vie sauve et la liberté.

— Quelle preuve m'en donnes-tu ?

— Ma parole ! fit celui-ci avec quelque hauteur, et
je pense qu'elle doit suffire à un homme de ta sorte ;
mais dépêchons ; je n'ai pas le temps d'attendre. »

Mickaël remit Norra dans les bras du Suédois et disparut au même instant derrière les rochers avec une
telle rapidité qu'on eût dit que la terre venait de l'en-
gloutir.

Tous les hommes de la petite troupe entourèrent
l'officier. Ils regardaient avec une curiosité bienveillante la petite Laponne, que Henrick tenait toujours
évanouie dans ses bras. Enfin, il leur fit signe de s'écarter et il la déposa doucement à terre, lui prodigua les
soins les plus affectueux et les noms les plus tendres.
Comme si le son de cette voix eût suffi à la ranimer, une
faible rougeur teinta bientôt les joues de Norra, plus
pâles que la fleur de l'asphodèle ; puis elle rouvrit les
yeux, rencontra le regard du jeune homme, et, croyant
sans doute rêver encore, les referma aussitôt.

Henrick l'avait adossée contre un arbre, et il s'était
agenouillé auprès d'elle ; il appuyait sa tête languis-
sante sur sa poitrine ; il tenait dans les siennes ses
deux mains, tremblantes encore et glacées, et les
réchauffait.

« Norra, disait-il, ma chère Norra, tu es sauvée ;
tu n'as plus rien à craindre ; reviens à toi ! C'est moi,
c'est un ami, c'est Henrick qui t'appelle ! »

Tout en parlant, il approcha de ses lèvres un flacon

qu'un des hommes venait de lui passer, et il lui fit avaler quelques gouttes d'un cordial généreux.

La liqueur bienfaisante fit revenir la jeune fille complétement à elle ; pour la seconde fois, elle rouvrit les yeux, et contempla l'officier avec un ineffable ravissement.

« C'est toi, mon Henrick ! » murmura-t-elle.

Et le tenant étroitement embrassé, elle appuya sa tête sur une poitrine dont, en ce moment, les battements n'étaient pas moins tumultueux que les siens.

« Oui, répondit Henrick, oui, ma chère Norra, c'est moi, c'est ton ami, ton frère qui est venu te délivrer des mains de tes ennemis.

— Oh ! Henrick ! que tu es bon ! fit-elle en saisissant une des mains du jeune homme, qu'elle porta rapidement à ses lèvres avec un geste d'adoration passionnée.

— Comment te trouves-tu maintenant, pauvre enfant ?

— Mieux.... tout à fait bien.

— Pourrais-tu marcher ?

— Je ne sais pas ; veux-tu que j'essaye ? »

Tout en parlant, elle mit ses deux mains sur les épaules de Henrick et se leva ; puis elle fit quelques pas, appuyée au bras du jeune homme. Peut-être était-elle heureuse de lui faire sentir ce léger fardeau, et, pour un moment, de reposer ainsi sur lui.

« Où allons-nous ? lui demanda-t-elle en relevant ses beaux yeux brillants et doux.

— Chez le gouverneur où je suis descendu, et qui nous donnera le moyen de nous rendre auprès de ton grand-père. »

Henrick évitait de prononcer le nom de Nepto ; Norra, de son côté, ne songeait point à lui demander des nouvelles d'Edwina. Elle était tout au présent ; le passé n'existait plus, et elle ne voulait point porter ses yeux vers l'avenir.

Leur petite escorte les suivait à quelque distance. Ils marchaient lentement, en causant, et se racontaient chacun ses aventures. Nous connaissons déjà celles de Norra. Henrick lui dit que ses travaux l'avaient ramené sur le rivage du Lyngen-Fjord ; il avait appris que les Kilps étaient campés dans les environs, et il avait voulu aller dormir une fois encore sous leurs tentes.

« Tu ne m'avais donc pas oubliée ? lui demanda la jeune fille avec un regard et une voix où l'on pouvait lire toute sa reconnaissance et toute sa joie.

— Ne sais-tu pas, chère Norra, que tant que je vivrai tu auras en moi le plus sincère et le plus dévoué des amis ?

— Tu me l'as dit, répondit la jeune fille en prenant doucement sa main, mais je n'osais pas le croire.

— Petite tête folle ! — Je trouvai ton grand-père dans la désolation; Nepto, dans une colère qui ne se peut pas dire. Il avait battu la campagne sans trouver la moindre trace de ton passage ; il eût volontiers cherché querelle à tous les hommes de sa tribu pour t'avoir laissé enlever ; il jurait de tirer une terrible vengeance de tes ravisseurs; mais il ne les connaissait pas. Il avait même cru que c'était moi le coupable !

— Comme si tu avais jamais pu m'aimer assez pour cela ! » fit la petite Laponne en se suspendant plus coquettement à son bras.

Henrick ne jugea point à propos de répondre à cette dernière observation.

« Voyant leurs recherches et leurs efforts inutiles, j'y voulus joindre les miens, continua-t-il, et, connaissant moins qu'eux le pays, je m'adressai tout d'abord à la justice. On me parla de vos querelles avec les Quènes; on me donna sur Mickaël des renseignements peu rassurants. Je vins ici. J'y vécus quelque temps avec Elphége, observant tout, ne disant rien; enfin je parvins à savoir que cinq ou six Quènes avaient pénétré, il y a un mois à peu près, dans votre camp. Je rencontrai un de ceux qui avaient fait partie de l'expédition; c'était ce coquin de Mager, que je m'étonne de n'avoir pas vu tout à l'heure avec toi.

— Mickaël vient de le tuer, » dit Norra.

Et, toute frémissante à cet affreux souvenir, elle mit une main sur ses yeux en étendant son autre bras devant elle comme si elle eût voulu éloigner ce hideux fantôme.

« Il n'a eu que ce qu'il méritait, fit Henrick ; il n'est pas mal que ces scélérats se punissent eux-mêmes : la chose est d'un bon exemple pour les autres.... Je vis bientôt, continua-t-il, que ce misérable était capable de tout, même de trahir un complice. Il paraissait d'ailleurs nourrir contre Mickaël une haine qui me rassurait. Pour moi, qui ne songeais qu'au moyen de te sauver, je lui promis ce qu'il me demandait : s'il lui avait fallu la moitié de la Suède, je ne la lui aurais pas refusée. Nous convînmes de tout. Il m'assura qu'il pouvait pénétrer chez ton ravisseur par un passage secret, et qu'à lui seul il se faisait fort de te ramener à moi : il ne parut pas se soucier que je l'accompagnasse avec mes hommes, de crainte, disait-il, que notre présence dans les environs ne fît naître quelque soupçon. Il me sembla qu'il tardait à revenir : j'eus des craintes; j'allai au-devant de toi, Dieu sait ce qui serait advenu si je n'eusse pas écouté mes pressentiments; enfin, je t'ai rencontrée : maintenant tu sais tout !

— Oui, répondit Norra en pressant tendrement le

bras du jeune homme contre sa poitrine, je sais que je
te dois la vie, et plus que la vie !

— Tu vois d'ici, continua Henrick, la maison du gouverneur. Ton grand-père est campé seulement à quelques lieues de là : demain, je te conduirai chez lui.

— Oh ! le plus important est fait ! dit Norra, et maintenant que me voilà délivrée de Mickaël, il me semble
que je serai bien partout. »

Ils arrivèrent chez le gouverneur, où ils furent accueillis avec une chaleureuse sympathie. Tout le monde
félicita le jeune officier du succès de son entreprise, et
le représentant officiel du gouvernement, qui ne demandait pas mieux que de faire, une fois, en passant, du zèle
en faveur des Lapons, traita la fille des Kilps avec toute
sorte d'égards. Jamais Norra ne s'était vue à pareille fête :
la perspective de quelques jours à passer auprès de
Henrick ajoutait encore à son bonheur.

Mais, dès le lendemain de sa délivrance, elle vit
arriver chez le gouverneur la personne dont elle eût
précisément le moins désiré la présence : j'ai nommé
Nepto.

La venue intempestive du pauvre garçon eut immédiatement pour effet de jeter une véritable contrainte
entre nos principaux personnages.

Le temps n'avait point adouci l'humeur farouche du
chasseur. Sa conduite vis-à-vis de Norra était cependant
pleine de mesure, et il avait témoigné avec beaucoup
de courtoisie sa reconnaissance au jeune officier. Mais
il était assez visible pour tout le monde que cette reconnaissance lui pesait singulièrement. Il était sombre,
taciturne, et comme humilié devant Henrick. Il n'avait
pas moins fait que lui ; il n'avait montré ni moins de
zèle, ni moins d'activité : il n'eût pas montré moins de
courage ; mais le succès, cette chose capricieuse, si

indépendante du mérite vrai, avait encore une fois
trompé ses efforts et récompensé ceux d'un autre.
C'était comme une sorte de fatalité, qui ne cessait de le
poursuivre : il était las de lutter contre elle, parce qu'il
voyait bien que la lutte était inutile.

Après deux jours passés chez le bailli — il ne fallait
peut-être pas moins à Norra pour se remettre de ses
fatigues et de ses émotions — on résolut de regagner
le camp des Lapons.

# VII

Le moins pressé de partir, qui le croirait! c'était
Nepto! Sa conduite, du reste, était au moins singulière.
Loin qu'il éprouvât, comme autrefois, le désir de séparer Norra de Henrick, ou de se placer entre eux, il les
laissait toujours ensemble, et il les évitait autant l'un
que l'autre. On eût dit qu'il y avait dans le seul fait de
leur présence comme un secret reproche adressé à son
malheur. Il s'était montré, du reste, très-généreux avec
les hommes du gouverneur qui avaient accompagné
l'officier; il avait, à l'insu de celui-ci, doublé la récom-
pense promise, et il s'en était fait des amis dévoués. Le
matin du jour où Norra et Henrick devaient se mettre
en route pour le camp, on ne trouva plus Nepto : il était
parti pendant la nuit, et plusieurs des hommes du bailli
manquaient aussi à l'appel ; il fallut partir sans lui. Norra
était trop occupée de Henrick pour s'apercevoir de l'absence de son cousin. — Le Suédois, au contraire, la
regrettait comme une complication nouvelle : Norra
semblait du reste avoir complétement oublié ses tristesses passées ; elle était tout à sa joie, et son libéra-
teur la voyait, non sans quelque effroi, redescendre avec
le même entrainement et la même imprévoyance, la

pente fatale sur laquelle, une fois déjà, elle avait si rapidement glissé. Il voulut donc, fût-ce même par un détour violent, donner un autre cours à ses pensées.

« Tu ne me parles pas d'Edwina ? lui dit-il tout à coup en la regardant fixement.

— Ce n'est pas faute d'y penser, va ! »

Henrick put voir qu'il avait frappé juste, car ce nom seul suffit pour amener une ombre sur le front de Norra, dont la souriante gaieté s'évanouit aussitôt. Il se reprocha lui-même cette petite cruauté, bien qu'il l'eût jugée nécessaire, et, démentant bientôt ses paroles par ses actes, il recommença de la traiter avec cette familiarité affectueuse et câline qui, tout d'abord, et dès leurs premières relations, avait, par son imprévoyance, fait naître dans l'âme de Norra des sentiments qui devaient être tout à la fois le charme et le tourment de sa vie, — ou plutôt sa vie même !

« Qu'est donc devenu Elphége, et pourquoi ne t'a-t-il pas accompagné ? demanda-t-elle à son tour.

— Il court de son côté ; il te cherche comme moi ; il battait un côté du pays, pendant que je courais de l'autre. A nous deux nous avions juré de te retrouver, dussions-nous pour cela remuer le Nordl'and, le Finmark et la Laponie !

— Ah ! dit la jeune fille en appuyant ses deux mains sur le bras de Henrick, je sais que vous êtes de grands cœurs et de généreux amis, et si je ne regrette pas de vous devoir tant, que je suis du moins honteuse de pouvoir si peu vous rendre !

— Tu nous as rendu d'avance, fit Henrick en serrant ses mains. Ne sais-tu pas bien, petite folle, que nous t'aimons tous deux comme notre fille, et que les pères sont plus heureux de ce qu'ils donnent que les en-

fants de ce qu'ils reçoivent? Elphége ne t'est pas moins
dévoué que moi et ce sera notre bonheur à tous deux de
t'avoir servie. »

Norra ne répondit rien; mais deux larmes d'attendrissement coulèrent le long de ses joues pâles.

« Peut-être, dit Henrick, qui ne voulait point qu'elle
s'abandonnât trop longtemps à cette dangereuse émotion, peut-être le reverrons-nous aujourd'hui même,
ce bon Elphége ; nous nous sommes donné rendez-vous
non loin d'ici, pour nous rendre compte de notre entreprise, et, au besoin, recommencer ensemble ce que
nous n'aurions pu faire séparément. »

Henrick ne se trompait point, et, dans l'après-midi
du même jour, quand ils n'étaient déjà plus qu'à une
faible distance du camp des Lapons, ils aperçurent
Elphége qui venait à eux. L'entrevue fut pleine de cordialité, et il baisa la petite Laponne sur les deux joues,
comme il eût fait une sœur bien-aimée.

Henrick, qui savait le prix du temps, et qui semblait
toujours pressé d'arriver quelque part, en homme pour
qui la vie n'est qu'un voyage, engagea ses amis, après
une courte halte, à se remettre en route, pour arriver
de bonne heure aux tentes.

« Songe, dit-il à Norra, que ton grand-père ne t'a
pas embrassée depuis un mois.

— C'est de quoi je le plains de tout mon cœur ! fit
Elphége en riant; mais nous ne pouvons point passer
aussi vite que tu sembles le vouloir. Norra va retrouver
ici d'anciennes connaissances....

— Et qui cela donc ?

— Nepto d'abord.

— Eh mais ! fit Norra, nous l'avons vu hier au soir.

— Un autre encore.

— Ah ! le vieux Peckel? dit Henrick à son tour.

— Vous n'y êtes ni l'un ni l'autre ! Il s'agit d'un certain Quène, appelé, je crois, Mickaël. »

En entendant prononcer le nom de celui qui avait été son ravisseur, et dont elle avait failli devenir la victime, la petite Laponne éprouva une émotion profonde. Un tremblement convulsif s'empara de toute sa personne, et si elle ne se fût point retenue, ou, pour mieux dire, cramponnée au bras de Henrick, elle eût tombée de son haut.

« Oh ! de grâce, partons, dit-elle en joignant les mains ; ne restons pas ici une minute de plus ! que je ne rencontre point cet homme.

— Eh bien ! Norra, que veulent dire ces folles terreurs, et que peux-tu craindre avec moi ?

— Sa vue seule me fait peur, » répondit Norra toute frissonnante, et avec un tremblement dans la voix.

Elle parlait encore quand deux hommes, sortant de derrière les rochers, parurent devant eux.

« Qu'est-ce donc ? demanda Henrick, qui reconnut l'un d'eux sur-le-champ comme l'ayant accompagné dans son expédition de la veille.

— C'est Mickaël, mon officier ! répondit cet homme en faisant le salut militaire.

— Mais, reprit Henrick d'une voix qu'il voulait rendre sévère, tu ne m'as donc point entendu lui promettre la liberté et la vie sauve ?

— Tu peux parler pour toi, mais non pour les autres ! dit Nepto, paraissant tout à coup : chacun, j'imagine, a le droit de venger ses injures comme il l'entend. Tu as relâché hier le ravisseur de Norra. Tu le pouvais ; c'est affaire à toi ! Aujourd'hui, moi, qui ne le trouve point puni suffisamment, et qui ai d'autres méfaits à lui reprocher, je ne le tiens pas quitte à si bon compte : d'ailleurs, je l'ai pris sans condition ; ma vengeance ne

regarde que moi, et, ajouta-t-il en redressant sa petite
taille, tu n'as rien à y voir ! »

Henrick fut bien forcé de reconnaître qu'à la place
du Lapon, il eût parlé comme lui : mais il lui répugnait
de laisser périr, sans même essayer de le sauver, un
homme auquel il avait engagé sa parole.

« Eh bien ! dit-il à Nepto, en admettant tous les torts
de Mickaël et la justice de tes griefs, est-ce à toi qu'il
appartient de te venger toi-même, et crois-tu qu'un
officier du roi te laissera assassiner un homme sans
défense ?

— Quand même cela serait, s'écria Nepto, qu'aurais-
tu donc à me reprocher ? Je ne lui ferais, après tout,
que ce qu'il a voulu me faire ! Demande-lui comment
il m'eût traité s'il m'eût trouvé dans ma tente, la nuit
où il vint, avec ses bandits, piller notre camp !... Et
Norra ! ajouta-t-il, avec un farouche éclair dans les
yeux, n'a-t-il point osé porter les mains sur Norra ?
Cela seul mérite la mort.

— Il n'est pas permis de se venger soi-même ;
puisque tu le tiens, livre-le à la justice : c'est à elle
qu'il appartient de lui imposer le châtiment de ses
crimes.

— La justice ! fit le Lapon avec un rire amer, il y a
peut-être une justice pour le Norvégien et le Suédois :
il n'y en a point pour le malheureux Lapon ! Jamais tu
n'entendras dire qu'un des nôtres soit venu devant vos
tribunaux sans y avoir trouvé des juges corrompus, et
mettant de faux poids dans la balance ! Non ! non ! pas
de juges ! pas de justice norvégienne ! »

Henrick, assez embarrassé, et qui ne se trouvait là
d'ailleurs que comme simple particulier, sans aucun
titre officiel, consulta Elphége du regard, comme pour
lui demander quel parti prendre.

L'artiste répondit par un geste que l'on eût pu traduire ainsi :

« La chose nous est parfaitement égale, il faut le laisser faire ! »

Nepto, dont le fin regard avait saisi toutes ces nuances sur le visage des deux Suédois, vit bien que sa cause était gagnée, et qu'il était, comme on dit, maître de la situation.

« Écoutez, mes petits pères, fit-il en s'asseyant tranquillement à leurs pieds, sur une racine de bouleau qui sortait du sol et se roulait avec mille nœuds comme un serpent sur la route, Nepto n'est pas un lâche ! S'il a jamais frappé, c'est toujours en face ! Il tue. il n'assassine point. Mickaël aura plus qu'il ne mérite, car je jouerai ma vie contre la sienne.

— Eh mais ! s'écria Henrick, c'est un véritable duel que tu proposes là ?

— Crois-tu donc que l'on ne se batte qu'à Stockholm ? répliqua le Lapon ; oui, c'est un duel.

— A l'épée ou au pistolet ? demanda l'officier, assez intrigué de tout ce qu'il entendait.

— Non pas : je veux l'ancien duel du Nordland, — le duel au couteau !

— Prends garde ! tu as affaire à un terrible ennemi : ce Mickaël est robuste comme le dieu Thor ; il t'écraserait rien qu'en se laissant tomber sur toi.

— J'aime trop peu la vie pour redouter la mort, dit Nepto d'un ton froid.

— Fais donc comme tu l'entendras, répliqua l'officier ; nous serons tes témoins : que Dieu te protége ! »

Dans cet échange de paroles entre les jeunes gens, Norra n'était point intervenue ; elle n'avait pas dit un mot ; mais elle avait quitté Henrick, et, insensiblement, elle s'était éloignée de lui pour se rapprocher de Nepto.

Ses deux bras retombant le long de son corps, sa tête penchée sur sa poitrine, elle s'abandonnait librement à ses pensées. Certes, elle était touchée de la nouvelle preuve d'affection que son cousin lui donnait, et elle regrettait d'autant plus le danger auquel il allait s'exposer qu'elle se sentait incapable de lui en témoigner jamais assez de reconnaissance ; elle s'accusait d'être ingrate, et elle voyait qu'il lui était impossible de ne l'être point. Elle ne fit cependant aucune observation à son cousin ; elle savait trop combien tout serait inutile ; elle se contenta de regarder Elphége et Henrick d'un air qui semblait leur dire : Mais empêchez-le donc, vous autres qui pouvez.

Norra se trompait, car les deux amis n'eussent pu empêcher le combat, quand même ils l'auraient voulu. Nepto, en effet, était un de ces hommes qui s'obstinent dans leurs desseins, et dont on affermit les résolutions en essayant de les ébranler. Henrick appréciait son courage et sa rare énergie ; il eût été désolé que ce duel eût pour lui une issue funeste : la rivalité entre eux avait un caractère assez singulier puisque l'un ne désirait point ce qu'il obtenait, tandis que l'autre n'obtenait point ce qu'il désirait ; mais ils s'appréciaient, et Henrick faisait des vœux sincères pour celui qui s'était cru longtemps son rival. Quant à Elphége, il se disait tout simplement qu'il y avait là en présence un Lapon et un Quène, deux hommes qui se détestaient ; que ces deux hommes étaient braves, qu'ils avaient des armes, et qu'après tout le mieux était d'en finir.

Les choses en étant là, tout le monde comprit bien qu'il ne restait plus qu'à faire vite.

« Où est ton adversaire ? demanda Henrick en jetant les yeux autour de lui ; ordinairement il faut être au moins deux pour se battre, et je ne vois pas l'autre. »

Nepto, sans rien dire, gravit lestement la berge assez âpre du chemin, en faisant signe aux jeunes gens de le suivre. Quand ils eurent atteint la crête du talus, ils aperçurent de l'autre côté un agreste et frais vallon, ombragé de sapins, et qu'arrosait un torrent descendu des montagnes voisines. En trouvant le sol plus uni du vallon, ce torrent perdait tout à coup son impétuosité première, et roulait d'un cours plus égal l'énorme volume de ses eaux.

En face même de l'endroit où se tenaient nos personnages, il se divisait et enlaçait dans ses bras humides une petite île parfaitement découverte, qui, à vrai dire, n'était autre chose qu'une plate-forme de rochers. Il eût été difficile, pour vider une querelle, de trouver un meilleur emplacement que ce champ clos offert aux combattants par la nature.

Un petit groupe d'hommes se tenait debout au bord même du torrent. Au milieu d'eux on distinguait Mickaël, reconnaissable à sa grande taille. Le Quène avait l'air assez désappointé; l'expression de son visage révélait à la fois de la fureur et du dédain; on eût dit un loup pris par une bande de renards. Le meurtrier de Mager n'eût pas demandé mieux que de se jeter sur ses ennemis et de les mettre en pièces ; mais, outre qu'ils avaient l'avantage du nombre, ils étaient armés jusqu'aux dents, ils se tenaient d'ailleurs sur leurs gardes, et il n'était pas douteux qu'à la première tentative ils ne lui eussent fait payer cher ses mauvais desseins. Mickaël s'en doutait ; aussi se tenait-il sur une prudente réserve, rongeant son frein, dissimulant ses colères et ajournant ses vengeances.

Quand il aperçut Norra, ses yeux — d'un bleu pâle tirant sur le gris, comme les flots de cette mer du Nord qu'il avait si souvent contemplée — s'injectèrent de sang, et sa face, naturellement enluminée, prit tout à coup comme un reflet de pourpre ; mais il ne lui adressa point la parole. Le sentiment qu'il éprouvait devant elle, c'était celui de la confusion, mêlée de regret et de désir. Mais il comprenait bien qu'il ne lui était pas même permis de l'exprimer, et il gardait un silence hautain. Cependant, quand il aperçut Henrick, il se leva, et avec un geste violent, tendant la main vers lui :

« C'est donc ainsi, lui dit-il, que les officiers suédois tiennent la parole donnée ?

— Qu'avais-je promis que je n'aie pas tenu ? demanda Henrick avec une hauteur écrasante : la vie ! est-ce que je t'ai tué ? la liberté ! t'ai-je donc fait arrêter ? Ce n'est pas ma faute si tu vas te faire prendre ailleurs. Faut-il que je te protége contre les vengeances de tous ceux que tu as insultés, offensés, pillés ? Est-ce à l'armée à fournir des escortes à des bandits de ton espèce ?

— Tu n'étais pas si fier, riposta le Quènè avec un ricanement dans lequel il semblait distiller toute sa haine ; tu n'étais pas si fier quand je tenais ta maîtresse entre mes bras !

— Misérable ! s'écria le jeune homme, tu veux donc me faire repentir de ma générosité, et il faut que tes paroles infâmes souillent devant nous celle-là même que nous t'avons empêché de flétrir ! »

Nepto n'avait rien dit en entendant l'insulte jetée ainsi à la face de Norra ; mais il avait étrangement pâli, — de cette pâleur verte, indiquant aux physiologistes que la bile s'extravase dans le sang. Pour certaines organisations nerveuses, c'est la dernière limite de la colère où elles puissent arriver impunément. Un degré de plus, et elles ne la supporteraient point : leur tête éclaterait, ou l'apoplexie les foudroierait d'un seul coup.

« Bien ! bien ! murmura-t-il d'une voix stridente,

qui passait en sifflant entre ses dents, j'ajoute cela à ton compte : nous allons régler le tout ensemble et bientôt !... »

Quant à Norra elle avait entendu sans rougir la misérable calomnie de son bourreau. Elle regarda Henrick d'un air calme, avec je ne sais quoi de doux et de résigné, comme si elle eût voulu lui dire : C'est à cause de toi que l'on m'insulte ; je ne me plains pas !

Henrick fut peut-être le plus courroucé de tous.

« Tais-toi, misérable, dit-il d'une voix impérieuse, les yeux étincelants ; le moment est grave : dans un instant, tu auras tué un homme de plus, ou toi-même tu seras mort ; songe donc au passé et à l'avenir. »

Le Quène haussa les épaules sans dire une parole : il était bien visible que le passé et l'avenir ne l'inquiétaient guère, et que toutes ses préoccupations se bornaient au présent.

Disons-le, toutefois, quand il comprit que la bataille était désormais inévitable, quoiqu'un duel fût chose assez nouvelle pour lui et qu'il eût mieux aimé choisir toute autre façon de vider sa querelle avec Nepto, il ne donna plus la moindre marque de crainte ou d'hésitation.

« Comment vous battez-vous ? demanda Elphége qui, n'ayant jamais eu rien à démêler ni avec l'un ni avec l'autre des deux adversaires, semblait celui de tous les assistants à qui les délicates fonctions de juge du camp devaient convenir davantage.

— Il n'y a pas deux manières de se battre, fit Nepto en jetant par terre, devant Mickaël, qui le regardait les poings fermés et le sourcil froncé, une ceinture et deux couteaux à large lame d'acier suédois, et dont la forte et courte poignée en ivoire de morse était incrustée de cuivre. »

Ceux qui ont visité le musée de Christiania ont vu, au milieu de toutes sortes d'engins de destruction, les ceintures et les poignards destinés aux duels, jadis si fréquents, aujourd'hui plus rares, des hommes du Nord. C'était là sans doute une des plus terribles façons de jouer sa vie, et elle exigeait, à un degré presque égal, la force, le courage, le sang-froid, l'énergie et le coup d'œil. Je ne connais point de plus redoutable manière de s'égorger, et, de toutes les inventions de l'homme ayant pour but d'arriver à la destruction de son être, celle-là est certainement une des plus horribles.

Le Quène, qui connaissait cette façon de combattre, comprit sur-le-champ l'importance qu'elle allait donner à sa force physique. Il vit là pour lui un heureux augure, et, agitant ses bras, dont il connaissait la solide vigueur, il pensa que le pauvre Nepto allait bientôt passer ce qu'on appelle en langage vulgaire un mauvais quart d'heure.

Le torrent sur le bord duquel nos héros se trouvaient présentait un étrange aspect. C'était un de ces cours d'eau comme il s'en rencontre un assez grand nombre dans cette partie de la Norvége, descendant des montagnes et emportant avec eux les débris des grands bois abattus par la hache des bûcherons, qui s'en vont flottant à la dérive, sans que l'on donne aucune direction à leur libre cours. Un de ces ponts hardis, que l'on appelle des ponts alpestres, et qui, faits d'un tronc de sapin, et jetés d'un bord à l'autre, unissent les deux rives par une passerelle qui tremble et frémit sous vos pieds, était le seul accès offert aux voyageurs.

Les champions le franchirent, et quatre hommes avec eux. Une fois sur le territoire de l'île, les combattants se dépouillèrent de leurs vêtements, et bientôt la fameuse ceinture fut bouclée à leurs flancs nus, les rattachant ainsi l'un à l'autre. Quand ce fut fait, les quatre hommes repassèrent le pont, au milieu duquel Elphége se plaça la carabine au poing.

Norra, debout sur la berge, appuyée au tronc d'un sapin, les deux mains pressées sur sa poitrine, qui battait violemment, regardait avec une indicible expression de torture les préparatifs de la lutte affreuse dont elle était la cause involontaire.

Les deux combattants avaient été laissés tous deux seuls sur leur rocher.

Un sentiment pénible, — ce n'est pas assez dire, — un sentiment d'angoisse agitait toutes les poitrines. Mais tous les vœux étaient pour Nepto, car il avait le bon droit pour lui.... et les hommes sont quelquefois justes!

Cependant les spectateurs durent trembler en voyant la taille gigantesque et les énormes muscles qu'étalaient la poitrine et les bras du Quène. A côté de lui, Nepto n'avait plus l'air que d'un nain, d'un Pygmée en face d'Hercule. Mais si le Quène avait pour lui le volume et la masse, le Lapon pouvait retrouver quelque avantage dans la souplesse et l'agilité qu'annonçait la parfaite justesse de ses proportions. Si tous deux eussent été laissés en liberté dans l'île, les chances de la lutte se fussent trouvées plus égales. Mais la fatale ceinture qui les enchaînait semblait condamner d'avance le plus faible à une perte certaine.

« Allez ! » cria Elphége aux combattants.

Au même instant, on put voir les adversaires s'éloigner rapidement l'un de l'autre, et le lien qui les unissait se tendre et se roidir ; puis ils tournoyèrent en sens contraire, comme si chacun eût voulu faire perdre terre à son ennemi. On pouvait croire que ni celui-ci ni celui-là ne se décidait à porter le premier coup.

L'attaque, en effet, quand elle ne réussit pas, devient très-dangereuse ; elle découvre le combattant, qui, pour toute défense, n'a que son bras nu. La lame seule doit trouver un chemin jusqu'à la poitrine ennemie. Par deux fois déjà le Quène avait levé le couteau ; par deux fois déjà la terrible pointe s'était abaissée : on avait cru que c'en était fait du malheureux Nepto. Mais le jeune Lapon, avec la puissance et l'élasticité de ressorts de l'orang et du chimpanzé, avait bondi de côté ou sauté en arrière.... et toujours la pointe était retombée dans le vide, et le coup s'était perdu dans l'espace.

Nepto s'était jusqu'ici contenté de parer sans attaquer : il se tenait sur la défensive, se contentant de montrer la pointe de son arme et d'écarter celle de son adversaire. Il savait qu'avec un ennemi comme le Quène un temps mal pris pouvait l'exposer à une riposte fatale. Cependant, autour de lui, les coups tombaient drus et pressés comme la grêle d'un orage d'été. Le Quène, aveuglé par la colère et perdant tout sang-froid, ne songeait plus ni aux finesses de l'assaut, ni aux ruses de la parade : il ne se servait que de sa force brutale, croyant qu'elle devait suffire à lui donner raison de son chétif ennemi. Il y eut chez tous un moment de terreur : on voyait la chute menaçante, on sentait la fuite impossible. La mort était partout, le salut nulle part ; au calme glacé des premières passes avait succédé une ardeur sauvage.

Nepto commençait lui-même à s'animer : ils avaient tous deux du sang et du feu dans les yeux ; leurs bras noueux cherchaient à s'entrelacer comme des serpents. Leurs mains frémissantes et crispées tourmentaient fiévreusement la poignée de leurs armes : on entendait du rivage le souffle des poitrines embrasées, haletantes.... Encore quelques secondes et c'en était fait de la vie d'un homme!

Norra tomba sur ses genoux et pria.

Au même instant, Mickaël menaça par une feinte hardie la poitrine de Nepto, et déployant en même temps la longueur de son bras il essaya de lui porter par-dessus la tête un coup dans les épaules, coup toujours mortel, car il brise les vertèbres, tranche les côtes, et pénètre jusqu'aux organes les plus indispensables de la vie. — Par bonheur Nepto comprit l'attaque ; il plia sur ses jarrets, et s'aplatit, pour ainsi dire, jusqu'à terre. La pointe seule du couteau l'atteignit et glissa sur son épaule, où elle traça un sillon léger.

La blessure excita le jeune Lapon ; son sang, qui coulait tout chaud sur sa peau, lui causa une sensation étrange : il sentit que le moment était venu, et qu'il fallait tenter un coup suprême. Le Quène, qui avait cru rencontrer à hauteur d'appui un point de résistance, et qui n'avait trouvé que le vide, avait nécessairement perdu l'équilibre ; il chancela sur la base de ses larges pieds et tendit ses deux bras en avant, comme pour se retenir à quelque chose.

Nepto, en ce moment, rassembla toutes ses forces, et sans même se relever tout à fait, bondissant vers le Quène, la tête en avant, il enfonça dans ses entrailles la lame tout entière, et, au lieu de la retirer à lui, la poussant violemment de gauche à droite, il accomplit des ravages horribles.

Mickaël poussa un cri de douleur, qui fit retentir la montagne. Puis il s'affaissa sur lui-même, et sembla couvrir de son vaste corps la moitié de la plate-forme de rochers qui lui avait servi de champ de bataille. Un moment ses membres s'agitèrent dans les effrayantes convulsions de l'agonie ; puis ils se roidirent tout à coup.

Il voulut parler, mais la voix expira dans sa gorge, et, au lieu de mots, il ne vint à ses lèvres qu'une épaisse et sanglante écume. Quelques minutes après il était mort.

Elphége, en le voyant tomber, s'était hâté d'accourir ; tout le monde, excepté Norra, avait franchi le pont et s'était approché du petit groupe pour détacher l'homme du cadavre.

Mais Nepto les avait prévenus, et, du même fer qui l'avait vengé, il venait de couper la ceinture, ne parvenant pas assez vite à la dénouer. Puis, avant qu'on ne pût être assez près de lui pour l'en empêcher, il commença de faire rouler le corps mort et le poussa jusqu'à l'extrémité de la terrasse. Arrivé au bord qui surplombait l'abime, il monta sur son ventre et le foula aux pieds avec une sorte de joie farouche et d'exaltation sauvage et un trépignement furieux qui le rendaient terrible. On ne voyait plus sa petite taille : — il paraissait grand sur ce sanglant piédestal de la Victoire, que lui faisait le cadavre d'un ennemi. — La passion satisfaite lui donnait une expression de triomphe et d'orgueil indicible. On eût dit la statue même de la Vengeance, mais une statue animée et dans laquelle respirait une âme ! Il fallut que Henrick, nature plus clémente, le rappelât à des sentiments humains, en lui disant que la mort expiait toutes les fautes et que les dettes de Mickaël étaient payées.

« Ah ! s'écria le Lapon en brandissant sa lame teinte de sang, que n'ai-je pu le tuer deux fois, cet assassin des miens, ce ravisseur de Norra ! »

Il replaça son couteau dans sa gaîne, après en avoir essuyé le fer dans les cheveux de sa victime ; et, comme Achille traînant le cadavre d'Hector, il prit son ennemi par les pieds, sans que les assistants, pénétrés d'une secrète horreur, songeassent à l'en empêcher, et il le précipita dans le torrent, en lui disant : « Va te faire manger aux poissons, tu n'es pas digne de dormir dans la terre des hommes! »

Le cadavre bondit et rebondit avec des heurts et des cahots effrayants, laissant à toutes les aspérités des rochers les traces de son sang, les lambeaux de sa chair, les éclats de sa cervelle.

Enfin il tomba dans le torrent.

On vit alors un spectacle étrange.

On sait qu'en Norvége ce sont les torrents qui portent à la mer les forêts qu'ils traversent. On coupe les sapins de leurs bords, on les ébranche, et on les jette à l'eau après les avoir marqués. Ils s'en vont alors, lents ou rapides. On est sûr qu'ils arriveront. Quand arriveront-ils? On n'en sait rien, et l'on ne s'en préoccupe pas; la question de temps, en Norvége, est toujours indifférente. Ces grands troncs dépouillés, blancs, à l'exception de leurs nœuds rougeâtres, qui ont l'air de blessures saignantes, flottent ainsi à la dérive, tantôt précipités par les cataractes et frangés de blanche écume; tantôt arrêtés dans les rochers, ou bien échoués sur quelque écueil à fleur d'eau, jusqu'à la crue prochaine, qui les dégage et les emporte. Quand le torrent traverse un lac, où son courant devient presque insensible, les sapins semblent immobiles sur l'onde endormie; ils s'arrêtent dans toutes les anses des petites îles, reviennent sur eux-mêmes si le vent contrarie leur marche, et mettent parfois deux jours à faire une lieue.

Un de ces immenses trains flottait alors dans le torrent dont les deux bras formaient l'île qui avait servi de théâtre au combat. Le cadavre de l'homme tomba au milieu de ces cadavres d'arbres.

Englouti un instant dans l'abîme, il en ressortit bientôt, repoussé par les sapins, et on le vit se dresser à mi-corps, livide, les traits contractés, ses longs cheveux collés sur son visage, ses bras tantôt étendus, tantôt reployés selon le caprice des vagues, disparaissant de nouveau sous quelque remous soudain, et de nouveau reparaissant, tantôt couché, tantôt debout, le buste tout entier hors de l'eau, comme s'il eût chevauché sur les longs troncs flottants.

Immobiles sur la pointe du rocher, les spectateurs de ce drame terrible suivaient des yeux ses péripétie avec une émotion mêlée d'horreur. Enfin, un détour du torrent l'emporta : la vision sinistre s'évanouit.

Norra pansa soigneusement la blessure, d'ailleurs assez légère, de Nepto, et après avoir pris congé des Norvégiens, qui les avaient accompagnés jusque-là, e dont le petit-fils de Peckel avait de nouveau et généreusement reconnu les bons offices, tous nos amis reprirent la route du camp, où ils furent reçus avec un véritable enthousiasme.

Le vieux patriarche, en voyant revenir ensemble ses deux petits-enfants, qu'il avait crus perdus pour toujours, ne songeait point à cacher sa joie. Nepto et Norra étaient aimés de toute leur tribu, et chacun était heureux de les retrouver. Tout le monde sortait des tentes pour aller remercier les deux Suédois de ce qu'ils avaient fait pour la famille de leur chef. Familiers et naïfs, les témoignages de leur reconnaissance n'en étaient pas moins très-agréables à nos héros. Ils consentirent donc assez volontiers à passer quelques jours au camp.

On avait espéré que la nouvelle preuve d'affection et de dévouement passionnée donnée à Norra par son cousin aurait pour effet de toucher enfin le cœur de la jeune fille et d'amener chez elle une réciprocité depuis si longtemps attendue. C'était là une complète erreur. Le cœur d'une femme n'a jamais été enchaîné par la reconnaissance, et ses mouvements, dont la cause mysté- rieuse échappe presque toujours même aux plus fins observateurs, sont indépendants de ce que les philo- sophes appellent les considérations d'ordre moral. C'est même là, selon les uns, une marque de l'excellence de l'amour, qu'il échappe à toutes les lois acceptées et ne reconnaît d'autres règles que ses volontés irresponsables et suprêmes; tandis que les autres ne voient là qu'une preuve nouvelle de l'infériorité d'une passion sans frein, qui veut être son but et sa fin à elle-même et qui, à travers les peines et les douleurs de tout un monde, ne cherche que ses satisfactions et ses joies.

Très-reconnaissante envers Nepto, Norra ne l'en aima pas davantage, tandis que ses sentiments pour Henrick, surexcités encore par la preuve chevale- resque de dévouement qu'il lui avait donnée dans des circonstances si bien faites pour impressionner sa jeune et vive imagination, avaient pris tout à coup une intensité et une ardeur que l'on n'avait point ob- servées jusque=là chez elle. Henrick en éprouvait un sincère regret : il avait fait pour combattre cette incli- nation fatale tout ce qu'il était vraiment possible de faire. Rien n'avait réussi; on eût dit, au contraire, que tout ce qu'il tentait tournait contre lui : de guerre lasse, il dut s'en remettre au temps et laisser faire les choses. Il résolut seulement de quitter le camp des Lapons plus tôt qu'il ne croyait, et surtout de n'y jamais revenir.

·Les travaux du jeune officier allaient le retenir quel- que temps encore dans le même district; mais il savait que les Lapons devaient s'en éloigner pour regagner les montagnes ; lui, de son côté, devait pousser jusqu'à l'extrême nord et rejoindre, vers le grand cap, *le Trollhœtta*, dont Hammerfest serait la dernière station. Il était donc certain de quitter Norra pour toujours, et, à la pensée du mal que lui causait chacune de leurs rencontres, il ne pouvait que s'applaudir, si aimante et si tendre qu'elle pût être, de ne plus jamais la revoir.

Il crut devoir prendre congé d'elle avec une certaine solennité, et il se promit d'être fort contre l'expansion si dangereusement communicative de sa douleur. Il put s'apercevoir une fois de plus que les choses n'arrivent jamais ni comme on les a craintes ni comme on les a espérées. Les adieux de Norra ne ressemblèrent en rien à ceux qui avaient signalé leur première séparation : ni soupirs, ni pleurs, ni sanglots ; mais, au contraire, quelque chose de contenu, de calme et de froid, dont le jeune homme lui-même s'étonna. Il ne lui était pas permis de douter d'une affection dont chaque jour lui apportait une preuve nouvelle, et qui était, pour ainsi dire, la vie même de celle qui l'éprouvait. Il se demandait donc, non sans une inquiétude secrète, quel mystère cachait cette apparente résignation.

Au moment où il quitta le camp, en plein jour et accompagné d'une troupe de Lapons, qui avaient tenu à honneur de l'accompagner le plus loin possible, Norra vint à lui, et d'une voix dont le calme et la fermeté attestaient la sincérité de sa conviction : « Je ne te dis pas adieu, fit-elle, en prenant ses mains, car je sens que nous nous reverrons ! »

L'assurance que révélaient ces paroles était si grande, que Henrick lui-même ne sut trop que lui répondre.

« Il faut avouer, lui dit Elphége, quand ils furent à quelque distance de leurs compagnons, que, s'il est parfois difficile de se faire aimer des femmes, il est plus difficile encore de s'en faire haïr.

— N'en disons pas de mal, répondit Henrick ; les moins bonnes valent encore mieux que nous. »

Les deux amis, en quittant les Lapons, se rendirent chez le gouverneur du district, où ils devaient se séparait. Elphége demeurerait encore quelque temps sur les rivages du fjord : il y trouvait une nature grandiose et sauvage, et des sujets d'étude aussi nombreux que variés. Henrick, au contraire, abandonnant la terre ferme, passerait dans ces petites îles semées sans nombre dans la mer qui borde la côte occidentale de la Norvége, avec une profusion que la main du Créateur a rarement égalée.

# VIII

Le jeune et brillant officier, qui, sur la terre ferme, avait tour à tour goûté l'intimité charmante de deux jeunes créatures affectueuses, aimables, aimantes, se trouva tout à coup transplanté au sein d'une solitude austère et mélancolique, dont l'impression agit fortement sur son âme.

Rien dans notre Europe ne saurait donner une idée juste et vraie de l'aridité et de la désolation de ces paysages du Nord, dont les lignes brusques, violentes, durement arrêtées, n'ont pas même, pour adoucir la redoutable sévérité de leurs aspects, cette abondante et sereine lumière qui, sous d'autres latitudes, compense, à force d'éclat, la rudesse et l'aspérité des formes. Tantôt ces îles sont isolées comme des écueils au milieu des flots; tantôt elles sont si rapprochées et tellement serrées les unes contre les autres qu'elles forment comme un second rivage en face du premier ; tantôt la barque pénètre dans une enceinte de rochers qui s'arrondissent autour d'elles comme le bassin d'un port en pleine mer; tantôt ce sont de longues murailles, parallèles à leur bases, surplombantes à leur cime, et qui se rejoignent sur vos têtes comme des arcs de triomphe gigantesques.

De temps en temps, la muraille s'interrompt et s'entr'ouvre comme pour donner une échappée de vue sur la mer immense. Si le vent tourmente les flots, ils s'élancent par l'ouverture qui leur est offerte ; ils se précipitent avec une fureur et une impétuosité terribles ; ils remplissent le canal de bruit, de trouble et d'écume ; tantôt, au contraire, c'est la côte qui se déchire, et un fjord, dont les bras se projettent dans toutes les directions, va porter à quinze ou vingt lieues dans l'intérieur du continent le sel de la vague marine. Parfois ces îles vraiment désolées ne sont qu'un amas de roches stériles, sans une touffe d'herbe, sans une motte de terre, sans une goutte d'eau : véritable image du deuil éternel de la nature dans ces climats maudits.

C'est là que Henrick vécut seul avec ses pensées, loin de tout ce qu'il aimait, cherchant dans un travail obstiné une distraction trop souvent impuissante aux ennuis de son cœur. La tâche pourtant était rude, et il n'avait pas assez de loisirs pour être tout à fait malheureux. Sur des barques de pêcheurs, il allait d'une île à l'autre, écrivant, dessinant, travaillant toujours.

Il y avait trois semaines bientôt que les deux amis avaient quitté les tentes des Kilps, quand un matin le vieux Peckel vit entrer dans sa tente deux Lapons, de ceux que l'on appelle dans le pays des Söfiner, c'est-à-dire des Lapons marins.

Il se rencontre parfois, en effet, chez les Lapons des matelots intrépides, qui font la navigation des côtes; dignes rivaux de ces rois [1] de la mer qui découvrirent le nouveau monde, avec leurs esquifs sans pont et sans boussole, quatre siècles avant l'immortel Génois. Avec de misérables barques, dont nous ne voudrions pas pour

1. Vikings.

naviguer sur nos lacs, ils effleurent jour et nuit les plus redoutables écueils, et affrontent les plus terribles tempêtes.

Assise à côté de son grand-père, Norra, en les voyant venir, sentit que sa poitrine battait plus vite. Notre cœur est toujours là où est notre amour. Depuis que Henrick avait mis la mer entre elle et lui, la pensée de la pauvre fille était devenue voyageuse. Ce n'était plus les bergers ni les chasseurs qui l'intéressaient. Elle eût donné son troupeau pour une barque! N'était-ce point avec les barques que l'on franchissait les détroits, et que l'on abordait à ces îles, gardées par les flots jaloux, qui lui dérobaient son trésor?

Elle fit donc aux deux matelots le plus aimable accueil; les engagea cordialement à s'asseoir, et leur laissa entendre qu'elle parlerait pour eux à son grand-père.

Les deux matelots se disposaient à faire un voyage aux îles Loffoden, où se trouvaient des pêcheurs russes, auxquels ils voulaient porter de la viande fraîche et des fourrures. Mais la distance était grande et leur barque petite, le passage difficile et l'équipage peu nombreux. Ils venaient donc prier le vieillard, dont la réputation de sorcier était établie solidement à plus de vingt milles à la ronde, de leur accorder des vents favorables.

« Eh mais! où voulez-vous que j'en prenne? murmura Peckel, d'un air de mauvaise humeur, beaucoup moins réelle qu'apparente, car, au fond, il ne laissait point que d'être assez flatté du cas que l'on semblait faire de sa science : croyez-vous, ajouta-t-il, que j'en tienne des provisions, et que j'en aie de rechange dans mes coffres?

— Père, répondit un des Lapons, dont le regard à la fois caressant et fin annonçait un véritable diplomate en herbe, nous savons que tu peux tout ce que tu veux, et nous ne te demandons presque rien.

— Eh bien! parlez, que vous faut-il?

— Le vent d'est, pour nous pousser de terre jusqu'aux îles, le vent d'ouest, pour nous ramener des îles vers la terre. »

Tout en parlant ainsi, le Lapon avait tiré de son sac deux pièces d'argent qu'il plaça sur la table à côté du vieillard. Peckel s'en empara et les fit disparaître avec l'habileté du plus merveilleux prestidigitateur.

« Je ne sais, dit le patriarche des Kilps, après toutefois qu'il eut encaissé la monnaie, je ne sais si je devrais vous accorder ce que vous me demandez là. Les gens du roi n'aiment pas que l'on ait commerce avec les esprits, et ils mettent assez volontiers leurs agents à la poursuite de nos dieux. Qui me dit que vous n'êtes pas des espions envoyés par eux pour me trahir!

— Peckel, fit l'autre pêcheur, celui qui n'avait pas encore pris la parole, quand donc as-tu vu qu'un Lapon ait jamais été trahi par un Lapon? Nos dieux sont tes dieux! Laisse là les chrétiens, leurs prêtres et leurs bourreaux : ils ne viendront jamais te chercher jusqu'ici.... Et s'ils y venaient ils nous trouveraient sur leur chemin.... Prends donc cette pièce encore! elle a été frappée à la monnaie de cette noble ville de Nidaros, qu'ils appellent Drontheim; elle est de pur argent. Donne-nous des enchantements d'aussi bon aloi.

— Père, fit Norra, qui connaissait assez son aïeul pour savoir que son intervention n'était point nécessaire, et que la demande des deux Lapons était accordée d'avance, mais qui voulait se concilier leurs bonnes grâces, père, exauce la prière de ces amis; ils sont assez malheureux ceux qui s'en vont sur la mer! ajouta-t-elle avec une nuance d'attendrissement dans la voix que l'oreille de son grand-père eût pu noter, si elle eût encore été sensible à autre chose qu'au son métallique des écus.

— C'est bien! dit-il, puisque ma petite fille intercède pour vous, je vais prier le dieu des tempêtes, et vous composer un charme : sortez, cependant, que je puisse prononcer les formules magiques; allez vous asseoir à l'entrée de ma tente; quand tout sera préparé, on vous fera prévenir. »

Les deux jeunes Lapons obéirent sans répliquer. Une fois resté seul avec Norra, qui ne se permit point de le regarder, Peckel fouilla dans un grand coffre, caché sous un amas de fourrures et de vêtements, et il en retira une corde de la grosseur du petit doigt, tout hérissée de nœuds de différentes formes et de diverses dimensions. Il coupa deux de ces nœuds, et les remettant à sa petite fille :

« Va, dit-il; porte-leur ce qu'ils attendent : ce sont des charmes tout-puissants; qu'ils partent, et qu'ils reviennent en joie! S'ils ajoutent un *spécies* de plus, tu sais, petite, que c'est à moi qu'il revient. »

Norra s'éloigna à grands pas; mais elle fit ce que d'ordinaire on appelle au théâtre une fausse sortie, et, une fois arrivée sur le seuil, au lieu de le franchir, elle se retourna, curieuse comme une fille d'Ève, pour voir ce que faisait son grand-père.

Peckel, qui ne se croyait point observé, remit la corde magique sous une des peaux qui lui servaient de couverture, puis il s'en alla, tout trébuchant, dans un autre coin de sa tente, où il s'agenouilla devant un coffre que fermait une énorme serrure, et avant d'y enfermer les deux *spécies* dont il allait grossir son trésor, comme un enfant ou comme un avare, il prit plaisir à les faire sonner l'un contre l'autre.

Norra, le voyant si profondément absorbé dans cette occupation grave, crut qu'elle pouvait tenter un coup hardi; rapidement, sur la pointe des pieds, retenant son souffle, elle revint vers le lit, et s'emparant, à son tour, de la corde, elle en coupa deux nœuds : elle les enveloppa dans un morceau d'étoffe, puis les enferma dans un petit sac de cuir.

Quand ce fut fait, elle sortit de la tente et alla trouver les deux marins, qui fumaient à l'entrée avec cette nonchalante et paisible indifférence de gens dont la vie est plus longue que la tâche, et qui auront toujours du temps de reste.

« Tenez! leur dit-elle, voici ce que vous avez demandé à mon grand-père; ce charme est un des meilleurs qu'il ait jamais composés : il vous conduira où vous voulez aller; il vous ramènera ici. »

Les deux marins, remerciant la jeune fille, se levèrent pour partir.

« Attendez! vous savez que c'est grâce à moi que vous avez obtenu votre demande : il s'agit maintenant de me rendre à votre retour un léger service.

— Parle!

— Eh bien! fit la petite Laponne, à voix basse et très-rapidement, bien loin d'ici, dans quelque île, sur votre route, je ne saurais dire laquelle, vous rencontrerez peut-être un jeune officier suédois : c'est un ami des Lapons; il m'a arrachée aux mains des Quènes! Sans rien lui dire, vous lui remettrez ce petit sac; ou je me trompe fort, ou il saura de quelle part il lui vient. Et maintenant, continua-t-elle, comme si elle eût déjà voulu savoir son talisman entre les mains qui lui étaient chères, partez sur-le-champ; profitez de la mer et du soleil, et revenez avant les mauvais jours. »

Les deux Lapons promirent tout ce que l'on voulut

et partirent. Rassurée, le cœur presque joyeux, Norra rentra dans sa tente. La petite Laponne, qui avait toujours écouté avec autant d'attention que de respect les instructions du ministre, et qui, au jugement même de Johansen, était la meilleure chrétienne de sa tribu, n'en accordait pas moins une efficacité toute puissante aux sortiléges, aux charmes et aux enchantements de son grand-père.

C'est que la surnaturelle et divine lumière de la religion révélée n'a pas encore éclairé l'âme tout entière des Lapons ; presque toujours il reste en eux quelque recoin obscur, où la superstition règne encore, et où, malgré les efforts des missionnaires, la foi ne pénètre pas. Ces derniers vestiges d'un paganisme séculaire dans des intelligences à peine sorties des limbes de l'idolâtrie, résistent à tous les efforts. Vous croyez avoir arraché la plante maudite : tout à coup les racines rejettent et l'on voit paraître des pousses nouvelles. Dans ces âmes naïves, auxquelles il sera sans doute peu demandé parce qu'elles ont peu reçu, et qui trouveront Dieu clément, vous rencontrez souvent un bizarre mélange de vérités et d'erreurs. Norra était sincère quand elle s'agenouillait au fond de sa tente pour adorer Jésus et prier Marie ; elle était sincère quand elle envoyait à Henrick le talisman qui devait conjurer les tempêtes et enchaîner les vents.

Séparés du reste du monde, les Lapons n'ont point, même entre eux, de communications régulières. L'usage des lettres leur est à peu près complétement inconnu et les facteurs de la poste ne soulèvent jamais la portière de leur tente.

Ils n'en sont pas moins assez promptement informés de tout ce qui se passe dans leur pays. Les nouvelles

semblent courir toutes seules sur la terre sonore, et
passer d'une tribu à l'autre avec une incroyable rapidité. Trois semaines après que Norra avait envoyé à
Henrick un bout de la corde enchantée, elle apprit
qu'il était revenu sur le continent. Elle en fut heureuse,
quoique la nouvelle résidence de l'officier fût encore
plus éloignée de la sienne ; mais elle avait une façon à
elle de compter les distances : deux lieues en mer lui
paraissaient plus redoutables que vingt sur le plancher
des rennes.

Sur ces entrefaites, un homme que l'on n'attendait
point de sitôt se présenta dans la tribu : c'était le ministre Olaf Johansen, dont le retour devançait l'époque
ordinaire de sa venue.

# IX

Olaf avait toujours eu dans la famille de Peckel une influence ou, pour mieux dire, une autorité qu'on ne lui avait accordée dans aucune tribu. Le missionnaire reconnaissait cette confiance, qui était presque de la soumission, par une affection véritable et un intérêt sincère. Quand il eut appris par les uns et par les autres ce qui s'était passé cette année-là chez le patriarche et parmi les siens, — depuis qu'il les connaissait, jamais tant d'événements ni de plus graves ne s'étaient accumulés sur leur tête, — le vertueux ministre ne put s'empêcher de frémir à la pensée des dangers de toute sorte qui avaient menacé ses amis : il blâma sévèrement le duel de Nepto avec Mickaël ; il fronça le sourcil quand il sut que la jeune fille avait passé près d'un mois loin des siens, en plein gaard norvégien, et que, sous prétexte d'aller reconduire Elphége, elle s'était, en réalité, lancée à la poursuite de Henrick : la chose lui parut monstrueuse ; le digne prêtre, qui jugeait les choses à son point de vue, n'eût jamais pu s'imaginer que sa petite Norra fût capable de se permettre une si grosse irrégularité — le bon Olaf ne trouvait pas un autre mot. — Grâce à Dieu il lut si clairement dans les yeux de cette fille de la nature tous les signes de la conscience honnête, qu'il comprit, quand il n'était pas encore trop tard, qu'elle n'avait pas même l'idée du mal.... et il s'arrêta avant d'avoir prononcé d'imprudentes paroles qui eussent porté dans cette jeune âme le trouble avec la lumière ; il comprit que ce n'était point d'après les règles convenues et acceptées qu'il fallait juger cette enfant à demi sauvage, qui suivait toujours, sans trop s'en rendre compte à elle-même, les violentes impulsions de son cœur.

Quant à Nepto, Olaf n'avait rien à lui dire : Nepto était sans doute moins superstitieux que la plupart des hommes de sa tribu ; mais il avait un autre défaut, qui le rendait peut-être plus inaccessible aux exhortations et aux conseils du missionnaire : Nepto était légèrement esprit fort ; il ne croyait guère qu'à ce qu'il voyait. C'est là l'espèce d'hommes qu'aiment le moins les prêtres, à quelque religion qu'ils appartiennent, sans doute parce qu'ils savent que ce sont précisément ceux sur lesquels ils ont le moins d'empire. Du reste, depuis la mort de Mickaël, on peut dire que la conduite de Nepto l'avait mis à l'abri de tout reproche ; il avait montré tout à coup une dignité et une réserve que l'on ne pouvait assez louer, pour peu que l'on voulût bien songer à ce qu'avait été sa vie jusque-là.

La longue présence des deux Suédois, leur contact journalier avec lui, l'étude de leurs façons, si différentes des siennes, cette exaltation contenue, mais réelle, qui se trouve toujours au fond d'une grande passion, tout cela avait sensiblement modifié la manière d'être du jeune Lapon ; mais, en même temps, tout cela semblait avoir enlevé au missionnaire ses moyens ordinaires d'influence et d'action. C'est ce qu'il devina tout de suite ; aussi ne voulut-il rien tenter. Il est vrai que, même le pouvant, il n'eût pas eu beaucoup à réformer. Nepto ne parlait jamais de Henrick ; si par hasard son nom arrivait dans la causerie, il ne fronçait plus comme autrefois son noir sourcil ; il n'adressait presque jamais la parole à Norra, et en toute circonstance il était avec elle ce qu'il devait être. En un mot, tout chez lui annonçait l'intention fermement arrêtée de lui prouver qu'il entendait désormais rester étranger à sa vie.

Le vieux Peckel, épuisé par les fatigues, l'inquiétude et le chagrin de ses dernières épreuves, bien plus encore que par l'âge, — car la vieillesse des Lapons, assez pareille aux belles journées de leur été, se prolonge en un crépuscule serein que rien n'abrège et que rien n'altère, — le vieux Peckel, après avoir lutté quelque temps contre le mal, tomba tout à coup.

Il n'avait pas encore quatre-vingts ans. En Laponie, où il y a plus de centenaires que partout ailleurs, on peut dire que c'est là une jeunesse relative.

Le patriarche des Kilps sentait ses forces sensiblement décroître ; ses petits-enfants le voyaient pencher sur son déclin rapide ; l'illusion ne leur était déjà plus permise. Apportées par une voie sûre à Johansen, alors en tournée dans une tribu voisine, ces nouvelles avaient hâté sa venue. Il était accouru près de lui, attiré non pas seulement par ce zèle de la maison de Dieu qui dévore les vrais serviteurs, non pas seulement par le désir très-sincère de ramener une âme égarée. La conversion définitive de Peckel avait pour le missionnaire un tout autre intérêt.

Le vieillard, en effet, quoique le plus souvent soumis en apparence, s'était cependant montré parfois assez hostile aux idées que représentait le missionnaire ; il lui avait fait, en plus d'une rencontre, une sourde opposition ; parfois même il s'était posé, vis-à-vis du prêtre chrétien, sur un pied d'égalité, ou dans une sorte d'antagonisme que celui-ci ne pouvait point admettre. On eût dit que le Lapon, parlant au nom de ses dieux, comme Olaf au nom du Christ, menaçait à chaque instant d'élever autel contre autel. Ce n'était point qu'il fût systématiquement ennemi des dogmes chrétiens : il leur était tout simplement indifférent ; mais, par malheur, il avait trop d'intérêt à leur faire une secrète opposition. On connaît l'âme crédule et l'esprit superstitieux de cette race ignorante des Lapons qui trouvent moins aisé de croire à Dieu qu'au diable.

La Laponie a été le dernier pays de l'Europe où les idoles aient trouvé des adorateurs : aujourd'hui encore, elle s'incline devant les images taillées de ses mains dans le bois ou dans la pierre. Elle entoure ses devins et ses sorciers d'une confiance qui va jusqu'à la foi, d'une vénération voisine du culte. A l'exemple de ce qui arriva jadis dans les grandes familles du patriciat romain, où c'étaient les plus vieux noms et les plus illustres personnages qui prenaient les titres et remplissaient les fonctions d'augure, pour enlacer et retenir leurs humbles clients dans des liens sacrés, de même, en Laponie, ce sont presque toujours les chefs de tribus qui se réservent le lucratif privilége d'exercer la divination et de pratiquer la magie. C'était là tout à la fois une source de considération et une source de revenus ; aussi, poussés par ces deux grands mobiles : la considération et l'intérêt, l'honneur et l'argent, qui s'attaquent à deux formes différentes d'une seule et même chose, — l'égoïsme, — c'est-à-dire au plus fort comme au plus universel des sentiments humains, les chefs lapons, rusés et avides, n'avaient garde de renoncer à tant d'avantages à la fois ; on comprend donc que, sans

lutter ouvertement contre les prêtres, qui avaient pour
eux l'appui trop souvent décisif du pouvoir central (car,
en plus d'une occasion, on a essayé de convertir par la
force, et trop souvent ceux qui tenaient la croix d'une
main montraient de l'autre une épée), ils y faisaient
une opposition prudente mais énergique, et ils maintenaient ainsi dans un antagonisme qui, pour être caché,
n'en était peut-être que plus dangereux, les vieilles doc-
trines en face des nouvelles. De tous ces chefs de tribus
qui, en s'unissant, auraient pu former une confédéra-
tion si puissante, le vieux Peckel était certainement le
plus intelligent et le plus habile. On pourrait peut-être
ajouter avec non moins de vérité qu'il était aussi le
plus avide.

Olaf Johansen ne s'y était pas plus trompé que ses
prédécesseurs. Aussi, malgré l'ardeur sincère de son
prosélytisme, avait-il fini par renoncer à l'espérance
de jamais amener ce rusé personnage à quitter les pratiques grossières dont il se trouvait si bien. Il avait essayé vainement des conseils et des prières : tout avait
échoué sur un homme qui trouvait trop d'avantages à
ne se laisser ni toucher, ni convaincre. Sans doute
Olaf eût pu comme d'autres suppléer à la persuasion
par la force ; mais de telles extrémités répugnaient à
cette âme douce et tendre, vraiment chrétienne. Olaf
était de ceux qui ne veulent, sous aucun prétexte, que
l'apôtre soit doublé d'un bourreau ; il savait que Dieu
n'aime point les conversions violentes, et que le ciel ne
se complaît qu'au don des cœurs libres. Il rendait cette
justice au Lapon, qu'il ne s'était jamais montré méchant envers lui ; il avait toujours laissé les siens parfaitement libres d'accomplir leurs devoirs religieux : ses
enfants étaient baptisés ; il avait même, à chacun de
ses voyages, accueilli Johansen avec déférence et res-

pect; jamais il ne s'était refusé à payer les dîmes fixées par les ordonnances royales, et, quand l'occasion s'en était présentée, il avait toujours pris soin d'y ajouter quelque surcroît, peu important sans doute, mais qui prouvait du moins son bon vouloir. Il est vrai, qu'en l'absence d'Olaf, Peckel avait plus d'une fois remplacé les cérémonies chrétiennes par des rites payens; qu'il avait prétendu enterrer les morts à sa manière, et qu'il assurait que l'on était tout aussi bien marié par lui que par un autre; plus d'une fois, à la suite des exorcismes par lesquels le missionnaire avait chassé les démons, il avait essayé par des incantations de rappeler aussitôt ceux qu'il nommait avec une certaine emphase « les dieux de ses pères. »

Johansen avait compté que le temps apporterait quelque remède à une situation qui lui semblait déplorable; il espérait des années ce qu'il ne pouvait obtenir de ses efforts. Mais quand il eut appris la maladie aussi grave que soudaine du chef des Kilps, il comprit toute l'importance qu'il y aurait pour lui à le réconcilier, au moment de la mort, avec l'Église officielle. A aucun prix, il n'eût voulu le laisser périr dans l'impénitence finale : il ne s'agissait pas seulement d'une âme, mais d'une race à sauver. Le missionnaire résolut donc de consacrer tous ses soins à cette difficile conversion.

Quand il arriva dans la tribu, il y avait déjà huit jours que le vieillard ne se levait plus; il y en avait quinze qu'il n'avait paru au seuil de sa tente.

L'agitation qui régnait parmi les Kilps eût suffi à faire voir quelle grande place il tenait chez eux, et à quel point tout ce qui le regardait intéressait, passionnait la foule. Ce ne pouvait être là pour notre apôtre qu'une raison de plus de travailler activement, ardemment, à la grande œuvre qu'il avait entreprise.

Quand les Lapons aperçurent le ministre, qui s'avançait vers eux sur la crête des grands rochers surplombants le fjord, ils coururent au devant de lui, et lui crièrent de loin : « Viens vite, car notre père va mourir ! »

Se pressant autour de lui, comme les brebis autour du chef de leur troupeau, ils firent tous ensemble dans leur camp une entrée quelque peu tumultueuse : bientôt tout le monde se trouva devant la tente de Peckel. Ils voulaient tous y pénétrer avec lui, et ce fut à grand' peine qu'Olaf parvint à les retenir et à les arrêter sur le seuil.

Quand il entra dans la tente, il trouva le vieillard étendu sur ses fourrures, au milieu de son habitation ; il avait quitté son lit pour laisser les siens circuler autour de lui plus facilement. Ses deux enfants se tenaient à son chevet ; Nepto d'un côté, Norra de l'autre. Il était facile de voir que sa faiblesse était extrême. De temps en temps il murmurait quelques paroles ; puis, comme accablé, il retombait dans de longs silences. En voyant entrer le ministre, il se souleva sur son coude et le regarda fixement ; puis il se retourna vers Nepto, en lui disant :

« C'est toi qui l'as fait venir ? Je ne suis pas encore mort ! »

— Ce n'est pas moi, répondit Nepto.

— Eh bien ! oui, dit Peckel en se tournant brusquement vers le ministre, je vais mourir !

— Quand il plaira à Dieu, qui a compté tous les cheveux de nos têtes ! répondit Johansen : l'important est de bien mourir ! »

Le vieux Lapon hocha la tête sans rien répondre ; mais, pour un physionomiste tant soit peu exercé, l'expression de son visage signifiait assez clairement que l'important pour lui eût été de ne pas mourir du tout.

« J'espère, poursuivit Olaf, que tu vas mourir en chrétien.

— Comme j'ai vécu ! »

La réponse ne parut point trop rassurante au missionnaire; mais il ne fit rien voir de son inquiétude. Il s'assit au chevet du lit, tout près du moribond. Nepto et Norra s'étaient discrètement mis à l'écart pour laisser une liberté plus grande à l'entretien suprême. Olaf, en ce moment, avec une onction touchante, commença de lui parler des grandes vérités du dogme chrétien, et lui fit entendre ces paroles pleines de consolation et d'espérance, qui tant de fois aidèrent les âmes à partir.

Mais il s'en fallait que ce pieux dictame ramenât la paix dans la conscience troublée du vieux pécheur, car il continuait de s'agiter sur sa couche, se tournant d'un côté et de l'autre, et ne répondant aux exhortations pieuses que par des grognements confus ou des interjections impatientes. Tout à coup, il fit un grand effort, et élevant la voix :

« Nepto, mon fils Nepto, porte-moi dehors; je mourrai plus doucement au grand air, et avec la lumière du soleil, pour réjouir mes yeux éteints. »

Si Johansen eût été complétement rassuré sur les dispositions religieuses et morales de celui qu'il assistait avec un zèle si louable, il eût été très-heureux de lui entendre exprimer un tel désir, qui pouvait peut-être amener la rétractation publique des erreurs trop longtemps et trop chèrement entretenues par le chef de la tribu.

Malheureusement il n'avait pas assez de confiance dans les dispositions intérieures de Peckel, pour se croire certain de cet heureux résultat.

Ce ne fut donc point sans une certaine inquiétude qu'il vit Nepto faire signe à cinq ou six hommes, et prendre avec eux les peaux et les tapis qui servaient de couche funèbre à son aïeul, pour le transporter à l'entrée de sa tente. Il n'osa cependant faire aucune objection : il savait trop bien qu'il n'avait pas la moindre chance d'être écouté.

Peckel, une fois dehors, éprouva tout d'abord comme un sentiment de bien-être, en aspirant la fraîcheur de la brise marine qui soufflait du fjord; mais ses yeux fatigués ne purent supporter l'éclat de la vive lumière; il les couvrit de sa main tremblante.

« Mon fils, dit-il encore à Nepto, tourne-moi du côté de la montagne. »

On sait que toutes les races du Nord attachent des idées religieuses d'une nature particulière au spectacle des hauts lieux : souvent les montagnes furent pour eux comme les autels de la nature, appelant leur culte, et préparés d'avance pour leurs sacrifices. Plus d'une fois, même en ces derniers temps, — Olaf le savait, — les Lapons s'étaient réunis sur les montagnes pour y adorer — dans des enceintes de pierres assez pareilles aux cromlechs druidiques, et auxquelles ils donnent le nom de *Seithe* — leurs principales divinités : le grand dieu *Jumala*, souverain du ciel, représenté sous la figure d'un homme portant une couronne de verroterie, un collier de clinquant, et une tasse d'argent sur ses genoux; *Aijecke*, personnification de la force et de la bonté, qui n'a pour image qu'un tronc de bouleau, grossièrement façonné, dont la racine représente sa tête; *Stoura-Passe*, qui tient sous son pouvoir les oiseaux du ciel, les poissons de la mer, les bêtes de la terre, et *Sarakka* qui préside aux enfantements, et *Jabbe-Akka*, déesse de la mort.

Cette première demande sembla donc au missionnaire d'un assez fâcheux augure, car il devina tout de suite dans quelle disposition d'esprit devait être le malade qui la faisait. Il comprit immédiatement qu'une lutte allait être inévitable et qu'il aurait affaire à forte partie ; mais il jugeait trop bien les choses pour ne pas voir que cette lutte il lui serait impossible de ne la point accepter ; il ne lui restait donc plus qu'une ressource : c'était de la faire tourner à l'avantage de l'âme qu'il voulait sauver et de la foule trop nombreuse qu'elle allait avoir pour témoin. Il n'y avait plus à reculer maintenant ; tout un peuple l'écoutait.

« Peckel, demanda-t-il au mourant d'une voix forte, crois-tu au Christ ?

— Je crois en tous les dieux, répondit le Lapon.

— Il n'y a qu'un seul Dieu, dit le missionnaire d'un ton ferme.

— C'est-à-dire que tu n'en connais qu'un, riposta le moribond, décidé à se défendre pied à pied, avec une obstination qui parut au pauvre prêtre un des plus épouvantables artifices dont le malin esprit se pût servir pour perdre une âme et en égarer bien d'autres ; tu n'en connais qu'un, et il est l'ennemi des nôtres : avant votre arrivée dans nos pays, nous adorions, nous aimions tous les dieux de nos pères, et ils nous protégeaient et ils nous rendaient heureux ; qu'a donc fait de plus pour nous le tien, que tu dis si grand ?

— Il vous a délivrés de l'erreur !

— Il eût mieux fait de nous délivrer de l'impôt. »

Le prêtre commença de soupçonner qu'il n'aurait point si aisément raison de cet aveuglement volontaire, plus dangereux cent fois qu'une naïve ignorance.

— Peckel, reprit-il d'un ton grave et triste, je regrette l'obstination coupable avec laquelle tu résistes à la grâce de Dieu, que je viens t'apporter. Ta vie a été longue et nombreuses sont tes fautes ; tâche d'en diminuer le poids par la sincérité de ton repentir et de tes aveux ; déclare devant tous ces hommes, si malheureusement trompés par toi, déclare que tu ne crois ni au sortilége, ni à la magie, ni aux charmes.

— Eh ! comment veux-tu que je ne croie point à ce que j'ai pratiqué toute ma vie ? Demande à ceux à qui j'ai prédit l'avenir, à qui j'ai donné, selon leur désir, ou le beau temps ou la pluie, ou le calme ou la tempête ; oui, demande-leur si mes sortiléges sont des mensonges, mes charmes une imposture ! »

Le vieux Peckel parlait encore, quand une épouvantable quinte de toux vint ébranler sa frêle carcasse, comme un vent d'orage une maison en ruine.

On crut qu'il allait passer.

Norra s'approcha de lui, essuya la sueur de son front, et lui présenta une infusion de feuilles d'angélique.

« Non ! de l'eau-de-vie ! » murmura le vieillard.

Cette demande pouvait paraître étrange de la part d'un mourant ; mais, pendant toute sa maladie, le Lapon n'avait point voulu d'autre remède que ce terrible excitant, qui, dans sa position critique, pouvait devenir un toxique mortel.

Norra fit ce que lui demandait son grand-père. Peckel trempa ses lèvres dans le breuvage ardent ; une rougeur faible, indécise, revint d'abord à ses pommettes, qu'envahit bientôt une nouvelle pâleur.

Tout le monde comprit que c'en était fait de lui, et le ministre, voulant au moins que le dernier moment signalât un retour à la vérité, et, selon la belle parole de l'Écriture, « qu'il mourût dans le Seigneur ! » lui dit en se penchant vers lui :

« Peckel, tu vas mourir ; recommande ton âme au Christ !

— Au Christ et à Jumala ! » murmura le vieillard, d'une voix faible comme un soupir.

Ce fut la dernière parole qu'il prononça en ce monde. Une minute après, il fut pris d'une agitation convulsive ; de longs frissons passèrent sur lui et le secouèrent ; un soubresaut violent le fit bondir à moitié hors de sa couche, sur laquelle il retomba lourdement. Il ouvrit tout grands ses yeux que depuis longtemps il tenait à demi fermés ; il regarda le soleil, alors au dessus de sa tête, au milieu de sa carrière céleste, et chercha la cime de la montagne, étincelant sous son diadème de neige argentée ; puis les muscles de sa poitrine se gonflèrent, il voulut aspirer une bouffée d'air pur ; mais l'air même ne pouvait plus passer à travers sa gorge crispée, le souffle manqua à ses poumons, et il demeura un moment comme pâmé.

Il revint cependant à lui.

Olaf s'était reculé de quelques pas, recueilli dans sa prière. Il comprenait qu'une plus longue persistance était inutile, et que ces exhortations mal venues auraient un résultat tout contraire à celui qu'il se proposait, c'est-à-dire qu'il ne ferait qu'irriter davantage cette âme aveuglée par le préjugé, et obscurcie jusqu'à l'heure suprême par des pensées terrestres. Il se borna donc à invoquer pour lui, dans une prière silencieuse, la source éternelle de toute miséricorde et de tout pardon.

Cependant une faible étincelle se ralluma dans l'œil éteint ; le patriarche des Kilps tendit une de ses mains vers Nepto, l'autre vers Norra : il essaya de les réunir ; mais avant que de chaque côté ces deux mains se fussent touchées, les siennes avaient perdu la force d'étreindre....

Norra s'agenouilla près de lui, ferma ses yeux et
baisa pieusement son front que l'ombre sinistre envahissait déjà. Aussitôt les Lapons, qui se trouvaient au
bord de la tente, commencèrent à pousser des cris
plaintifs et des lamentations funèbres. Cependant Johansen leur imposa silence, et, par quelques paroles
émues, il s'efforça d'atténuer le mauvais effet qu'avait
pu produire sur les assistants la regrettable opiniâtreté
du vieux chef.

Les deux jours suivants furent consacrés à ses funérailles. Il était assez rare qu'un Lapon mourût juste à
point pour se faire enterrer pendant que le ministre
était de passage dans la tribu. Le plus souvent, il n'arrivait que longtemps après le décès, et quand il allait
murmurer des prières sur la tombe, le gazon et les
fleurs la couvraient déjà; quelques brins de mousse
avaient fait oublier le défunt. Olaf eut donc raison de
prétexter le rang que Peckel avait occupé parmi les
siens pour lui faire de solennelles funérailles. Il ne put
pas s'opposer tout à fait à certaines pratiques, souvenir
des vieilles coutumes laponnes; il ne put pas empêcher
que le mort, revêtu de ses habits préférés, ne fût placé
dans son traîneau, comme autrefois les rois de la mer
dans leur barque favorite, et déposé dans une caverne
dont on ferma l'entrée avec des quartiers de roches; il
fallut bien qu'il laissât mettre près du mort sa hache,
son briquet et une pierre à feu pour subvenir à ses premiers besoins dans l'autre monde. Mais sa présence
eut du moins pour effet d'atténuer un peu ce qu'il y
eût eu peut-être de trop dangereux pour la foi toujours
fragile de la tribu dans ces cérémonies qui rappelaient
les plus mauvaises époques de la Laponie, et il put du
moins y superposer les rites chrétiens et revendiquer
les droits d'une religion si facile à oublier.

Le missionnaire demeura quelques jours encore dans la tribu; il voulait voir comment s'arrangeraient les affaires de la succession; il voulait surtout assister Norra de ses conseils; il espérait qu'elle écouterait ses avis avant de prendre un parti décisif; il pensait, du reste, que la gravité des circonstances, non moins que la communauté plus étroite encore de leurs intérêts, rapprocherait la jeune fille de son cousin. Le ministre luthérien, qui n'avait jamais confessé, ne connaissait pas le cœur des femmes. Nepto prit, sans aucune opposition, la direction de la tribu que son grand-père avait conservée jusqu'au dernier jour; il lui succéda comme se succèdent tous les princes que l'on appelle légitimes.

« Le roi est mort, vive le roi! »

Entre le nouveau chef et la jeune fille il n'y eut aucune espèce de partage; celui-ci montra autant de générosité que celle-là de désintéressement. Jamais héritiers n'avaient fait preuve d'une pareille indifférence. Chez Norra, cette indifférence était sincère; peut-être chez Nepto n'était-ce que le résultat d'un habile calcul; peut-être se disait-il que l'avenir réaliserait un jour les rêves du passé; à quoi bon alors diviser ce qu'il faudrait un jour réunir? Quoi qu'il en fût, rien, ni dans sa parole ni dans sa conduite, ne pouvait porter le moindre ombrage aux susceptibilités les plus délicates de la jeune fille.

Il vivait près d'elle, comme il eût vécu près d'une sœur. Norra eût bien voulu quitter la tribu : elle éprouvait un besoin ardent de solitude; elle ne trouvait pas la Laponie assez déserte; elle eût voulu fuir, bien loin, bien loin, de l'autre côté de la vie. Mais elle était si jeune encore! Le suicide n'est pas inconnu en Norvége. On se tue dans ce pays-là, comme ailleurs, non par

spleen concentré, ou par rage de passion désespérée !
Mais on arrive peu à peu, lentement, et comme par
l'effet du climat, à une intensité de mélancolie telle que
la vie n'est plus supportable : il faut mourir !... Grâce à
Dieu, cette maladie du suicide, toujours terrible, parfois
contagieuse, n'a pas encore pénétré en Laponie. Les
Lapons ont peut-être trop de maux réels à souffrir pour
s'en créer d'imaginaires, et là Providence donne à
l'homme plus de force pour supporter les épreuves
qu'elle lui envoie que pour lutter contre les fantaisies
volontaires d'une imagination égarée. Norra fit donc
appel à son énergie morale, et quoiqu'elle n'eût plus le
moindre intérêt dans la vie, bien que ce monde lui
semblât vide, elle mit son courage dans la patience, et,
ne se permettant plus d'espérer, elle résolut pourtant
d'attendre.

# X

Cependant la mort de Mager, dont ils avaient ignoré la véritable cause et les diverses circonstances, aussi bien que la disparition de Mickaël, avaient causé chez les Quènes un étonnement qui se changea bientôt en irritation, puis en fureur. Dans ces deux morts violentes, ils virent la main des Lapons : aussi s'alluma-t-il chez eux un désir de vengeance qui ne devait plus s'éteindre que dans le sang de leurs ennemis. Mager, avec sa tête fracassée, avait été exposé pendant deux jours à la porte de sa maison, et ce spectacle avait excité une profonde horreur dans tout' le village. L'enlèvement de Norra et la disparition de Mickaël, que rien n'avait encore expliquée, mais dont les circonstances, par cela même qu'on les ignorait réellement, paraissaient mystérieuses et terribles, avaient achevé de porter à son comble la haine et l'exaspération d'une race contre l'autre.

Ce fut bien pire encore, lorsqu'un pêcheur, tendant ses filets dans le torrent sur les bords duquel avait eu lieu le duel du Quène et du Lapon, eut trouvé le corps de Mickaël flottant à la dérive au milieu des sapins. Il parvint à l'arrêter au passage et à le saisir.

Abandonnant la capture moins importante de la truite et du brochet, il alla dans un gaard voisin prendre un chariot découvert; il y plaça le cadavre et arriva bientôt à l'entrée du village, encore sous le coup de l'impression douloureuse causée par la mort de Mager.

Sans rien répondre à ceux qui l'interrogeaient, grave, recueilli, l'œil triste et le front austère, passant devant toutes les portes sans s'arrêter, il arriva jusqu'à la petite place, encadrée dans une bordure de sapins et de bouleaux, qui était comme le Forum et l'Agora du village. Puis, tout à coup, il découvrit le chariot, et, avec un geste superbe, il leur montra le cadavre de leur frère. Il était effrayant à voir, avec cette pâleur livide et glauque, particulière aux noyés; son corps s'était gonflé comme un ballon sous l'action de l'eau qui l'avait pénétré; ses membres mêmes, déjà déformés, avaient pris des proportions énormes; l'affreuse blessure que le pêcheur étalait semblait crier vengeance. Le premier moment fut donné tout entier à une sorte de stupeur muette; puis la colère éclata; bientôt tous ces hommes ne semblèrent plus vivre que pour la vengeance. Les chefs des Quènes la voulaient terrible et sûre.

Le petit noyau de familles groupé de manière à former le village n'était pas très-considérable; mais il y avait dans les environs un assez grand nombre d'hommes faisant partie de la même tribu, et dont le concours était assuré à l'heure du péril : il ne s'agissait que de les faire prévenir.

Les Quènes n'ont pas, comme nous, pour porter au loin leurs volontés, cette vive étincelle traversant l'Océan sans que ses flots puissent l'éteindre, et faisant, en quelques secondes, resplendir la pensée de l'Europe aux yeux de l'Amérique étonnée; ils n'ont pas, comme les cheiks du Liban, ces grands feux allumés sur les hautes cimes des montagnes, pareils à des incendies célestes, messagers resplendissants qui promènent à travers la nuit. la nouvelle attendue, et la font voler, pour ainsi dire, d'une tribu à l'autre, franchissant les distances et les abîmes sur des ailes de flammes. Mais ils ne sont pas pour cela privés de moyens de communication prompte et rapide. Leur télégraphe, qui s'appelle BUD-STICK (traduisez le *bâton messager*), date des temps les plus reculés. C'est, en effet, un petit bâton qui, pour la grandeur et pour la forme, rappelle celui des constables anglais. Il est creux; une de ses extrémités s'aiguise en pointe de fer; l'autre est une tête à pas de vis, qui s'enlève pour laisser pénétrer dans le creux du stick, le papier contenant toutes les indications que l'on veut faire parvenir[1].

Le premier messager remet le stick à son plus proche voisin, qui le fait passer lui-même à un autre, et ainsi jusqu'à ce qu'il ait touché le dernier but; si le porteur ne trouve point le destinataire à domicile, il dépose le bud-stick au coin du feu dans le fauteuil du père de famille; si la maison est fermée, à l'aide de la pointe de fer qui le termine, il fiche le bâton dans la porte.

Comme toujours les Quènes s'empressèrent d'obéir.

Chaque jour, on voyait arriver quelque nouveau renfort au village. Tous ceux qui avaient reçu le bâton messager accouraient avec leurs fusils. Bientôt ils

---

1. Nous retrouvons l'analogue du bud-stick dans la croix rouge (*red-hood*) des Écossais, brûlée par un bout, et par l'autre trempée dans le sang, qui court entre les clans, de la vallée à la montagne, pour porter au Highlander les ordres toujours obéis de son chef.

furent assez nombreux pour tenter l'expédition pro-
jetée. Celui qui avait pris l'initiative du mouvement
s'en déclara le chef ; il leur expliqua le but de l'entreprise, leur rappela, en les grossissant singulièrement,
selon la méthode familière à tous les orateurs, les méfaits de leurs ennemis et leurs propres griefs ; il fit du
dernier attentat un tableau saisissant et dramatique,
montra les Lapons toujours prêts à empiéter sur leurs
droits, voisins incommodes, cousins du diable, sorciers,
funeste engeance, dont on avait tout à craindre, voleurs,
pillards, assassins, dont il fallait se défaire une fois pour
toutes, si l'on ne voulait pas tomber un à un sous leurs
coups.

Le murmure, ou plutôt le frémissement d'approbation
par lequel, dit-on, les anciens Germains témoignaient
leur faveur, suivirent ce discours, et, en se répétant
plusieurs fois, prouvèrent à l'orateur qu'il avait touché
le but. Il fut convenu que l'on attaquerait immédiatement les Lapons ; qu'on les traiterait avec toute la ri-
gueur qu'ils avaient méritée et que l'on n'épargnerait
pas plus leur vie que leurs biens.

Nepto, surtout, fut indiqué à la fureur des assaillants.

Le lendemain, les conjurés, se partageant en petites
troupes de cinq ou six hommes, se rendirent au camp
des Kilps.

C'était le soir, si l'on peut donner le nom de soir à
un moment où la lumière du soleil, toujours sur l'horizon, est presque aussi éclatante qu'en plein midi. Les
hommes rentraient avec leurs troupeaux, dont les femmes se préparaient à traire le lait. La tribu entière
était réunie, ou, pour mieux dire, groupée, pressée en
noyau serré. C'est ainsi que l'habile pêcheur pousse et
rassemble dans quelque anse étroite du fleuve la troupe

des poissons qu'il veut faire tomber tout entière et d'un seul coup dans sa nasse.

Huit ou dix Quènes parurent inopinément sur le rocher du fjord qui dominait le camp, tandis que le reste de la troupe s'emparait de tous les passages qui aboutissaient à la plaine, à la montagne ou à la mer; bientôt toutes les issues furent interceptées.

La présence inattendue de ces hommes armés, dont les intentions étaient pour le moins suspectes, effraya tout d'abord nos pauvres Lapons, gens de leur nature assez timides, et qui aiment mieux gagner pied que d'en venir aux mains. Ils montrèrent du reste, dans cette circonstance, une inintelligence complète des plus simples lois de la tactique militaire. Au lieu de profiter de tous les accidents de terrain, et de se disperser dans le camp, de manière à offrir le moins de prise possible aux coups de l'ennemi; ils abandonnèrent leurs rennes, et se groupèrent les uns contre les autres, tandis que l'un d'eux courait prévenir Nepto, tranquillement assis dans sa tente.

Une épouvantable détonation retentit aussitôt : chaque coup, dirigé avec une justesse meurtrière, fit une victime; pas une balle ne fut perdue : une horrible trouée éclaircit tout à coup le groupe épais. De toutes les parties du camp s'éleva une clameur immense, mêlée de gémissements et de sanglots! Au premier bruit, Nepto s'élança de sa tente, le fusil à la main, et voyant ses ennemis postés sur un rocher complétement à pic et tout à fait inaccessible du côté du camp, il poussa un cri de fureur. Il mit cependant le fusil à l'épaule et fit feu. Un des assaillants, debout sur la crête la plus aiguë du rocher, ouvrit ses deux bras, laissa tomber son arme et roula comme une masse inerte jusqu'au milieu des Lapons. L'adroit chasseur lui avait logé une balle au

milieu du front. Mais que pouvait donc faire un homme
contre une troupe ? Les Quènes avaient déjà rechargé
leurs armes, et la pluie de balles, la pluie mortelle, recommençait à tomber. Nepto n'était pas atteint, mais
on voyait bien qu'il était le point de mire de tous les
tireurs ; la terre soulevée volait en éclats autour de
lui. Il comprit du premier coup d'œil le danger de la
situation et devina la seule chance de salut qui lui
restait.

« La passe du fjord ! » s'écria-t-il, et à sa suite il
entraîna tout ce qui se trouvait autour de lui. Électrisés
par son courage, guidés par son exemple, retrouvant
peut-être quelque énergie, en présence de l'inévitable
danger, les Lapons, s'armant de tout ce qui tombe sous
leurs mains, s'élancent sur ses pas. Nepto, qui ne croyait
avoir affaire qu'aux assaillants qu'il voyait en face de
lui, avait pris le seul parti qui pût le sauver, et les siens
avec lui : il voulait tourner le rocher, et attaquer les
Quènes par derrière. Mais, arrivé à vingt pas du petit
défilé qui, de ce côté, servait d'entrée à son camp, il
vit tout à coup cinq ou six éclairs rouges briller, puis
s'éteindre dans une fumée blanche au milieu des broussailles ; presque aussitôt une épouvantable explosion
retentit ; le jeune chef entendit de toutes parts des
cris de rage et des cris de douleur, et en même temps
il éprouva au côté comme une sensation aiguë de
froid.

Les Quènes se levèrent aussitôt du milieu des
buissons qui les avaient cachés, et, brandissant leurs
armes déchargées, dont ils se servaient comme de
massues, ils s'élancèrent au pas de course contre la
troupe décimée des Kilps. Nepto comprit enfin que
toute résistance était désormais impossible, toute lutte
inutile : il ne devait plus maintenant songer qu'à sau-

ver la vie des siens; il fit donc volte-face et regagna l'intérieur du camp en bondissant à travers les rochers, comme un renne blessé.

« Jetez les armes, cria-t-il à ses malheureux compagnons et gagnez du côté de la plaine : nous sommes perdus; il n'y a plus de salut que dans la fuite. »

Les Quènes continuaient leurs décharges à volonté du haut des rochers; ils n'avaient pas encore osé descendre dans le camp.

Nepto appela deux ou trois fois Norra d'une voix retentissante, et, voyant qu'elle ne lui répondait point, il poussa devant lui les femmes et les enfants qui pleuraient et gémissaient.

Du côté de la plaine, l'accès était plus facile et plus large, et les Quènes, qui avaient plus d'un point à garder, ne l'avaient qu'imparfaitement défendu. Ils s'étaient cependant déployés en tirailleurs, de façon à faire le plus de mal possible à ceux qui voudraient forcer leur ligne. — Les Quènes, comme les Norvégiens, sont de francs tireurs. — Les Lapons le virent bien. On traitait les pauvres fuyards comme les loups, que les rabatteurs font passer devant le front des chasseurs; ils voyaient devant eux le canon des fusils, menaçant, implacable : fous de terreur, emportés par ce vertige qui, à de certains moments, s'empare de nous et ne nous laisse ni la faculté de raisonner ni la force de vouloir, ils se précipitaient d'eux-mêmes vers la mort. La plupart des Quènes eurent le temps de tirer deux fois. Une traînée de sang et de cadavres marquait la route des fuyards. Nepto lui-même, frappé en pleine poitrine, tomba pour ne plus se relever.

Maîtres du terrain, les Quènes ravagèrent le camp

379                                        23

de leurs ennemis, massacrèrent une partie de leurs troupeaux, emmenèrent le reste, prirent ce qu'ils voulurent et finirent par mettre le feu aux tentes.

La ruine des Kilps était complète.

Où donc était Norra?

# XI

Olaf Johansen, qui devait quitter la tribu le lendemain de ce jour fatal, avait voulu faire une dernière
tentative pour amener à ses fins celle qu'il aimait comme
une fille : il avait souhaité avec elle un entretien suprême, et, pour éviter le tumulte et le bruit du camp,
il l'avait emmenée sur les hauteurs solitaires d'une colline prochaine, qui dominait également et le fjord et
les plaines environnantes et le camp des Lapons. Une
fois arrivés au sommet, entraînés par leur conversation,
ils étaient descendus, sans presque s'en apercevoir,
jusqu'au bord d'un ruisseau qui arrosait le versant op-
posé. Olaf avait fait asseoir sa compagne, et là, seuls
tous deux, loin des hommes, dans cette sereine et pure
atmosphère qui environne les hauts lieux, il lui fit entendre tout ce que la raison la plus droite, l'esprit le
plus juste, le cœur le plus ouvert aux chaudes et géné-
reuses sympathies purent lui inspirer.

« Je comprends tout ce que tu me dis là, père, répondait Norra ; une autre à ma place t'obéirait tout de
suite : mais moi je ne veux rien promettre que je ne
sois capable de tenir. Donne-moi encore un peu de
temps. En ce moment je suis bien malheureuse, et je

ne voudrais point apporter le malheur en dot à mon mari ; ne me demande pas aujourd'hui plus que je ne puis faire ; j'estime Nepto : je ne quitterai point la tribu ; je vivrai près de lui tant qu'il paraîtra attacher quelque prix à ma présence : n'est-ce pas bien, cela, père, et n'es-tu pas content ?

— Oui, mon enfant, répondit l'apôtre, je suis content, et je ne me sens pas le droit d'exiger davantage aujourd'hui ; je laisse faire le temps : songe seulement à tenir tes résolutions ; ne cherche pas surtout à revoir Henrick : ce serait à coup sûr un danger pour l'un de vous ; ce serait peut-être un ennui pour l'autre. »

Ce dernier mot était cruel ; il blessa la fierté de la jeune fille : mais elle courba la tête sans rien répondre, et le missionnaire continua comme s'il ne se fût pas même aperçu du mal qu'il lui avait fait :

« Voici deux fois en moins d'un an que je viens dans la tribu ; je ne sais maintenant à quelle époque mes courses m'y ramèneront ; puissé-je y faire moins d'enterrements et plus de mariages ! Use pour le bien de l'influence que ton intelligence te donne sur ceux de ta nation. Éloigne-les du culte des idoles, où je les vois encore plongés ; par ton exemple, conduis-les au Christ ; et toi, mon enfant, toi, à qui Dieu a donné une âme affectueuse et tendre, sois bonne ; oh ! Norra, sois bonne pour être heureuse ! »

Le missionnaire avait fini de parler : il se leva, et après avoir contemplé une dernière fois le spectacle vraiment grandiose qui se déroulait devant ses yeux :

« Retournons aux tentes ! » dit-il à la jeune fille.

Plus agile que lui, Norra gravit la première l'escarpement des rochers.

« Dieu ! grand Dieu ! s'écria-t-elle en arrivant sur

la cime; vois donc, père, cette fumée, ces flammes! on dirait que le feu est au camp!

— Quelle folie! s'écria le missionnaire; le feu au camp? C'est impossible! »

Et il s'élança vers les dernières cimes.

A une distance qui répondait assez exactement à celle où se trouvait le camp des Kilps, on apercevait d'épaisses et hautes colonnes de fumée qui tournoyaient dans l'air. Çà et là d'ardentes et vives lueurs sillonnaient ces colonnes sombres, illuminant, embrasant l'horizon. Le missionnaire et la jeune fille s'arrêtèrent un instant, frappés de cette morne stupeur qui parfois nous prend et paralyse tout à coup nos forces, juste au moment où nous aurions besoin de toute notre énergie, de toute notre activité.

« Oui, dit enfin le prêtre, en laissant tomber ses bras; oui, le feu est aux tentes? que Dieu vous protège!

— Ah! répondit Norra d'une voix dont le calme étrange fit tressaillir le prêtre, avec ou sans lui nous sommes perdus; ce feu est allumé par la main des Quènes.... Il ne s'éteindra que dans notre sang.... Ciel, Nepto! et c'est pour moi qu'il s'est exposé à la vengeance de ces bandits! »

Norra se jeta à terre sur ses genoux, en pressant son front dans ses deux mains. Puis elle se releva tout à coup en s'écriant :

« Viens donc, père, viens donc!... courons! »

Et, entraînant le missionnaire sur sa trace, elle s'élança vers les tentes. C'était à peine si Olaf, haletant, pouvait la suivre.

Enfin ils arrivèrent à l'entrée du camp.

Là, un horrible spectacle les attendait. Quand ils voulurent pénétrer par le passage qui longeait le fjord, ils se trouvèrent en face de cinq ou six cadavres étendus sur le sol comme pour leur en défendre l'entrée ; un peu plus loin, c'étaient des rennes égorgés ou éventrés, traînant sur la mousse leurs entrailles répandues et pantelantes. Faute d'aliment, le feu s'était à peu près éteint ; çà et là, pourtant, fumaient encore les débris de quelques tentes renversées.

Norra éperdue, égarée, presque folle, allait du mort au mourant, relevant les cadavres, les regardant en face, sans crainte de leurs traits contractés, de leurs bouches muettes ou de leurs yeux sans regards. Elle cherchait Nepto partout, et ne le trouvait nulle part…. et, ne le trouvant pas, elle cherchait encore. Enfin, à la sortie du camp elle l'aperçut, étendu sur le dos, la tête sur une pierre nue, et baigné dans son sang. Elle se jeta sur lui, l'appela à deux reprises, essuya ses lèvres et ses yeux et versa quelques gouttes d'eau sur son visage. Nepto entr'ouvrit ses yeux, où s'éteignait déjà la lumière de la vie, et il regarda la jeune fille. Un pâle sourire qui glissa sur ses lèvres fit voir à Norra qu'elle était reconnue. Elle se mit à genoux près de lui, prit sa tête dans ses mains, et, à cette dernière minute, lui montra plus de tendresse qu'elle ne lui en avait témoigné dans toute sa vie.

« Trop tard ! » murmura le jeune chef.

Une légère pression de main fut son unique remercîment, et comme s'il n'eût attendu pour mourir que d'avoir revu celle qu'il avait tant aimée, il poussa un faible soupir, et, dans ce soupir, rendit l'âme.

Le prêtre accourut près de lui ; mais Norra ne tenait plus dans ses bras qu'un cadavre.

« Père, lui dit-elle, sans lever les yeux, me voici maintenant seule au monde.

— Avec Dieu, ma fille ! »

Norra laissa tomber dans ses mains sa tête échevelée et ne répondit rien.

Ce fut une triste nuit, celle qu'ils passèrent ensemble, le prêtre au cœur tendre et compatissant comme Jésus son maître, et la jeune fille, éprouvée déjà par tant de douleurs. Après avoir longtemps erré sur les ruines fumantes du camp, cherchant parmi les morts les blessés expirants, ils réunirent tous ces cadavres, et, dans le silence et dans les larmes, ils commencèrent la veillée funèbre.

Le lendemain matin, quelques Lapons, épargnés par la fureur des Quènes, et qui s'étaient réfugiés dans les cavernes environnantes, revinrent timidement rôder aux alentours du camp, comme pour voir s'il ne leur serait point possible de sauver les débris de leurs fortunes. En apercevant de loin Johansen et Norra, ils comprirent qu'ils pouvaient approcher et ils accoururent vers eux. Tous ensemble ils creusèrent, profonde et large, la fosse qui devait renfermer les victimes. Norra déposa de ses propres mains, sous l'abri du rocher, le corps de l'infortuné Nepto, qui, dans sa vie à la fois courte et remplie, avait connu les plus vives ardeurs de la passion, de rares plaisirs, et nul repos. Jamais plus simples funérailles ne s'accomplirent au milieu d'un deuil plus morne ; jamais les grandes pompes et les orgueilleuses solennités des morts riches et triomphantes n'avaient paru au missionnaire empreintes d'une majesté plus grande.

Dédaignant de recueillir les misérables débris de sa fortune, heureuse de sa pauvreté, et ne voulant plus désormais goûter d'autres joies que les joies amères si poétiquement appelées les joies de la douleur, Norra abandonna à ceux qui avaient avec elle enseveli Nepto et ses compagnons, tout ce qu'avaient épargné le fer et le feu.

« Tout n'est pas fini avec ces démons, dit un des fugitifs en prenant congé de Norra.

— Eh ! que peuvent-ils vouloir encore ? demanda le missionnaire, en levant les mains au ciel, avec un geste indigné.

— Ils assurent, fit le Lapon, qu'ils laisseront les balles dans leurs fusils jusqu'à ce qu'ils aient abattu le Suédois qui a sauvé Norra.

— Ah ! dit la jeune fille en se levant pâle et froide comme une statue de marbre, mais avec un éclair dans les yeux, je me trompais tout à l'heure : tout n'est pas fini pour moi ; il me reste encore un devoir à remplir. »

Le missionnaire regarda Norra, hocha la tête, et, sans rien dire, reprit son bâton de voyage.

# XII

Les voilà donc tous deux, le prêtre et la jeune fille, errant dans la solitude immense. Ils sont sans guide, sans appui, sans défenseur, le cœur en deuil, l'âme dévorée d'inquiétude, uniquement soutenus par le sentiment du bien qu'ils veulent faire, par la conscience du devoir qu'ils croient accomplir. En se dévouant au salut de celui qui l'avait sauvée, Norra n'obéissait-elle point à la plus sainte, à la plus sacrée des lois ! Aussi, chez elle, nul trouble, nulle hésitation. Elle était dans son rôle ; elle ne comprenait pas même qu'il lui eût été possible d'agir autrement qu'elle n'agissait. Peut-être le missionnaire n'était-il pas tout à fait aussi sûr de lui ; peut-être se demandait-il parfois si c'était précisément pour courir avec une jeune fille à la recherche d'un jeune homme que ses supérieurs l'avaient envoyé de Suède en Laponie. Mais, pour se rassurer, il lui suffisait de se dire que ses intentions étaient droites, qu'il voulait le bien, et que Dieu, qui jugeait les cœurs, ne trouverait dans le sien que le plus sincère dévouement à ses frères, le plus ardent et le plus pur amour pour ceux qui étaient bons et malheureux. N'est-ce point là partout et toujours, la véritable mission du prêtre, quel que soit le symbole qu'il récite, ou l'Évangile qu'il prêche.

Les tristes événements que nous avons racontés donnaient à Norra une gravité triste, qui contrastait singulièrement avec sa gaieté naturelle et la vivacité ordinaire de ses allures. Ces deux derniers mois l'avaient vieillie de dix ans : elle marchait à côté du missionnaire, pensive et sérieuse, n'échangeant avec lui que de rares paroles ; elle l'avait bien dit : il lui restait un devoir à remplir ! A ce devoir, si cher à son cœur, elle voulait consacrer tout ce qui lui restait encore de force et d'énergie.... Après cela, Dieu la tiendrait peut-être quitte de la vie, et lui permettrait d'aller retrouver les siens, et de chercher la paix dans la mort.

Olaf se gardait bien de troubler ses pensées ; il lisait trop clairement dans cette pauvre âme douloureuse, pour ne pas comprendre qu'avec elle toutes les exhortations étaient désormais inutiles, et toutes les consolations vaines. Ils cheminaient tous deux en silence, avec précaution, comme il convient à des gens qui se savent entourés d'ennemis ; traversant les bois, longeant la mer, s'abritant derrière les rochers, et parfois faisant de longs détours pour éviter un village de Quènes. Olaf, grâce à Dieu, connaissait assez cette partie de la Norvége pour ne s'aventurer jamais que dans des parages sûrs. Il savait bien qu'il n'avait rien à craindre pour lui : son caractère sacré l'aurait suffisamment défendu ; et d'ailleurs il avait la Suède armée derrière lui ; mais il savait aussi qu'il eût été impuissant à protéger la jeune fille contre ces populations grossières, violentes, irritées, chez lesquelles la haine de la race s'avivait encore de leurs griefs personnels.... et des crimes qu'ils venaient de commettre pour les venger.

Après dix jours d'une marche forcée, aussi pénible

que dangereuse, ils arrivèrent enfin à l'extrémité du fjord, où Henrick, — Olaf le savait — logé chez de simples paysans, terminait les travaux qu'il avait commencés dans les îles.

La vue de Norra, qu'il était si loin d'attendre, causa tout d'abord au jeune officier un sentiment de surprise pénible, dont il ne tarda pas à se reprocher amèrement l'injustice.

Il avait cru, en l'apercevant, à quelque nouvelle folie de cette pauvre âme obstinée, que rien jusqu'ici n'avait pu guérir de son inutile et déplorable amour ; il se disait qu'il fallait cependant en finir, et que ni pour Edwina, ni pour Norra, ni pour lui-même, une pareille position n'était tolérable. Cependant la présence d'Olaf, qui accompagnait la jeune fille, donna tout à coup une autre direction à ses idées. Il regarda plus attentivement la petite Laponne ; il fut frappé de l'expression de tristesse empreinte sur son visage, de la morne et sombre énergie de son regard : avant même qu'elle n'eût parlé, il comprit que de grandes et terribles choses avaient dû se passer sous les tentes. Norra s'était inclinée devant lui, et elle avait pris sa main sans rien dire. Ce fut Olaf qui parla. Il raconta avec une poignante éloquence la sanglante tragédie dont il avait vu le dernier acte s'accomplir sous ses yeux. Henrick l'écouta dans un silence farouche ; il se sentit saisi au cœur par une immense pitié ; ce furent des larmes sincères qu'il versa sur ces pauvres victimes. Il crut que Norra était venue chercher une protection et un asile auprès de lui.

« Ne crains rien, dit-il au missionnaire, je ferai tout pour la servir : je ne l'abandonnerai jamais.

— Elle n'a pas besoin de toi, répondit le ministre, et tu as besoin d'elle. Ne t'y trompe point : ce n'est pas ta protection qu'elle vient chercher, c'est la sienne au contraire qu'elle t'apporte. »

Henrick ne comprenait pas.

Alors Johansen, après avoir esquissé les sombres tableaux des massacres, du pillage et de l'incendie qui avaient marqué le passage des Quènes dans la tribu, pour le mettre à même de mieux comprendre le généreux dévouement de Norra, lui fit connaître les menaces proférées contre lui, et les sinistres projets médités dans l'ombre par des hommes qui n'avaient jamais respecté la vie de leurs semblables. La petite-fille de Peckel s'était aussitôt mise à sa recherche pour le prévenir, le sauver..., ou mourir avec lui.

En écoutant les paroles du missionnaire, les sentiments du jeune officier étaient un singulier mélange de tendresse et de violence, de gratitude et de colère. Son orgueil s'irritait à la pensée de fuir, car c'était une fuite qu'on lui proposait, devant une poignée de misérables ; mais il n'était pas moins touché du dévouement si profond, du désintéressement si noble de cette courageuse enfant, qui, au milieu de tant de catastrophes et de malheurs, sous le coup de la ruine à peu près complète d'elle-même et des siens, s'oubliait pour ne plus songer qu'à lui. En la voyant prendre comme un secret plaisir à grossir ainsi chaque jour sa dette de reconnaissance, il était bien forcé de s'avouer à lui-même qu'il ne saurait jamais l'acquitter. Norra mettait, du reste, tant de simplicité et tant de grâce dans le service rendu, elle avait l'air si heureux de ce que son ami lui permettait de faire, que c'était elle vraiment qui semblait l'obligée. Henrick fut touché, tout autant qu'il devait l'être. Il prit ses deux mains, qu'il serra dans les siennes avec une émotion profonde, en lui disant, avec cet accent pénétré que le cœur seul peut donner à la voix : « Oh! Norra, chère petite Norra! tu es bien la meilleure créature du bon Dieu! »

Deux grosses larmes brillèrent entre les cils de la jeune Laponne, et ce fut avec la plus ardente tendresse qu'elle lui répondit :

« C'est toi qui es bon de bien vouloir permettre que je te serve!

— Vous n'avez pas de temps à perdre! murmura le missionnaire, qui ne savait trop quelle contenance garder devant ces témoignages à la fois chastes et passionnés d'un sentiment qu'il était forcé de condamner.... et qu'il eût voulu bénir. Vous n'avez pas de temps à perdre : les Quènes peuvent arriver d'un instant à l'autre; ils sont peut-être sur nos traces; il faut que nous quittions le pays avant qu'ils n'aient eu le temps de découvrir la retraite de Henrick et de lui couper tout chemin de retour vers les siens. »

A ces lointaines extrémités du royaume, l'action du pouvoir central n'a plus guère la force de se faire sentir. Une grande part est laissée à l'énergie individuelle; là où l'État est peu de chose, l'individu doit être beaucoup, et chacun, en se sentant si peu protégé, comprend le besoin de se défendre soi-même.

« Où veux-tu aller? demanda la petite Laponne, qui savait bien que Henrick devait rejoindre Edwina, mais qui ne voulait point prononcer le nom de sa rivale.

— J'aurais besoin, répondit l'officier, d'être au cap Nord pour le 15 juillet.

— Le chemin est long et le temps est court, fit Norra; nous partirons demain. »

Par bonheur, ce chemin, la tribu des Kilps l'avait plus d'une fois parcouru. La jeune fille fut donc pour les deux Suédois un guide vraiment précieux, au milieu de tous ces périls des marais de la Laponie, si dangereux et si perfides pour le voyageur qui ne les connaît pas.

Olaf se sentait de plus en plus détourné de sa mission ; mais c'était un homme de sens droit, un esprit pratique : il savait faire la part des circonstances ; ses devoirs n'étaient pas strictement déterminés, comme ceux d'un curé de village ; on laissait beaucoup à son intelligence et à sa spontanéité. Il comprenait qu'il ne devait pas quitter ces jeunes gens ; peut-être sa présence serait-elle utile à Henrick ; plus sûrement encore elle serait nécessaire à Norra. Si honnête que fût le caractère du jeune homme, si pures que fussent les intentions de la jeune fille, n'y avait-il point des dangers dans cette liberté de la solitude, rapprochant ainsi une créature passionnément éprise d'un sage de vingt-huit ans, qui, dans un moment d'oubli, pourrait se faire illusion à lui-même, et prendre sa reconnaissance pour de l'amour. Le bon prêtre résolut donc d'accompagner nos deux héros jusqu'au terme de leur voyage, et de ne les quitter qu'au moment où ils se sépareraient.

Ils marchèrent sans incident pendant quelques jours, logeant tantôt chez les paysans, dont la maison s'ouvre toujours généreusement pour l'étranger ; tantôt chez les prêtres de la côte, heureux d'accueillir un confrère en pèlerinage ; parfois chez les fonctionnaires publics, auxquels le titre de Henrick imposait un respect et commandait des égards dont ses deux compagnons profitaient comme lui. Mais, dans ces parages lointains, les gaards des paysans, les maisons des fonctionnaires, les presbytères des curés sont assez clair-semés, et, plus d'une fois nos amis, furent obligés de se contenter de quelque caverne dans les rochers, de quelque hutte abandonnée par des bergers errants. Souvent même ils n'eurent d'autre couche que la terre nue, d'autre abri que la voûte bleue là-haut. Ils se dirigeaient toujours vers le point de la côte où Henrick savait qu'il trouverait des barques de pêcheurs pour passer le détroit et aborder dans l'île qui porte le cap Nord. Par malheur, les fjords innombrables qui pénètrent parfois si avant dans l'intérieur de la Norvége, et qu'aucun service de bâtiments ne traverse, ne leur permettaient point de suivre la ligne droite, et les condamnaient souvent à des détours aussi longs que pénibles. Ces caprices de la route n'avaient pas seulement l'inconvénient de les retarder beaucoup : ils les exposaient encore à rencontrer quelques villages ennemis. Les tribus quènes s'étendent en effet assez loin dans la direction du nord-ouest, et Norra, au fait de leurs usages, ne douta point que ces terribles ennemis n'eussent été prévenus du chemin qu'ils avaient pris. Leur rencontre en ce cas devait être singulièrement dangereuse, et il fallait l'éviter à tout prix. Norra, qui les connaissait mieux, était aussi celle qui les redoutait davantage. On comprendra dès lors avec quel effroi elle s'aperçut, la veille même du jour où elle croyait avoir atteint le terme de leur voyage, qu'ils se trouvaient précisément sur les limites du territoire interdit. Des espions, détachés à quelque distance en avant, se replièrent sur le village pour donner l'éveil, et nos trois fugitifs ne doutèrent plus qu'ils allaient être poursuivis. Il n'y avait point de quartier à espérer si la rencontre avait lieu. Quant à la résistance, il n'y fallait pas même songer. Que pouvaient faire deux hommes et une jeune fille contre une troupe? Norra, une fois de plus, fut la providence de nos amis. Elle se rappela qu'elle était venue dans les mêmes parages avec sa tribu, et que le vieux Peckel lui avait montré un passage à travers la montagne, fréquenté jadis par les

Lapons, inconnu peut-être aux Quènes, et qui les mettrait, en quelques heures, hors de toute atteinte. L'entrée de ce passage se trouvait derrière de grands rochers, dans un bois de bouleaux, à quelques centaines de pas de la route. Déjà les Quènes en armes se montraient à l'entrée de leur village, quand Norra et ses compagnons disparurent dans l'épais fourré.

Après quelques instants de recherches, la jeune Laponne eut le bonheur de retrouver l'entrée du passage. Tous trois s'y engagèrent résolûment, et une heure après ils étaient sur les terres norvégiennes. Ils étaient sauvés. Johansen se jeta à terre sur ses genoux. Henrick et Norra l'imitèrent, et tous trois rendirent grâces à Dieu.

Ils se trouvaient à l'entrée d'une des plus belles vallées de toute la Norvége. Nulle part Henrick ne se rappelait avoir vu ni de plus grands rochers, ni de plus nobles arbres, ni des eaux plus abondantes. Au milieu de la vallée, un petit lac limpide, calme à force d'être profond, reflétait la scène charmante qui l'environnait, pour permettre au regard ravi de la contempler deux fois, et, infidèle comme un poëte, en la reproduisant il l'embellissait encore.

A l'extrémité de cette vallée, qui s'étendait jusqu'à la mer, s'ouvrait la baie profonde où s'abritaient les pêcheurs qui devaient prendre Henrick le lendemain pour le conduire au Cap!

Norra était donc arrivée au but de son voyage; elle avait noblement accompli sa tâche; elle avait conduit son ami là même où il voulait aller, sans qu'il y laissât un cheveu de sa tête; elle l'avait fait passer à travers les mille dangers de la route.... et, maintenant c'était à peine si quelques heures les séparaient encore l'un et l'autre de l'adieu!

Cette perspective depuis si longtemps présente à sa

pensée, mais qu'elle écartait toujours, ne s'était jamais présentée avec tant de force à l'esprit de Norra, et si généreuse, si peu égoïste qu'elle fût, elle se défendait mal contre une secrète et involontaire amertume. Sans peut-être se l'avouer à elle-même, elle en arrivait à regretter jusqu'aux dangers qu'ils avaient courus ensemble ; elle eût voulu avoir à recommencer avec lui cette vie d'épreuves, où, sans doute, ils avaient tout à craindre, mais où, à côté de lui, elle se sentait la force de tout braver. Eh! qu'importe le péril près de ceux que l'on aime! C'était maintenant qu'il fallait la plaindre, maintenant qu'il partait, maintenant qu'elle allait rester seule, — loin de lui.

Rien de ce qui se passait dans l'âme de la jeune fille n'échappait à son compagnon. Il comprenait ses silencieuses angoisses : il y compatissait, et s'il ne lui avait pas exprimé jusqu'ici avec une ardeur plus vive toute la part qu'il y prenait, la faute n'en était pas à lui, mais bien plutôt à la présence parfois importune, à la surveillance toujours soupçonneuse du prêtre.

Quoiqu'il ne fût point très-défiant de sa nature, Johansen semblait se faire un devoir d'entourer les derniers moments de ses inquiètes précautions. On eût dit qu'il enviait à la pauvre Norra jusqu'à ces amères délices des adieux, que l'on ne refuse pas même aux plus grands coupables, à la veille des séparations éternelles. C'en était plus peut-être qu'elle ne pouvait supporter, et il lui semblait que la fortune se montrait cruelle jusqu'à l'injustice. Mais c'était une de ces âmes nobles et fières qui souffrent sans se plaindre, et dont ceux-là seuls connaissent les douleurs, qui les savent deviner.

Ils n'avaient trouvé d'autre asile dans la vallée qu'un chalet norvégien, situé au milieu des pâturages des sœters, poétique habitation de l'été, que ses maîtres abandonnent pour regagner le plaine à l'approche des. mauvais jours. Quand les deux hommes se furent retirés dans une sorte de chambre d'honneur, située à l'unique étage de la maison, Norra quitta le chalet et alla s'asseoir aux bords du lac, comme pour s'y livrer tout entière à ses pensées.

Elle y était depuis quelques instants, quand elle entendit dans le lointain, les sons du *luur*, instrument de musique assez semblable à la corne des Alpes, fort en usage parmi les pasteurs des sœters, et dont le son est tout à la fois plus pénétrant et non moins doux que celui du cor anglais. On eût dit un concert rustique dont le silence était ravi, et que répétaient à l'envi les échos de la montagne.

Henrick, agité de mille pensées, et qui ne sentait pas plus que Norra le besoin de dormir, entendit au loin les appels de cette mélodie, tout à la fois sauvage et charmante. Il se leva sans bruit, et, passant devant son compagnon accablé de fatigue, et moins poétique que lui, qui dormait de toutes ses forces, il s'élança dans le libre espace. Sa tête était en feu : les murs du chalet l'écrasaient, et il manquait d'air dans la chambre étroite ; il erra au hasard dans les environs, allant au-devant du concert qui venait à lui.

Il le rencontra, et, comme ces enfants qui suivent les fanfares d'une troupe en marche, il accompagna les deux bergers qui se répondaient par notes alternées. Ils revenaient au bercail, et ils le ramenèrent ainsi, au son de leur musique, vers le lac près duquel Norra était venue elle-même chercher le calme et goûter la fraîcheur de la nuit. Il l'aperçut de loin, sans trop reconnaître d'abord la forme incertaine et vague de sa jeune amie, à demi cachée sous les longs plis de sa mante.

Assise sur le tronc d'un bouleau renversé par le

vent, les racines en l'air, et qui laissait tremper dans les eaux du lac sa chevelure argentée, Norra avait une de ces poses qu'un sculpteur eût voulu trouver pour exprimer la douleur de l'abandon.

Il la contempla un instant de loin, comme s'il eût hésité à s'approcher d'elle. Hélas! ne savait-il point que sa venue, au lieu de la consoler, ne ferait peut-être qu'apporter un nouvel aliment à sa douleur? Cependant, à cette pitié profonde et douce succéda bientôt un sentiment plus âpre : l'homme voulut boire ces larmes qui coulaient pour lui.

Il fit donc le tour du lac, négligeant le sentier, et marchant sur la mousse qui amortissait le bruit de ses pas.

Sans avoir été vu, il arriva tout près d'elle, et lui toucha légèrement l'épaule.

Norra n'eut pas besoin de se retourner pour deviner sa présence, et, sans parler, elle se recula un peu, et lui fit place à ses côtés, sur le tronc du bouleau.

Henrick s'assit, prit sa main, et, malgré elle, écarta la mante dont elle avait enveloppé sa tête. Il aperçut alors son visage baigné de pleurs.

« O Norra! » murmura-t-il.

Ce fut tout ce qu'il eût la force de lui dire, car la voix lui manquait, et il ne trouvait plus de paroles pour exprimer ses pensées tumultueuses. Il ne s'était point fait illusion sur la tristesse de sa compagne; il savait, depuis longtemps, quelles puissantes attaches la liaient à lui; il avait vu quelle joie elle avait éprouvée, chaque fois que la destinée, se jouant en quelque sorte de ses intentions, les avait renouées malgré lui. Mais il ne s'était jamais trouvé en présence d'une telle douleur. Avant même qu'il n'eût prononcé une parole, Norra avait passé la main sur son visage et sur ses

yeux ; elle avait, avec une souveraine énergie, com-
primé les impétueux battements de son cœur, et, pour
ainsi dire, à force de violence sur elle-même, reconquis
son calme ; ses joues humides et sa poitrine émue pouvaient seules révéler ce qui venait de se passer en elle.

Henrick fut si surpris de cette soudaine métamor-
phose que, pendant quelques minutes, il resta silencieux devant elle.

« Norra, dit-il enfin, nous voici au terme de notre
voyage, et nous allons nous séparer.

— Je le sais bien, Henrick.

— Ce que tu ne sais pas, chère enfant, ce que tu ne
sauras jamais, continua-t-il, en s'animant plus peut-
être qu'il n'eût voulu, c'est le souvenir tendre et profond que je garderai toujours de toi, pour le dévouement que tu m'as montré.

— Oh ! ce dévouement, comme tu l'appelles, m'a
rendue si heureuse !

— Ainsi, méchante créature, tu m'envieras jusqu'au
plaisir de te remercier.

— Je ne t'envie rien, Henrick, et tu peux me remercier, si tu crois me devoir quelque chose.

— Eh ! s'écria le jeune homme, emporté par un élan
dont il ne fut pas le maître, et qu'il regretta bientôt,
ne te devrai-je point une éternelle reconnaissance,
puisque tu as été si bonne, si affectueuse, si tendre
pour moi... puisque tu m'as aimé ? »

Norra pâlit, mit une main sur sa poitrine, et ne répondit rien tout d'abord ; mais bientôt, comme si elle
eût été honteuse d'une faiblesse passagère :

« Ne trouves-tu point, lui demanda-t-elle avec une
fermeté d'accent qui, chez elle, en ce moment, n'était
peut-être pas sans mérite, ne trouves-tu point qu'il y a
des choses dont il vaudrait mieux ne pas parler ? Si je

t'ai aimé, continua-t-elle, ce fut un tort ou un malheur, et ton devoir, à présent, c'est de m'aider à l'oublier.

— Tu as raison, répondit Henrick, en laissant tomber sa tête sur sa poitrine, et j'ai tort, toujours tort ; pardonne-moi et oublie-moi.

— Eh bien non ! s'écria tout à coup la jeune fille en s'approchant de lui, — et, du tronc qui lui servait de siége, elle se laissa glisser sur la mousse comme si elle eût voulu se mettre à ses pieds... — Eh bien non! répéta-t-elle encore avec une exaltation croissante, ne me cache rien, dis-moi tout... et puisque je n'ai plus que quelques heures à vivre..., à vivre près de toi, Henrick, ajouta-t-elle en se reprenant, ces heures suprêmes, fais-les belles pour ta pauvre Norra, et donne-lui des souvenirs. »

Henrick voulut parler : la voix mourut dans sa gorge desséchée.

Il prit dans ses mains la belle tête pâle qui s'appuyait sur ses genoux, et, la ramenant jusqu'à sa poitrine, il baisa son front comme il eût fait à une enfant bien-aimée.

Au lieu de fuir ses caresses, Norra renversa sa tête sur son épaule, et, toute frissonnante, se pressa contre lui....

Déjà les troupeaux mugissants qui revenaient des pâturages envahissaient la vallée : déjà, de toutes parts, sur les bords du petit lac, on apercevait des groupes de bergers qui rentraient. Norra ne semblait point y prendre garde : on eût dit qu'elle vivait déjà dans un autre monde. Le sourire qui errait sur ses lèvres n'était point de la terre où nous sommes, et les douces lueurs qui tremblaient dans ses yeux, étaient les lueurs de l'extase.

Henrick retrouva plustôt qu'elle le sentiment de la réalité :

« Viens ! il faut venir, lui dit-il à deux reprises : viens, viens ! »

Elle se leva, secoua la tête avec le geste effaré du dormeur qu'on réveille brusquement : puis, sans dire une parole, elle se leva et suivit le jeune homme qui marchait devant elle à grands pas.

Henrick comprenait trop le danger de pareilles scènes pour essayer de les prolonger.

Au moment de rentrer dans le chalet, Norra mit une main sur sa poitrine, leva au ciel ses yeux ardents, et dit tout bas :

« Merci, mon Dieu, je puis mourir car j'ai vécu ! »

# XIII

Le lendemain, vers midi, Henrick s'embarquait sur le yacht d'un pêcheur nordlandais qui faisait voile vers le cap.

Les adieux furent calmes et dignes. Olaf Johansen s'était attendu à une scène de désolation, avec accompagnement de larmes et de sanglots : il fut tout étonné de l'impassible froideur de Norra. Le visage de la jeune fille, si mobile d'ordinaire, avait pris une inflexibilité marmoréenne ; pas un muscle ne tressaillit, pas une larme ne mouilla ses paupières. Elle tendit sa main à Henrick, serra la sienne, le conduisit jusqu'au bateau qui allait l'emporter, et quand elle vit enlever la planche qui avait servi à l'embarquement, elle retourna vers le prêtre et lui dit d'une voix dont rien ne démentait le calme :

« Père, tout est fini ! »

Elle suivit de l'œil, quelques instants encore, le lourd navire à la voile carrée, au mât cravaté de noir : ses lèvres étaient serrées, ses yeux fixes.

A quelque distance d'elle, les bras croisés sur sa poitrine, Olaf la regardait ; il avait, dans son zèle pieux, préparé pour elle une belle harangue ; mais il devinait si bien dans son silence une de ces douleurs que l'on ne saurait consoler, qu'il baissa la tête et se tut lui-même.

Quand le yacht eut disparu au loin dans les brumes de la mer immense, Norra se détourna brusquement du rivage et fit assez rapidement quelques pas.

« Que vas-tu devenir ? lui demanda le missionnaire, avec un tendre intérêt

— Je n'en sais rien ! » répondit-elle en haussant les épaules avec un geste insouciant.

Olaf tira de sa poche une longue bourse de soie ; à travers les mailles du filet, on voyait briller des pièces d'or.

« Si tu n'étais pas une fille de sens, un esprit ferme et un cœur vaillant, dit le missionnaire, je serais peut-être assez embarrassé de ce que j'ai à te dire ; mais Norra, tu es de celles qui savent tout entendre.

— Oui, à présent, répondit la petite Laponne en cherchant son regard.

— Eh bien ! tu sais que tu es pauvre !... et tu le seras jusqu'à ce que tu parviennes à retrouver les trésors de tes aïeux et à rassembler les débris de tes troupeaux.

— Oh! père, ne t'embarrasse point de mon avenir.

— Je sais bien que, plus tard, justice vous sera faite à tous : notre glorieux monarque ne souffrira pas que de tels attentats contre ses sujets restent impunis; ce qui t'appartient te sera restitué....

— Bien ! bien ! fit Norra, non sans une visible impatience.

— Mais en attendant....

— Oh ! père, encore !

— Oui, encore ! dit le missionnaire d'une voix ferme, M. Steinborg....

— M. Steinborg ? » répéta la jeune fille comme un écho.

Ce mot lui semblait étrange à entendre; elle n'avait jamais dit autrement que Henrick.

« M. Steinborg, continua le missionnaire, n'a pas prétendu récompenser tes services; mais il se croit assez ton ami....

—Pas un mot de plus, père, pas un mot! » répéta la jeune fille.

Et elle repoussa de la main la bourse que lui tendait Johansen.

« De l'or! de l'or! lui à moi! » fit-elle à deux reprises.

Un frisson passa sur elle et fit trembler tout son corps.

« Oh! il n'avait pas ce droit-là! » dit-elle encore.

Puis elle se ravisa :

« Donne! » et elle tendit la main ; elle prit la bourse, l'ouvrit, y puisa une pièce d'or, et la rendant au prêtre :

« Pour ceux, lui dit-elle avec un charmant sourire, qui ont encore moins que moi.

—Je ne puis pourtant pas te laisser seule ici, pauvre créature! poursuivit Olaff en reprenant la bourse; je voudrais du moins te ramener parmi les tiens.

— Les miens ne sont plus! »

La réponse était si vraie que Johansen baissa la tête et ne répliqua rien.

« Mais que prétends-tu donc? lui demanda-t-il au bout d'un instant.

— Écoute, lui dit-elle ; je vais rester encore quelques jours chez ces pêcheurs. Tu sais qu'à cette époque de l'année, il vient ici un assez grand nombre de Lapons pour faire le commerce avec les Norvégiens et les Russes. Ils me prendront bien avec eux et me reconduiront sur la côte la plus voisine du Kilpis : là, je trouverai

sans doute quelque reste de ma tribu. Alors commen-
cera pour moi une nouvelle vie.

— Et quelle vie ! murmura le missionnaire en levant
ses mains et ses yeux vers le ciel.

— A la grâce de Dieu ! » répondit la jeune fille.

Le lendemain, Norra donnait à un pêcheur de ha-
rengs la pièce d'or qu'elle avait prise dans la bourse de
Henrick, et elle obtint de lui qu'il la débarquât dans
une des petites baies de l'île de Magéro.

« Tu sais qu'elle est à peu près inhabitée ! dit le pêcheur ; que comptes-tu donc y faire ?

— Cela me regarde. Je ne te demande que de m'y
conduire. »

La traversée dura tout un jour et toute une nuit ;
mais elle fut du moins assez facile. La barque suivait
pour ainsi dire le sillage tracé la veille par le yacht qui
emportait Henrick. Immobile au pied du mât, Norra
ne prononça point une parole : tantôt, les yeux à demi-
fermés, elle semblait dormir ou rêver ; parfois aussi
elle regardait les vagues d'émeraude qui déferlaient
le long de la barque, ou plongeait du regard dans
les abîmes de la mer profonde. Le soir même du
15 juillet, ils arrivèrent dans les eaux de l'île Maigre,
et carguant la voile, la rame à la main, ils longèrent
avec précaution ce grand rivage de rochers escarpés et
âpres.

De temps en temps ces rochers s'entr'ouvraient et
laissaient voir de petites anses, resserrées entre des pics
couverts de neige. De toutes parts des blocs sombres s'é-
levaient, grands comme des montagnes, formant entre
eux les groupes les plus étranges ; presque toujours ces
rochers entouraient de petits lacs, qui ne trouvaient
d'issues qu'à travers des fissures et des crevasses. Cet

ensemble de bassins représentait assez bien une file de
cratères alignés,— des cratères versant des flots au lieu
de flammes. Un peu plus loin, les blocs brisés s'entas-
saient comme un amas confus de ruines. On eût dit que
la montagne s'était écroulée et que ses débris couvraient
tout le rivage.

Tout à coup, la côte parut semblable à une haute
muraille, formée de couches perpendiculaires; à la base,
des brisants et des écueils; au sommet, une crête den-
telée de pointes aiguës. Au milieu de ce boulevard de
rochers, Norra aperçut de loin une grande tour carrée
faisant saillie, et flanquée de bastions épais.

C'était le cap Nord.

La masse énorme se dressait à pic du sein de la mer,
sombre, morne, hautaine, inabordable, — immobile
comme le contre-fort d'un continent, solide comme l'arc-
boutant d'un monde.

« C'est ici! » dit le pêcheur, et, mettant sa forte main
sur la barre du gouvernail, il fit virer la barque dans
une petite baie, creusée et arrondie par la nature au
sein même de la montagne.

Le cap versait sur la mer son ombre immense.

Le pêcheur aborda, et posant comme un crampon
son pied sur le roc, tandis que l'autre se fixait au fond
de la barque frémissante, il prit la jeune fille dans ses
bras robustes, et la déposa sur le rivage.

« C'est bien entendu? tu veux rester? »

Norra sentit sa voix s'arrêter dans sa gorge : elle ne
répondit que par un signe de tête.

Le pêcheur, d'un coup de rame, repoussa le rivage,
et la barque regagna le large.

Demeurée seule, Norra jeta de longs regards autour
d'elle. Elle se trouvait au sein d'une solitude profonde.

Tout autour de la baie, des rochers noirs, s'émiettant comme des laves qu'un choc aurait broyées, dessinaient ses contours. L'impression de cette grande nature saisit tout à coup la pauvre enfant; elle regarda devant elle, aperçut l'énorme bloc de granit, et frissonna. — Bientôt, cependant, elle reprit courage et commença de gravir la pente.

Entre la mer et les rochers, une bande de terre végétale se couvrait de gazons et de fleurs. Norra aimait les fleurs : elle cueillit des andromèdes, des renoncules, des géraniums sauvages, et des *Vergiss-mein-nicht*, qui semblaient éclore en ces parages lointains pour rappeler un souvenir à l'âme oublieuse. Entre les fleurs et les gazons, un petit ruisseau d'argent scintillait et murmurait. Norra s'assit au bord du ruisseau : elle ne se pressait point; elle savait bien maintenant que le temps ne lui manquerait pas. Elle arrangea son bouquet et aspira le faible mais doux parfum de ces fleurs écloses sous la neige.

Puis elle recommença de monter.

Du côté de la mer, le cap Nord est coupé à pic. De toutes parts, il est presque inaccessible. Les pentes sont toujours escarpées et roides, souvent rendues glissantes par des bandes de mousse humide et courte, serrée, élastique, et repoussant le pied qui ne rencontre aucun appui. Plus d'une fois la pauvre fille glissa; plus d'une fois elle tomba; mais, avec un indomptable courage, elle se relevait toujours, et ne s'arrêtait jamais. Souvent il lui fallait franchir des amas de pierres roulantes, qui se détachaient dès qu'elle les touchait et menaçaient de l'entraîner avec elle. Çà et là, dans les anfractuosités des rochers qui retenaient encore un peu de terre végétale, des bouleaux nains essayaient d'élever leur tête éplorée, et bientôt se recourbaient vers le sol pour y végéter et y ramper. Norra s'asseyait sur leurs racines, essuyait la sueur de son front, et, dans un repos douloureux, reprenait de nouvelles forces et repartait. Tantôt les mouettes, perchées sur une pointe de rochers, la regardaient de leur œil clair et perçant, et, rassurées par son air pacifique, continuaient leur rêve; tantôt un pélican noir, debout sur un pied, le cou replié et la tête enfoncée dans le capuce de ses ailes, prenait, à son approche, un essor pénible, s'enlevait d'une aile pesante, et la poursuivait de ses cris plaintifs; tantôt les corbeaux, croassant, rasaient le sol autour d'elle en sombres tourbillons, tandis que, dans le ciel éthéré, les faucons blancs et les aigles marins décrivaient leurs orbes immenses.

Enfin, après une longue et pénible marche, elle atteignit la dernière cime, que se disputaient des mousses et des lichens jaunâtres, au milieu desquels, sur des couches de granit sombre, étincelait çà et là la blancheur du quartz.

Norra, épuisée de fatigue, se laissa tomber sur le sol nu, et cacha sa tête dans ses mains; puis, elle se mit à genoux et, dans une fervente prière, éleva son âme vers le Dieu éternel et clément, père de toutes les créatures.

Elle promena ensuite de longs regards autour d'elle, et elle n'aperçut que la solitude. Elle écouta, et elle n'entendit que le silence. Elle était comme perdue au sein du plus affreux néant.

Il pouvait être minuit.

Le soleil était cependant tout entier au-dessus de l'horizon; c'était à peine si le bord inférieur de son disque effleurait la crête des flots empourprés; il ne semblait plus ni monter ni descendre; mais il suivait une ligne presque droite, détachant son globe de feu sur

l'azur du ciel, comme un pendule d'or oscillant avec
lenteur sur un globe de lapis. A mesure qu'il s'avançait
dans sa gloire, à l'autre extrémité de l'horizon, belle
dans sa pâleur rosée, la lune s'enfuyait et ne se laissait
plus voir qu'à travers le voile diaphane et nacré des
nuages.

Le souffle de juillet avait attiédi les glaciers du Spitzberg, et arraché à la baie de la Madeleine, comme des
lambeaux de continent, les glaces accumulées par neuf
mois d'hiver.

Pareilles à des îles flottantes qui, pour rivage, auraient eu des montagnes de cristal, ces glaces couvraient
au loin la mer, éblouissantes dans leurs splendeurs im-
maculées. Sous la réverbération du soleil oblique, leurs
masses, à demi submergées, ressemblaient à des rochers
de pierres précieuses, où toutes les nuances délicates
et vives s'unissaient sans se confondre, dans le plus radieux éclat.

Tandis que le flot minait leurs bases attendries
par la chaleur, plus intense à mesure qu'elles dé-
rivent vers le sud, ces grandes masses changeaient à
chaque instant de formes et d'apparences, et variaient
incessamment les styles de leur croulante architecture ;
les aiguilles, les colonnes, les pyramides, les frontons
gigantesques, les arcades colossales, apparaissaient un
moment et retombaient bientôt dans l'abîme. Toute
hérissée de leurs débris aigus, la mer les pressait
les uns contre les autres et les poussait au rivage,
où ils se brisaient avec un fracas de tonnerre, suivi
de mugissements rauques. C'était là un terrible mais
sublime spectacle. La jeune fille, cependant, y demeurait insensible. Immobile au sommet du cap, elle
laissait ses regards errer au loin sur la mer immense.

Tout à coup ils se fixèrent sur un point noir, qui devint bientôt distinct en s'approchant. C'était un navire. Les mâts, les cordages, la fine carène découpèrent bientôt leur silhouette sur le fond embrasé du ciel.

A l'arrière, appuyés l'un contre l'autre, on apercevait un jeune homme et une jeune femme. Au gré de la vague, lentement, avec de molles et douces ondulations, le vaisseau semblait les bercer dans les bras l'un de l'autre.

Ce vaisseau, c'était *le Trollhætta :* ce couple heureux, c'était Edwina et Henrick. Norra les reconnut-elle, ou les devina-t-elle? Un long frémissement agita tout son corps; elle se retint d'une main crispée au rocher, contre lequel ses reins s'appuyaient. Tout à coup la brise fraîchit, les voiles se tendirent et le navire disparut du côté du sud.

Norra pressa contre son cœur le bouquet d'andromèdes et de renoncules qu'elle avait cueilli au pied de la montagne; ses lèvres murmuraient un nom....

Tout à coup elle ferma les yeux et prit son élan.... Mais une large main s'abattit sur son épaule et la fit fléchir, tandis qu'un bras robuste s'enlaçant autour de sa taille la retint vigoureusement.

Elle se retourna, et se trouva face à face avec Olaf Johansen.

Il y avait dans les yeux du missionnaire une expression de pitié profonde, et beaucoup de tristesse sur son front.

« O Norra, mon enfant, qu'allais-tu faire ? Est-ce là le fruit de mes leçons.... Tu veux donc déshonorer une vie honnête par le plus grand des crimes, commettre une lâcheté, toi si courageuse, et perdre à jamais ton âme, rachetée du sang d'un Dieu?

— O père ! je suis si malheureuse ! fit la pauvre fille en laissant couler ses larmes.

— Je le sais, mon enfant, et je te plains de tout mon cœur!... Mais, CELUI qui est là-haut mesure le vent à la fourrure du renne et nos chagrins à nos forces.... Les tiens sont grands.... tu pourras cependant les porter, car tu es une brave fille.... Il te reste d'ailleurs des devoirs à remplir.... Tu n'as pas le droit de mourir maintenant.... Ton dévouement pour Henrick t'a fait oublier un moment ce que tu devais aux pauvres compagnons de tes malheurs — aux victimes de tes ennemis — à ceux qui souffrent à cause de toi.... Fille des vieux chefs, tu es aujourd'hui la dernière de leur sang ; toi seule peux avoir encore quelque autorité sur ceux de ta race : ne les abandonne pas au jour du malheur.... Celui qui nous impose la vie, et qui seul a le droit de nous la reprendre, celui-là te récompensera de ce que tu auras fait pour eux. Viens donc, noble cœur ! Dis un éternel adieu à ce passé fatal, et ne songe plus qu'à l'avenir. Il aura ses épreuves et ses douleurs; c'est le lot de la créature humaine : nous n'avons pas été mis sur cette terre pour être heureux.

— Je le sais bien, » dit Norra en relevant tête.

Johansen prit sa main et l'entraîna rapidement sur la pente opposée. Le cap dressa bientôt sa grande ombre entre elle et la mer, dont les flots roulants emportaient Henrick vers le Sud.

On a tout compris.

Olaf qui avait vu, la veille, un dessein funeste dans les yeux de Norra, n'eût pas voulu la livrer sans défense aux perfides suggestions de la solitude. En interrogeant les pêcheurs, après son départ, il ne lui avait pas été difficile de savoir où elle était allée.... il avait suivi sa trace ; Dieu récompensa sa charité, en permettant qu'il arrivât assez tôt pour prévenir un malheur et un crime. Il n'abandonna pas celle qu'il avait sauvée ; il voulut au contraire l'accompagner jusqu'à ce qu'elle eût rejoint les siens. Le voyage lui fut bon. Maintenant qu'elle ne voyait plus Henri, qu'elle était certaine de ne plus le voir, il était plus facile au missionnaire de détourner peu à peu sa pensée de celui qui en avait été le trop constant objet. Elle ne l'oublia jamais ; mais un jour vint où elle put se le rappeler avec calme, et où le charme de son souvenir cessa d'être douloureux.

Si jamais un de nos lecteurs était tenté de prendre après nous la route du Nord et de ses lointains déserts, en marchant longtemps il finirait par arriver en Laponie. Là, suivant la saison, au pied des monts Kilpis, ou sur les bords du fleuve Alten, il trouverait une petite tribu, peu nombreuse et décimée — les blessures portées par la main des Quènes ont saigné longtemps ! — mais plus hospitalière que ses voisines, plus morale et déjà plus près de la civilisation véritable. Cette tribu, qui a longtemps pleuré ses chefs, obéit maintenant à une femme, et cette femme est plus respectée qu'une reine. Dans ces régions perdues, sous ce ciel inclément, elle est l'apôtre d'une religion pure et tendre, et elle a plus fait par ses exemples que tous les missionnaires par leurs paroles pour la conversion des peuples. Tous l'aiment. Mais elle ne semble point recevoir des autres le bonheur qu'elle leur donne : au fond de ses grands yeux noirs, on devine une secrète et immuable mélancolie.

379                                    25

Elle exerce sur tous ceux qui l'entourent l'ascendant d'une nature supérieure, et leur impose le respect de ses mystérieux chagrins. Elle n'en parle jamais, et ne cherche à se consoler du mal qu'on lui a fait qu'en faisant le bien.

Christiania, septembre 1857.

FIN.

PARIS. — IMPRIMERIE DE CH. LAHURE ET Cie
Rues de Fleurus, 9, et de l'Ouest, 21

Librairie de **L. Hachette et C**ie, rue Pierre-Sarrazin, 14, à Paris.

# BIBLIOTHÈQUE VARIÉE

## NOUVELLE COLLECTION IN-18 JÉSUS.

On peut se procurer chaque volume de cette collection relié;
le prix de la demi-reliure, dos en chagrin, est de 1 franc 50 centimes;
tranches dorées, 1 fr. 75 c.; avec plats dorés, 2 fr. 10 c.

### I. LITTÉRATURE CONTEMPORAINE.

#### (A 3 FR. 50 C. LE VOLUME.)

**About** (Ed.) : *La Grèce contemporaine.*
4e édition. 1 vol.
— *Nos artistes au salon de 1857.* 1 vol.

**Anonyme** : *L'Enfant*, par M***. 1 vol.

**Balzac** ( H. de ) : *Théâtre*, contenant
l'autrin, les Ressources de Quinola,
Paméla Giraud, la Marâtre. 2e édition. 1 vol.

**Barrau** (Th. H.) : *Histoire de la révolution française* (1789-1799). 1 vol.

**Bautain** (l'abbé) : *La belle saison à la
campagne.* 3e édition. 1 vol.
— *La chrétienne de nos jours.* 2 vol.

**Bayard** (J. F.) : *Théâtre*, avec une Notice de M. Eugène Scribe, de l'Académie française. 12 vol.
    Chaque volume se vend séparément.

**Belloy** (marquis de) : *Le chevalier d'At*,
ses aventures et ses poésies. 1 vol.
— *Légendes fleuries.* 1 vol.

**Busquet** (A.) : *Le poëme des heures.* 1 v.

**Caro** (E.) : *Études morales sur le temps
présent.*
    Ouvrage couronné par l'Académie
française.

**Castellane** (comte P. de) : *Souvenirs de
la vie militaire en Afrique.* 3e édition. 1 vol.

**Champfleury** : *Contes d'été.* 1 vol.

**Charpentier** : *Les écrivains latins de
l'empire.* 1 vol.

**Dargaud** ( J. M. ) : *Histoire de Marie
Stuart.* 2e édition. 1 vol.
— *Voyage aux Alpes.* 1 vol.

**Daumas** (général E. ) : *Mœurs et coutumes de l'Algérie* ( Tell, Kabylie,
Sahara). 3e édition. 1 vol.

**Didier** (Ch.) : *Les amours d'Italie.* 1 v.
— *Les nuits du Caire.* 1 vol.

**Deville** : *Excursions dans l'Inde.* 1 vol.

**Énault** ( L. ) : *Constantinople et la Tur-
quie*, tableau historique, pittoresque,
statistique et moral de l'empire otto-
man. 1 vol.
— *La Norvége.* 1 vol.
— *La Terre sainte*, voyage des quarante
pèlerins de 1853, avec la carte de la
Palestine et le Panorama de Jérusalem. 1 vol.

**Eyma** ( X.) : *Les deux Amériques*, histoire, mœurs et voyages. 1 vol.
— *Les Peaux-Rouges*, scènes de la vie
indienne. 1 vol.

**Fétis** : *La musique mise à la portée de
tout le monde ;* exposé succinct de
tout ce qu'il est nécessaire pour juger
de cet art, et pour en parler sans en
avoir fait une étude approfondie.
2e édition, suivie d'un dictionnaire
des termes de musique, et d'une bi-
bliographie de la musique. 1 vol.

O<sup>ct</sup>

**Figuier** (L.) : *Histoire du merveilleux dans les temps modernes.* 4 vol.

— *L'alchimie et les alchimistes*, ou essai historique et critique sur la philosophie hermétique. 3ᵉ édit. 1 vol.

— *Les applications nouvelles de la science à l'industrie et aux arts*, introduction à *l'Année scientifique et industrielle.* 1 vol.

— *L'Année scientifique et industrielle*, 1ʳᵉ année (1856); 2ᵉ année (1857); 3ᵉ année (1858); 4ᵉ année (1859); 5ᵉ année (1860); 5 vol. dont chacun se vend séparément.

**Gautier** (Th.) : *Un trio de romans.* 1 vol.

**Gerardy Saintine** : *Trois ans en Judée.* 1 vol.

**Giguet** (P.) : *Le livre de Job*, précédé des livres de *Ruth, Tobie, Judith* et *Esther*, traduit du grec des Septante, par P. Giguet. 1 vol.

**Gotthelf** (J.) : *Nouvelles bernoises*, traduites par M. Max Buchon. 2ᵉ édit. 1 v.

**Heuzé** : *L'année agricole*, 1ʳᵉ année (1859); 2ᵉ année (1860). 2 vol. dont chacun se vend séparément.

**Hommaire de Hell** (Mme): *Voyage dans les steppes de la mer Caspienne et dans la Russie méridionale.* 1 vol.

**Houssaye** (A.) : *Histoire du quarante et unième fauteuil de l'Académie française.* 4ᵉ édition. 1 vol.

— *Le violon de Franjolé.* 6ᵉ édit. 1 vol.

— *Philosophes et comédiennes.* 3ᵉ édition. 1 vol.

— *Poésies complètes.* 4ᵉ édition. 1 vol.

— *Voyages humoristiques.* 1 vol.

**Hugo** (Victor) : *Théâtre.* 3 volumes :

TOME I : Lucrèce Borgia, Marion Delorme, Marie Tudor, la Esméralda, Ruy-Blas.

TOME II : Hernani, le Roi s'amuse, les Burgraves.

TOME III : Angelo, procès d'Angelo et d'Hernani, Cromwell.

— *Les Contemplations.* 2 vol.

— *Les Enfants*, livre des mères, extrait des œuvres poétiques de l'auteur. 1 v.

**Jouffroy** (Th.) : *Cours de droit naturel.* 3ᵉ édition. 2 vol.

— *Mélanges philosophiques.* 3ᵉ édition 1 vol.

— *Nouveaux mélanges philosophiques.* 2ᵉ édition. 1 vol.

**Jourdan** (L.) : *Contes industriels.* 1 vol.

**Lamartine** (Alph. de) : *Œuvres.* 9 vol.
Méditations poétiques. 2 vol
Harmonies poétiques. 1 vol.
Recueillements poétiques. 1 vol.
Jocelyn. 1 vol.
La chute d'un ange. 1 vol.
Voyage en Orient. 2 vol.

— *Histoire des Girondins*, 6 vol.

— *Histoire de la Restauration.* 8 vol.
Lectures pour tous. 1 vol.

**Lanoye** (Ferd. de) : *L'Inde contemporaine.* 2ᵉ édition. 1 volume contenant une carte.

— *Le Niger et les explorations de l'Afrique centrale*, depuis Mungo-Parck jusqu'au docteur Barth. 2ᵉ édit. 1 vol.

**Laugel** : *Études scientifiques.* 1 vol.

**La Vallée** : *Zurga le chasseur.* 1 vol.

**Lenient** : *La Satire en France au moyen âge.* 1 vol.
Ouvrage couronné par l'Acad. franç.

**Libert** : *Histoire de la chevalerie.* 1 vol.

**Lutfullah** : Mémoires traduits de l'anglais et annotés par l'auteur de l'*Inde contemporaine.* 1 vol.

**Macaulay** (lord) : *Œuvres diverses*, traduites par MM. Am. Pichot, Adolphe Joanne et E.-D. Forgues. 2 vol.

**Marmier** (X.) : *En Amérique et en Europe.* 1 vol.

— *Gazida.* 1 vol.

— *Les fiancés du Spitzberg.* 1 vol.
Ouvrage couronné par l'Acad. franç.

— *Lettres sur le Nord.* 5ᵉ édition. 1 vol.

— *Un été au bord de la Baltique et de la mer du Nord* (Dantzig; Oliva; Marienbourg; la côte de Poméranie; l'île de Rugen; Hambourg; l'embouchure de l'Elbe; Helgoland). vol.

**Michelet** : *La Femme.* 2ᵉ édit. 1 vol.

— *L'amour.* 4ᵉ édition. 1 vol.

— *L'insecte.* 4ᵉ édition. 1 vol.

— *L'oiseau.* 6ᵉ édition. 1 vol.

Milne (W. C.) : *La vie réelle en Chine*, traduite de l'anglais par M. Tasset, et annotée par G. Pauthier. 2e édition. 1 volume.

Moges (le marquis de) : *Souvenirs d'une ambassade en Chine et au Japon*. 1 vol.

Molé - Gentilhomme et Saint-Germain Leduc : *Catherine II, ou la Russie au xviiie siècle; scènes historiques*. 1 vol.

Monnier (Marc) : *L'Italie est-elle la terre des morts?* 1 vol.

Montaigne (M.) : *Essais*, précédés d'une lettre à M. Villemain sur l'éloge de Montaigne, par P. Christian. 1 vol.

Mornand (F.) : *La vie des eaux*, contenant les bains de mer et les eaux thermales, avec des notes sur la vertu curative des eaux, par le Dr *Roubaud*. 2e édition. 1 vol.

Mortemart - Boisse (baron de) : *La vie élégante à Paris*. 2e édition. 1 vol.

Nodier (Ch.) : *Les sept châteaux du roi de Bohême : les quatre talismans*. Édition illustrée. 1 vol.

Nourrisson (J. F.) : *Les Pères de l'Église latine*, leur vie, leurs écrits, leur temps. 2 vol.

Orsay (Comtesse d') : *L'ombre du bonheur*. 1 vol.

Patin (Th.) : *Études sur les tragiques grecs*. 2e édition. 4 vol.

Perrens (F. T.) : *Jérôme Savonarole*, d'après les documents originaux et avec des pièces justificatives en grande partie inédites. 3e édition. 1 vol.
Ouvrage couronné par l'Académie française.

— *Deux ans de révolution en Italie* (1848-1850). 1 vol.

Pfeiffer (Mme Ida) : *Voyage d'une femme autour du monde*, traduit de l'allemand, avec l'autorisation de l'auteur, par *W. de Suckau*. 1 vol.

— *Mon second voyage autour du monde*, traduit de l'allemand, avec l'autorisation de l'auteur, par *W. de Suckau*. 1 vol.

Rougebief (Eug.) : *Un fleuron de la France*. 1 vol.

Saintine (X.-B.) : *Picciola*. 1 vol.
— *Seul!* 1 vol.

Sand (George) : *L'homme de neige*. 2 vol.
— *Elle et lui*. 2e édition. 1 vol.
— *Jean de La Roche*. 1 vol.

Scudo (P.) : *Critique et littérature musicales*. 2 vol.
— *L'Année musicale*, 1re année (1859), 1 vol.
— *Le chevalier Sarti*. 1 vol.

Simon (Jules) : *La liberté*. 2 vol.
— *La liberté de conscience*. 4e édit. 1 v.
· *La religion naturelle*. 5e édit. 1 vol.
— *Le devoir*. 6e édition. 1 vol.
Ouvrage couronné par l'Acad. franç.

Taine (H.) : *Essai sur Tite-Live*. 2e édition. 1 vol.
Ouvrage couronné par l'Acad. franç.
— *Essais de critique et d'histoire*. 2e édition. 1 volume.
— *La Fontaine et ses fables*. 3e édition. 1 vol.
— *Les philosophes contemporains*. 2e édition. 1 vol.
— *Voyage aux Pyrénées*. 2e édit. 1 vol.

Texier (Edmond) : *La chronique de la guerre d'Italie*. 1 vol.

Thery : *Conseils aux mères*. 2 vol.
Ouvrage couronné par l'Académie française.

Töpffer (R.) : *Nouvelles genevoises*. 1 vol.
— *Rosa et Gertrude*. 1 vol.
— *Le presbytère*. 1 vol.
— *Réflexions et menus propos d'un peintre genevois*, ou Essai sur le beau dans les arts. 1 vol.

Troplong : *De l'influence du christianisme sur le droit civil des Romains*. 1 vol.

Ulliac-Trémadure (Mlle) : *La maîtresse de maison*. 2e édition. 1 vol.

Vapereau : *L'Année littéraire*, 1re année (1858); 2e année (1859); 3e année (1860). 3 vol. dont chacun se vend séparément.

Viardot (L.) : *Les musées d'Allemagne.* 3e édition. 1 vol.

— *Les musées d'Angleterre, de Belgique, de Hollande, de Russie.* 3e édit. 1 vol.

— *Les musées d'Espagne.* 3e édit. 1 vol.

— *Les musées de France* (Paris). 2e édition. 1 vol.

— *Les musées d'Italie.* 3e édit. 1 vol.

Viennet : *Épîtres et satires.* 1 vol.

Warren (comte Édouard de) : *L'Inde anglaise avant et après l'insurrection de* 1857. 3e édition, revue et considérablement augmentée. 2 vol.

Zeller (J.) : *Épisodes dramatiques de l'histoire d'Italie.* 1 vol.

— *L'Année historique,* 1re année (1859); 2e année (1860). 2 vol. dont chacun se vend séparément.

## II. ŒUVRES DES PRINCIPAUX ÉCRIVAINS FRANÇAIS.

( A 2 FRANCS LE VOLUME. )

Barthélemy : *Voyage du jeune Anacharsis en Grèce dans le milieu du* IVe *siècle avant l'ère chrétienne.* 3 vol.

Boileau : *OEuvres complètes.* 1 vol.

Notice sur Boileau, — Satires, — Épîtres, — Art poétique, — Le Lutrin, — Poésies diverses, — OEuvres diverses en prose, — Réflexions sur Longin, — Traité du sublime, — Lettres.

Corneille : *OEuvres complètes.* 5 vol.

TOME I : Notice s r P. Corneille, — Mélite, — Clitandre, — la Veuve, — les Galeries du palais, — la Suivante, — la Place Royale, — Médée, — l'Illusion, — le Cid.

TOME II : Horace, — Cinna, — Polyeucte, — Pompée, — le Menteur, — la suite du Menteur, — Théodore, — Rodogune, — Héraclius, — Andromède.

TOME III : Don Sanche d'Aragon, — Nicomède, — Pertharite, — OEdipe — la Conquête de la Toison d'or, — Sertorius, — Sophonisbe, — Othon, — Agésilas, — Attila, — Tite et Bérénice.

TOME IV : Psyché, — Pulchérie, — Suréna, — l'Imitation de Jésus-Christ, — l'Office de la sainte Vierge.

TOME V : Psaumes, — Hymnes, — Prières, — Poésies diverses, — Poëmes sur les victoires du roi, — Poésies latines, — Discours,

— Lettres, — OEuvres choisies de Thomas Corneille.

La Fontaine : *OEuvres complètes.* 2 vol.

TOME I : Notice sur La Fontaine, — Fables, — Contes.

TOME II : Théâtre, — Poésies diverses, — Opuscules en prose, — Lettres.

Molière : *OEuvres complètes.* 3 vol.

TOME I : Notice sur Molière, — la Jalousie de Barbouillé, — le Médecin volant, — l'Étourdi, — le Dépit amoureux, — les Précieuses ridicules, — Sganarelle, — Don Garcie de Navarre, — l'École des maris, — les Fâcheux, — l'École des femmes, — la critique de l'École des femmes, — l'Impromptu de Versailles, — le Mariage forcé.

TOME II : La princesse d'Élide, — les Plaisirs de l'île enchantée, — Don Juan, — l'Amour médecin, — le Misanthrope, — le Médecin malgré lui, — Mélicerte, — le Sicilien, — le Tartufe, — Amphitryon, — l'Avare, — Georges Dandin.

TOME III : Relation de la fête de Versailles, — M. de Pourceaugnac, — les Amants magnifiques, — le Bourgeois gentilhomme, — Psyché, — les Fourberies de Scapin, — la Comtesse d'Escarbagnas, — les Femmes savantes, — le Malade imaginaire, — Poésies diverses.

**Montesquieu** : *OEuvres complètes*. 2 vol.

TOME I : Notice sur Montesquieu, — Esprit des lois.

TOME II : Grandeur et décadence des Romains, — Lettres persanes, — le Temple de Gnide, — Dialogue de Sylla et d'Eucrate, — Essai sur le goût, — OEuvres diverses, — Lettres, — Table analytique.

**Pascal** ( B.) : *OEuvres complètes*. 2 vol.

TOME I : Notice sur Pascal, — Vie de Pascal, par Mme Périer, — Lettres à un Provincial, — Pensées, — Opuscules.

TOME II : OEuvres attribuées, — Traités divers de physique et de mathématiques, — Table analytique.

**Racine** (J.) : *OEuvres complètes*. 2 vol.

TOME I : Notice sur Racine, — Théâtre.

TOME II : Histoire de Port-Royal, — Fragments historiques, — OEuvres diverses, — Remarques sur l'Odyssée et sur Pindare, — Lettres.

**Rousseau** (J. J.) : *OEuvres complètes*. 8 vol.

TOME I : Notice sur J. J. Rousseau,

— Discours, — les quatre premiers livres d'Émile.

TOME II : Fin d'Émile, — Économie politique, — Contrat social.

TOME III : Considérations sur le gouvernement de Pologne, — Lettres à Butta-Foco, — Projet de paix perpétuelle, — Polysynodie, — Julie ou la nouvelle Héloïse.

TOME IV : Mélanges, — Théâtre, — Poésies, — Botanique, — Musique.

TOME V : Dictionnaire de musique, — les Confessions.

TOME VI : Dialogues, — Rêveries, — Correspondance.

TOMES VII et VIII : Fin de la Correspondance, — Table analytique.

**Saint - Simon** ( le duc de ) : *Mémoires complets et authentiques* sur le siècle de Louis XIV et la Régence, collationnés sur le manuscrit original par M. Chéruel, et précédés d'une notice de M. Sainte-Beuve, de l'Académie française. 13 vol.

**Sedaine** : *OEuvres choisies*. 1 vol.

**Voltaire** : *OEuvres complètes*. 25 volumes sont en vente et la publication sera promptement achevée.

## III. CHEFS-D'ŒUVRE DES LITTÉRATURES MODERNES ETRANGÈRES

(A 3 FR. 50 C. LE VOLUME.)

**Byron** ( lord) : *OEuvres complètes*, traduites de l'anglais par *Benjamin Laroche*, quatre séries :

1re série : *Child-Harold*. 1 vol.
2e série : *Poëmes*. 1 vol.
3e série : *Drames*. 1 vol.
4e série : *Don Juan*. 1 vol.

**Dante** : *La Divine Comédie*, traduite de l'italien, par *P. A. Fiorentino*. 1 vol.

**Ossian** : Poëmes gaéliques recueillis par *Mac - Pherson*, traduits de l'anglais par *P. Christian*, et précédés de recherches sur Ossian et les Calédoniens. 1 vol.

## IV. BIBLIOTHÈQUE DES MEILLEURS ROMANS ÉTRANGERS.

( A 2 FRANCS LE VOLUME.)

**Ainsworth** ( W. Harrison) : *Abigaïl, ou la cour de la reine Anne*, roman historique traduit de l'anglais par M. Révoil. 1 vol.

— *Crichton*, roman traduit par M. A. Rolet. 1 vol.
— *La Tour de Londres*, roman traduit par Éd. Scheffter. 1 vol.

**Anonymes** : *Whitefriars*, traduit de l'anglais par Éd. Scheffter. 1 vol.

— *Whitehall*, traduit de l'anglais, par M. Éd. Scheffter.

— *Paul Ferroll*, trduit de l'anglais par Mme H. Loreau. 1 vol.

— *Les pilleurs d'épaves*, traduits de l'anglais par Louis Stenio. 1 vol.

— *Violette ;* — *Éléanor Raymond.* Imité de l'anglais par Old-Nick. 1 vol.

**Beecher Stowe** (Mrs) : *La case de l'oncle Tom*, traduit de l'anglais par Louis Énault. 1 vol.

— *La fiancée du ministre*, traduit de l'anglais par H. de l'Espine. 1 vol.

**Bersezio** (V.) : *Nouvelles piémontaises*, traduites avec l'autorisation de l'auteur, par Amédée Roux. 1 vol.

**Bulwer Lytton** (sir Edward) : *OEuvres*, traduites de l'anglais, avec l'autorisation de l'auteur, sous la direction de P. Lorain.

En vente :

— *Devereux*, traduit par William L. Hughes. 1 vol

— *Ernest Maltravers*, traduit par Mlle Collinet. 1 vol.

— *Le dernier des barons*, traduit par Mme Bressant. 2 vol.

— *Le désavoué*, traduit par M. Corréard 1 vol.

— *Les derniers jours de Pompéi*, traduits par M. Hippolyte Lucas. 1 vol.

— *Mémoires de Pisistrate Caxton*, traduits par Ed. Scheffter. 1 vol.

— *Paul Clifford*. traduit par M. Virgile Boileau. 1 vol.

— *Qu'en fera-t il?* traduit par M. Amédée Pichot. 2 vol.

— *Rienzi*, traduit sous la direction de M. Lorain. 1 vol.

— *Zanoni*, traduit par M. Sheldon. 1 vol.

**Caballero** (Fernan) : *Nouvelles andalouses*, traduites de l'espagnol par A. Germond de Lavigne. 1 vol.

**Cervantès** : *Don Quichotte*, traduit de l'espagnol par L. Viardot. 2 vol.

— *Nouvelles*, traduites par le même. 1 v.

**Cummins** (Miss) : *L'allumeur de réverbères*, traduit de l'anglais par MM. Belin de Launay et Éd. Scheffter. 1 vol.

— *Mabel Vaughan*, traduite de l'anglais avec l'autorisation de l'auteur, par Mme H. Loreau. 1 vol.

**Currer Bell** (Miss Brontë) : *Jane Eyre*, ou les mémoires d'une institutrice, roman traduit de l'anglais, avec l'autorisation de l'auteur, par Mme Lesbazeilles-Souvestre. 1 vol.

— *Le professeur*, trad. avec l'autorisation de l'auteur, par Mme H. Loreau. 1 vol.

— *Shirley*, traduit par M. A. Rolet. 1 v.

**Dickens** (Charles) : *OEuvres*, traduites de l'anglais, avec l'autorisation de l'auteur, sous la direction de P. Lorain.

En vente :

— *Aventures de M. Pickwick*. 2 vol.

— *Barnabé Rudge*. 2 vol.

— *Bleak-House*. 1 vol.

— *Contes de Noël*. 1 vol.

— *David Copperfield*. 2 vol.

— *Dombey et fils*. 2 vol.

— *La petite Dorrit*. 2 vol.

— *Le magasin d'antiquités*. 2 vol.

— *Les temps difficiles*. 1 vol.

— *Nicolas Nickleby*. 2 vol.

— *Olivier Twist*. 1 vol.

— *Vie et aventures de Martin Chuzzlewit*. 2 vol.

**Disraëli** : *Sybil*, traduit de l'anglais, avec l'autorisation de l'auteur, par***. 1 vol.

**Freytag** (G.) : *Doit et avoir*, traduit de l'allemand, avec l'autorisation de l'auteur, par W. de Suckau. 1 vol.

**Fullerton** (lady) : *L'oiseau du bon Dieu*, traduit de l'anglais par Mlle de Saint-Romain, et publié avec l'autorisation de l'auteur. 1 vol.

**Fullon** (S. W.) : *La comtesse de Mirandole*, roman anglais traduit par Ch. Roquette. 1 vol.

**Gaskell** (Mrs) : *OEuvres*, traduites de l'anglais, avec l'autorisation exclusive de l'auteur.

En vente :

- *Autour du sofa*, traduit par Mme H. Loreau. 1 vol.
- *Marie Barton*, traduite par Mlle Morel. 1 vol.
- *Marguerite Hall*, traduite par Mmes H. Loreau et H. de l'Espine. 1 vol.
- *Ruth*, traduit par M.\*\*\*. 1 vol.

**Gerstäcker :** *Les pirates du Mississipi*, traduits de l'allemand, par B. H. Révoil. 1 vol.
— *Les deux Convicts*, traduits par B. H. Révoil. 1 vol.

**Gogol** (Nicolas) : *Les âmes mortes*, trad. du russe par Ernest Charrière. 1 vol.

**Grant** (James) : *Les mousquetaires écossais*, roman anglais traduit par M. Émile Ouchard. 1 vol.

**Hackländer :** *Boutique et comptoir*, traduit de l'allemand, avec l'autorisation de l'auteur, par M. Materne. 1 vol.
— *Le moment du bonheur*, roman traduit par M. Materne. 1 vol.

**Hauff** ( Wilhem) : *Nouvelles*, traduites de l'allemand par A. Materne. 1 vol.
— *Lichtenstein*, épisode de l'histoire du Wurtemberg, traduit par MM. E. et H. de Suckau. 1 vol.

**Heiberg** (L) : *Nouvelles danoises*, traduites par M. X. Marmier, 1 vol.

**Hildreth :** *L'esclave blanc*, nouvelle peinture de l'esclavage en Amérique, trad. de l'anglais par M. Mornand. 1 vol.

**Immermann :** *Les paysans de Vestphalie*, traduits par M. Desfeuilles. 1 vol.

**James :** *Léonora d'Orco*, traduite de l'anglais, avec l'autorisation de l'auteur, par Mme de Morvan. 1 vol.

**Kavanagh** (Julia) : *Tuteur et pupille*, traduit de l'anglais, avec l'autorisation de l'auteur, par Mme H Loreau 1 vol.

**Kingsley :** *Il y a deux ans*, roman anglais, traduit avec l'autorisation de l'auteur par H. de l'Espine. 1 vol.

**Lennep** (J. Van) : *Les aventures de Ferdinand Huyck*, traduites du hollandais, avec l'autorisation de l'auteur, par MM. Wocquier et D. Van Lennep. 1 vol.
— *Brinio*, traduit du hollandais, avec l'autorisation de l'auteur, par F. Douchez. 1 vol.

— *La rose de Dekama*, traduite du hollandais. avec l'autorisation de l'auteur, par MM. Wocquier et D. Van Lennep. 1 vol.

**Lever** (Ch.) : *Harry Lorrequer*, traduit de l'anglais, avec l'autorisation de l'auteur, par M. Baudéan. 2 vol.

**Ludwig** (Otto) : *Entre ciel et terre*, traduit de l'allemand, avec l'autorisation de l'auteur, par M. Materne. 1 vol.

**Marvel** (Isaac) : *Le rêve de la vie*, roman anglais, traduit, avec l'autorisation de l'auteur, par Mme Mezzara. 1 vol.

**Mayne-Reid :** *La Quarteronne*, roman anglais, traduit, avec l'autorisation de l'auteur, par L. Stenio. 1 vol.

**Mügge** (Th.) : *Afraja*, traduit de l'allemand, avec l'autorisation de l'auteur, par W. et E. de Suckau. 1 vol.

**Smith** (J.-F.) : *L'Héritage*, traduit de l'anglais, avec l'autorisation de l'auteur, par Éd. Scheffter. 2 vol.
— *La femme et son maître*, traduit avec l'autorisation de l'auteur, par H. de l'Espine, 2 vol.

**Stephens** (Miss A. S.) : *Opulence et misère*, traduit de l'anglais, par Mme Loreau. 1 vol.

**Thackeray :** *Œuvres*, traduites de l'anglais, avec l'autorisation de l'auteur.

En vente :

— *Henry Esmond*, traduit par Léon de Wailly. 1 vol.
— *Histoire de Pendennis*, traduite par Éd. Scheffter. 2 vol.
— *La foire aux vanités*, traduite par G. Guiffrey. 2 vol.
— *Le livre des Snobs*, traduit par le même. 1 vol.
— *Mémoires de Barry Lyndon*, traduits par Léon de Wailly. 1 vol.

**Tourgueneff :** *Scènes de la vie russe*, traduites du russe avec l'autorisation de l'auteur, par X. Marmier et L. Viardot. 1 vol.
— *Mémoires d'un seigneur russe*, traduits par E. Charrière. 2e édition. 1 vol.

**Trollope** (Francis) : *La pupille*, roman anglais traduit par Mme Sara de La Fizelière. 1 vol.

**Wilkie Collins** : *Le secret*, roman anglais, traduit, avec l'autorisation de
l'auteur, par Old-Nick. 1 vol.

**Zschokke** : *Addrich des Mousses*, roman

allemand, traduit par W. de Suckau.
1 vol.

— *Le château d'Aarau*, traduit de l'allemand par W. de Sukau. 1 vol.

## V. CHEFS-D'ŒUVRE DES LITTÉRATURES ANCIENNES.
### (A 3 FR. 50 C. LE VOLUME.)

**Aristophane** : *OEuvres complètes*, traduction nouvelle, avec une introduction et des notes par C. Poyard. 1 vol.

**Hérodote** : *OEuvres complètes*, traduction nouvelle avec une introduction
et des notes, par M. P. Giguet. 1 vol.

**Homère** : *OEuvres complètes*, traduction
nouvelle, suivie d'un Essai d'encyclo-
pédie homérique, par M. P. Giguet.
4e édition 1 vol.

**Lucien** : *OEuvres complètes*, traduction

nouvelle, suivie d'une table analytique,
par M. Talbot. 2 vol.

**Tacite** : *OEuvres complètes*, traduites
en français avec une introduction et
des notes par J. L. Burnouf. 1 vol.

**Xénophon** : *OEuvres complètes*, traduction nouvelle par M. Talbot. 2 vol.

Des traductions de Sénèque, d'Es-
chyle, d'Euripide, de Sophocle, de
Plutarque et de Strabon sont en préparation.

## VI. CHEFS-D'ŒUVRE DE LA PHILOSOPHIE ANCIENNE ET MODERNE
### (A 3 FR. 50 C. LE VOLUME.)

**Bossuet** : *OEuvres philosophiques*, comprenant les Traités de la connaissance
de Dieu et de soi-même, et du Libre
arbitre, la Logique, et le Traité des
causes, publiées par M. de Lens. 1 v.

**Descartes, Bacon, Leibnitz**, recueil contenant : 1° Discours de la Méthode;
2° Traduction nouvelle en français du
*Novum organum* ; 3° Fragments de la
Théodicée, avec des notes, par
M. Lorquet, professeur de philosophie
au lycée Saint-Louis. 1 vol.

**Fénelon** : *Traité de l'existence de Dieu,
et Lettres sur divers sujets de méta-
physique*, publiés par M. Danton, ins-
pecteur général de l'instruction publique. 1 vol.

**Nicole** : *OEuvres philosophiques et morales*, comprenant un choix de ses
Essais et publiées avec des notes et
une introduction, par M. Charles Jour-
dain, professeur agrégé de philosophie près la Faculté des lettres.
1 volume.

Paris. — Imprimerie de Ch. Lahure et Cie, rue de Fleurus 9.

Paris. — Imprimerie de Ch. Lahure et Cⁱᵉ, rue de Fleurus, 9.

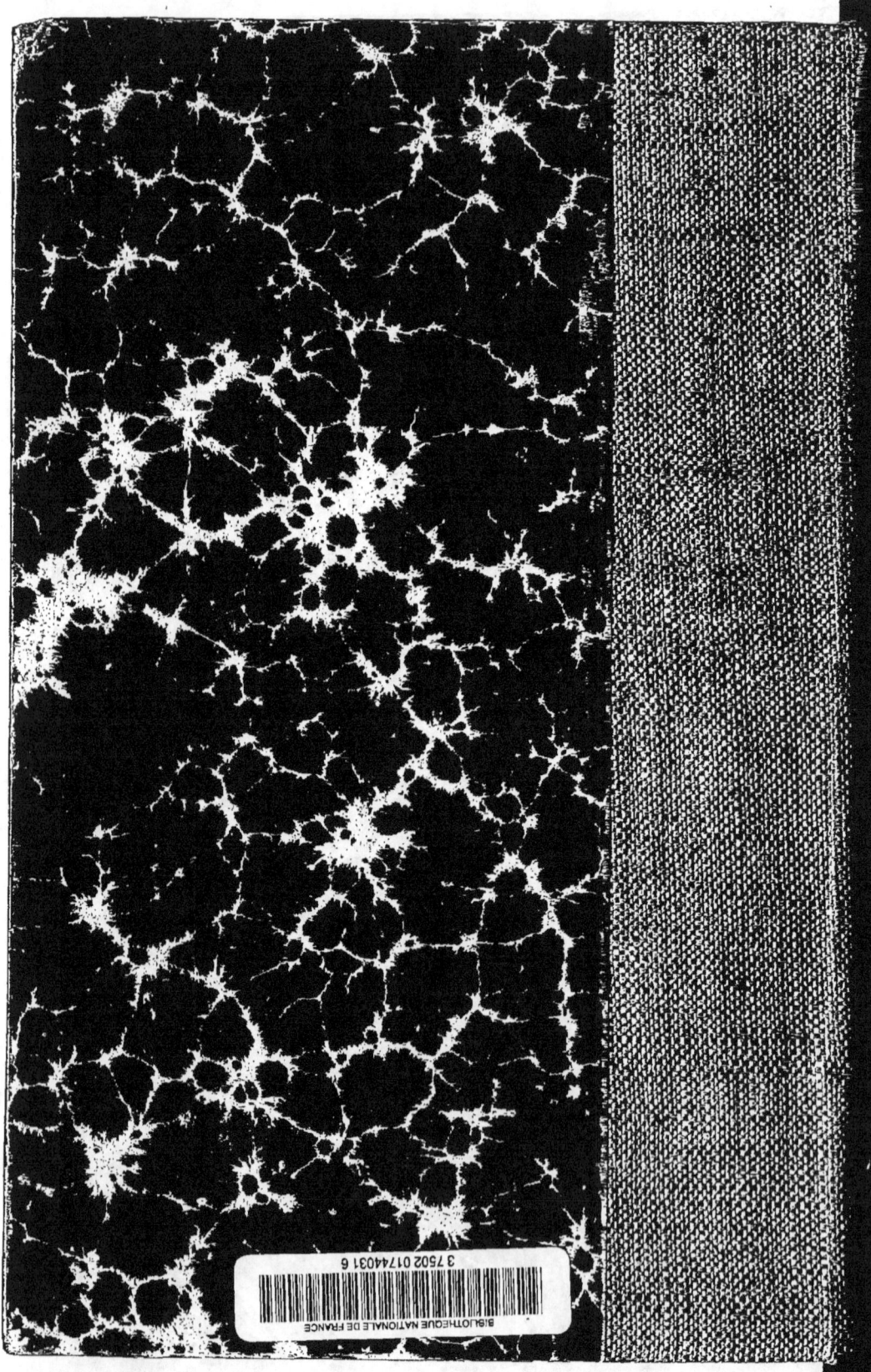

www.ingramcontent.com/pod-product-compliance
Lightning Source LLC
Chambersburg PA
CBHW050742030726

47505CB00002B/355